Será larga la noche

Santiago Gamboa

Será larga la noche

Primera edición: noviembre de 2019

© 2019, Santiago Gamboa
c/o Schavelzon Graham Agencia Literaria
www.schavelzongraham.com
© 2019, Penguin Random House Grupo Editorial, SAS
Cra. 5A. N°. 34A-09, Bogotá, D. C., Colombia
© 2019, Penguin Random House Grupo Editorial, S. A. U.
Travessera de Gràcia, 47-49. 08021 Barcelona

© Diseño: Penguin Random House Grupo Editorial, inspirado en un diseño original de Enric Satué

Printed in Spain – Impreso en España

ISBN: 978-84-204-3893-1
Depósito legal: B-17606-2019

Impreso en Unigraf, Móstoles (Madrid)

AL38931

A Analía y Alejandro, cabalgando a San Emigdio

Provoni recorría incansablemente los linderos
de la galaxia, buscando, en su cólera, algo vago,
algo quizá metafísico. Una respuesta, por decirlo
de alguna manera. Una respuesta. Thors Provoni
gritaba en el vacío, ruidosamente, con la esperanza
de obtener una respuesta.

PHILIP K. DICK
Nuestros amigos de Frolik 8

Cierra bien la puerta, hermano;
será larga la noche.

JOSÉ ÁNGEL VALENTE
Punto cero

Parte I

Inicio

Según el relato del niño, hacia las seis de la tarde los tres camperos superaron la curva y entraron a la hondonada que cruza el río Ullucos. En el primero y el tercero iban los guardaespaldas y eran dos Nissan Discovery, ambos gris platino o eso le pareció, pues tenía el último sol de la tarde pegándole en los ojos. El del medio, el más grande, era un inconfundible Hummer de color negro con blindaje nivel seis —esto se sabría luego— y vidrios tan polarizados que no parecía posible que se pudiera ver de adentro hacia afuera. Los atacantes esperaban desde tres puntos, dispuestos en escuadra. Habían planeado dinamitar el pequeño puente, pero algo pasó y al final no lo hicieron. Sólo le cerraron el paso a la caravana atravesando el tronco seco de un viejo eucalipto, lo que no fue del todo inútil, pues cuando los camperos se vieron en medio de las ráfagas no pudieron retroceder.

Los viajeros tenían buena formación militar. Al recibir los primeros impactos y ver que no podrían llegar hasta la siguiente curva se dispusieron en V, protegiendo al Hummer e iluminando el área con los faros, lo que funcionó por un rato, pues las balas trazadoras golpearon los chasises, quebraron los focos y perforaron los neumáticos. A pesar de estar acorralados, los hombres se organizaron para repeler el ataque. Lo primero fue bajar a tierra y detectar dónde se había situado el enemigo. Pronto comprendieron que estaban rodeados. El fuego más nutrido parecía llegar de la propia carretera, como si unos metros por delante hubiera un nido de ametralladoras.

Y lo peor estaba por venir.

El niño los vio pasar muy cerca del árbol (un mango) en que estaba subido y sintió una mezcla de miedo y vértigo. Eran dos asaltantes. Subieron desde la orilla del riachuelo y se apostaron en el barranco. Tenían una bazuca. Desde ahí estaban a menos de cien metros del Hummer blindado. Se recostaron en el pasto, gesticularon y movieron los brazos, como estudiando el tiro a través de complicados cálculos, pero sin hacer el menor ruido. Finalmente se decidieron. Uno se puso de rodillas y sostuvo el cañón en su hombro. El otro, desde atrás, calculó la trayectoria, tardó unos segundos que al niño le parecieron infinitos, y disparó.

El Hummer dio un salto hacia atrás, derribando a uno de los hombres. Cayó y comenzó a incendiarse. Los artilleros tuvieron tiempo de recargar la bazuca con calma y retomar su posición. El segundo disparo hizo volar el Nissan de la derecha, mostrando que su blindaje era inferior. Un segundo guardaespaldas murió aplastado y el fuego le consumió parte del cuerpo.

La balacera arreció.

Desde donde estaba el niño, el aire era un tejido de centellas y fogonazos.

Uno de esos plomos cruzó la noche y se introdujo en la base del cráneo de otro de los hombres, tal vez el más joven y aguerrido, que en ese instante manipulaba un extinguidor. Luego se supo que se llamaba Enciso Yepes. De estatura media, complexión fuerte, pelo cortado al rape con un islote central, a la moda de los futbolistas. Sobre la tetilla izquierda tenía un tatuaje con el escrito: «Dios es mi bacán, mi parcero, mi llave», y en el brazo derecho otro que decía: «Estéphanny es el Amor y es Dios y la ReQK». El perdigón cruzó su masa encefálica y, desde adentro, rompió el hueso frontal a la altura del ojo derecho. Después de matarlo, la bala salió al aire enrarecido por el humo y las ráfagas, golpeó ligeramente un guardabarros y, modificando su trayectoria, fue a clavarse en el tronco de un cedro a cincuenta metros de la vía.

Si hubiese sobrevivido, Enciso Yepes habría quedado inválido y perdido el habla. Tenía treinta y cinco años y tres hijos menores con dos mujeres. En su cuenta bancaria resultaban 1.087.000 pesos, pero debía en créditos 7.923.460. La vida con él no había sido avara, pero sí tremendamente asimétrica, pues en el mismo instante en que su alma se abría paso hacia (suponemos) el purgatorio, su amadísima segunda esposa, Estéphanny Gómez, de treinta y un años, nacida en la localidad de Dosquebradas, Risaralda, yacía desnuda en un lecho en forma de corazón, en el Motel Panorama, sito en Pereira, en una posición denominada «del perrito» o «Mirando al Cocora», con las caderas levantadas en pirámide y el rostro hundido en un floreado almohadón, ahogada en increíbles bufidos de placer. Más tarde se sabría que Estéphanny era de sexualidad gritona, y entre lo que pudieron oír los vecinos de cuarto esa tarde alguien habría de recordar frases del tipo: «Machácame, corazón, dame rejo!» o «¡Más duro, papi, empótrame!», o «Tan rico que es pichar trabada, bebé». Todo esto en compañía de un varón que, en honor a la verdad, era su cuñado, Anselmo Yepes.

Lejos de ahí, en la hondonada, el combate se hacía aún más fiero y los hombres, sudorosos e iluminados por las llamas, ya no parecían héroes. Pero resistían. Desde ese nido de carburante y fierros retorcidos, un intrépido grupo seguía empeñado en la defensa y al parecer contaban con bastante munición. Estaban bien entrenados. Apenas debían mirarse para adoptar una estrategia. El Hummer quedó de lado, y cuando las llamas amainaron se vio que el chasis continuaba hermético. Imposible imaginar que los ocupantes estuvieran vivos, a pesar del impacto y el calor.

Pero estaban vivos.

La irrupción de un helicóptero los sorprendió a todos. Era un Hurricane 9.2, pero esto se supo después. Desde el aire y a través de radares la aeronave detectó los focos de ataque y los destruyó con sus metralletas .52. La sorpresa de los que asaltaban, ya a punto de ganar, fue absoluta, y no atinaron a comprender qué diablos sucedía. Entonces sobrevino el caos. Los de la bazuca corrieron al talud para bajar a la orilla del riachuelo y sólo en ese instante pensaron que podrían enfrentar al helicóptero y tal vez derribarlo. Esos segundos de indecisión fueron fatales. Quien la cargaba la puso en su hombro y se arrodilló, pero al ver que el foco de luz se dirigía a él saltó a un lado y poco faltó para que disparara en sentido contrario. Luego las metralletas los fueron derribando desde lo alto. Uno, dos. Los balazos cruzados, como en el último misterio de Fátima, provenían de lo más oscuro de la noche. Uno de ellos saltó al agua y se golpeó la cabeza contra una piedra. En los demás nidos de atacantes debió pasar lo mismo, pues de pronto el fuego se detuvo. Los asaltantes que sobrevivieron lograron fugarse; todo sucedió muy rápido.

Entonces el helicóptero se posó al lado de los camperos. Las puertas del maltrecho Hummer se abrieron y el niño, desde el árbol, vio salir a un hombre vestido enteramente de negro y a dos mujeres jóvenes, una de ellas en ligera ropa de baño, cubierta apenas con una toalla.

Los tres subieron al helicóptero, que de inmediato volvió a alzar el vuelo y se perdió en la noche.

Luego, los guardaespaldas cargaron los cadáveres en el campero y en el Hummer, recogieron las armas y partieron con todo en dirección a San Andrés de Pisimbalá. Un rato después llegó un segundo grupo en dos enormes camiones de mecánico. Retiraron el tronco de eucalipto y alzaron los restos del combate con gran minuciosidad hasta dejar el terreno y la carretera limpios.

El niño esperó todavía una hora. Bajó del árbol y caminó por el borde buscando algo, pero se habían llevado todo: los chasises de los camperos y hasta el último casquillo de fusil. Ni siquiera encontró cartuchos quemados.

Protagonistas

La persona que me contó esta historia es una vieja amiga. Su nombre es Julieta Lezama, una aguerrida reportera independiente que vende sus crónicas a medios de prensa de España, Estados Unidos y América Latina. Es joven —está por llegar a los cuarenta—, con dos hijos y un divorcio a cuestas de otro periodista especializado en política y finanzas, asuntos muy alejados de aquello que hace vibrar el alma de Julieta. Lo que la mueve a ella es la dura realidad, el orden público, los crímenes y la sangre que sale del interior de los cuerpos para darles un color trágico a los exteriores de este bonito país, ya sea sobre el asfalto o la hierba, o sobre las suaves alfombras de las casas burguesas.

La pasión de Julieta es la muerte violenta que unos seres humanos, un buen día, deciden causarles a otros, por los motivos que sean: aliviar antiguos odios, amor, resentimiento o interés, y, claro, por plata y sus infinitos derivados: ventajas comerciales, extorsión, competencia, envidia, desfalco y robo, herencia, suplantación, estafa, ¿cuántas justificaciones existen para el crimen? Según Julieta, son tan variadas y creativas como la humanidad misma. Nadie mata igual que otro, pues incluso en esto hay algo muy personal que nos define, como en el arte. Y que llegado el momento nos delata.

Tiene una pequeña oficina en el mismo edificio donde vive con sus dos hijos adolescentes, en la zona de Chapinero Alto, Bogotá Oriental. El único lujo (y sólo desde hace once meses, cuando su colaboración con la revista dominical del diario *El Sol* de México se hizo estable) es una secretaria y colaboradora multifunciones llamada

Johana Triviño, que organiza sus archivos y lleva al día el calendario de entregas de artículos. Además, y esto es lo que más le gusta a Johana, se encarga de arreglar citas con personas involucradas en los casos y algunas veces la acompaña, sobre todo cuando Julieta prefiere que haya algún testigo. Johana tiene una virtud que no es fácil de encontrar entre las egresadas de las facultades de Comunicación Social y es que sabe usar (y reconocer) todo tipo de armas, desde las pequeñas hasta las menos convencionales, pues estuvo doce años en el Bloque Conjunto de Occidente de las FARC. Al principio fue algo un poco extravagante: convivir en el trabajo con alguien que provenía de un mundo tan diferente al suyo, de esa nebulosa Colombia que, increíblemente, estuvo separada del resto durante más de cincuenta años y que ahora, con la llegada de la paz y el posterior acceso al poder de la ultraderecha, estaba en una posición muy frágil, en la cuerda floja.

Johana, la protagonista número dos de este relato (aunque no necesariamente en orden jerárquico), es caleña, de una familia que emigró desde Cajibío, Cauca, en los años ochenta, al distrito urbano de Aguablanca. El más tenaz de Cali, esa ciudad asombrosa a la que le dicen «la sucursal del cielo». Ahí creció entre inmigrantes de Tumaco, Cauca y Buenaventura. Entre bandas criminales, farianos, elenos, paramilitares y vendedores de droga. Su papá fue conductor de jeep, taxista informal y al final chofer privado de una familia rica, los Arzalluz, en una elegante residencia del barrio Santa Mónica.

Los Arzalluz, vaya casualidad, tenían una niña, Constanza, que había nacido el 9 de noviembre del 90, el mismo día del mismo año que Johana. Esto les pareció conmovedor (a los Arzalluz) y entonces, para el cumpleaños compartido, le daban a Johana maletas con ropa casi sin usar, zapatos, libros y juguetes que su niña ya no quería. El

ritual se repetía cada año: ese día, tempranito, el papá chofer llevaba a su hija donde la niña Connie (Constanza)
para hacerle un saludo y recibir los regalos. Partían una
tortica con las empleadas, se tomaban un vaso de gaseosa
y ya. Luego Connie se preparaba para su otro cumpleaños
con los primos, amigos del club y compañeros de colegio,
y a Johana la mandaban de vuelta a Aguablanca.

Así se hizo, siempre, hasta que llegaron los quince
años.

Por supuesto que la niña Arzalluz tenía fiesta de largo
en el Club Colombia, y debido a los intensos preparativos
no se alcanzó a hacer la tradicional celebración con Johana. Desde temprano, el padre chofer debió hacer mil viajes entre el club y Santa Mónica. La camioneta empresarial
de la casa de banquetes no dio abasto y como las cosas
debían estar frescas, el chofer tuvo que hacerse cargo de
llevar las bandejas con pasabocas, rollitos primavera, pin-
chos, carpaccios de pulpo y, sobre todo, las seis pirámides
de langostinos que debían presidir las mesas centrales.
A esto venía a sumarse una infinidad de canastas de loza,
copas de tres tamaños, vasos y cubiertos. Tuvo que trans-
portar los adornos especiales que la madre quiso traer de
su casa al salón del club para realzar la elegancia y que iban
variando según se acercaba la hora, al vaivén de su capricho y sus nervios: un sofá Chesterfield de dos puestos para
los abuelos de la quinceañera, varios bronces de Mercurio
Galante y jóvenes Baco, con su pelo de racimos de uva, un
espejo de marco dorado estilo Luis XV y un cuadro antiguo del período clásico inglés, escena de cacería que, según la familia, podría ser escuela de Rubens; ayudó a su-
pervisar las luces y las pruebas de sonido de la orquesta,
que empezó a montar su equipo desde las cuatro de la
tarde, y de remate tuvo que ir tres veces al aeropuerto a
recibir parientes que venían de Bogotá y Medellín.

Quedó libre a las once de la noche, muerto del cansancio.

A esa hora pudo ir a su casa para la fiesta de quince de su hija.

En Aguablanca, Johana y su familia celebraban en el salón comunal de la parroquia, con amplificadores y un buen equipo. Su papá era amante de la salsa clásica y ahí estaban las compilaciones de Héctor Lavoe, la Fania, Ismael Rivera, Richie Ray y Bobby Cruz, la pesada de Cali, los dueños de la rumba de esta ciudad que adoraba el ritmo, el sonido de la trompeta, los bajos y la percusión. Carlos Duván, el hermano mayor, ayudó a instalar pancartas y a decorar el salón con carteleras y bombas. Las amigas escribieron frases sobre la vida, ideas entusiastas y «aspiracionales» sobre el futuro. El padre compró doce cajas de aguardiente Blanco del Valle, Ron Viejo de Caldas y unas cuantas botellas de whisky Something Special para los más allegados.

¡Y la comida!

Marranitas, aborrajados, tajadas con hogao y guacamole, tres enormes ollas de sancocho, arroz blanco y diferentes tipos de carne. Cuando el padre llegó ya estaban bailando, pero en atención a él se repitió el vals y así pudo sacar a su hija en medio de los aplausos de amigos y familia.

La llamada llegó pasada la medianoche. Era la señora Arzalluz; se moría de la vergüenza, pero la niña Connie quería pedirle un favor. ¿Qué era? En las idas y venidas había dejado el bolso de maquillaje en el carro en que el chofer recogió a los abuelos del aeropuerto, y que luego el papá usó para irse a su casa. El problema es que ya con los primeros bailes la niña quería retocarse y, ¡tragedia!, la bolsita en el carro que se llevó el chofer. Connie la dejó ahí y luego se olvidó pedirle que la sacara, con todo el volate. La niña quería saber si no era mucho pedirle que se la trajera, porque el baile iba a durar toda la noche y ahí estaba el maquillaje que una prima le había conseguido en Miami con los tonos exactos del vestido.

El chofer explicó que estaba en la fiesta de su hija y ya se había tomado unos tragos, no era buena idea salir así, pero entonces pasó la niña Connie y le suplicó que se los llevara, ¿qué iba a hacer sin su maquillaje? ¡Tenía que retocarse en mitad de la fiesta! Al padre no le quedó más remedio que decir sí. Se puso la chaqueta y le explicó a Johana que debía volver al Club Colombia, sólo un momento. Viendo las caras largas, agregó: qué se le va a hacer, es el trabajo.

«Lo que suponemos, o lo que nos dijo la policía, fue que, llegando al club, no vio venir a un ciclista y al tenerlo encima pegó un timonazo, saltó el separador y fue a dar al río con el carro volcado. Murió de una fractura en el occipital. Los Arzalluz vinieron al velorio, pero no al entierro. Nos dieron grandes abrazos y me di cuenta de algo: los pobres somos importantes cuando nos morimos, nada más. Connie no vino ni al velorio ni al funeral, pues estaba muy enguayabada de su fiesta. La malparida que mató a mi papá por una puta bolsa de maquillaje, mi amiguita rica, no vino siquiera a darme el pésame.

»A partir de ese día me llené de odio.

»Y dije: Colombia no puede seguir en manos de esos hijueputas. Este es un país perverso, está enfermo y hay que cambiarlo, así sea a las malas. No me voy a quedar sentada llorando.

»Por el barrio había milicias urbanas que iban y venían, también paracos, a cada rato se oían balaceras. A mí me gustaban los farianos porque tenían mística y eran los duros. Nada de blandenguería, ese era el camino. Un primo mío, Toby, ya estaba con ellos. Hablé con él y me dio folletos sobre la lucha guerrillera. Hasta un libro manoseado. *Así se templó el acero,* de Nikolai Ostrovski. Estaba tan leído y sudado que creí que me iba a dar sarna al pasar las páginas. No entendí nada, pero me gustó. Me quedé con la idea de que había que estudiar y conocer la Historia, con mayúsculas. Fue lo que hice, por mi cuenta, en toda mi vida de guerrillera. Pelear y educarme. Muchas veces las dos cosas eran lo mismo. Antes de cumplir los dieciséis ya me había ido a Toribío con Carlos Duván. Logramos un contacto y pedimos la entrada a las FARC. Nos recibieron. Hicimos el curso político y de formación, luego el entrenamiento militar. A los pocos meses, oyendo las historias de los compañeros, se me fue pasando la ira. Lo que nos había ocurrido a mi hermano y a mí no era nada comparado con los horrores que habían vivido otros.

»Me acuerdo que pensé: este puto país en el que tuve la desgracia de nacer es un patio de fusilamientos, una sala de tortura y una prensa mecánica para destripar campesinos, indios, mestizos y afros. Es decir, la gente pobre. Los ricos, en cambio, son dioses porque sí. Heredan patrimonio y apellidos, les importa un huevo el país y lo desprecian. Detrás de los apellidos elegantes, ¿qué hay? Un bisabuelo ladrón, un tatarabuelo asesino. Ladrones de recursos y de tierras. Entonces decidí: me voy a darles plomo a esos malparidos, que es lo único que temen o respetan. Lo único que oyen. Plomo venteado, para que aprendan.

»Así empecé, primero ayudando en el campamento y luego ya con un arma».

Fue gracias a ella que Julieta conoció a su principal socio, un fiscal de origen indígena, de la brigada de asuntos criminales, con quien intercambiaba informaciones e hipótesis de los casos investigados y que, con el tiempo, se había convertido en su amigo.

Se llamaba Edilson Javier Jutsiñamuy y los colegas lo apodaban «el Tigrillo». Su familia era de la etnia huitoto nipode, de Araracuara, Caquetá, y su apellido quería decir, de modo cuasi profético, «luchador insaciable». Un hombre bien instalado en la cincuentena, pausado y filiforme, que había dejado atrás la vida familiar y un matrimonio sin hijos para dedicarse por entero a la justicia. Había buscado a Johana al inicio del proceso de paz para corroborar ciertas informaciones y tener a alguien de confianza que pudiera aportarle datos. Desde esa época se conocían y con el tiempo cultivaron una cordial amistad que luego se extendió a Julieta, pues al fiscal le interesaban las investigaciones de la periodista y, sobre todo, su libertad para entrar en ambientes que él tenía vedados y que podían ser esclarecedores, según el tema en que estuviera trabajando. Este es el tercer protagonista.

Y habrá más que irán llegando.

¡Acción!

La historia comienza en un despacho de la Fiscalía General, en Bogotá, un jueves cualquiera de un mes de julio, cuando el fiscal Edilson Jutsiñamuy recibió una llamada de uno de sus hombres de más confianza, el agente René Nicolás Laiseca, notificándole de un hecho ocurrido en la zona de Tierradentro. Esa misma mañana, muy temprano, alguien había llamado al puesto de policía de San Andrés de Pisimbalá para hacer una denuncia (anónima) sobre un combate con armamento pesado que había ocurrido la tarde y noche del día anterior, en una carretera veredal. A pesar de tratarse de una jurisdicción pequeña y muy lejana, el posible uso de «armamento pesado» y sus implicaciones hicieron saltar las alarmas y la información pasó al circuito nacional, llegando a las pantallas de la Fiscalía en Bogotá.

Jutsiñamuy tenía por costumbre recibir este tipo de noticias a cualquier hora del día, así que escuchó el informe distraído. ¿Un combate con armamento pesado? Caramba, ¿y qué será ahora? ¿De nuevo la «disidencia»? ¿Contra quién? ¿Intervino el ejército? ¿Cuántos muertos hay? Un poco más tarde, hacia las once, se le informó que los agentes habían hablado con algunos vecinos y se estaban haciendo las primeras indagaciones. Durante la tarde Laiseca le dio seguimiento al tema con lo que retransmitían desde el lugar, pero la información empezó a ser contradictoria: «Hubo un violento combate con varios carros y un helicóptero», dijo el anónimo al teléfono. «No oímos nada especial, fue la lluvia, fueron los truenos», dijeron los vecinos.

¿Quién tenía razón?

La malicia del fiscal se puso en marcha y empezó a mirar el teléfono con ansiedad, pero no hubo más llamadas. Al día siguiente tampoco, y al otro, que fue sábado, los agentes de Inzá —la cabecera municipal de la región— le dijeron a Laiseca que lo mejor era dejar el asunto hasta que encontraran algo más concreto. Ante ese extraño silencio creció el recelo del fiscal. ¿Qué había por esa zona? De todo. El departamento del Cauca, con sus comunidades indígenas y sus páramos, había sido y seguía siendo uno de los grandes invernaderos de la violencia del país.

El fin de semana transcurrió sin noticias, pero el lunes hubo algo nuevo: otra llamada a la comisaría de Inzá, al parecer de la misma persona anónima. Y otra vez lo mismo: que había habido un fuerte combate con varios muertos y armas de grueso calibre la tarde del miércoles anterior. Mencionó incluso una bazuca. Un escenario militar.

Laiseca llamó al fiscal a informarle.

—¿Así que volvió a llamar nuestro informante? —dijo Edilson Jutsiñamuy, acariciándose la barbilla—. Muy bien, ¿y cómo es la voz de la persona que llama?, ¿qué le han contado?

—Según el secretario que contestó al teléfono pudo haber sido un hombre —explicó Laiseca—, o incluso una mujer.

Jutsiñamuy apretó el auricular. «Mucho pendejo», pensó.

—Muy buena apreciación, Laiseca —le dijo con ironía—. Eso nos ayuda a precisar... pero, dígame, ¿tiene usted noticia de algún otro tipo de ser vivo capaz de hacer una llamada a la policía?

Hubo un silencio incómodo en la línea. Finalmente, Laiseca se atrevió a responder.

—Claro que sí.

—Ah, caramba. Dígame cuál.

—Un niño, jefe —dijo Laiseca.

Esa misma tarde, Jutsiñamuy decidió seguir su olfato de tigrillo. Ahí había algo, y algo grande. Aun si la evidencia hasta ahora era poca. Entonces decidió llamar a Julieta y a Johana para hablarles del asunto. Si lograba interesarlas, le podrían ayudar a dilucidar qué diablos era lo que había pasado en esas frías montañas y si en realidad se requería la atención de Bogotá, lo que le evitaba intervenir desde lejos, con riesgo de que sus colegas de Popayán lo acusaran de quitarles los casos locales.

Buscó el celular en el bolsillo y marcó.

—Madre mía, qué sorpresa —dijo Julieta al responder—, ¿qué cuenta, mi querido fiscal?

Por el parlante del aparato sonó una risita baja y sostenida que a ella le recordó al Conejo de la Suerte.

—Es una cosa un poco extraña y sobre todo muy delicada, Julieta —dijo Jutsiñamuy—. Hubo un combate en una carretera veredal, allá por los lados de Tierradentro. Puede ser una cosa grande.

—¿Soldados? ¿ELN? ¿Disidencias? ¿Bandas?

—No se sabe aún —dijo Jutsiñamuy—, pero creo que no es de hablar por teléfono.

Se dieron cita donde siempre y media hora después estaban en una de las mesas de la cafetería Juan Valdez, en la calle 53 con Séptima. Jutsiñamuy, fiel a su tradición indígena, no tomaba café, ni siquiera a las once de la mañana. Lo suyo eran el té o el agua de hierbas.

—Fue en la carretera que va hacia San Andrés de Pisimbalá —explicó—, una ruta angosta y de montaña que atraviesa el río Páez y después de un montón de vericuetos llega a Tierradentro. ¿Le suena ese sitio? Las tumbas decoradas, los hipogeos, lo habrán visto en televisión. Es territorio de los indígenas paeces o nasas. Un testigo anónimo dice que hubo disparos y explosiones desde varios carros. Incluso un helicóptero, cosa bien rara porque el ejército no reportó combates ese día en ninguna zona. Pero algo pasó y de repente la cosa se empezó a desvanecer. Algunos campesinos dijeron que habían sido los truenos y la lluvia.

—¿Y usted cómo lo supo? —preguntó Julieta.

—El puesto de policía de San Andrés de Pisimbalá reportó por escrito el primer anónimo a la estación de Inzá, y al hacer mención de «armamento pesado» saltó a la red interna de la Fiscalía. Uno de los míos vio el reporte y llamó a preguntar, pero cuando los patrulleros fueron al sitio informaron que no había sido nada. Como si quisieran esconder lo que pasó.

—¿Hubo muertos? —preguntó Johana, pidiendo permiso a su jefa con un gesto.

—No se sabe porque nadie confirma —dijo Jutsiñamuy—, pero el anónimo dijo que sí, que había «varios». Sería raro que en una vaina así no caiga nadie. Si es lo que me imagino puede ser grave. Y si alguien quiere esconderlo, peor.

—Cuénteme qué es lo que se imagina, Edilson —quiso saber Julieta—. Es verdad que a veces la gente oye truenos y se hace ideas raras, pero si un tiroteo en un pueblo del Cauca le preocupa a usted acá, en Bogotá, es porque hay algo.

—No lo sé a ciencia cierta y por eso quiero que me ayuden, antes de meterme de forma, digamos... oficial. Puede ser una buena historia, ¿no? Todos por ahí son indígenas nasa que vivieron la guerra. Combates y color local. Acuérdese que eso fue zona FARC durante décadas. Johanita nos confirma, ¿sí o no?

La colaboradora asintió.

—Sólo se trata de saber qué pasó —siguió diciendo el fiscal—, si es que de verdad pasó algo. Pero yo creo que sí, me lo huelo desde acá. Y algo bien pulposo.

El acelerón de una buseta en la Séptima se llevó sus últimas palabras. Sobre el toldo de la terraza cayeron tres gotas anunciando lluvia. Un copetón fue a posarse en uno de los postes del alumbrado.

—Yo sé que no me habría llamado si no fuera así —dijo Julieta—. Y se lo agradezco.

Jutsiñamuy se rascó la barbilla y escrutó los nubarrones. Un avión salió tambaleándose detrás del cerro de Guadalupe. ¿De qué ciudad vendría? Se bebió un sorbo largo y lento de té, consciente de que Julieta y Johana lo esperaban.

—Seguro que no es gente de la zona —dijo—. Si la pelea fuera entre ellos habría más información.

—Habrá que empezar por encontrar al que hizo la llamada —dijo Johana—. Y buscar en la carretera restos del combate para confirmarlo.

—Al único que no vemos nunca es a Dios y sin embargo creemos en él —dijo el fiscal—. Los demás dejamos siempre huellas, aunque sea una hebra o un pelo. Y después la policía las encuentra.

—¿Vale la pena esta historia? —quiso saber Julieta.

—La llamé porque la conozco y sé que le gustan los asuntos cuando apenas comienzan —dijo Jutsiñamuy—. Colaboremos.

Se levantaron de la mesa y ya la llovizna era un poco más fuerte.

Antes de salir, sobre el andén de la Séptima, Jutsiñamuy le dijo:

—Una última cosa, se me olvidaba.

—¿Qué?

—El que hizo la llamada anónima fue un niño.

—¿Un niño?

—Pudo ser un niño nasa, que es lo que más hay en esa región. Habría que buscar. Pero es raro. Los nasas son tímidos y no creen mucho en la autoridad de la policía, sino en la del cabildo indígena. Ahí le suelto ese datico.

Volvieron a la oficina y Julieta miró su agenda. No tenía citas importantes esa semana y la verdad es que andaba corta de temas. La historia era intrigante y, sin pensarlo mucho, tomó la decisión.

—Nos vamos mañana para Tierradentro —le dijo a Johana—, a ver qué fue lo que pasó. Puede que salga algo interesante. Arregla lo del viaje.

Fue a su casa y preparó un maletín ligero. Sería cosa de un par de días. Luego llevó a los dos hijos al apartamento de Joaquín, su exmarido, pues no se atrevía a dejarlos solos. Eran adolescentes, y aunque la exasperaba verse con él, no tenía otra opción. Odiaba su sonrisita pendeja. Le daban ganas de abofetearlo.

—Si van a salir por la noche por favor aconséjalos, que no dejen a ninguna nena preñada, ¿ok? —le dijo.

—No seas paranoica, Juli —protestó Joaquín—, estás muy cansona con ese temita. En el Anglo hay clase de educación sexual, ¿o qué te crees?, ¿que son animales?

Detestaba que la llamara así, con la apócope de su nombre. Odiaba todo lo que proviniera de él.

—Habla con ellos, de todos modos —le dijo—. Por si no lo sabes, el Anglo tiene un porcentaje altísimo de embarazos juveniles. No por ser gomelos dejan de ser idiotas.

—No estarás hablando en serio —dijo Joaquín.

—Míralo en internet, si no me crees. Chao. Y échale llave al bar o marca el nivel de las botellas.

—¡Quieres que instaure el Tercer Reich en mi apartamento! No me gusta que les digas «gomelos» a nuestros hijos, ¿me hago entender? Tienen nombre: Jerónimo y Samuel.

—De eso sí me acuerdo —repuso Julieta—. Y ya que estamos, si me vuelves a decir *Juli* abro esa puta ventana y me tiro.

—Caerías al balcón de los Escobar y harías el oso —dijo Joaquín—. Como mucho te partirías una pierna o les romperías el barbecue. Hacen unos asados deliciosos.

—Bueno —terció Julieta—, cómprales condones finos, los ultrasensibles, porque si no, no se los ponen. Pides en la droguería «condón para niños gomelos». Son los más caros.

Joaquín se alzó de hombros y respondió con un gesto arrogante, como diciendo, «mis hijos son los pequeños reyes del mambo, como el papá, así que no jodas tanto».

Volviendo a su carro, Julieta pensó: «Qué imbécil y ciega fui para meterme con semejante pendejo». En su mente se había hecho la lista de adjetivos que lo retrataban: «Oportunista, inculto, arrogante, ambicioso, creído, bobo, agresivo, imbécil, interesado, mentiroso, farolero, huevón, arribista, intenso, aburrido, ordinario, desatento, grosero, fanfarrón, malparido, insolente, consentido, obtuso, cruel, hijueputa, torpe...».

La vida era una ruleta rusa.

Como leyó alguna vez, «uno debería vivir a posteriori». ¿Cómo fue que llegó a él? Después de tres años con un pintor bohemio, drogadicto y borrachín, necesitaba a gritos un polo a tierra. Y ahí apareció Joaquín: abogado del Rosario, especialista en demandas al distrito, socio de Los Lagartos, bilingüe, hábil con los menús de vinos, buen cocinero («de los que saben usar la rúcula en las ensaladas», había dicho, cuando aún lo quería), y de remate se sabía de memoria una docena de canciones de Bob Dylan («uno no puede amar a alguien que no sepa quién es Bob Dylan», decía también). Se comprometieron cuando empezó a sentir la obsesión por los hijos, ese grito de la especie que algunas mujeres oyen en su interior, que las apremia y obnubila. El matrimonio no arrancó mal, dedicado a la tarea reproductiva. Pero los larguísimos embarazos y esa campana de vidrio que cae sobre cualquier mujer recién convertida en madre contaminaron el aire: rumba VIP descafeinada, paseos culos a fincas en Anapoima, fines de semana en Aruba o Punta Cana, o peor, en ese centro comercial con playas que es Panamá; conciertos de música iraní en el

Teatro Mayor, viajes al Hay Festival de Cartagena, Ron Zacapa y perico. La aristocracia capitalina la fue envenenando y se aburrió muy rápido. A partir de ahí todo fue una contradicción. Odió los conciertos de música iraní, odió los ciclos de cine del festival Sundance trasplantados y las visitas a los museos del mundo en los cines de los sábados. Si a Joaquín le parecía fascinante la literatura aséptica, *importante* y gomela de AA, ella, en secreto, prefería las novelas desobedientes, nocturnas y crueles de BB.

Y así con todo.

AA versus BB en el cine, en la música, en los restaurantes y bares.

Dejó de sentir deseo. Tal vez fueron los hijos, como le dijo una psicóloga. Lo cierto es que el sexo dejó de producirle placer. Lo más interesante, además de los baretos en Villa de Leyva y alguna que otra comida de hongos, fue una experiencia sexual *hetero-flexible* de grupo. Todavía hoy, diez años después, la evocaba en su cama.

Era lo mejor que tenía.

El final llegó tras una bronca monumental que, curiosamente, fue por una pendejada (el mucho o poco picante para una salsa que iban a servir a unos amigos). Marcó el punto de no retorno y por fin Joaquín se fue de la casa. Ya libre, Julieta se entregó en cuerpo y alma a los rituales. Un sábado agarró las sábanas de su cama King y, a pesar de que nuevas costaban 1.650.000 pesos en Zara Home, las quemó en la finca de una prima, cerca de Tabio. Un acto de purificación. Al ver consumirse esas telas de muchos hilos en las que habían transcurrido sus últimos siete años, donde fabricó a sus hijos y que, por más que se lavaran con regularidad, aún debían contener partículas de sus cuerpos —vellos púbicos, lejanos rastros de flujo o semen—, en fin, mientras veía cómo su intimidad se hacía humo, borrándose de la realidad, se tomó a sorbos una caja de aguardiente Néctar sin azúcar, algo que Joaquín consideraba prueba de abandono moral.

Se sintió feliz, riéndose y echándole chorritos a la hoguera, especie de Auto de Fe.

AA versus BB.

No contenta con eso decidió cambiar toda la casa. Recogió y regaló las viejas alfombras, eliminó cuadros, retiró portarretratos. Los dos hijos, Samuel y Jerónimo, la veían pasar alzando cajas, de aquí para allá, sin dar crédito a lo que veían, diciéndole: «Oye, mamá, párala, para eso mejor nos trasteamos a otro apartamento, ¿sí?». Replanteó la sala en tonos étnicos y cambió el ambiente a través de luces indirectas (Joaquín aborrecía las penumbritas pseudohippies). Compró artesanías y encargó telas indonesias, puso incensarios, hasta compró una *menorah* en la sección judaica del Pricesmart, no porque fuera judía sino para tener dónde sostener más velas. Luego su furia del cambio se trasladó a la música: no más Bob Dylan ni Leonard Cohen, sino su amada trova cubana, que a Joaquín le parecía mamerta y pasada de época.

Al verse sola se acercó más al gremio, y después de un asado en casa de un corresponsal de prensa chileno acabó besándose y luego en la cama con otro periodista de judiciales, Víctor Silanpa, al que siguió viendo esporádicamente. Mejor uno o varios amigos íntimos que otro marido. Ella lo enunciaba así: «Me aburre la idea de otro hombre fijo, del tiempo que uno gasta en saber lo que le gusta, conocer a sus amigos, a su familia, saber sus alergias, sus odios, ¿en política?, ¿en temas religiosos?, ¿en fútbol?; saber lo que lo excita o lo emputa, y además conocer a sus papás y, en lo posible, llevarse bien, o tener que tragarse a esa hermana o a esa sobrina que es una pendeja consentida, en fin, qué mamera. Y si tienen hijos, el horror».

Fue Silanpa el que me la presentó y por eso conocí en detalle algunas de sus historias —me refiero a archivos, diarios, fotografías, todo lo que permitiría contarlas de un modo persuasivo y eficaz—.

Pero sigamos con esta.

Montañas, páramos

El viaje a Tierradentro fue largo e incómodo. Empezó muy temprano, saliendo al alba en un vuelo a Popayán. Desde ahí Johana alquiló un campero Hyundai, pero al llegar les dijeron que sólo quedaban automóviles pequeños y se tuvo que conformar con una cafeterita que a Julieta no le inspiró ninguna confianza. Igual Johana era la que manejaba. «Estuve mirando y la carretera es buena», le dijo a su jefa, «no se preocupe que allá llegamos». Salieron de Popayán hacia las nueve y, pasado el cruce a Silvia tomaron la dirección a Inzá, el pueblo grande de esa región en las estribaciones de la cordillera.

El camino subía y subía hacia el páramo.

Campos de frailejón. Helechos. El verde oscuro vegetal y el agua en el musgo de las piedras. La carretera era buena a trechos, pero estaba llena de desvíos por obras. Vieron buldóceres, volquetas y aplanadoras amarillos a los lados. Cada cierto tiempo debían pasarse al carril izquierdo y seguir despacio, entre una marea de camiones y púlmanes. Otras veces la ruta era destapada, llena de huecos encharcados por la lluvia. Y el barro. ¿Qué hora era? A Julieta le daba nervios que la señal del celular se perdiera todo el tiempo. «¡Detesto estar incomunicada!», maldecía.

—Mire los helechos tan lindos, jefa, distráigase con el paisaje —le aconsejó Johana.

De pronto la carretera hizo un viraje en subida y, al llegar a la cima, el asfalto se acabó abruptamente. Sobre la derecha Johana vio a un obrero con la cabeza cubierta de trapos y plásticos, le indicaba el camino en medio de un enorme barrial. «Por aquí, hágale», parecía decir agitando

35

las manos. Al ver a ese extraño ser gesticulante, Julieta creyó estar en un fotograma de *Star Wars*. Sobre el lado izquierdo vieron un bus enterrado en el fango. Los pasajeros empujaban mientras el conductor hacía patinar las ruedas sin lograr sacarlo del lodo. Johana dudó, pero le hizo caso al homínido. Aceleró y sintió que flotaba, que el pequeño Hyundai daba coletazos, como una cáscara en el torrente de un río, pero logró llegar al otro lado. A partir de ahí continuó por un sendero de piedras y lograron sortear el fangal. Quinientos metros después, el asfalto volvió y pudieron continuar.

Tres horas de camino por uno de los paisajes más hermosos de Colombia, algo agotador.

Al fin llegaron a Inzá, descendieron aún un par de kilómetros y, tras dejar atrás el museo arqueológico del parque de Tierradentro, tomaron la entrada a San Andrés de Pisimbalá. Un pequeño caserío. Johana se detuvo en algo que parecía un almacén, un depósito o un restaurante. Pidieron dos almuerzos completos. La dueña era una indígena paez de cincuenta años. Julieta le preguntó por el tiempo, por las plantas en las materas y las flores. Sabía entablar este tipo de charlas. Que todas fueran mujeres ayudaba a crear un clima de confianza. Cuando Johana sintió que era el momento, se atrevió a preguntarle:

—¿Qué fue lo que pasó el otro día en el puente del río Ullucos, señora?

La mujer miró alrededor en un segundo y al volver la vista les dijo:

—¿Cuándo?

—El miércoles pasado —precisó Julieta—. Supimos que hubo balacera.

Volvió a mirar al camino. Tres niños se bañaban debajo de un chorro de agua que caía desde un tanque. El sol era apenas un bombillo.

—Por aquí no se ha sabido nada —dijo la mujer.

—A lo mejor con la lluvia no alcanzó a oír —intervino Johana—, pero hubo gente que oyó disparos.

La mujer se quedó pensativa.

—El miércoles no llovió por acá. No me acuerdo.

Agregó algo en lengua nasa que no entendieron, como hablando para sí misma, y se retiró a la cocina.

Volvieron al carro y regresaron a la zona del parque arqueológico de Tierradentro. No iba a ser fácil comunicarse con los indígenas, siempre tan callados. Para romper ese silencio debían quedarse varios días. Se instalaron en una habitación del hotel El Refugio, único en el caserío. En la recepción, Johana le preguntó a una joven cómo estaba el ambiente.

—¿Por aquí? —dijo la joven nasa—. Todo calmadito, gracias a Dios.

—¿No ha habido nada raro?

La joven bajó los ojos y dijo, como para sí misma:

—Nada, señora. Por gracia de Dios.

Dejaron sus cosas en una habitación con dos camas. El baño no era gran cosa, pero corría el agua y parecía haber tanque para calentarla. El espejo tenía un halo amarillo y los bordes quebrados. Julieta se miró e hizo una mueca. En el reflejo parecía una foto antigua. Una imagen *vintage* de sí misma. Luego volvieron al carro para ir a buscar el camino donde se dio la supuesta balacera. Antes de ponerse en marcha, Julieta decidió llamar a Jutsiñamuy.

—No es fácil entenderse con la gente de acá, dicen que no pasó nada. Desconfían. ¿Usted supo algo más?

—Lo nuevo es que el hecho simplemente desapareció.

—¿Cómo así? —exclamó Julieta.

—Como le digo: nada de nada. Pero espéreme un segundito.

Julieta oyó el chirrido de una silla, luego una puerta abriéndose y, al fondo, el rumor de la ciudad. Comprendió que el fiscal había salido al balcón.

—Ahora sí le puedo hablar —dijo—. El reporte del puesto de San Andrés de Pisimbalá desapareció de la red y devolvieron a unos agentes que iban a investigar desde Inzá. Me va tocar averiguar quién mandó hacer eso.

Julieta encendió un cigarrillo reseco de una vieja caja de Lucky que encontró en su chaqueta. Había dejado de fumar hacía once días, pero estas cosas la ponían a mil.

—¿Quién podría querer esconder algo así? ¿Y para qué?

Jutsiñamuy marcó un silencio y dijo:

—Pues los involucrados. Dos bandos que se dieron bala e intervino un helicóptero, fue algo serio.

—Voy a inspeccionar la carretera —dijo Julieta—, ¿recuerda a qué distancia fue de San Andrés?

—Siete kilómetros —dijo Jutsiñamuy—. En realidad, el reporte decía «como a siete kilómetros». Tenga cuidado. Sea discreta si va a hablar con los del puesto de guardia. Al menos hasta no saber qué fue lo que pasó con ese informe en Bogotá.

Julieta le pegó un chupón al cigarrillo y cerró los ojos. Dejó salir el humo por la nariz y dio un largo respiro.

—Esto está muy raro, lo llamo más tarde.

Subieron por el camino hacia una arboleda y vieron alrededor las inmensas montañas; esas moles verde oscuro que le dieron nombre a la región y que estaban repletas de hipogeos con dibujos geométricos. Un panel al lado del camino mencionaba algunos nombres: El Tablón, La Chaquira, el cerro del Aguacate. Cruzaron el pueblo y pasaron frente a una iglesia de muros encalados y techo de guadua. Blanca impoluta y, al parecer, en obra, pues tenía vallas y telones plásticos a los lados.

—A ver —dijo Johana—, calculemos siete kilómetros desde aquí.

—El puente del riachuelo Ullucos no aparece en el mapa —dijo Julieta—, pero lo encontraremos.

Avanzaron despacio.

Cualquier detalle podría ser importante. Eucaliptos, sauces y álamos. Algún guayacán. Guaduales a ambos lados. Árboles de mango. Siguieron. Detrás de las alambradas vieron cultivos de café y maíz. Trochas de tierra y piedra que subían hacia las montañas. Y muchos chorros de agua, riachuelos pasando por debajo del camino a través de pequeños puentes. ¿Cuál de todos sería? No había avisos. Sólo curvas y más curvas.

De pronto Johana dijo:

—Por aquí debe ser. Y esto es «como a siete kilómetros» —le dijo, señalando el contador de kilómetros.

Julieta la miró con curiosidad.

—¿Vio algo?

—Hay una recta y un puente. Si tuviera que emboscar a alguien lo haría en este punto. Pondría tiradores allá y allá.

Aparcaron el Hyundai entre la maleza. Fueron caminando despacio por la orilla de la carretera, observándolo todo. Johana buscaba huellas de fuego, cenizas, caucho quemado, restos de carburante. Pero nada. Subieron y bajaron la explanada varias veces registrando cada matorral alrededor del camino. Luego Johana se metió entre la maleza. En tres partes vio que había sido cortada a ras o arrancada de cuajo. Alguien pudo hacerlo para eliminar restos de ignición. Julieta fue hasta el borde del río y bajó por el terraplén, debajo del pequeño puente. Lo único extraño eran los círculos de hierba cortada, pero era poco.

Johana fue un poco más lejos. Julieta la vio sacar su navaja y extraer algo del tronco de un cedro.

—¡Venga! —le gritó.

Cuando Julieta llegó al lugar, Johana abrió la mano y se lo mostró: una bala. La miró al trasluz, sopesándola, y dijo:

—Pesa al menos ocho gramos. Es un calibre 7.62.

—¿Y eso qué quiere decir? —preguntó Julieta.

Johana la lanzó al aire y la volvió a agarrar, como si hubiera tirado un cara y sello.

—Rifle de asalto, AK-47. Lo dispararon desde allá, le estaba viendo la dirección.

Le mostró el plomo y señaló los hundimientos.

—Este de adelante es el golpe en el palo del árbol, pero este otro es diferente. Pegó en algo y rebotó. O se desvió. Esto se dispara en ráfagas. Debe haber más por ahí. Lo seguro es que lo dispararon a una distancia equivalente desde el otro lado de la carretera. Es de los atacantes. Pudo golpear en un carro y venir a clavarse acá. Es una hipótesis. Habrá que observarla en laboratorio a ver si tiene tejidos humanos.

Fueron a mirar la otra parte de la carretera, entre unos álamos. Había un pequeño talud.

—Debieron emboscarse aquí —siguió diciendo Johana—, es el lugar ideal.

Escarbó la tierra con su navaja, trazó varios círculos. El cascajo parecía suelto. Seguramente lo habían removido. Rodearon la arboleda y Johana subió a un montículo. Desde ahí podrían haber disparado. Buscó en la tierra ayudándose con la navaja.

—Si esta fue una de las posiciones de ataque, debió haber otra por allá —dijo señalando un talud a unos cien metros.

Fueron a mirar, pero no encontraron nada. La maleza estaba intacta. Julieta revisó las cortezas de los árboles buscando impactos de bala.

—O al otro lado de la carretera —dijo, indicando un lugar con el dedo—. Allá.

Un poco más arriba había un barranco con una posición que parecía buena. Se lo señaló a su colaboradora.

—Revisemos también ahí.

Johana le hizo no con el dedo.

—Nadie embosca desde tan lejos —dijo—. Esto se hace para sorprender y saltarle encima al enemigo. Un tiroteo corto que obligue a replegarse y luego caer. De lejos se pierde ventaja. Si la hicieron por la tarde, todavía con luz, es porque consideraron la posibilidad de perseguir al enemigo. Sabían que era fuerte y podía repelerlos. Le tenían su respetico.

Julieta la miró y dijo:

—Muy bien, profesora. ¿Y todos en la guerrilla sabían estas cosas? ¡Lo raro es que no hayan ganado la guerra! Vamos para el otro lado.

Johana señaló un repecho. Una arboleda. La misma distancia desde la carretera, ideal en un fuego cruzado o para una segunda emboscada en caso de que el enemigo se dispersara por el terraplén del riachuelo.

A unos metros, Julieta encontró un casquillo de fusil. Al verlo, Johana dijo:

—Confirmado, AK-47. Fue tremendo asalto.

Julieta encendió otro cigarrillo. Una nube cubrió el sol y, de pronto, un golpe fresco de viento anunció el final de la tarde. Se frotó los antebrazos y una inexplicable inquietud la hizo mirar hacia lo alto de la carretera. ¿Qué había ahí? Disimulado detrás del tronco de un árbol, vio una sombra.

—Nos vigilan —dijo.

Era un hombre con un casco negro, en una motocicleta. Pero tan pronto dieron dos pasos hacia él se puso en marcha y partió en sentido contrario. Las dos se quedaron expectantes. ¿Sería casualidad?

—Está bien por hoy —dijo Julieta—. Volvamos, mañana podemos ir a hablar con el puesto de guardia de San Andrés.

Había oscurecido y parecía que la noche traería de nuevo lluvia. Comieron en el restaurante del hotel, que en ese momento estaba vacío, pero cuando iban por el segundo plato llegó un grupo de rusos, cuatro parejas, llenando el silencio con su algarabía. Tenían dos botellas de whisky y se las rotaban en los dos sentidos.

—El de la moto nos estaba espiando —dijo Johana.

Julieta cortó la pechuga de un pollo algo seco. Antes de llevarse un pedazo a la boca, dijo:

—Pudo ser casualidad. Alguien que llegó hasta ahí y nos vio. No es frecuente encontrar a dos mujeres de ciudad en medio de una carretera.

Johana le dio un sorbo al jugo de guayaba.

—Prefiero ser paranoica, jefa. Es más seguro. Supieron que estábamos ahí y mandaron a alguien. Por eso el tipo llegó con el motor apagado.

—¿Quiénes? —preguntó Julieta al azar, sin esperar una respuesta.

—Lo seguro es que hubo combate, y fuerte —dijo Johana—. Usar rifle de asalto no es de simples bandidos.

El aire, aún húmedo de lluvia, estaba cada vez más frío. La noche se presentaba cargada. Julieta pensó en llamar a Jutsiñamuy, pero los vecinos de mesa habían empezado a cantar y batir palmas.

—Rusos borrachos, ojalá no se queden tomando toda la noche —dijo Julieta.

—No son rusos, jefa. Son ucranianos —dijo Johana.

—¿Cómo lo sabes?

—Porque todos tienen camisetas que dicen *I love Kiev*, que es la capital de Ucrania.

Julieta la miró sorprendida.

—Ok, ok. Perdón, pues. Ucranianos... Me voy a dormir.

El cuarto era amplio. Julieta se sentó en el pequeño escritorio y comenzó a tomar notas. Hizo una sucinta narración de los hallazgos del día y la descripción más exacta que pudo de la carretera.

Cuando apagaron la luz, la lluvia arreció. El golpe del aguacero sobre las tejas le trajo recuerdos de infancia y una vaga sensación de orfandad. Era en esas noches cuando más le hacía falta una pareja, abrazarse a alguien y buscar alivio. La lluvia cayendo sobre los recuerdos y las obsesiones de todos. Sin embargo, logró dormir.

Abrió el ojo y comprobó que aún llovía, aunque con menos fuerza. ¿Qué hora era? Tal vez las tres de la mañana. «La hora en que los enfermos entran en agonía», repitió en su mente. Se había despertado por un extraño motivo: la inquietante sensación de que algo había entrado al cuarto y que aún estaba allí. Tan cerca que si alargaba la mano podría tocarlo; y lo peor: la idea de que *eso* seguía acercándose, como un animal que olfatea. Una sombra en plena noche. ¿O tal vez aún soñaba? No. Alguien más estaba ahí; alguien que podía verla, a pesar de no haber ni un resquicio de luz. No se atrevió a moverse y sus nervios se tensaron. La oscuridad era absoluta, pero sintió que una parte de esas tinieblas se desplazaba. Más aún: algo parecía retorcerse o gesticular frente a su cara. Sus terrores infantiles emergieron con fuerza. Cerró los ojos, volvió a abrirlos. La negrura era la misma. No era un sueño, estaba despierta, pero no se atrevió a frotarse los ojos por miedo a que *eso* lo notara. Su única protección era fingir que dormía. Aguzó el oído y, entre el ruido de la lluvia, creyó percibir el sonido regular de la respiración de Johana.

Pasaron unos segundos y el aguacero volvió a arreciar, como si todo el cielo se vertiera sobre la tierra. En algún lado se oyó un trueno que hizo eco en las montañas, y luego otro. De pronto, sin nada preciso, Julieta tuvo la sensación de que el aire se removía; algo en esa densa oscuridad se había desplazado otra vez. Creyó que su corazón iba a estallar y, bajo las cobijas, logró mover su mano hasta agarrar el celular. Pero no supo qué hacer con él. Vino otra sucesión de truenos. De pronto le llegó una oleada de aire fresco y, entre el rugir de los truenos, el inconfundible sonido de un clic.

El visitante había salido y cerrado la puerta.

Tocó la pantalla y su celular se iluminó, pero al sacarlo de las cobijas vio el cuarto vacío, tenuemente.

—¿Pasa algo? —preguntó Johana, despertándose.

Julieta se levantó y encendió la luz.

—Alguien entró.

—¿Entró dónde? ¿A este cuarto? —exclamó Johana, incrédula.

—Sí. Y se acaba de ir.

—Pues yo no oí nada.

—Ya me di cuenta —dijo Julieta.

Fue a la puerta y comprobó que estaba sin seguro.

—Mira, olvidó apretar el botón de la chapa. Dejó abierto. Yo anoche cerré con llave.

—Abrir una de estas puertas es fácil, se puede hacer hasta con una tarjeta débito —dijo Johana.

Miraron sus cosas, todo estaba en orden. Salieron al corredor, que daba a un prado en el que había una piscina, pero no había nadie. Fueron a la recepción. Todo estaba vacío. Claro, eran las tres y media de la mañana. Tocaron el timbre y un joven nasa, de ruana y en medias, salió de un cuarto lateral restregándose los ojos.

—¿Sí? —dijo.

Julieta preguntó si alguien había entrado al hotel recientemente. El joven respondió que nadie. Quiso saber quién más estaba alojado, aparte de los rusos.

—Ucranianos —susurró Johana.

—Nadie más, señora —dijo el indígena.

Julieta se impacientó. ¡No se había soñado todo eso!

—¿Y esta es la única entrada? —preguntó.

El joven dijo que sí, aunque también se podía llegar desde la quebrada o saltando la reja del parqueadero. De haber sido así, los perros habrían ladrado.

—A veces los perros se intimidan con la tormenta —agregó el nasa—, pero a veces no.

Julieta lo miró intrigada y Johana le dijo al oído, «está bien, es difícil entenderlos». Volvieron al cuarto. La lluvia caía de lado, empujada por el viento, y rociaba el corredor por el que debían bajar. En la puerta pensó que el visitante debía haber dejado huellas, pero la estera de la entrada estaba seca.

—No me lo soñé —le dijo a Johana.

—Le creo, jefa. Vamos a dormir.

Al salir del cuarto con las primeras luces —aburridas de intentar recuperar el sueño después del extraño acontecimiento—, vieron cómo se levantaba del pasto una fina capa de vapor. El sol secaba poco a poco la humedad. A lo lejos se oyó el canto de un gallo. De la hondonada les llegó un olor a campo que era a la vez mezcla de brasas, alguna pequeña hoguera, una olla de café y la tierra húmeda.

Desayunaron en la terraza, frente a una rudimentaria piscina de agua de río que, de sólo mirarla, le provocó escalofríos a Julieta. Tres potros que deambulaban por ahí se acercaron a su mesa a pedir comida. Uno de ellos trepó los escalones y posó las patas delanteras sobre las baldosas del mirador. El mesero indígena salió de la cocina y lo obligó a volver al prado.

—Te juro que anoche entró alguien —dijo Julieta.

—Yo le creo, jefa —puntualizó Johana—. Pero, ¿qué podía estar buscando alguien en nuestro cuarto? Descartemos lo obvio: un violador, un ladrón, un psicópata. No se habría ido sin intentar algo.

Julieta partió un pedazo de papaya. Estaba muy rica, con jugo de limón encima. Y dijo:

—Debió sentir que me desperté, del mismo modo que yo lo sentí a él. Aprovechó los truenos para salir.

—¿Y por qué no prendió la luz? —dijo Johana.

—Me paralizó el miedo —dijo—. No pude.

Se quedaron mirando un colibrí que bebía agua dulcificada de un recipiente en forma de cilindro colgado en una de las vigas del techo. Al fondo, en la arboleda que sigue el río, se oyó el golpeteo de un pájaro carpintero.

—¿Será el mismo de la moto? —se preguntó Julieta.

—Puede ser —dijo Johana—, lo seguro es que a alguien le intriga o le molesta que hayamos venido a hacer preguntas.

—¿Alguien del pueblo?

—Son los únicos que nos han visto —dijo Johana—, a no ser que algún agente de Jutsiñamuy haya pasado información.

—¿Tú crees que estamos en peligro? —dijo Julieta.

Johana se quedó pensando un segundo y dijo:

—No del modo en que usted piensa, jefa. Si quisieran pegarnos un susto ya habrían hecho algo. Por el momento sólo nos vigilan.

Julieta se tomó el resto de café de un sorbo y se levantó de la mesa.

—Bueno, entonces sigamos investigando para que se cabreen más y salgan a la luz, a ver quiénes son.

De pronto se detuvo en seco y, mirando a Johana, dijo:

—El carro.

Fueron corriendo al parqueadero del hotel. Ahí estaba el Hyundai y a primera vista no había nada raro. Estaba cerrado. Todo normal adentro, ninguna huella. Miraron debajo de las sillas, detrás de la cojinería. Julieta lo encendió para ver el nivel de gasolina y era el mismo de la noche anterior. Abrieron el cofre y luego el motor, pero todo estaba en orden. Johana se acurrucó y revisó por debajo.

—No hay bombas lapa —dijo.

—Tampoco exageres —repuso Julieta.

Caminaron hacia el corredor pensativas, pero cuando estaban por bajar al cuarto Julieta se detuvo. Algo había surgido en su memoria. Un pequeño triángulo de papel que asomaba por la guantera. La imagen quedó en su mente, distraída por la búsqueda, y ahora volvía como diciendo: hay más, hay más.

Volvieron al parqueadero.

Era el contrato de alquiler del Hyundai. Alguien lo había sacado del sobre plástico y vuelto a meter sin mayor cuidado. Eso sí era una evidencia. Lamentó haberlo dejado ahí, pues ahora sabían todo de ella: su nombre y dirección, el teléfono, la cédula y el número del pase. ¿Qué era esto? ¿Quién las espiaba?

—Vamos a hablar con los del puesto de guardia —dijo Julieta.

Subieron hasta San Andrés de Pisimbalá y estacionaron frente a la iglesia. La casona de la policía estaba a la vuelta. Una construcción nueva. Julieta pensó que durante la guerra debieron tener un edificio más sólido y, sobre todo, alejado del centro.

La puerta estaba abierta y daba a un despacho con un viejo escritorio de madera y varios afiches que hablaban del orgullo y el coraje de la policía nacional. En un sofá dormitaba un uniformado, boca arriba y con el celular en el pecho. Cuando Julieta entró, el joven dio un salto y el aparato fue a parar al suelo. Se presentaron como periodistas, pidieron hablar con el sargento. ¿Había un sargento? El agente les dijo que esperaran. Cinco minutos después vieron venir a un hombre que, al caminar hacia ellas, levantó un poco la pierna derecha y dejó salir un estruendoso pedo que retumbó en los muros. Él pareció ser el primer sorprendido.

—Disculpen, señoritas, tengo colitis y acá uno va perdiendo los modales, ¿en qué les puedo servir?

En el bolsillo derecho tenía cosido un nombre: Bocanegra. Sargento Bocanegra. Julieta prefirió hablarle de frente:

—Soy periodista y estoy investigando el combate en el puente del río Ullucos. ¿Qué información tiene?

El hombre las miró de arriba abajo sin decir nada. Tendría unos cuarenta años, en ningún caso más de cuarenta y cinco. Se veía sorprendido. No era indígena. Su acento era pastuso.

—¿A qué combate se refiere, señorita?

—La semana pasada ustedes hicieron un reporte a la policía de Inzá.

El sargento fue a sentarse en el escritorio. El policía joven se hizo a un lado y volvió a consultar su celular.

—¿De qué medio es la señorita?

—Investigo para varios periódicos de Estados Unidos.

Mencionar al país del norte en estos contextos podía darle autoridad.

—Usted debe saber que estas cosas son confidenciales —dijo—, y para hablar con la prensa tengo que pedir el visto bueno del mando. Lamento no poder ayudarla por ahora.

Johana se impacientó.

—Nos han estado espiando —dijo—, alguien entró a nuestro cuarto en el hotel.

El sargento se rascó la mejilla, lampiña.

—¿En qué hotel están? ¿Les robaron algo, las atacaron?

—No —dijo Julieta—, pero entraron. Y me abrieron el carro.

—¿Le robaron algo del carro?

—No.

—Pues eso sí que está bien raro —dijo, mirando al policía más joven—, ¿no es cierto, cabo? Que se le metan a uno y no lo roben. Definitivamente este país está cambiando. ¿Están en El Refugio?

Ambas dijeron que sí.

—Bueno, voy a estar pendiente. ¿Hasta cuándo se quedan?

Julieta se volvió a sentir fuerte.

—Hasta que encontremos a alguien que nos cuente qué fue lo que pasó en esa carretera.

El sargento les devolvió una sonrisa, la primera en realidad fraterna.

—Bueno, si se entera de algo le ruego que me lo diga a mí primero.

—Pero si usted no me colabora, ¿por qué yo sí?

—Porque soy la autoridad, señorita —dijo—. Cuando los bandidos venían a tomarse este pueblo me disparaban a mí, no a usted ni a los huéspedes del hotel. No se le olvide de qué lado está.

—Ambos estamos del mismo lado —le dijo Julieta—, no se le olvide a usted tampoco.

Salieron.

Empezaba a lloviznar. Caminaron hasta la iglesia. Tenía alrededor un andamio de guadua con lonas verdes, como de reparaciones que nunca concluyeron. En el portón explicaban que era una «iglesia doctrinera»; además de ser templo, servía de aula para enseñar religión a los indígenas, pero alguien la había quemado años atrás, en una pelea entre nasas y campesinos.

Caminaron hacia el interior.

Un monaguillo esparcía sobre las bancas de madera algo que parecía petróleo. Al verlas hizo un extraño gesto, como si las estuviera esperando. Julieta le preguntó por el cura, y el niño, un nasa de unos doce años, respondió que la iglesia estaba cerrada.

—Es que esto lo quemaron hace tiempos —dijo, mirándolas con curiosidad—. Ustedes vienen desde Bogotá, ¿cierto?

—Sí —dijo Julieta—. ¿Se nos nota mucho?

El niño hizo un gesto vago, parecido a una sonrisa.

—Las vi ayer en el restaurante.

—O sea que ya nos conocías —dijo Julieta—. Estos pueblos tienen mil ojos. Pero dime, ¿entonces por ahora no hay cura?

—Acá no. Tienen que ir a Inzá.

El niño siguió escrutándolas.

—¿Qué querían del cura? —dijo—. ¿Qué necesitan?

Julieta se le acercó.

—Saber algo.

El niño dejó a un lado el trapo, se secó la mano en el pantalón.

—¿Y qué será?

—Un combate —dijo Julieta—. En la carretera que va hacia el río Páez, en la quebrada Ullucos.

La expresión del niño cambió.

Dio dos pasos hacia la puerta y miró afuera, como si quisiera cerciorarse de algo. Un campesino pasó en bicicleta por el andén del frente llevando una sombrilla. Las nubes se veían oscuras, cada vez más cargadas de lluvia. Luego el niño volvió a mirarlas.

—¿Venían a preguntar por eso? —dijo—. A lo mejor el cura vuelve más tarde.

Caminaron hasta el altar y regresaron a la entrada. Johana hizo sonar en la mano las llaves del carro.

—Si viene dile que lo estamos buscando —dijo Julieta.

El niño hizo un sí con la cabeza. Volvió a coger el trapo y el cepillo con los que limpiaba. Las dos mujeres salieron a la calle. Del fondo, tal vez del restaurante, se oía una lejana música. Subieron al Hyundai y arrancaron camino del hotel, pero antes de doblar la esquina Johana se detuvo. Por el retrovisor vio al niño de la iglesia haciéndoles señas.

Dio una larga reversa y Julieta bajó la ventanilla.

—¿Qué pasa?

Miró hacia las montañas, nervioso. Sus pupilas parecían dos esferas bailando en el aire.

—Yo vi todo —dijo el niño.

Las dos se miraron.

—¿Lo del río Ullucos? —preguntó Julieta.

—Sí.

—Ven con nosotras. Vamos a un sitio tranquilo y nos cuentas.

Subió al carro y fueron a la cafetería del hotel. El niño pidió una gaseosa y dos empanadas. Papas fritas con sabor a pollo. Julieta le preguntó si podía grabar la conversación y el niño la miró sin entender. Le mostró el celular moviéndolo en la mano y él dijo, sí, no importa.

Tras escuchar la historia completa del combate, Julieta preguntó por las personas que había visto.

—Según tú, ¿quiénes eran? —le dijo.

El niño clavó sus ojos en el suelo, algún lugar entre su zapato y la pata de la mesa.

—No sé, señora. No parecían soldados.

—¿Has visto combates antes? —preguntó Julieta—. ¿Viste alguna vez columnas de la guerrilla o paramilitares?

Se rascó la cabeza, enlazó varios pelos negrísimos y los enrolló en su dedo.

—Vi gente echándose bala en las montañas, señora, varias veces. Vi pasar gente armada y de uniforme subiendo al cerro del Aguacate. También soldados.

—¿Y estos se parecían? —dijo Johana.

—Eran distintos. Sin uniforme.

—Mientras se disparaban, ¿los oíste decir algo? —dijo Julieta—. ¿Les oíste la voz? ¿Eran de por aquí?

—Casi no pude oírlos, señora. No hablaban, todo lo sabían sin decir, sólo mirándose. Se hacían señas con las manos.

—¿Viste cuántos murieron?

—Por lo menos cinco, los vi caer. Les pegaron sus tiros. Hubo mucha bala y un carro empezó a quemarse. Lo apagaron.

—¿Cómo eran?

—Altos, con ropa de ciudad. No eran campesinos ni nasas. Gente de otra parte. El jefe de los atacados iba vestido de negro, salió del jeep con unas mujeres. Querían matarlos, pero no pudieron por el helicóptero.

—Y el señor de negro y las mujeres, ¿cómo eran?

—Salieron y se montaron al helicóptero. El señor era alto y flaco. Creo. No lo vi bien. Y una mujer sin ropa, casi. Casi sin ropa. Salieron del carro más grande, del negro. Un Hummer. Y otra mujer, también diferente.

—¿Diferente?

—Con ropa, con pantalones.

—Y la otra mujer, ¿por qué dices que sin ropa? —preguntó Johana.

—Tenía un pantalón muy corto, apenas. Casi sin nada puesto.

—¿Y el helicóptero hacia dónde se fue?

—Subió y se metió por allá...

«Hacia el occidente», escribió Johana.

—Se llevaron todo en camiones —dijo el niño—. Trabajaron toda la noche con linternas.

—¿Tenían uniforme?

—No eran soldados. Tenían chaquetas, pero distintas. Oscuras, creo. Me asusté y miré menos. Pensé que me podían ver y me abracé al tronco del árbol. Si me ven me disparan. Me dio susto.

—¿Viste a alguien del pueblo? —preguntó Johana—. ¿Alguien, aparte de ti, vio lo que pasó?

—No sé —dijo el niño—. Yo estaba solo. No vi a nadie más.

—¿Te parece posible que la gente de San Andrés no haya oído nada?

El niño sonrió.

—Acá la gente está enseñada a no oír.

Julieta acercó el celular y le dijo:

—Te pido un favor, cierra los ojos un segundo, concéntrate y cuéntame otra vez todo lo que viste, desde el principio, con todos los detalles.

El niño le hizo caso.

Cerró los ojos y empezó a hablar.

Al terminar su relato, miró hacia la puerta de la cocina.

—¿Puedo pedir otra gaseosa?

—Claro —dijo Julieta—, ¿la misma?

—Una Fanta, gracias.

Johana se levantó y fue a pedirla.

—Después de lo que me cuentas, ¿alguien ha ido por allá a mirar qué pasó? —quiso saber Julieta.

—No sé —el niño habló como dudando—, no entiendo. ¿Alguien, quién?

—Alguien en moto, por ejemplo. Con un casco negro. ¿Lo has visto?

—Acá todo el mundo tiene moto. Los campesinos y los nasas. Hay muchas motos. Suzuki 350, sobre todo. O Kawasaki 250, las más viejas.

—Pero no usan casco —dijo Johana.

—Según —dijo el niño.

—Sabes mucho de carros y motos —dijo Julieta.

—Me gustan. Los veo por internet.

—¿Cuál es tu carro favorito?

—El Chevrolet Camaro y la Toyota Fortuner —dijo el niño, y agregó con timidez—: Ustedes en Bogotá, ¿también trabajan con la ley?

—Más o menos —dijo Julieta—. Somos periodistas.

—Ah —exclamó el niño, abriendo mucho los ojos.

Pensaron que era suficiente. Le preguntaron si debían llevarlo de vuelta a la iglesia.

—No —dijo el niño—. Mejor voy solo.

—¿Te puedo llamar si surge alguna duda? —preguntó Julieta—. ¿Dónde te encuentro?

—En la iglesia o en la tienda. Pregunte por mí. Me llamo Franklin. Ahí me conocen. Franklin Vanegas.

Cuando ya salía del comedor, Julieta volvió a llamarlo.

—Sólo una cosa más, Franklin. ¿Esa noche estaba lloviendo?

El niño miró hacia el techo, luego bajó los ojos hasta ellas.

—Al principio sí, después no me acuerdo. Puede que no. Yo tenía miedo.

—¿Llamaste a la policía a dar la alarma?

El niño bajó la cabeza, avergonzado.

No dijo nada.

Julieta tomó notas por cerca de una hora. Luego empacaron todo en el Hyundai y se fueron a Inzá. Después del episodio de la noche anterior no quisieron quedarse en Tierradentro. Podrían volver al otro día. Aunque ya las tenían fichadas.

—Fue fácil encontrarlo —dijo Johana.

—Debió ser él quien llamó a la policía —agregó Julieta—. Ahora tenemos que averiguar quién es el señor de negro que se bajó del Hummer. Con eso podremos saber el resto: quién lo atacó y por qué. ¿Quién tiene hoy gente armada de esa manera? ¿Qué hicieron con los cadáveres? ¿Cómo los desaparecieron? ¿No tienen familia esas personas?

Johana iba manejando y le dijo:

—Eso es fácil, jefa. O, mejor dicho, era fácil antes. Ahora no sé. Los botaban a los ríos o los enterraban en zanjas. Los paracos tenían hornos crematorios. Estos deben ser exparacos. Son los únicos que pueden tener ese armamento. El de negro debe ser un capo, ¿quién puede tener un Hummer, soldados y un helicóptero?

—Acuérdeme de llamar a Víctor, él puede saber de eso.

—¿Silanpa?

—Sí.

Avanzaron entre las lóbregas montañas. Por momentos las nubes bajaban hasta la carretera: volúmenes grisosos, opacos por el verde oscuro de la cordillera. Elevaciones, planicies. Chorros de agua cayendo de lo alto en cada curva. Un gavilán volando en círculos.

De pronto Johana, mirando por el retrovisor, le dijo a Julieta:

—Ahí está otra vez.

—¿Quién?

—La moto...

Julieta se dio vuelta y la vio, unos trescientos metros atrás. Era la misma del día anterior, no había duda.

—¿Qué hacemos? —pensó en voz alta.

—O aceleramos o paro y lo enfrentamos —dijo Johana.

Julieta lo siguió con la vista y notó que no avanzaba velozmente hacia ellas.

—Disminuye un poco a ver si nos alcanza...

Aminoraron la marcha pero la moto, a su vez, rebajó la velocidad. Sólo quería espiarlas. O hacerse ver.

—Paremos, parquéate allí —dijo señalando una entrada cerca de la curva.

La moto también se detuvo y el hombre del casco, al parecer muy tranquilo, las observó de lejos.

Julieta se bajó del Hyundai y lo miró, retadora. ¿Vendría? ¿Sería el mismo que entró a su cuarto de hotel? Allá estaba esa figura, de casco y chaquetón negro, detenida como en un juego.

—Da la vuelta —le dijo a Johana—, vamos a perseguirlo. ¡A ver quién putas es!

Johana rastrilló las ruedas. Debían moverse con agilidad, pero la moto hizo un giro y aceleró. Un poco más adelante entró por un camino de tierra que subía a la montaña y la perdieron de vista.

—Bueno —dijo Julieta—, al menos sabemos que no hay que tenerle miedo.

—Sólo quería comprobar que nos íbamos —dijo Johana.

Inzá está a 1.800 metros de altura. Es ruidoso y, en su periferia, algo lumpenizado, como la mayoría de los pueblos de este país. De lejos, por la carretera que viene de Tierradentro, parece una línea de casas tendidas en la crin del cerro. Si en Colombia hubiéramos tenido Edad Media ahí habría un castillo, pues Inzá domina las laderas, planicies y cañones vecinos. El conflicto golpeó a Inzá, como a toda la región. La gente se acuerda de un carrobomba de las FARC que mató a nueve personas. Soldados, policías y civiles. La operación consistió en lanzar cilindros cargados con munición y explosivos desde una camioneta que transportaba bultos de cebolla. Destruyeron la estación de policía.

Eso fue en el 2013.

El alcalde las recibió en bluyín y mangas de camisa. Tenía manos de campesino, dedos gruesos y cortos, uñas rectangulares. Unos cuarenta y cinco años bien llevados, en ningún caso más de cincuenta. Bigote oscuro, piel morena y cuerpo bajito, deformado por una insólita joroba que asomaba por el costado derecho.

Se presentó, Horacio Barona.

Las invitó a tomar un tinto frente al ventanal de la oficina que daba al parque, en el segundo piso de la alcaldía. ¿Cómo se llama ese árbol tan lindo que echa flores amarillas?

—Aquí le decimos roble —dijo Barona—. Y ese de allá, el rojito, es una acacia. Hay que decir que este pueblo está bendecido por la naturaleza, la verdadera madre.

Miraron, era muy bello.

El tono lírico y un poco cursi del alcalde parecía sugerir que ese manto vegetal representaba la inocencia eterna del alma humana, o de todo ser viviente bajo su estilizada sombra. Pero la realidad no era esa, claro. Lejos de ahí. Julieta no supo bien cómo abordar el tema que, de tanto entresijo y ocultación, había acabado por parecerle «misterioso en sí» e incluso un poco vergonzante. Tomó aire y aclaró las ideas. Al fin y al cabo no era más que otro episodio violento entre los miles que pasan en este país irascible y cruel que, paradójicamente, cuando se lo preguntan, dice ser el más feliz del mundo.

—Ya le dije que soy periodista, alcalde —precisó Julieta—, así que podrá imaginarse de qué quiero hablar.

El hombre asintió.

—Pero claro —dijo—, ¿y sabe qué le digo? Puede preguntarme con absoluta libertad. Lo único que quiero dejar claro, desde el principio, es que me declaro neutral. Sé que el párroco está molesto y por ahí me han llegado comentarios, ¿ya hablaron con él?

Julieta y Johana se miraron confundidas.

—¿El párroco? —dijo Julieta.

El alcalde ni la escuchó. Siguió diciendo:

—Acá en Inzá el Vicariato ha sido muy fuerte y tiene tradición, pero don Tomás debe aceptar que los aliancistas también representan a muchísima gente buena. ¿Y cómo hago yo para prohibirles que usen el parque? Los de la Alianza Cristiana están en su derecho, aunque sean evangélicos. Y además, fíjese: la reunión de este fin de semana trajo a gente de todo el mundo y fue un acontecimiento nacional. ¡Nuestro pueblo salió en todos los periódicos! ¿Cómo puedo oponerme a eso? Yo me atengo a lo que dice la Constitución: este es un país con libertad de culto.

—Tal vez hay un malentendido, alcalde —dijo Julieta—. No sé de qué nos está hablando. Nosotros venimos a preguntar por una balacera que hubo en la carretera de San Andrés de Pisimbalá la semana pasada.

Ahora fue él quien hizo cara de no entender.

—Ay, señoras. ¿No vienen por lo de las fiestas aliancistas? No se habla de otra cosa en las radios regionales.

El alcalde se recompuso un momento, bebió el sorbo final de su pocillo de tinto y dijo:

—Sí le oí hablar al teniente de la policía, dijo que había un rumor de algo, pero no me dio detalles ni lo volvió a mencionar. ¿Ya hablaron con él? Eso deben ser cuentos de la gente. Con lo de las fiestas del pueblo, le confieso, estuve haaaasta aquííí todo el fin de semana... Él me dio reporte ayer, pero de eso no dijo nada. Tan raro.

Dicho esto, el alcalde torció el bigote y golpeó con el dedo pulgar el borde de la mesa.

Julieta lo miró con rabia. Reconocía a la legua ese tipo de situación en la que, por el hecho de ser mujeres, no se tomaba el asunto en serio.

—Hubo un combate con rifles de asalto AK-47, se usó armamento pesado y un helicóptero posiblemente artillado. Todo en su municipio, ¿y usted no se enteró por estar en unas fiestas evangélicas? —dijo Julieta, echando fuego por los ojos—. Eso suena interesante, ¿quiere que lo escriba así?

El alcalde se levantó, nervioso, y fue al teléfono. Con el auricular en la oreja les hizo un gesto: esperen, esperen.

—¿Aló, mi teniente? —lo oyeron decir—. Sí, con el alcalde Barona, ¿cómo me le va? Ah, bueno, mire, es que tengo aquí a dos periodistas de Bogotá que andan preguntando por una balacera en... ¿Dónde fue, señorita?

—En la quebrada Ullucos —dijo Julieta.

—Por San Andrés —siguió diciendo el alcalde al teléfono—, ¿no había usted oído ya algo de eso? Ah, sí, bueno, sí, sí. Bueno, bueno. Ya entiendo. ¿Dos personas? Ah, bueno, ¿el miércoles pasado? Bien, bien. Claro, bueno. Hágame el informe con ese detalle, muchas gracias.

Volvió a sentarse.

—Les cuento que tenían toda la razón, mis estimadas —dijo el alcalde—, y les pido mil disculpas. En efecto el teniente dice que hubo disparos en esa carretera el miércoles por la noche. Un tipo borracho en una camioneta trató de pasar a un campero y parece que se rozaron o se dieron, y hubo pelea y tiros, pero me dice que fueron al aire porque no hubo heridos. Los sindicados están detenidos y desde esta mañana, precisito, los mandaron a Popayán. Un comerciante de La Plata y un transportista de Silvia.

Dicho esto, dio tres golpecitos con los dedos en el borde de la mesa, como siguiendo una canción.

—Bueno, siquiera les pude ayudar —agregó—, pero lo que sí me intriga, y me perdonan, es que se hayan venido hasta acá por una cosa de estas, ¡hasta el Cauca! ¿Tan tranquilo está Bogotá?

Las dos mujeres se levantaron y Julieta le dijo:

—La historia que yo tengo es muy diferente, alcalde, pero le agradezco. Me ayudó a entender algunas cosas.

Salieron al salón de la secretaría. Una mujer de pelo teñido y uñas largas chateaba ruidosamente en su celular. Otra miraba a través de unas gafas, a mitad de nariz, un documento Excel. Ambas alzaron la vista.

—¿Se le ofrece algo, doctor?

—Las señoritas ya se van —dijo el alcalde—. Bajo a acompañarlas y subo.

En la calle vieron que volvía a lloviznar.

—Es el problema de esta época —dijo el hombre—, ¿tienen el carro muy lejos?

—Acá cerca, alcalde. Gracias.

Se despidieron. Las siguió con la mirada hasta la esquina del parque y volvió a entrar.

—¿Cómo la ves? —preguntó Julieta.

Johana sacó el papelito del parqueadero, pagaron.

—Todos parecen esconder algo —dijo—, pero, ¿por qué? Hay que saber quién es la persona que atacaron. El señor de negro. Se ve que es alguien poderoso, todos lo encubren.

—Sí —dijo Julieta—, y también los de la otra banda.

—Pensé que iba a contarle al alcalde lo del tipo de la moto —dijo Johana.

—Prefiero guardarlo, por ahora. Sospecho que volveremos a hablar con él más adelante.

Salieron del parqueadero.

—¿Y ahora para dónde, jefa? ¿Nos quedamos aquí? —preguntó Johana.

—No, vamos a Popayán a ver si enfriamos esto y a cambiar de carro. Llamaré más tarde a Jutsiñamuy, a ver si tiene alguna novedad. Le va a gustar la historia que nos contó el niño.

Salieron de Inzá.

Julieta fue viendo pasar las casas atenta a la carretera, por si volvía su espía, pero todo parecía muy tranquilo. Se relajó y comenzó a pensar en un buen hotel en Popayán donde pudiera darse una ducha larga, tomar notas para ordenar las ideas y comer bien. ¿Cuál debía ser el siguiente paso? Tal vez hablar otra vez con el niño de la iglesia. Dejó de mirar el borde de la carretera y cerró un momento los ojos. Pero al cerrarlos una imagen se destacó en su mente. Entonces se incorporó y le dijo a Johana:

—Para, devuélvete.

—¿Devolverme? ¿A la alcaldía?

—No —dijo Julieta—, sólo un poco. Unos cien metros.

Johana se orilló y dio vuelta en U.

—Dale un poco más despacio... Mira, allá. Para aquí.

Desde el borde de la carretera, adentrándose en el valle y por el espacio entre dos casas, vieron una construcción de tres pisos con una torre y un crucifijo de neón. Debajo un aviso luminoso: «Iglesia Alianza Cristiana & Misionera de Inzá».

—Deben ser los de las fiestas religiosas que mencionó el alcalde —dijo Johana—. Él mencionó las «fiestas aliancistas».

Al frente del templo, sobre la calle, había varias camionetas y camperos. Algunos hombres fumaban, a la espera. Parecían guardaespaldas.

De repente, se abrió una puerta lateral y vieron salir a un grupo de personas. Los de seguridad bajaron de los automóviles y fueron hasta ellos. Parecía una calurosa despedida entre pastores de las iglesias evangélicas, de los que vinieron «de todo el mundo», según el alcalde, pensó Julieta. Se dieron abrazos, se agarraron de las manos y celebraron alzándolas a la altura de los hombros y luego hacia el cielo, como ciertos deportistas cuando obtienen un triunfo. Los pastores vestían todos de riguroso negro. Los demás debían ser sus acompañantes. En ese momento llegaron más camionetas Toyota y parquearon cerca de la puerta. Los camperos encendieron motores y el grupo fue subiendo a los carros.

—Ahí están los hombres de negro —dijo Julieta, al tiempo que hacía fotos con el celular—. El nuestro podría ser uno de ellos. Un pastor evangélico.

Nerviosa, le pidió a Johana mover el Hyundai hacia unos arbustos resecos para tener mejor visión y porque desde ahí no podían verlas. Luego bajó del carro y grabó el final de la escena: los pastores subiendo a sus camionetas, los carros de seguridad en marcha; cada grupo fue saliendo en orden. Intentaron ver algún nombre o logo en las puertas, pero estaban lejos. Tampoco distinguían las placas. Iban hacia Inzá. Los vieron perderse por la carretera y subir una loma, detrás de las primeras casas.

—Ahora sí a Popayán, rápido —dijo Julieta.

Dieron otra vez el giro y aceleraron por la carretera.

—Uno de esos podría ser el sobreviviente —reflexionó Julieta—. Mañana temprano volvemos a San Andrés y le mostramos las fotos al niño. Es el único que puede reconocerlo.

Hombres de negro

El hotel Camino Real de Popayán no tenía nada que ver con la famosa cadena mexicana de albergues, pero la verdad es que estaba muy bien, era cómodo y de buen precio, a veinte metros del parque Caldas, lugar siempre asediado por turistas debido a su arquitectura colonial. Ahí estaba la catedral de Nuestra Señora de la Asunción, con su aire aséptico, refulgiendo con sus muros blancos. Había sido reconstruida hacía apenas dos décadas, después del terremoto.

Lo mejor del hotel, según vio Julieta, era uno de los platos de su restaurante: *Sopa de mariscos del Pacífico en crema de chontaduro*. Ese plato había ganado en el 2010 el primer premio del Foro de los Patrimonios Unesco en un concurso gastronómico en Hondarribia, País Vasco, uno de los lugares del mundo donde realmente saben lo que es comer.

Se instalaron y bajaron al comedor. Julieta pidió la sopa sin dudarlo. Johana prefirió una canasta de pollo asado. Y para empezar, empanadas de pipián. Una cena suculenta que debía ayudarles a poner en orden sus notas. Julieta repasó su pobre video en el celular. Todo se veía muy lejos: los movimientos de los carros, el ruido del viento. Intentó hacerles zoom a las imágenes de los hombres de negro y sólo lo logró a medias.

—De todas formas sería un poco raro —dijo Julieta— que alguien a quien estuvieron a punto de matar hace menos de una semana ande ahora por las mismas carreteras.

Johana se tomó un sorbo de su Club Colombia.

—Muy tranquilo no estaba ninguno —dijo la asistente—, con esa cantidad de guardaespaldas. Si nuestro sobreviviente es uno de estos hombres, fue porque no pudieron con él. Los asaltantes se debieron replegar y ahora estarán curándose las heridas. Cuando a uno le dan tan duro, jefa, no vuelve al otro día.

Se acabaron las empanaditas, que estaban bien crocantes. Julieta pidió otra copa de vino y dijo:

—Veamos quiénes participaron en las fiestas aliancistas.

Sacó su teléfono, metió la fecha y los datos y muy rápido encontró todo en el buscador. Se fijó en la Iglesia Alianza Cristiana y vio que entre sus preceptos estaba la espera ante la inminente llegada de Jesús.

Nuestro Rey que viene. Hechos 1:11. «La corona representa la bendita esperanza del retorno inminente de Cristo.»

Revisaron, cada una con su teléfono, los invitados al evento. Había pastores de treinta y siete iglesias «Cristocéntricas» de América Latina, todo un repertorio de la comunidad evangélica.

—Caramba —dijo Julieta—, eso fue una vaina enorme. Una especie de OEA misionera. ¿En Inzá? Raro que no hayan preferido hacerlo en Popayán o en Cali.

—Bueno, acá leo que el tema era la solidaridad con el mundo rural —dijo Johana—. Para ellos el Cauca es territorio sagrado por la resurrección después de la guerra.

Siguieron pasando páginas hasta llegar a las biografías de los invitados. Comenzaron a analizarlos.

Rubén Electorat Andrade, Chile. Iglesia aliancista, barrio de Ñuñoa, Santiago. Setenta y seis años. Carlos Perdomo Montt, Chile. Iglesia pentecostal de Valparaíso. Cincuenta y cuatro años. Mario Andrade Paulista, Brasil. Iglesia Cristo Novo, São Paulo. Cuarenta y siete años...

—No creo que haya sido un extranjero —dijo Johana—. Sería raro que alguien que no es de aquí pueda tener semejante escolta. ¡En una carretera del Cauca!

—Tengo una idea —dijo Julieta—. Llamemos a mi amiga Doris Helena. Copia los nombres de los pastores, su nacionalidad o el país del que vinieron y se los paso, a ver qué nos dice.

Doris Helena trabajaba en la Oficina de Inmigración del aeropuerto El Dorado, pero desde su base de datos podía ver las llegadas y salidas de todos los aeropuertos del país con conexión internacional. Julieta sabía que trabajaba hasta bien tarde por los vuelos nocturnos, así que la llamó y le explicó que hacía una investigación sobre unas fiestas evangélicas en el Cauca. Necesitaba saber por cuál aeropuerto y en qué fecha habían entrado al país las siguientes personas, y le mandó por mail la lista de los veintiocho pastores extranjeros.

—Dame también los nombres de los colombianos y te digo desde qué aeropuerto y cuándo viajaron —dijo Doris Helena.

—Ay, pues claro —exclamó Julieta—. Gracias.

Y quedó a la espera.

Mientras tanto se pusieron a analizar a los nacionales: dos de Barranquilla, uno de Cúcuta, dos de Medellín, dos de Bogotá, uno de Cali y uno de Pasto. ¿Cuál de estos podría ser?

Media hora después llamó Doris Helena y les dijo que todos, con excepción de los pastores evangélicos de Cali y Pasto, habían entrado al país o volado a Popayán el día jueves, lo que quería decir, pensó Julieta, «veinticuatro horas después del ataque». Además, los extranjeros ya se habían ido el lunes, y los nacionales regresaban a sus ciudades entre esta noche y mañana.

—Los dos que quedan no aparecen en ninguna lista de vuelo —dijo Doris Helena—, y es lógico, porque vienen de Cali y Pasto. Debieron irse por tierra.

—Mil gracias, Doris —dijo Julieta—. Estoy en deuda.

—Por eliminación nos quedamos con el caleño y el pastuso —dijo Johana—, ¿a ver quiénes son?

«Edwin Moncayo, Iglesia del Cristo de la Frontera, Pasto. Setenta y nueve años. Fritz Almayer, Iglesia Nueva Jerusalén, Cali. Cincuenta y tres años».

A ambas, por la edad, les sonó más el segundo. El niño no dijo que fuera viejo o anciano.

—Mire, este podría ser el man —dijo Johana, señalando una foto del pastor Fritz Almayer.

Era un hombre delgado, fuerte, de pelo gris. Llevaba gafas de sol y un sombrero negro. Era una foto colectiva, pero él no estaba en la parte delantera del grupo, como si deseara ocultarse o no llamar la atención. Lo buscaron en otras fotos hasta dar con una en que aparecía otra vez su nombre: «El pastor Fritz Almayer, de la Congregación Nueva Jerusalén...».

—Qué nombre tan raro —dijo Julieta—, debe ser un alias. A lo mejor es uno de esos evangélicos canadienses perdidos en el trópico.

Buscaron la iglesia y vieron que tenía sede en Cali. También otras sedes menores en Florencia, Mocoa, Pasto, Barbacoas y Tunja. La página no parecía muy actualizada. No había mención a proyectos relacionados con la paz, que era lo que tenía en efervescencia a la mayoría de las iglesias evangélicas del país, tentadas por los recursos del posconflicto. «La plata de esa misma paz a la que se opusieron con tanta bajeza en el plebiscito», pensó Julieta con rabia.

Les trajeron los platos.

La sopa del Pacífico tenía un aroma que a Julieta le trajo recuerdos. ¿Qué era? Algo parecía abrirse paso desde muy lejos, al final de su infancia. El vaho del caldo subía hasta sus narinas. El leve olor del marisco. Por un momento se perdió en alguna lejana ensoñación.

Odiaba hablar por teléfono mientras comía, pero quería avanzar. Buscó en sus contactos el número de Silanpa.

—Hola, qué sorpresa —dijo él—. ¿Estás en Bogotá?

—No, no. Ando por Popayán en medio de una vaina rara, ¿y tú bien?

El tono de Julieta era diferente al habitual. Cuando hablaba con Silanpa su voz recobraba cierta juventud, un esplendor que no tenía al ocuparse de los afanes cotidianos.

—Mira, Víctor —le dijo—, quiero pedirte un favor... ¿Tienes con qué anotar? Píllate este nombre a ver qué me puedes decir del tipo: Fritz Almayer, es pastor evangélico. Tiene una iglesia que se llama Nueva Jerusalén. ¿Te suena?

Silanpa permaneció unos segundos en silencio.

—Así de primerazo, no. ¿Qué pasó?

—Hubo una balacera cerca de Tierradentro y creo que este pastor estuvo implicado. Parece que lo atacaron con armamento pesado y él se defendió. Pensé que a lo mejor te sonaba.

—¿Y quién lo atacó? —dijo Silanpa.

—Todavía no lo sé, estoy empezando a investigar por el lado donde cayeron las balas.

—Déjame ver qué averiguo y te cuento, ¿bueno?

—Listo, gracias. Un beso.

Siguió bebiendo la sopa con el celular en la mano. Marcó el número del fiscal Jutsiñamuy.

—Debe tener algo bueno para llamarme a esta hora —le dijo el fiscal—, cuénteme.

—Ay, qué pena. ¿Es muy tarde? —dijo Julieta.

—Acabo de comer, no se preocupe. Dígame cómo le fue por allá, ¿ya volvió?

Julieta le contó en detalle sus averiguaciones. Desde los casquillos de bala en la carretera hasta la moto que las seguía, la ocultación del alcalde y las fiestas aliancistas de Inzá. Pero sobre todo la historia de los hombres de negro y del niño testigo.

—Buenísimo —dijo Jutsiñamuy, dando un golpe sobre la mesa—, ¡entonces sí hubo combate! ¿Y el niño confirmó que había llamado a dar la alarma?

—Cuando le pregunté se quedó en silencio y bajó la cabeza —dijo Julieta—, pero tampoco lo negó.

Le dio el nombre del pastor que, según ellas, podría ser el sobreviviente, Fritz Almayer, a ver si tenía algún tipo de antecedente. Jutsiñamuy, exaltado, prometió averiguarlo todo muy pronto.

—Ustedes deberían trabajar acá en la Fiscalía —dijo.

Se despidieron, era tarde.

Julieta prefirió quedarse en el bar, tomar un poco más de vino y repasar sus notas. Mandó un mensaje a uno de sus jefes de redacción, en México, informando sobre la investigación, y le prometió una buena crónica. Con la quinta copa de vino empezó a animarse y por un momento pensó en llamar otra vez a Víctor, pero se contuvo.

Al subir a la habitación vio que Johana se había acostado en la cama cercana a la puerta y estaba ya dormida. Trató de no hacer ruido. Se desnudó y se metió con sigilo entre las cobijas. Cuando buscaba acomodo oyó que su asistente se levantaba al baño y la vio pasar sin piyama, sólo con una camiseta corta y calzones. Tenía piernas fuertes y un bonito trasero. Sintió una extraña curiosidad y esperó a que saliera, fingiendo que dormía. Cuando regresó se fijó en su barriga tersa y dura, y vio, a contraluz, que en ese punto la piel estaba recubierta por una pelusa que le provocó un extraño temblor. ¿Qué le pasaba? Nunca había sentido algo así.

«Será el vino», pensó.

A las ocho de la mañana, de nuevo la carretera y el cielo nublado. Algunas gotas dispersas anunciaban lluvia. Esta vez eligió otro Hyundai en el alquiler de carros, un 4X4 de vidrios polarizados, algo que le parecía horrible y sobre todo lobísimo, pero que le daba seguridad. Ahora se sentía protegida. Pasaron de largo por Inzá, viendo a lo lejos la iglesia de la Alianza Pastoral. Llegaron a Tierradentro a eso del mediodía. Si Franklin reconocía al pastor

Almayer ya podían encauzar la investigación y seguir adelante.

Fueron directo a la iglesia doctrinera, pero el niño no estaba.

Preguntaron por él a una mujer que pasaba con un canasto. ¿El niño Franklin? ¿Lo ha visto?

—No señorita, no lo he visto.

—¿Lo conoce? —preguntó Johana.

—No sé, señorita.

—Es el niño que limpia las bancas de la iglesia —dijo Johana.

—Ah, sí, el niño Vanegas.

—¿Usted sabe dónde vive?

—No es del pueblo —dijo la campesina, dejando el cesto en el suelo—. Ese niño baja del monte, pero no sé de dónde. No he mirado de qué parte viene.

—¿Quién es el encargado de la iglesia?

—No sé, señorita. Pregunte en la tienda, allá le dicen.

La mujer levantó otra vez la cesta y siguió su camino, ocupando su lugar con lentitud en el arduo paisaje. Julieta, al mirarla, pensó en ese extraño silencio indígena, ese *no estar ahí*, como si el clima o la sombra de las montañas los cubriera.

La tienda estaba en la esquina norte de la plaza.

—Sí, se llama Franklin, ¿no? —dijo la mujer que atendía—. Él vive subiendo a la vereda del Tablazo. Un poco más arriba, creo. Por allá pregunte, ¿sí sabe por dónde se sube?

Agradecieron haber elegido un 4X4, pues el camino era un lecho de piedras y huecos. Las raíces de algunos árboles sobresalían y, en un punto, ya muy arriba, el camino dejó de ser transitable y se convirtió en trocha. Como pudo, Johana parqueó el Hyundai a un lado y siguieron a pie. Luego se toparon con un campesino que bajaba con dos mulas. Julieta le preguntó:

—¿La familia Vanegas?

—Sí, señorita, allá no más —dijo el indígena, señalando un lugar indeterminado entre la cima de la montaña y el cielo.

Johana subía a paso fuerte y rápido. Estaba acostumbrada a las largas caminatas por las montañas. Julieta resoplaba y maldecía al ver que cada repecho era una ondulación, preludio de la siguiente cuesta empinada. ¿Dónde putas está la casa de ese muchachito? Al fin apareció la cumbre y una huella en la hierba, afortunadamente en plano.

La vista era grandiosa, pero Julieta no estaba para paisajes. Johana tomó un par de fotos. Vieron una arboleda y debajo una choza, rodeada de sembrados de maíz.

—¡Buenas...! —dijo Johana.

Ladró un perro de raza incierta, con escoriaciones en la piel; una gallina cruzó el sendero de tierra seguida por una docena de pollitos. Al fin una anciana se asomó detrás de una puerta.

—Buenas... —dijo.

—¿La familia Vanegas?

La mujer miró con aprensión, pero se acercó.

—¿Quién pregunta?

Julieta estiró la mano para saludar y ella apenas la tocó antes de retirarla.

—Somos periodistas de Bogotá —le dijo—. Conocimos a Franklin en la iglesia y queríamos hablar con él.

La mujer miró hacia atrás, esperando que alguien viniera a apoyarla. Un viejo nasa llegó del campo y se acercó, guardando el machete en su funda.

—¿Señor Vanegas?

El hombre agachó la cabeza y puso la mano en el pecho.

—¿Franklin es su hijo? —preguntó Julieta.

—Sí señora, pero el niño no está. Vinieron por él ayer.

—¿Quiénes?

—Yo no sé, señorita. Había vuelto hacía poco del pueblo y dijo que se tenía que volver a ir por algo de la iglesia, así que no le pregunté más. Anoche no regresó.

—¿Podemos hablar un momento?

El hombre dudó, pero al final hizo un gesto con el antebrazo que quería decir, «sigan». Se sentaron en la parte delantera de la casa, que no daba hacia la vista sino al plano y la arboleda. La mujer, desde la cocina, les preguntó si querían agua panela.

Julieta les contó lo que el niño había visto en la carretera del riachuelo Ullucos.

—¿Ustedes sabían eso?

—No, señorita, el niño no nos dijo nada —dijo el hombre.

—¿Y no le notaron algo raro estos días? —preguntó Johana.

El hombre no expresaba preocupación, pero ya Julieta había aprendido a no juzgar a los nasas.

—No, señorita.

La mujer llegó con dos pocillos humeantes y los dejó sobre la mesa.

—¿Ustedes son los papás? —preguntó Julieta.

—Los abuelos —dijo el hombre.

—¿Y los papás? ¿Viven por acá?

—El papá ya murió. Murió jovencito.

Julieta se quedó esperando otra frase que no llegó, así que se animó a preguntar:

—¿Y la mamá? —dijo.

—El niño no tiene mamá.

Se tomó un sorbo de agua panela, quemándose la lengua, pero detrás encontró el sabor dulce.

—Todo el mundo tiene mamá, ¿no? —dijo Julieta, poniendo una mano en el brazo de la anciana.

La mujer sonrió por un segundo, pero no dijo nada. Clavó la vista en el suelo de tierra por el que comenzaban a aparecer surcos de agua, empujando pequeñas ramas.

Otra vez llovía.

—Es que la mamá se fue cuando estaba chiquitico, por eso decimos que no tiene. No la conocimos.

—Ah —dijo Julieta—, eso es otra cosa.

La llovizna fue tomando fuerza. Del fondo de las montañas se oyó repicar un trueno y, al mirar hacia el cielo, vieron un denso nubarrón, oscuro y brutal. El aire dejó de ser transparente. Ya no se veían las otras montañas.

Cayó un trueno. Y otro aún más fuerte que hizo temblar el suelo. Los ancianos las invitaron a entrar.

Luego Julieta dijo:

—¿Y qué le pasó al papá de Franklin?

El hombre se acomodó mejor en su silla y dijo:

—Les cuento, sólo mientras pasa la lluvia.

Y empezó a hablar:

«El papá del niño se llamaba Justino y era nuestro único hijo. No tuvimos más, quién sabe por qué. Así salió la familia, chiquita. No se puede hacer nada con eso, lo deciden arriba y acá abajo toca aceptar. Justino nació grandote y fuerte y con buenos brazos para trabajar. Así lo crié. Le enseñé lo de nosotros, las tradiciones, las historias viejas.

»Todo.

»Cuando estaba de cinco años una profesora de San Andrés vino a decirnos que el niño tenía que bajar a la escuela. Yo le dije que no, el niño no necesitaba de esa escuela porque acá le enseñábamos lo que necesitaba saber, pero ellos insistieron, que tenía que ir, que era un derecho del niño, imagínese usted, señorita, como si los taitas no supieran educarlo; yo no quise, pero siguieron viniendo y hablaron con la mamá, ¿no? Claro, ella siempre les dijo: lo que decida el papá, él manda en la casa, y entonces le pregunté a Justino si él quería ir, y contestó, lo que usted mande, papá, ¿pero quiere o no quiere ir?, y él dijo, sí quiero, si usted me da permiso, sí, pero si no, no, dijo el niño, bien educado, y tanto insistieron en San Andrés que un día dije, bueno, que vaya sólo un año a ver cómo le va, pero eso sí, el trabajo acá de la casa lo tiene que hacer igual, ¿no? Y lo hizo. El niño subía y bajaba todos los días, se iba a la escuela todavía de noche y volvía a principio de tarde y le metía fuerte al campo, y entonces al año siguiente lo dejé seguir porque me había cumplido, y así fue que Justino se educó, aprendió las cartillas, y cuando acabó el bachillerato dijeron que era buen estudiante, que tenía buenas notas y debía ir a la universidad, pero ahí sí yo dije, no, no se puede, es nuestro único hijo, no nos puede dejar, se necesita que trabaje en la casa, y entonces ya fue él el que me dijo un día, vea, taita, si yo estudio en la universidad voy a poder trabajar mejor y después les puedo contratar peones para que ustedes descansen porque voy a tener sueldo bueno, y les voy a arreglar la casa y de pronto hasta compramos dos vacas y el terreno grande del fondo, para sembrarlo mejor con fríjol y papa y yuca y hasta plátano y café, y entonces yo le dije, bueno, y ¿dónde es esa universidad?, y él dijo, hay que presentar un examen y después si lo paso es en Inzá, con la universidad del Cauca, así me dijo, y yo lo pensé unos días y le consulté al Cabildo y allá me dijeron que muy bueno, lo que necesitaba la comunidad era gente estudiada y que ayudara a defender los derechos de nosotros, entonces yo dije, vaya a estudiar y allá se fue, y empezamos a dejar de verlo, se iba la semana y volvía el viernes noche, el sábado trabajaba conmigo en la yuca y el plátano, trabajaba doble porque tenía que recuperar, así decía, y entonces yo le dije, tranquilo mijo, ahora que usted se fue hay una boca menos y ya no se necesita tanto, no se preocupe, descanse que vendrá cansado de allá, y lo veíamos metido con esos libros y estudiando, ¿qué era lo que estudiaba?, ya ni me acuerdo el nombre, algo de universidad, y así fue como dos o tres años, siempre venía, traía regalos, cosas dulces, melcochas, una vez

trajo unas telas para la mamá, un radio nuevo, hasta que
dejó de venir, primero un viernes y después otro, y cuando
vino al siguiente explicó que estaba ocupado, tenía que
estudiar mucho, eran los exámenes, y acá le dijimos, no se
preocupe; ya no le volvimos a preguntar porque nos acos-
tumbramos, si venía bien y si no también, yo oía ladrar al
biche, como desesperado, y ya sabía que Justino venía subiendo, y así pasó otro año, creo, o más, hasta que un día
ya no volvió a venir, dos y tres semanas, un mes, no volvió;
al principio no dije nada, pero con el tiempo, cuando bajaba con la cosecha, pregunté, y me dijeron, vamos a averiguar en Inzá a ver qué pasó, por qué ya Justino no viene,
estará ocupado, y así pasaron otras dos semanas hasta que
me entregaron una carta de él, por ahí la tengo, pero es
que yo no la sabía leer, señorita, ¿me entiende?, pero igual
la traje acá a la casa, y miramos el papel con la mamá y no
entendíamos, pero nos daba alegría porque era un mensaje de Justino, era él el que había escrito eso; como a los tres
días el hijo de un vecino nos leyó la carta y ahí decía que
después de haber estudiado había decidido meterse a la
guerrilla para cambiar el país y defender al pueblo, así
dijo, y claro, la mamá lloró y yo no dije nada, pero salí con
el machete y le di varios totazos a un eucalipto porque me
sentía con culpa por haberlo dejado estudiar, y así fue, nos
quedamos sin hijo, esperando a ver qué pasaba, y bueno,
una vez llegaron con una plata que dizque él mandaba, la
dejó acá un grupo de esos muchachos que andaban por
la región, y nos llegaban razones, que estaba bien, que no
nos preocupáramos, seguía trabajando para nosotros, que
en poco tiempo volvía, y así pasó otro año y acá nos fuimos acostumbrando a no saber de él, a estar solos, hasta
que un día alguien nos trajo al niño Franklin como de un
año diciendo que era hijo de Justino, que él no podía ocuparse y la mamá tampoco, y lo recibimos con alegría, claro, y lo criamos, y yo me quedé tranquilo porque pensé
que teniendo acá al niño volvería, nadie abandona a un

hijo, y como pasaba el tiempo y no sabíamos nada yo decía, ¿y de la mamá qué?, habían dicho que también era combatiente, pero nada más, cada tres o cuatro meses llegaba algún mensaje o una platica, que para el niño, así decía el que la traía, y yo siempre mandaba decir que viniera, que trajera a la mamá para conocerla, pero decían que era peligroso, que Justino estaba en labores directivas y no podía, que la zona estaba cerrada, y así pasó el tiempo, y fíjese, antes de que se firmaran esos dichosos acuerdos, poquito antes, nos avisaron que en un combate lo habían herido, que estaba vivo pero herido, y yo dije, ay, así comienza el mal, diablo que trae sus vientos y sus caldos, y me pareció que por el cielo ya se le veía la cola a ese diablo, y a la siguiente vez que vinieron fue para decir que se había muerto, trajeron una cajita con las cenizas y un bolso con cosas de él, y dijeron que le había dado un hijo a la lucha del pueblo, que era una lucha justa, y me dieron una plata y dijeron que iban a ayudarme, pero yo les dije gracias, no necesito, y pregunté por la mamá del niño, si no iba a venir nunca, y dijeron que estaba por otra zona, luchando, eso dijeron, no sé ni cómo se llama, así que les pregunté el nombre, para decírselo al niño cuando crezca, pero no me lo dijeron, se fueron y acá estamos, hasta el sol de hoy, señoritas, o mejor, hasta la lluvia de hoy, que ya escampó, y ahora esperando al niño; esta vez los que vinieron a buscarlo dijeron que eran de la iglesia y él se fue confiado, muchas veces lo llaman y él se pasa dos y hasta tres días sin volver, nosotros ya no preguntamos, ya somos viejos, uno aprende que de todos modos siempre se van».

Bajaron con dificultad, pues el mismo sendero estaba ahora lleno de charcos y barro, de piedras mojadas y resbalosas. Johana iba en silencio. Julieta supuso que la historia del niño le había tocado alguna fibra bien profunda. ¿Sabría algo? ¿Habría conocido al papá? Al verla así prefirió no preguntar, pero ya hablarían. Lo seguro es que debió ver parir a muchas guerrilleras y debía conocer historias. La combatiente que entrega al niño y sigue la lucha. ¿Conocería a la madre de Franklin? ¿No tendría ella por ahí un hijo, o varios, creciendo en alguna casita pobre y campesina del país? Le vino a la mente la imagen de su barriga lisa y dura: un abdomen así no ha tenido embarazos.

Al llegar al carro, le pareció que Johana tenía los ojos enrojecidos. Tal vez algo de lo que supuso era verdad.

—¿Todo bien? —le preguntó.

—La historia de ese niño me pegó duro —dijo Johana—. Tenemos que encontrarlo.

—¿Sabes algo?, ¿te suena el nombre del papá? —preguntó Julieta.

—Conocí pocos nombres reales y en la parte final no estuve por esta zona. Morían compañeros a cada rato.

Bajaron a la iglesia de San Andrés de Pisimbalá, que seguía cerrada, sin nadie trabajando en la obra de los techos, así que fueron al museo arqueológico. Julieta pidió hablar con el administrador.

Las hicieron pasar a una oficina que daba a la quebrada San Andrés. Una casa de estilo colonial, con amplios corredores y ventanas de madera color naranja. Las recibió el director, Jacinto Duque, quien resultó ser antropólogo de Popayán. Se sentaron, les ofrecieron café.

Julieta explicó que investigaban sobre un enfrentamiento armado a pocos kilómetros de ahí, cosa que él ignoraba.

—La semana pasada estuve en Popayán atendiendo una cátedra en la Universidad del Cauca —dijo, disculpándose—, pero acá nadie me contó nada. ¿Un combate? ¿Dónde?

Reprodujeron el relato del niño, ante la sorpresa del director, quien siguió diciendo que nadie le había hecho el menor comentario.

Luego quisieron saber cómo era el manejo de la iglesia.

—La historia es larga —dijo Duque—. La situación de orden público tan complicada hizo que esto fuera un vicariato apostólico. En 1989 nombraron de prefecto a don Germán García Isaza, pero en el 2002 las FARC lo amenazaron y se tuvo que ir. Por el lío con la guerrilla le entregaron esto a los Misioneros Apostólicos de Yarumal y quedó de prefecto el obispo Edgar Tirado, pero no viene nunca; los fines de semana viene un sacerdote. Lo demás lo manejan desde la sede de Inzá. Y luego está lo de la quema de la iglesia, ¿eso lo saben?

—Más o menos —dijo Julieta.

—Una pelea entre los indígenas del resguardo y los campesinos por un problema de educación y de tierras que no está nada claro. Y la verdad, es mejor no removerlo. Ya la están arreglando, despacito pero ahí van. ¡Es una iglesia del siglo XVIII! Fue construida por indígenas. Con sus materiales, pero siguiendo la tradición española. La síntesis cultural. ¿El niño que buscan trabajaba ahí?

—Sí —dijo Julieta—, hablamos con él ayer, estaba limpiando las bancas con una especie de cera. Hoy fuimos a buscarlo a su casa, subiendo por el Tablazo, pero los abuelos nos dijeron que habían venido por él ayer. De la iglesia.

—Debió ser de la iglesia de Inzá —dijo el antropólogo—, seguro, ellos manejan las obras de aquí. Lo mejor es que vayan allá y pregunten. El párroco se llama don Tomás.

—¿Y cuándo van a terminar la restauración? —preguntó Johana.

—Llevan años, pero no hay plata. Va de a poquitos. Como todo lo bueno de este país. ¿Ya fueron a ver los hipogeos? ¿Los conocen?

—Sí —dijo Julieta—. Me encantaría verlos, pero estamos con esto otro. Tenemos que volver a hablar con el niño.

—Les recomiendo que vayan a Inzá, allá les dan razón. A lo mejor lo llevaron a otro lado a hacer algún trabajo.

—Lo raro es que no les hayan avisado a los abuelos —dijo Julieta—, ¿no le parece?

—Acá la gente tiene otro ritmo. Acuérdese que son nasas. Un niño desde los doce años ya es un hombre.

—Bueno —dijo Julieta—, le haré caso. Vamos a Inzá.

Al salir del museo, Julieta miró alrededor. La imagen del motociclista aún le rondaba la cabeza, pero no vio nada. Todo parecía tranquilo, así que tomaron la carretera. Johana vigiló por el espejo retrovisor y pararon un par de veces.

Pero nada.

La iglesia parroquial de Inzá está en la parte norte, delante de una plaza sombreada por robles, palmeras y arbustos. Un jardín bien cuidado. La construcción les pareció majestuosa. La torre central acaba en una cúpula con arquería y adentro dispone de dos naves laterales. Al fondo vieron la efigie del Cristo agonizante. Los locales lo llaman «Amo Jesús de Guanacas».

El sacerdote, el padre Tomás, las recibió muy contento.

—Qué bueno que periodistas de Bogotá se interesen por nosotros —dijo—, cuéntenme, ¿qué las trae por acá?

Julieta carraspeó y miró a Johana.

—Venimos por un niño de Tierradentro, Franklin Vanegas. ¿Lo conoce? Trabaja en la iglesita de San Andrés de Pisimbalá.

—Pero claro, esa es mucha belleza de iglesia, ¿no? Y está quedando perfecta, ahí vamos poco a poco. ¿Le pasó algo a Franklin? Él trabaja para Francisco, el sacerdote misionero que va allá los fines de semana.

—No se sabe de él desde ayer, padre —dijo Julieta—, por eso lo estamos buscando. Los abuelos dicen que fueron a recogerlo de la iglesia, pero hoy no ha vuelto ni se sabe dónde está.

—¿De la iglesia? Eso no puede ser, porque ayer Francisco estuvo en Popayán. Será un malentendido de los abuelitos.

Se miraron, inquietas. ¿Lo habrían secuestrado por hablar con ellas? No estaban preparadas para eso, pero era posible. También se dieron cuenta de que el párroco no sabía absolutamente nada.

Julieta empezó a impacientarse.

—Disculpe si le cambio el tema, padre, ¿usted qué piensa de la iglesia Alianza Cristiana y Misionera? —preguntó.

El sacerdote hizo rechinar la silla varias veces, estiró la boca como para reírse, pero fue sólo una mueca.

—Bueno, esa pregunta es... —movió a un lado el amplio cuello, la sotana lo apretaba—. A ver, ellos son nuestra competencia y, claro, con los recursos que tienen ya se metieron al bolsillo al alcalde. No nos digamos pendejadas, eso es así. Hacen negocio con la fe y nosotros no aprobamos esa vaina. Pero esto se lo digo acá entre nos, yo prefiero no enemistarme con ellos.

—¿Cree que pueden llegar a ser peligrosos?

—No sé si en los términos en que algo es peligroso en este país —dijo el padre—, o al menos es lo que me gustaría creer.

—Es urgente que hablemos con el padre Francisco, padre. ¿No tiene un teléfono?

—Pero claro, espere a ver...

Sacó su celular y buscó un rato. Luego le dijo:

—Aquí está, copie...

Salieron cuando ya oscurecía.

Por el camino de vuelta hacia Popayán, Julieta llamó al misionero Francisco. Una vez, dos veces, nada.

—¿Por qué nadie contesta el celular en este puto país? —gritó.

Johana la miró con un aire entre grave y divertido.

—Lo peor es que dejar mensajes tampoco sirve, nadie los oye ni los contesta.

En esas estaban cuando sonó el celular. Julieta exclamó, «¡milagro!», el sacerdote devolvía la llamada.

—¿Me llamaron de ese número? —dijo la voz.

Julieta se presentó, le hizo un somero resumen de los hechos y preguntó por el niño, pero el sacerdote no sabía nada.

—¿Nadie de la iglesia envió por él ayer a su casa?

—No, señorita. Por eso le digo. Si es que yo estaba acá en Popayán, ¿para qué lo iba a llamar?

—¿Y usted es el único que maneja eso?

—Si yo no autorizo, nadie puede entrar a la obra. Empezando por ahí. Franklin me ayuda con la limpieza durante la semana.

—Y usted que lo conoce —dijo Julieta—, ¿dónde podría estar?

El sacerdote lo pensó un momento.

—A él le encanta conectarse a internet. A lo mejor se fue a Inzá, que es donde hay buena señal. Lo raro es que no haya vuelto por la noche. Quizá se quedó con algún amigo de la escuela.

—Los abuelos dijeron que se fue porque lo llamaron de la iglesia.

—Puede ser que se haya inventado eso para que lo dejaran ir —dijo el misionero—, usted sabe cómo son los niños de hoy, y más con lo del internet. ¡Se mueren!

—Yo estoy yendo a Popayán —dijo Julieta, y casi le ordenó—: ¿podríamos vernos en un rato?

—Claro, doctora. Perdón, periodista. Claro que sí.

Se encontraron en una cafetería diagonal al parque Caldas. Pochi's. Jugos de fruta naturales, avena fría, jugo de naranja orgánica, empanaditas de pipián, pandebono *gluten free*.

Pidieron unos tintos.

Francisco tenía una fisonomía extraña. Un bigote ralo intentaba tapar, sin mucho éxito, un labio operado, seguramente en la adolescencia, que hacía una extraña tensión en su boca y se deformaba al hablar. Era un hombre delgado y nervioso. En lugar de tinto, Francisco pidió avena. Julieta imaginó que los nervios le habían destruido el estómago. El café es un poderoso irritante. Como si tuviera hemorroides o reflujo. Se fijó en su modo de sentarse y, en efecto, notó que descargaba el peso hacia un lado. No tendría más de cuarenta años. El alzacuellos bajo una chaqueta de cremallera gris, pantalón oscuro y mocasín negro de suela gruesa acababan de conformar la imagen típica del religioso en tarde libre.

—Franklin se la pasa en Inzá para conectarse a internet —dijo—, tiene amigos de la escuela. Seguro se queda con ellos. Pero no sé quiénes son, no los conozco.

—Y los que vinieron por él, ¿no podrían ser de la Alianza Pastoral? —quiso saber Julieta.

—Bueno, ellos se la pasan organizando cosas para los niños —dijo Francisco—, una forma de irlos captando desde chiquitos y atraer a los padres.

Los pocillos de café estaban vacíos. Julieta le hizo un gesto a la empleada para que le trajera otro.

—Y usted, padre, ¿cómo llegó a San Andrés? —quiso saber Julieta.

Un lustrador muy viejo y flaco, encorvado por el peso de su caja, cruzó en diagonal y se acercó al sacerdote señalándole los zapatos, pero Francisco le hizo no con el dedo. Las últimas luces le dieron al cielo un color violeta, por detrás de los suntuosos árboles de la plaza: el arrayán, el alcornoque, los palos de mango y los madroños. La imagen del atardecer, con las jardineras de hortensias y las setas ornamentales de siemprevivas, recordaba un viejo grabado a color.

A ver, por dónde comienzo. Yo soy de Madrid, Cundinamarca. Me ordené a los dieciséis con los franciscanos. No, en realidad lo que hice fue la primera profesión y vestición de hábitos. La ordenación fue después, a los dieciocho. Entré a esa orden para estudiar, no iba a ser tan pendejo de quedarme sin educación, eso lo tuve claro; si no me metía con los curas iba a tener que trabajar en el campo y en tierra ajena, porque mis papás eran gente humilde. Y ser pobre es muy maluco y triste, más en este país tan injusto, tan duro con los pobres. Uno sueña y sueña para nada, y la pobreza es una lápida que uno carga en la espalda y que, por las tardes, se enfría. No le quiero mentir, señorita.

Y estudié, claro. No alcancé a viajar por el mundo, pero sí por Colombia. Al fin y al cabo, mi mundo. Me mandaron al Virrey Solís, en Bogotá. Uy, ¡yo me iba más contento! Mis clases eran de Cristología, que es lo que más me gustaba, la vida de nuestro Señor. Yo les inculcaba sus ideas a los niños, pero mezcladas con las mías, y con el tiempo me empezaron a hacer advertencias. ¡Me cayó la roya! Que no dijera esto, que no dijera aquello, que estaba prohibido. Para evitar conflictos me pasé a la pastoral de los misioneros de Yarumal. Yo he sido fuerte en la vida. Lo que es de uno es de uno.

Estuve un tiempo en la sede y luego me destinaron al Caquetá, lejos de los problemas que había tenido con los franciscanos. La gente allá es buena, de palabra, son fuertes. Hijos de desplazados, campesinos pobres, indios, gente olvidada, la gente oscura e invisible de este país. Empezaron a venir para oírme y yo les decía que lloraba con los que lloraban y sentía el dolor de los que tenían dolor; les hablé de la cruz y la pinté en la cabeza y en la mente de todos: la cruz, †, †, muchas veces, †, †, y fui un herido con los niños heridos de la guerra, y un huérfano con los huérfanos, y lloré con las viudas y los mutilados, y al que le faltaba una pierna le puse una cruz en la pierna, †, y al que le faltaba un brazo le puse una cruz en el brazo, †, y al que no tenía ojos buenos ni corazón bueno ni alma buena, traté de meterle mil cruces, †, †, †, †, †, mejor dicho, me volví el repartidor de cruces, el voleador de cruces, porque eso somos los sacerdotes misioneros: voleadores de cruces. La cruz es el lápiz para ir dibujando en el cielo o en el alma de esa pobre gente.

Pero disculpen, señoritas, me entusiasmé con mis propias palabras, me pasa a veces, ¿en qué iba? Ah sí, en Florencia, Caquetá, en los pueblos perdidos, todos esos niños y hombres y mujeres grises, como árboles o piedras tiradas en el campo, están ahí, en silencio, y un día dejan de estar, pero vienen otros, esa es la ley de la vida y del silencio en esos sitios tan solitarios, tan insignificantes para el país, pero no para el Señor, y por eso yo estaba allá, peleando en los parajes difíciles, adonde no van, y perdónenme, los curas gomelos de la ciudad que se asustan si se les embarra la sotana. La Iglesia también tiene sus pirobos, señoritas, y disculpen la expresión. Yo en cambio tengo la fibra de Cristo.

Soy un apasionado de la palabra, un gomoso de la palabra. Sé que ustedes quieren saber del niño y de cómo llegué a San Andrés. Bueno, pues un día yo estaba en el Caquetá cuando me llamaron de la diócesis: que tiene que viajar a Medellín urgente, que se prepare a salir con todo, y yo me dije, ¿qué chisme les habrá llegado ahora? Me resigné, pero al llegar a Medellín, oh sorpresa, lo que querían era reubicarme en San Andrés de Pisimbalá, ¿y por qué yo?, me atreví a preguntar, y dijeron que al anterior párroco lo habían amenazado y como yo venía del Caquetá, seguro las FARC ya me conocían.

Fue así como llegué, y claro que hubo problemas, pero yo sigo allá. El niño nasa empezó a venir a ayudar, Franklin, o Frankitón, como yo le digo, andaba pidiendo trabajo después de la escuela, decía que los papás eran pobres y no podían darle mesada, y es que el niño es fanático de internet, y bueno, yo siempre he pensado que esas cosas instruyen, así que empecé a darle unos centavitos por el mantenimiento de la iglesia, porque con las obras, como van tan lentas, la tierra y el polvo se entran y el piso se pone feo y las bancas se llenan de gorgojo; le doy algo y él mantiene eso bien limpio, y cuando voy, a veces el sábado o a veces desde los jueves, él me tiene todo listo.

¿Que desapareció?, ¿Qué vinieron por él de la iglesia? Con toda sinceridad, él usa esa disculpa para volárseles a los abuelos. Para mí que debe estar en la cibercafetería de Inzá o con algún amigo donde puede quedarse. ¿Cuál iglesia iba a mandar por él si yo he estado estos días en Popayán? Los del albergue misionero pueden certificar. Ojo, ese muchacho es bueno, pero lo estoy apenas formando. Le gusta decir sus mentirillas. Yo le trabajo, le hablo del Creador y de las montañas y del cielo y de las tumbas de sus antepasados, pero él me mira como oyendo llover.

Buscando a Mr. F.

Volvieron al hotel ya de noche. Comieron algo en el restaurante y Johana subió al cuarto. Julieta prefirió seguir con sus notas y pidió una ginebra doble con tónica. Estaba nerviosa, inquieta por la suerte del niño. De la charla con el sacerdote le quedó sonando algo: ¿qué era ese chisme que lo perseguía? Lo primero que pensó fue lo más obvio: abuso sexual. Llamó a Jutsiñamuy al celular.

—Dígame, amiga y jefa —respondió el fiscal—, soy todo oídos.

Julieta le contó lo que habían averiguado.

—Bueno, tomo nota del nombre, ¿Francisco Berrocal? Muy bien, vamos a ver qué tenemos —dijo Jutsiñamuy—. Porque del otro, Fritz Almayer, le cuento que estamos flojitos.

—¿No tiene antecedentes?

—Está más limpio que un Cristo de porcelana, mejor dicho. Ni una demanda, ni una queja, ni una multa por pasarse un semáforo.

—Bueno —dijo Julieta—, nada nos asegura que sea él. Sólo fue una corazonada, por el vestido negro. Necesitamos al niño para confirmar.

—Acuérdese que todos los curitas se visten de negro.

—Esperemos un poco más —dijo Julieta—. Y..., ahora que habla de multas, ¿no puede averiguar si tiene algún carro a su nombre? ¿O a nombre de su iglesia? ¿Habrá un Hummer o unos camperos?

—Eso sí está bueno —dijo el fiscal—. Me refiero al Hummer. Camperos tiene todo el mundo, no hay necesidad de ser mafioso. Lo del Hummer ya es más complicado.

—¿Y supo algo de por qué están escondiendo lo que pasó? —dijo Julieta.

—No, jefa querida. Todavía no me he puesto en eso porque necesito un poco más de carne en el asador, pero ya pronto se lo averiguo.

Se despidieron.

Bebió un trago de su ginebra y su cabeza empezó a hacer extrañas asociaciones. El niño desaparecido, el hombre de negro, el motociclista de casco polarizado, el sacerdote parlanchín. Pintó varios círculos y trazó líneas. Su mente le sugirió un recorrido:

El hombre de la motocicleta raptó al niño, pues lo vio hablándonos.

El motociclista trabaja para la iglesia Nueva Jerusalén.

Quieren saber qué vio exactamente el niño y qué pudo decirnos que inculpara a... ¿al pastor?

Siempre Fritz.

Pensó: «Por el contrato del carro ya saben quién soy y qué hago, y por qué estoy acá. Saben que investigo. Tienen mis documentos, mi dirección en Bogotá. Me están espiando desde el día en que fuimos a inspeccionar la carretera». *Tal vez estén observándome*, escribió al final de la página. Dio golpecitos sobre la mesa con los dedos índice y anular, como para ayudarse. Fritz, Fritz. En el centro trazó un círculo más grande y escribió: *Mr. F, ¿quién es este extraño personaje?* De la F trazó una flecha hacia otra burbuja en la que escribió: *Ataque en la carretera a San Andrés*. Y de ahí otra hacia un círculo vacío donde escribió: *Agresor de Mr. F.*

Quedaba otro círculo flotando en la página, donde escribió: *Sacerdote Francisco*. Otra F, ¡y el niño Franklin! Todo el mundo se llama por F en esta historia. «¡¿Es que no hay más letras en el alfabeto?!» Sintió ganas de fumar y salió a la calle con el trago en la mano. La noche estaba fresca, grupos de muchachos pasaban en dirección al parque hablando en voz exageradamente alta. Le pidió un cigarrillo al portero.

—No fumo, pero se lo consigo.

Salió al encuentro de un grupo y dijo:

—¿Alguno puede invitarle un cigarrillo a la doctora?

Le dieron un Belmont, el cigarrillo que más detestaba, pero no podía andarse con remilgos. Agradeció y fumó mirando a la muchedumbre que seguía bajando hacia la plaza, como si el destino de todos fuera concentrarse ahí por un extraño declive del terreno. De pronto, entre la marea humana, vio venir a un grupo distinto. Hombres de vestido y corbata, la mayoría del género filipichines —lo que para una bogotana será siempre un filipichín, esa mezcla de corbata y tierra caliente—, o eso le pareció al verlos de lejos; mujeres, en cambio, más elegantes, de sedosas faldas y tacones. Todos llevaban colgadas en el cuello escarapelas con el nombre y un logo, ¿qué era esa vaina? Caminaban hacia su hotel y ella les dio paso. Leyó Acopi, el acróstico de Asociación Colombiana de Pequeñas y Medianas Industrias. Vestidos negros, grises, azules. Cada uno con una idea propia de la elegancia. No sólo en sus atuendos, sino en sus gestos y miradas; también en el modo en que se cedían el paso, moviendo el brazo, cual toreros, frente a la puerta: «Siga, doctor, por favor», «Ni más faltaba, doctorcito, hágame el favor de pasar», «¿Pero, cómo se le ocurre, abogado?», expresando con eso jerarquías, desigualdad salarial, antigüedad o trayectoria.

Julieta contempló el ritual, haciéndose a un lado. La complicada taquigrafía de nuestra clase media. «Ni más faltaba, después de usted, ilustre.» Reconoció en todos algo que la inquietaba: la obsesión nacional por la respetabilidad. De pronto quiso estar muy lejos de ahí.

Sintió ganas de envilecerse.

Una fuerza irracional la empujó a dejar el vaso de ginebra e ir al parque, en medio de la multitud, a beber aguardiente en caja de cartón. Cantar reguetones, fumarse un bareto y meterse un pase o bailar descalza en el andén. Un extraño animal respiraba en su interior y le decía: corre, aléjate, piérdete. Los bufidos de una bestia que azota el suelo y golpea las rejas de la jaula, furiosamente. Quiere estar en libertad. Se imaginó muy borracha en una de esas tiendas, tocada por manos sucias; olores a sudor, a tierra, a vejez rancia. Fantaseó con un baño asqueroso de orines en el que varios de esos muchachos le quitaban el pantalón y le babeaban con sus asquerosas bocas las nalgas y la entrepierna.

Se bebió de un sorbo lo que quedaba de ginebra y, cuando ya se disponía a correr hacia la plaza, vio entre el grupo de ACOPI a alguien conocido. ¿Quién era? Tenía un atuendo distinto. En lugar de traje oscuro vestía chaqueta de tela café, camisa blanca de lino, bluyín oscuro y zapatos deportivos. Venía hablando con dos ejecutivos mayores, pero se notaba a leguas que *ese* no era su mundo. Julieta lo miró con atención. Mierda, ya estaba un poco ebria. Cuando el hombre se acercó a la puerta, su perturbada mente emitió el resultado de la búsqueda. No pudo reprimir decirlo en voz alta, casi gritarlo:

—Lo conozco, es un periodista... ¿de qué medio?

El tipo la miró amigablemente, sin decir nada. Julieta lo agarró del brazo y le dijo: he leído cosas tuyas. El hombre no supo qué responder y apenas balbuceó unas palabras formales.

Entonces Julieta le dijo:

—¿Qué haces en medio de esta gente?

Se notó que estaba ya ebria.

—Un trabajo, ¿y tú?

—Otro trabajo —dijo Julieta—, pero vamos a tomar algo, ¿no?

El carrusel de la memoria, al día siguiente, le indicaría que fueron a un bar en una calle oscura, luego a otro y después a un tercero y puede que a un cuarto, y que bebieron una sucesión infinita de ginebras que eran deliciosas por el hecho de estarlas bebiendo ahí, en esa ardorosa caminata que se obstinaba en llevarlos lejos y sin rumbo hacia el fondo de la noche.

Abrió el ojo pasadas las diez de la mañana.

Johana ya no estaba en el cuarto y, al levantarse a hacer pipí y tomar un sorbo de agua de la llave, sintió que la cabeza era un bloque de concreto. Le llegaron extrañas imágenes de la aventura nocturna: un baile en un lugar lleno de gente que, de pronto, estaba vacío. Una caminata extenuante. Muchas ginebras y aguardientes. Un alto en la plaza central y, no estaba muy segura, tal vez un beso... No se acordaba. Luego, ya en el hotel, una habitación que no era la suya. El torso de un hombre a la altura de la pelvis. Una mamada algo cinematográfica y, al tocarse y oler sus dedos, el recuerdo de una estrepitosa fornicación que recordó a retazos, entre nieblas.

Exactamente lo que quería.

Pero Dios santo, ¡qué dolor de cabeza!

En un ramalazo de conciencia se vio abrazada a una almohada mordiendo algo y apretando con el puño las sábanas. Olor a alcohol, a cigarrillo, a sudor. Lamentó no poder enfocar mejor el recuerdo, pues ahora estaba sola y se moría de la migraña. En el baño se echó agua en la cara y, a pesar del malestar, logró tomarse una bomba que consistía en dos ibuprofenos, un dólex, dos aspirinas efervescentes con limón y tres vasos de agua con alka seltzer. Luego a la ducha, que felizmente era espaciosa, así que se sentó en el baldosín y dejó que el chorro de agua purificadora se fuera llevando los restos de la noche.

—¿Todo bien, jefa?

Abajo Johana estaba en una de las mesas del patio. Vio una cafetera ya fría, restos de huevo y un pedazo de croissant.

—¿Todavía sirven desayuno? —le preguntó a un mesero.

—Claro que sí, doctora. Huevos, café o chocolate, tostadas, pandebono. ¿Jugo de naranja? Dígame qué le provoca.

Las enormes gafas negras le escondían los ojos y la hacían sentir protegida, como si mirara desde un carro blindado. ¿Desde un Hummer? La realidad allá: lejos de su tirana y obstinada memoria. Sentía cómo la sangre subía y bajaba por sus venas.

—No le voy a preguntar qué hizo, jefa, pero ya me estaba preocupando.

—¿A qué hora llegué? Ni me acuerdo.

—Como a las seis y pico. Ya entraba luz por la ventana.

—¿La desperté? Qué pena.

El mesero llegó con el café, el jugo, las tostadas, los huevos pericos con cebolla y tomate. Julieta miró todo eso y dudó. Agarró un pedazo de huevo con el tenedor, lo paseó delante de su cara y volvió a dejarlo en el plato. Se bebió un sorbo de jugo y lo sintió bajar, cortante, por su estómago, cual gato que resbala y hunde las uñas para evitar la caída. Mordió el croissant, pero el sabor que llegó a su paladar estaba muy lejos de lo que esperaba. Era un pan dulce en forma de cuerno, no un croissant. Pensó que, en su vida, jamás se había sentido tan alejada del concepto *croissant* como al morder ese mísero e insípido pan dulce. Lo puso a un lado. Un sorbo de café, eso sí estaba bien. Las tostadas serían lo mejor, con un poco de mermelada, pero el problema fue de otro tipo. Sus papilas se erizaron por el azúcar y el sabor del pan quedó oculto. Decidió dejarlas.

—Qué guayabo tan hijueputa —dijo—. Me estoy muriendo.

Johana se rio.

—El guayabo es un síndrome de abstinencia, jefa. Tómese una cerveza y se le pasa. A eso le decimos «baldear cubierta».

Julieta la fulminó a través de las gafas.

—¡Cómo se te ocurre que alguien me va a servir una cerveza en el desayuno!

—Entonces un Gatorade para la deshidratación. Al menos le calma el dolor de cabeza.

—Prefiero el dolor a tomarme una porquería de esas, sabe a jabón de inodoros.

—Trate de acabarse el huevo al menos —dijo Johana—, la cisteína le ayuda al hígado a eliminar el etanol.

Julieta se levantó las gafas y la miró:

—No, pues... ¿También eres bióloga? Este puto huevo perico está asqueroso.

—Fui enfermera, jefa. Hágame caso.

Volvió a agarrar el tenedor, dejó a un lado el pedazo ensartado y partió otro nuevo. Un humillo emergió de la cacerola.

—Está hirviendo.

—Sóplelo.

—Tan caliente no sabe a nada —dijo Julieta.

—Mastique despacio. Cómaselo como se comería un remedio. Para usted es un remedio.

En ese momento sonó el celular.

Era Silanpa.

—¿Cómo estás? —dijo.

Volvió a dejar el tenedor posado en el plato y movió la cabeza haciendo sí, sí. Luego dijo:

—Acá sigo, en Popayán, con un guayabo ni el hijueputa. Se me ocurrió la brillante idea de pegarme una rasca anoche, en medio del trabajo. Me odio.

Silanpa le recomendó comer proteína. Lo que en la costa llaman un «desayuno de fundamento». Caldo de costilla, huevos rancheros, arepa con queso.

—Y toma mucha agua.

Julieta movió la cabeza. Empezaba a estar mamada de que le dijeran lo que tenía que hacer.

—En este país todo el mundo es especialista en curar guayabos. Genial. ¿Averiguaste algo del tipo ese?

Silanpa dijo que poca cosa. El pastor Fritz Almayer estaba limpio, no tenía antecedentes, pero había algo raro.

—¿Qué?

—Como si hubiera llegado al mundo hace poco más de quince años —explicó Silanpa—. De su vida anterior no hay absolutamente nada: aparte de la cédula, no hay ni un documento de cualquier otro tipo, ni una inscripción a un colegio o a una facultad o a una biblioteca, no aparecen registradas salidas del país. Mejor dicho: nació a los 38. O es un extraterrestre o es el típico caso de alguien que cambia de nombre para empezar una nueva vida.

—Suena interesante.

Julieta sacó su cuaderno de notas y en la burbuja vacía donde había escrito *Agresor de Mr. F* y una interrogación, agregó: *Posible enemigo de vida anterior.*

—Lo raro es que tiene cédula con ese nombre —continuó diciendo Silanpa—. Conseguí una copia. Fritz Almayer, nacido en Florencia, Caquetá, el 30 de diciembre de 1965. Según los archivos, la sacó por primera vez en la Registraduría Auxiliar de Florencia el 18 de enero de 1984. Un ángel que nunca existió hasta el 2003. La actualizó dos veces y pidió una copia por robo hace once años. Es lo único que hay.

Los tres cuerpos aparecieron en la cuneta de la carretera que va de Santander de Quilichao a Popayán, en el kilómetro 46.7, pero por algunos signos era evidente que habían sido abaleados mucho antes y en otra parte. El habitado más cercano estaba a setecientos metros. Quien dio la alarma fue un motociclista que paró a orinar y se llevó el susto de su vida.

—Se ve que los trajeron en la madrugada —dijo Jutsiñamuy.

El forense asintió con la cabeza.

—Pareciera que sí.

El fiscal había llegado en un helicóptero de la policía con una parte del equipo experto. Se decidió a venir desde Bogotá, cuando le dijeron que los cadáveres podrían tener hasta una semana de muertos. Antes de despegar llamó a Julieta y le dio los datos, pero le advirtió:

—Lo más seguro es que estos muñecos vengan de otra fiesta, pero nunca se sabe. Es mejor ir y verlo *in situ*.

—Usted tiene olfato largo —le dijo Julieta—. Allá nos vemos.

Las dos mujeres saltaron a su Hyundai para recorrer, por más de cien kilómetros, la peligrosa carretera. Era una especie de maldición metafísica: lo de tener guayabo y, al mismo tiempo, necesitar llegar rápido por un camino que parecía un tobogán, y para colmo, de doble vía, es decir que debían frenar y acelerar ante cada camión o Velotax. Tres veces tuvo que sacar la cabeza por la ventana, convencida de que iba a vomitar, pero al final acabó por recuperarse. «Nada mejor contra el guayabo que una buena carrerita y un poco de adrenalina», le dijo Johana, a lo que ella replicó:

—Ya no más con la pendejada del guayabo, ¡concéntrate en llegar rápido!

Desde lejos vieron la furgoneta Volkswagen de la policía, de rayas verdes y anaranjadas, y el aviso: «Laboratorio móvil de Criminalística». Es mucho peor que un coche fúnebre, diría luego Julieta; ante ese furgón siempre hay que prepararse para algo macabro. Una prueba más de la ingeniosa e infinita fábrica humana cuando se trata de hacerle daño al prójimo.

Al llegar a la zona acordonada, Julieta le mandó un mensaje al fiscal y este salió a recibirlas.

—Vengan por acá —dijo, abriéndoles paso.

Los cuerpos yacían cubiertos con telas y esperaban para ser depositados en bolsas plásticas con cremallera, luego de lo cual serían trasladados a la morgue. Un perito de Medicina Legal tomaba restos de sangre y tejidos. Otros hacían fotos del lugar y detalles de la posición. Julieta estaba acostumbrada al manejo preciso, incisivo, del material. Guantes de látex, pinzas, bolsas de recolección de pruebas. Era evidente que a nadie le gustaba, pero debían hacerlo. Todos cumplían su trabajo en silencio. «A pesar de que se repite y se repite, así es la muerte en este país de asesinos», pensó la periodista, «siempre inoportuna, fea, incómoda».

—¿Se sabe quiénes son? —preguntó Julieta.

—Estamos en proceso de identificarlos —dijo Jutsiñamuy—. Como es obvio, no tienen documentos.

Johana se acercó a los cadáveres, los miró desde varios ángulos intentando comprender las heridas. Julieta llamó a Jutsiñamuy a un lado y le habló en voz baja:

—Fiscal, si usted vino y me hizo venir es porque cree que estos pueden venir de Tierradentro.

El fiscal se rascó la barbilla.

—Fue lo que pensé y por eso vine. Me supuse que habían empezado a descargarlos, pero ahora hay dudas.

—Cuénteme.

—Según me dice este equipo técnico, la muerte no es de una semana, sino de las últimas setenta y dos horas. Claro que es una primera apreciación, pero si es así no nos cuadran los días.

—Ah —exclamó Julieta—, eso parece irrefutable. A no ser que los hayan tenido heridos o agonizantes y luego hayan muerto.

—Eso podría ser —dijo el fiscal—, pero también podrían venir de otros mil lugares. Habrá que esperar a que los estudien.

La periodista encendió un cigarrillo y continuó:

—En Ullucos limpiaron y borraron las huellas. Sería raro que ahora los tiren a una cuneta. ¿Para qué tanto esmero, entonces? Estos tipos tendrán familia, gente que los va a reconocer. Por muy muertos que estén, todavía hablan.

94

Jutsiñamuy los volvió a mirar.

—Pueden ser meros sicarios que no les importan a sus jefes. A lo sumo alguien dirá: «Sabíamos que andaba metido en cosas raras». Por lo general, en estos casos, el entorno del muerto desaparece. Es parte de la psicología delincuencial.

—A no ser que los hayan dejado para que los encontremos —dijo Julieta—. Tampoco es tan difícil enterrar tres cadáveres. El que los deja tirados quiere que alguien los vea.

Antes de despedirse, Jutsiñamuy encargó a sus dos agentes investigar en las morgues y en las comisarías locales de la región. Cualquier muerto registrado en la semana por bala calibre 7.62 o tiro de ametralladora .52 podía servir.

Al oír la orden de su jefe, los agentes José Cancino y René Laiseca se dirigieron hacia su carro de dotación, una camioneta Subaru 4×4 color platino, bastante sucia y con raspones en los guardabarros. Habían venido desde Cali.

Al despedirse, Julieta le dio su tarjeta a Cancino y le dijo: «Si sabe algo llámeme, a cualquier hora»; Cancino era un hombre joven, a punto de llegar a los cuarenta. Miró a Laiseca, que era mayor, y este a su vez a Jutsiñamuy, como si los ojos tuvieran la obligación de respetar la cadena de mando. Jutsiñamuy hizo un movimiento de cabeza que quería decir sí. Entonces Cancino le dijo a Julieta: «Pero claro, mi señora, con gusto le informo cuando haya alguna novedad».

Dicho esto, Laiseca subió al volante del Subaru, hizo una reversa algo torpe y se fue por la carretera rumbo al sur. Los demás quedaron frente a las bolsas negras de los cuerpos.

—¿De qué calibre son estas heridas? —dijo Julieta.

—Ya pronto se sabrá —dijo Jutsiñamuy mirando al forense—, ¿no? Apenas están tomando las medidas del levantamiento. No se me afane tanto.

—Mi experta en balística no se demora ni medio segundo en decirles el calibre —dijo Julieta, señalando a Johana.

—Tampoco exagere, jefa. Lo que vi es que no parecen del mismo combate —dijo Johana—. Los tiros de uno son de bien cerca. Los otros dos sí podrían ser: a uno le faltan tres dedos de la mano derecha y tiene rasgada la palma izquierda, o sea que murió echando bala. Típico cadáver de combate. Los tiros que tiene son de lejos, de arriba hacia abajo. Ese sí podría ser. Abaleado desde el helicóptero, por ejemplo.

Jutsiñamuy la oyó con interés. Hizo un gesto al equipo para que se detuvieran con las bolsas.

Se dirigió a Julieta.

—Si le impresiona, espere aquí, voy a ver eso que dice Johanita.

Le dijo a uno de los técnicos:

—Ábralos.

El sonido de la cremallera les destempló los dientes. Ahí estaban los tres cuerpos: tres máscaras pálidas, resecas e inflamadas. Johana se inclinó y mostró los tiros. En efecto, las heridas de uno de ellos eran distintas. Cuatro impactos que salieron por la espalda.

El fiscal volvió a ponerse el tapabocas y se acercó. El cuerpo tenía los párpados hundidos, como si el globo ocular estuviera vacío. Se concentró y revisó las heridas, una por una. De pronto vio un dedo que le mostraba algo. Era Johana indicándole el bigote. Tenía unos cuantos pelos pegados en ramillete.

—Mire, señor. Escarcha derretida.

Todos se fijaron.

—A este lo sacaron de una nevera —dijo Johana—, por eso se le metieron los ojos para adentro. Lleva más tiempo muerto que los otros dos.

Hubo un silencio incómodo. El fotógrafo se acercó y tomó varios detalles. Jutsiñamuy se impacientó y le dijo al forense:

—¿Qué opina de lo que dice la señorita?

El hombre se incorporó, retirándose el tapabocas.

—Tiene razón. Lo mantuvieron frío, es distinto.

Volvieron a cerrar las bolsas.

—Mejor me los llevo a Bogotá para analizarlos bien —dijo el fiscal.

Parte II

Seres ya no tan humanos

La oficina de Jutsiñamuy parecía el estudio de un artista plástico. Pero es que él no era un fiscal como los otros, ni siquiera un ciudadano común, pues a sus cincuenta y nueve años era viudo y sin hijos, lo que quería decir que pasaba más tiempo en el despacho que en su lánguida residencia (en Niza), repleta de recuerdos y pesadillas. Para estar solo prefería su viejo escritorio. La oficina era un mezanine lleno de archivos, libros descuadernados y revistas de historia del arte que compraba en los libreros de segunda del centro. También enciclopedias caducas, como la *Ariel Juvenil,* y algunas de Salvat: la *Enciclopedia del Arte Colombiano* y la *Historia de Colombia.* Y por supuesto objetos al parecer inservibles: una canastilla de llaves oxidadas, tres máquinas fotográficas Kodak de plástico, una caja de música dañada con un caballo de circo; ceniceros de hoteles europeos, candados, ojales, ¿dónde conseguía todo eso? Le gustaban los mercados de las pulgas.

Su lugar era especialmente grande, aunque no el más cómodo ni de fácil acceso en el edificio. Tenía baño con ducha, un espacio triangular con un sofá de mimbre y otros dos sillones, más una mesa de trabajo con computador e impresora, teléfono y un viejo fax, prácticamente sin usar. Al frente un enorme ventanal de cuatro metros por el que veía la Avenida de Las Américas, el cerro de Guadalupe y, a lo lejos, el pesebre de luces de Usme y Ciudad Bolívar, el paisaje del lumpemproletariado del que, por desgracia, emergían la mayoría de los casos de violencia, atracos, homicidios, apuñalamientos y balaceras. Los robos menores y el tráfico de drogas.

A veces el fiscal se ponía a mirar esas luces e, invadido por la realidad, imaginaba escenas desgarradoras: niños implorándoles a sus mamás que no se drogaran y les dieran de comer, padres golpeando a esos mismos niños, hombres dando palizas a mujeres embarazadas, hombres ebrios violando a sus esposas delante de hijos menores. No todo era así, claro. La mayoría de esas casas eran hogares en la dura batalla por la vida, gente honesta tratando de salir adelante con trabajos extenuantes y mal pagados, pero su experiencia se obstinaba en mostrarle la otra cara: el rostro salvaje de la ciudad indiferente y feroz, la piel con cicatrices y llagas de esta urbe despiadada que se tragaba a sus hijos más débiles.

Cuando salía de su oficina y caminaba hasta el final del corredor para servirse un café de la greca comunal, en el descansillo del ascensor, veía las luces del norte. El lado opulento y rico de la ciudad. Esa visión evocaba otros delitos, de algún modo complementarios, pues también en Bogotá se delinque según la clase social. En esos cerros estaba la corrupción de congresistas y funcionarios, las comisiones ilegales obtenidas para familias «importantes», el desfalco al erario a través de contratos, el tráfico de influencias, la evasión fiscal, la malversación de fondos públicos y la captación de recursos, el prevaricato, la estafa, el fraude y todas las formas posibles e imaginables de hurto, pero con cifras muy altas, altísimas. La diferencia con el sur es que los ladrones del norte robaban millones de dólares, y por eso eran arrogantes, ociosos y depresivos: la fábrica doméstica del menosprecio social y la violencia. Claro que en el norte también había violaciones y golpes, drogadictos y psicópatas, crímenes y feminicidios, estupros y abusos y agresiones, se decía Jutsiñamuy. «Están un poco menos desesperados, pero la raza es la misma.»

Imaginar los tipos de delito con que la realidad del país torturaba a sus ciudadanos lo llevó a echar un vistazo a la red de noticias de la propia Fiscalía.

Encendió el computador y abrió la página. ¿Cuál es el menú de hoy?, ¿qué tenemos?

Leyó:

27 de abril de 201... [8:47 p. m.]

Siete familias recibieron apoyo psicológico, psicosocial y jurídico por parte de la Fiscalía General de la Nación, en colaboración con la Unidad para la Atención y Reparación Integral a las Víctimas (UARIV), con el fin de que se prepararan para recibir los restos de sus familiares, quienes fueron víctimas del conflicto interno armado.

Médicos forenses, psicólogos, trabajadores sociales, odontólogas forenses, entre otros, hicieron parte del equipo interinstitucional de apoyo, que trabajó durante tres días con los treinta y cinco familiares de las víctimas, cuyos cuerpos fueron exhumados entre los años 2011 y 2016 en Florencia (Caquetá), así como en los departamentos de Tolima y Meta. Los homicidios fueron cometidos por los actores del conflicto armado en el país.

Diecisiete años después, la familia de Yolima Orozco Arango recibió sus restos. La mujer fue desaparecida en zona rural del municipio de Palo Cabildo (Tolima) mientras estaba trabajando como ayudante de un médico. Los hechos fueron imputados el 10 de marzo de 2017 a las Autodefensas del Magdalena Medio, Frente Omar Isaza.

A Javier Castellanos lo vieron por última vez en el año 2007. Fue ultimado en combate en 2008 en Puerto Rico (Meta). Su exhumación se realizó conforme al acuerdo 062 de La Habana (Cuba).

Igualmente fue exhumado dentro de este acuerdo el cuerpo de Luis Emiro Mejía Carvajal, a quien después de Semana Santa del año 2000 su familia le perdió el rastro.

El 8 de abril del 2000, José Abel Tafur fue retenido junto con varios familiares por un grupo armado al margen de la ley en Morelia (Caquetá). Al cabo de tres días su familia fue liberada. Su cadáver fue recuperado en la vereda Palmarito, jurisdicción de Florencia, capital caqueteña.

Entre las víctimas figuran también Edison Varón Alarcón, quien salió de su finca junto con su hermano y otro hombre. Tras información de un postulado a Justicia y Paz en el año 2009, el grupo de criminalística exhumó el cuerpo en el 2014.

Por solicitud de la Fiscalía, también fue exhumado el cuerpo de Daniel Sanabria en el año 2011, pero su crimen fue perpetrado el 16 de agosto de 2000.

De otro lado, Sergio Guarnizo Rodríguez, de veintitrés años, desapareció en 2003, cuando lo montaron en una camioneta y desde entonces se desconoció su paradero. Junto con su cadáver se recuperaron tres cuerpos más.

La diligencia judicial se adelantó en las instalaciones del hotel Lusitania de la ciudad de Ibagué (Tolima) a través del Grupo de Búsqueda, Identificación y Entrega de Personas Desaparecidas de la Dirección de Fiscalía Nacional Especializada de Justicia Transicional.

El menú parecía suculento, pero al releer las entradas vio que todas eran cosa del pasado. La onda expansiva de la guerra, ya terminada, aún arrojaba cuerpos a la playa. El país seguía alzando su hermosa capa vegetal para sacar de la tierra los miles de huesos solitarios, para que cada uno recuperara su nombre y contara una historia.

«Colombia: cajita de huesos», dijo en voz alta.

El timbre del teléfono lo sacó de estas cavilaciones.

Se palpó los bolsillos del pantalón y la camisa, ¿dónde diablos lo había puesto? El eco de la oficina hacía que resonara en todas partes. El bolsillo de su chaqueta, colgada del perchero. Dio un salto hacia ella. Si algo odiaba en el mundo era no contestar. Lo consideraba una pequeña derrota. Calculó que aún le quedaba un timbrazo y en ese instante lo vio, sobre una estantería, del otro lado de la oficina. Se impulsó y dio un brinco, pero al intentar agarrarlo lo que hizo fue darle un golpe. El aparato voló sobre los lomos de varios legajos encuadernados y resbaló al suelo. Cuando por fin lo tuvo e intentó darle al botón, ya estaba mudo.

—¡Mierda!

Vio en la pantalla el número de Laiseca.

—No alcancé a contestarle —dijo ofuscado—, ¿qué hay?, ¿encontró algo?

—Nada, jefe —dijo Laiseca—. Ni en Cali ni en Popayán, ni en las seccionales menores de la región. El problema es que ya casi no hay muertos de esos. Hoy es pura bala de calibre menor: crímenes de líderes sociales, boleteos, sicarios en oferta 2×1, venganzas de traquetos y mafiositos de barrio. Puñaladas. De eso sí hay mucho.

—Siga buscando —le dijo Jutsiñamuy—, pregunte por los informes de los puestos provinciales. A lo mejor han tirado cuerpos en zonas perdidas. Acuérdese: nos sirve hueco de bala 7.62 o de ametralladora .52.

—A sus órdenes, jefe. Cambio y fuera.

Al colgar, Jutsiñamuy llamó al forense.

—A ver, mi querido Piedrahíta —le dijo—, ¿qué les encontró por dentro a esos muñecos?

El forense le respondió desde el anfiteatro de Medicina Legal, donde aún trabajaba.

Se conocían hacía más de veinticinco años.

—Pues en efecto vienen de dos hechos diferentes. Hay uno que lleva muerto más o menos dos semanas, y los otros son de máximo hace cinco días. Puedo equivocarme, pero por poco. El calibre es también diferente. El que lleva más tiempo es el joven, treinta y cinco años, ¿cómo le parece? Cuatro disparos con trayectoria interna y salida. Una 9 milímetros, algo caserito. Los otros dos, en cambio, sí tienen cosas mucho más graves: uno, destrucción del pulmón derecho con abundante sangrado, corazón perforado a la altura de la válvula mitral y la tricúspide. El otro, destrucción craneal, lesiones en clavícula y cuello.

—¿Y el calibre?

—Punto cincuenta y dos. Ametralladora. Armamento pesado para estos tiempos de paz.

Hubo un silencio. El forense volvió a hablar:

—Dígame si va tocar hacer maleta para largarse de este país —dijo Piedrahíta.

—Cuál maleta, hombre... Si usted no se fue cuando la cosa estaba bien jodida. Es una vaina rara. Ojalá no sea la misma guerra de antes.

—Eso pensé —dijo Piedrahíta—, porque llevaba rato recibiendo material perforado con zanjas y grietas chiquitas, de bajo calibre. Con estos me asusté.

—¿Y a qué distancia les hicieron los tiros?

—Yo le calculo unos cincuenta metros.

—¿De arriba hacia abajo? —preguntó Jutsiñamuy.

—Sí, exactamente —dijo Piedrahíta—, pero caramba, veo que está aprendiendo.

—Lo dijo la muchacha que estaba en el levantamiento.

—Ah, ya me acuerdo —dijo Piedrahíta—, me la presentó el año pasado, con el caso del tipo ese al que le amputaron todo y le cortaron las pelotas. ¿Una como indiecita?

—Carajo, Piedrahíta, acuérdese que el indio soy yo.

—Bueno, perdone. No se me ponga delicado. Usted me habló de ella. La niña guerrillera.

—Esa, sí. Exguerrillera.

—Pues la china sabe, porque ver eso sin abrir no es fácil.

—¿Algo más para señalar? —dijo Jutsiñamuy.

—El joven tenía el estómago vacío, cosa rara. Y lo tuvieron frío unos días. Mandé analizar la sangre y otros tejidos, si aparece algo lo llamo.

—¿Lo identificaron?

—Tiene las huellas borradas, pero le están trabajando. Los otros dos sí ya los tenemos.

—¿Y quiénes son? —dijo Jutsiñamuy.

—Se llaman, o mejor dicho, se llamaban, Óscar Luis Pedraza y Nadio Becerra, ambos de Bugalagrande, treinta y ocho y treinta y dos años, respectivamente. Les tenemos hasta el Sisbén. Trabajaban en una empresa de seguridad, SecuNorte, con sede en Cali. Lo raro es que, además de lo que ya le dije, ambos tienen tiro de gracia en la nuca.

—¿En serio? —dijo el fiscal, sorprendido—, pues dicen que así no le duele a uno.

—Si quiere venga y les pregunta —dijo Piedrahíta—, aquí en la bandeja se ven muy tranquilos.

—Es la sabiduría popular.

—Lo que pasa es que a mí nunca me han pegado un tiro en la nuca, fiscal. Por eso no le puedo confirmar.

—¿Y tienen pinta de traquetos?

—Jaja, no me haga reír. En este país todo el que muere por bala y aparece encunetado tiene pinta de traqueto. Sobre todo si nadie lo reclama ni hay denuncia. Pero los que caen son víctimas. No se le olvide. Cada muerto tiene su honor y su pesar.

—Hoy lo noto muy sociólogo, Piedrahíta, ¿y eso por qué?

—Es que hay que culturizarse para entender este mierdero, ¿no cree?

—De acuerdo, mi estimado —dijo Jutsiñamuy—. Lo dejo trabajar. Mándeme los informes cuando estén listos.

Colgó con Piedrahíta y se quedó un rato pensando: entonces sí, el calibre indica que dos de los cadáveres podrían ser de la balacera de San Andrés de Pisimbalá. Pero ¿por qué dejar tres cuerpos mezclados?, ¿pretendían esconder y mimetizar a uno?, ¿y quién es tan bruto como para creer que no nos íbamos a dar cuenta? O al revés: ¿lo dejaron ahí precisamente para que nos diéramos cuenta? Lo apasionante de este trabajo, pensó, es que lo llevaba siempre al límite de lo humano: de la idiotez o del cinismo.

Estaba agitado y quiso calmarse antes de seguir con las hipótesis. Se quitó los zapatos, se recostó en el sofá de mimbre y puso los pies en alto, sobre la pared. Esto irrigaría su cabeza, pero no debía pasarse de tiempo. Sólo siete minutos. Acto seguido metió en su lector de CD un disco con sonidos de la selva: el viento entre los árboles, una pequeña cascada, el agua fluyendo entre las piedras, un ave que arranca a volar...

Hacia las diez de la noche, inquieto por algo que aún no lograba enunciar, decidió llamar otra vez a Piedrahíta. El forense acababa de llegar a su casa.

—Dígame, fiscal, ¿estamos duros de sueño esta noche?

—Sigo en la oficina, dándole vueltas a esto —dijo Jutsiñamuy.

—Apenas recibamos los resultados de los análisis de sangre y tejidos —dijo Piedrahíta— le acabo el informe y se lo mando a su oficina. Máximo diez de la mañana. Así que ahora relájese, fiscal, tómese una cerveza o un traguito y ponga una película. En Netflix hay unas series buenísimas.

Jutsiñamuy dio dos golpecitos con el dedo sobre el escritorio y dijo:

—Dígame una cosa: en los cuerpos, ¿no había nada más que le llamara la atención?

—Más... ¿de qué tipo?

—Tatuajes, por ejemplo.

—Sí tenían, y muchos. Ahora todo el mundo tiene esas vainas. Ahí en las fotos pueden verse.

—¿Los tres?

—Creo que sí.

Jutsiñamuy tomó aire antes de hablar.

—Usted me va a tener que perdonar, Piedrahíta, pero paso a recogerlo en treinta minutos. Debo ver esos cuerpos esta misma noche.

El forense carraspeó, marcó un silencio y dijo:

—Bueno, la ley y la justicia antes que la salud. Eso sí, le pido que al llegar se baje del carro para que mi esposa lo vea desde la ventana, no le vayan a entrar suspicacias.

—Cuente con eso, voy para allá. ¿Siempre en las Torres del Parque?

—De aquí no me sacan sino muerto.

A pesar de la hora, Bogotá seguía con un tráfico nutrido. Lloviznaba, pero era apenas una tregua entre dos aguaceros. Todo el país estaba bajo una lluvia inclemente y se disolvía como terrón de azúcar. La tierra ya no daba abasto para incorporar el agua.

Llegó a las Torres y se bajó del carro mientras su chofer iba a la portería. Antes de salir puso en su maletín una botella de vino para darle a Piedrahíta. Era obligación del forense atender los casos a cualquier hora, pero él creía en los gestos personales. Además era abstemio. Ni se acordaba quién le había regalado esa botella y por qué. Llevaba más de seis meses en su oficina.

El forense no sonrió al verlo; apenas le dio un apretón de manos con gesto más bien inquieto. Tenía la piyama debajo del vestido. Levantó los ojos hasta el piso sexto y vio que la cortina se descorría. Alzó su mano e hizo un gesto de saludo.

—Ya con eso ella se queda tranquila —le dijo Piedrahíta—, es que a esta hora uno sólo sale para una defunción.

—Pues imagínese —dijo Jutsiñamuy—, acá tenemos tres.

—Eso fue lo que le dije.

Cruzaron el barrio Egipto, poblado de mendigos, sopladores de basuco y transeúntes apurados. Bajaron por la calle Séptima hasta el Parque del Tercer Milenio; un extraño nombre, a la vez futurista y esperanzador en una ciudad que amenazaba con autodestruirse. Antes de llegar, viendo a los «desechables» que preparaban sus dosis para dormir tranquilos, Piedrahíta filosofó:

—Yo imagino el cadáver de todos estos aún estando vivos; todavía se mueven y hablan y tienen memoria, pero ya están muertos. Es que no somos nada, ¿no?

—Nada de nada —lo cortó Jutsiñamuy, bajándolo a tierra—, pero no se me eleve que vamos a ver a los nuestros.

Los tres cuerpos estaban en bandejas de metal, guardados en una especie de armario refrigerado.

—Más luz, más luz —dijo Jutsiñamuy, disponiéndose a estudiar los tatuajes.

Estaba ansioso. Se acercó a las imágenes impresas en los cuerpos y las detalló con lupa. ¿Qué buscaba? Los dos más recientes tenían multitud de símbolos: soles proyectando rayos, letras góticas, imágenes de Jesús en la cruz, desnudos de mujer con el nombre «Yeni». El fiscal miraba y miraba. Hacía fotos con su celular.

—¿Podemos girarlos?

—Claro, claro.

Un enfermero, quizás un joven en prácticas, les fue dando vuelta. Vieron más imágenes: halcones, nombres, cintas, dagas, arpas, caballos, tigres. El fiscal fue pasando la vista de uno a otro, incesantemente, hasta que se detuvo en uno:

—Ahí está —dijo Jutsiñamuy, exaltado—, ¡fíjese en ese!

Señaló el costado del hombre llamado Óscar Luis Pedraza: el tatuaje era una mano abierta, negra y gris, con las palabras «Estamos curados». Nadio Becerra tenía la misma imagen en el hombro derecho y el NN debajo de la tetilla izquierda.

—Estamos curados —leyó Piedrahíta—, ¿qué querrá decir esa vaina?

—Por lo pronto quiere decir que los tres vienen del mismo equipo —concluyó Jutsiñamuy—. Que no hayan muerto el mismo día no quiere decir que no fueran compañeros: de clan o de cartel.

—O de alguna iglesia de esas raras —dijo Piedrahíta—, porque esa frase parece más de evangélicos que de traquetos.

—Es lo que estaba por decir —precisó el fiscal—. Me quitó las palabras de la boca.

—¿Y usted cómo hizo para saber que tenían esos tatuajes?

—No sabía —dijo el fiscal—, pero hace unos días vi un programa de mafiosos salvadoreños. Les reconocían el clan de acuerdo al tatuaje. Me acordé de eso y pensé que podía haber algo si los tres coincidían en alguno.

Hicieron fotos y buscaron más coincidencias entre los cuerpos, pero no encontraron nada. Salieron del laboratorio pasadas las dos. Jutsiñamuy pensó en Julieta y le envió un mensaje: «Cuando se despierte llámeme, le tengo algo bueno». Luego, estirando los brazos, le dijo a su compañero:

—¿Lo llevo a su casa o vamos a echar caldo?

Piedrahíta miró el reloj y dijo:

—Caldo, a esta hora nos figura caldo.

De vuelta a Popayán, Julieta volvió a pensar en el niño perdido y llamó al sacerdote Francisco.

—Dígame que apareció, por Dios —dijo, tras saludarlo.

—Ay, señorita, estuve haciendo llamadas por acá y por allá, pero nada... Hasta hablé con los del cibercafé de

Inzá donde Franklin se pasa las horas, pero dijeron que no había vuelto. Tan raro, ¿no?

—Rarísimo —le dijo ella—, por favor siga buscándolo y si aparece me avisa. Espero que se dé cuenta de que la cosa es bastante grave.

—Uy, claro, señorita Julieta —dijo Francisco—. Imagínese, un niño tan chiquito y ya perdido. No, eso no puede ser.

Revisando sus notas, Julieta pensó que debía ir a Cali a echar un vistazo a la Iglesia Nueva Jerusalén del pastor Fritz Almayer. Pero le preocupaba el niño. En Tierradentro había aún cosas sin resolver, como el hombre de la moto y el visitante nocturno.

Ahora estaba segura: lo ocurrido en el riachuelo Ullucos fue un combate en el que ninguno quiso dejar huella. Dos bandos poderosos y con buenos contactos como para lograr que la policía diera marcha atrás al informe.

Decidió quedarse una noche más en Popayán. Eran las cinco de la tarde y aún le dolían la cabeza y los huesos, pero se sentía sosegada. Una comida saludable, un buen sueño y listo. Al día siguiente, muy temprano, volverían a Inzá para dedicarse a la búsqueda del niño y hacerle una visita al pastor de la Iglesia Alianza Cristiana y Misionera.

—Johana, averíguame quién es el pastor de esa vaina, cómo se llama y de dónde es, qué estudios hizo, si está casado y con quién, en fin, todo lo que puedas. Y pídele una cita para mañana.

—Listo, jefa.

Sacó su celular y llamó al hijo mayor. Como era de esperarse, no le contestó, así que pasó al del menor. Tres timbrazos y al buzón de mensajes. Empezó a subirle la rabia. No tenía el número del apartamento de su exmarido, así que, si quería saber de ellos, debía llamarlo a él. Le hizo dos intentos más a los hijos y nada. No le quedó más remedio.

—Hola Juli, ¿cómo va ese viaje? —contestó Joaquín.

El guayabo, que parecía bajo control, volvió en forma de náusea.

—Bien, ¿estás con ellos?

—Sí, guapa, estamos acá en El Corral Gourmet de la 85, acabamos de pedir hamburguesas, ¿a cuál te paso?

—Por favor, no me digas «guapa» delante de ellos, ni de nadie. Pásame a Jerónimo.

Oyó unos ruidos y la voz de Joaquín. Lo imaginó diciéndole al niño: «Pilas que está como brava». Podría matarlo.

—Hola ma.

—¿Por qué no contestas el maldito celular, ah? Te llamé cien veces.

—Es que se me descargó, o sea, dejé el cable del cargador en el cole, ¿sí? No fue culpa mía. Te lo juro. Se murió. Literal. Cero batería...

—No coman papas a la francesa que eso es basura y les salen granos, y acuéstense temprano. Mañana los vuelvo a llamar. Chao.

Se sentó en el restaurante y, en un intento por calmarse, sacó su cuaderno de notas. Escribió: tres cuerpos tirados en la cuneta, carretera entre Santander de Quilichao y Popayán, kilómetro 46. Uno con cuatro tiros. Otros dos con disparos desde arriba. ¿Serán de los nuestros? Habrá que ver qué encuentran los técnicos del laboratorio forense.

De repente se acordó de su editor jefe de *El Sol,* el diario mexicano que subvencionaba sus investigaciones —ella le decía *don* Daniel Zamarripa—, así que le envió un mensaje: «Daniel, esta historia va muy bien. Ahora aparecieron tres cadáveres en una carretera. Hay iglesias evangélicas involucradas, y pastores. Estoy encima del asunto y tengo información que nadie más tiene».

Al segundo, como era su costumbre, Zamarripa respondió: «Sigue adelante, suena turbio e interesante. Trata de centrarlo en las iglesias evangélicas, es un temazo. Pero no te expongas. Bye».

Johana vino a sentarse a su lado con una libreta.

—Listo, jefa —le dijo—. El tipo se llama Ferdinando Cuadras, le dicen el pastor Cuadras. Tenemos cita a las diez de la mañana. Tiene cuarenta y dos años y es de Pereira. Hizo siete semestres de Ingeniería de Sistemas en la Tecnológica. Se retiró y entró al Sena a hacer un curso de computación. Fue novicio con los jesuitas y cuando estaba en el Sena se unió a los franciscanos. Estuvo menos de dos años y se salió para poner una heladería en Pereira, de nombre Pipo's. Quebró, según dice en su página web.

—¿Y cómo conseguiste la cita?

—Dije que queríamos hablar de las fiestas aliancistas y el significado pastoral. No parece una lumbrera. Lleva apenas cinco años con la iglesia. Por lo que vi, la mayoría de los feligreses son indígenas.

—Pues debe tener buenos amigos si en tan poco tiempo montó esa vaina —observó Julieta—. ¿Tienes una foto de él?

Johana se lo mostró en su teléfono.

—Véalo.

Amplió la foto con los dedos hasta que el rostro se difuminó. Luego escribió el nombre en su libreta. Se le hizo conocido, pero ya sabía que bastaba mirar a alguien con atención para sentir eso. Todo el mundo se parece a alguien. Muy bien, estimado Ferdinando Cuadras, mañana nos veremos las caras. Otra maldita efe, para variar.

—Gracias, Johana —le dijo a su colaboradora.

La joven agarró sus cosas, se levantó.

—Si no necesita nada más, me iría a ver televisión al cuarto.

—Ok, yo me voy a quedar un rato trabajando —dijo Julieta.

La vio rodear el patio interno y subir agarrada de la baranda de la escalera. Era una buena ayudante.

Al quedarse sola sintió unas ganas tremendas de pedir un gin tonic, pero se contuvo. Aléjate, Satanás. Mejor un té verde bien cargado, con dos bolsas. Llamó al mesero.

—A la orden, doctora.

—Me hace el favor y me trae un té verde bien fuerte, con dos bolsitas.

—Lamentablemente no hay té verde, doctora.

Volvió a mirar la carta.

—Entonces un Earl Grey, dos bolsas.

—Ay, la doctora me va a perdonar, pero preciso se nos acabó —dijo el hombre haciendo una venia—. Mañana nos traen, si Dios quiere.

Julieta se lo quedó mirando.

—¿Cómo así que «si Dios quiere»? ¿Y por qué no va a querer?

—Claro, doctora, es un modo de hablar. Disculpe.

—Tráigame una manzanilla bien cargada. Dos bolsas.

El hombre dijo que sí con una venia y se perdió detrás de una puerta. Al rato volvió y le dijo:

—Me disculpa doctora, pero le confirmo que la manzanilla se nos acabó también.

Julieta dio un golpe sobre la mesa.

—¡Entonces tráigame un puto gin tonic, carajo!

Respiró profundo y dijo:

—Disculpe, es que, como ve, estoy un poco nerviosa.

—No se preocupe, doctora, ¿lo quiere doble?

—Sí.

El joven balanceó los brazos, como si debiera recitar un poema ante un profesor.

—Le confirmo que se lo podemos ofrecer de ginebra Bombay Sapphire, Tanqueray, Gordon's, Beefeater, Hendrick's, Larios, Gilbert's, Bols...

—Ya, ya —dijo Julieta—, ¿tienen todas esas marcas de ginebra y no tienen manzanilla? No joda, ni que esto fuera una discoteca.

—No, doctora, no es discoteca, pero hay una que recomendamos acá cerquita, diagonal a la plaza, se llama El Cauca-No.

—Gracias, tráigamelo con Gordon's.

—Inmediatamente, doctora.

Se odió, pero siguió trabajando.

Primero una descripción de la batalla en el puente a través del relato del niño y luego el episodio de la noche en el hotel del parque arqueológico. Al escribirlos, uno detrás de otro, se le vino algo a la mente. Una posibilidad que no había considerado y que, a primera vista, era poco probable: ¿y si hubiera sido el niño el que entró a su cuarto? Tal vez quiso decirles algo. Hablaron con él al otro día de la visita nocturna, cuando fueron a la iglesia, pero Julieta recordaba haber notado algo extraño en el saludo. Como si el niño supiera que vendrían y las esperara. Pero de ser así, ¿por qué se quedó en silencio en medio de la oscuridad? Hay mil posibles respuestas. «Franklin: probable visitante nocturno en el hotel». Recordó que esa misma noche le abrieron el carro alquilado. ¿Sería una casualidad?

El gin tonic provocó sensibles mejoras en el estado general de su organismo. Se empezó a sentir muy pero muy bien justo cuando le dio el último trago al vaso. «Creo que me desenguayabé demasiado», se dijo.

Llamó de nuevo al mesero.

—Sírvame otro idéntico.

—Ya mismo, doctora.

Escribir, igual que leer, es un comportamiento socialmente agresivo. El que escribe está solo e ignora lo que pasa a su alrededor. Por eso Julieta no notó que un grupo de ejecutivos de ACOPI llegaba al salón. Cuando los vio, la saludaron e invitaron a su mesa. Pero ella se acabó el segundo gin tonic y subió a su cuarto, aburrida ante la perspectiva de lidiar con el grupito. Johana había encendido la televisión para ver un noticiero y estaba recostada en la cama de la ventana, sobre la colcha. Se había quitado el pantalón. Tenía bonitas piernas y un calzón diminuto. No pudo evitar decirle:

—Carajo, ¿y en la guerrilla las dejaban usar esas tangas? No deben ser lo más cómodo para echar bala.

Johana se sentó de un salto, avergonzada.

—Ay, jefa. Uno no andaba disparando todo el día. Qué va.

Luego Julieta entró al baño con la piyama y la bolsa de enseres. Había decidido pegarse una ducha bien larga y reparadora. En la tina y entre el vapor, logró al fin poner su mente en blanco.

Al salir, Johana dormía.

A pesar de haber descansado poco y mal, a las siete de la mañana el fiscal ya estaba en su oficina. Los acontecimientos de la noche anterior, en el anfiteatro de Medicina Legal, rondaban su cabeza. Lo agitaban. «¿Será que la vaina sí viene por el lado de las iglesias?», se preguntó. De ser así, la intuición de Julieta con el «hombre de negro» habría sido correcta. Hasta ahora se había resistido a creerlo, pero esto ya parecía una evidencia. Sacó su libreta y volvió a leer: «Estamos curados». Y el dibujo de una mano negra y gris. Vio las fotos en su celular, las amplió todo lo que pudo. Abrió el computador y buscó lo relativo a esa frase y esas imágenes. Dio vueltas hasta que llamó por el interfono a una de sus colaboradoras.

—Wendy, ¿puede venir un momento a mi oficina?

Un rato después oyó dos golpes en la puerta. Wendy era una joven de treinta años, atlética y algo siniestra, con los labios y párpados pintados de negro. De los bordes de su camisa asomaban enormes tatuajes. Parecía la persona ideal para este tipo de búsquedas.

—Wendicita, hágame el favor de investigarme qué carajos quiere decir esto.

Le mostró las fotos de los tatuajes y le dio la frase.

—Tiene pinta de ser una vaina religiosa. Déjeme buscar y le cuento.

Cuando salió, Jutsiñamuy se la quedó mirando.

No sabía nada de la vida de Wendy, excepto lo que se podía deducir de su aspecto: era *dark* o *gótica,* lo que podría sugerir una persona atormentada, con problemas de sociabilidad, pero Wendy era una de las funcionarias más queridas en su división. No se le pasaba un cumpleaños, era la primera en dar regalos el día de la secretaria, vivía pendiente de los empleados de la cafetería y de la señora de los tintos. Todos la consideraban un ángel. «Un ángel criollo», como le decía él. ¿Tenía novio, marido, pareja estable? Misterio. ¿Era lesbiana? Ni idea.

En esas estaba cuando sonó el celular. En la pantalla vio que era Julieta.

—Querida amiga, buenos días.

—Acabo de leer su mensaje, cuénteme —dijo ella.

Le explicó lo que había descubierto con Piedrahíta. La hipótesis de la iglesia evangélica tomaba fuerza.

—Tengo cita dentro de un rato con el pastor de la iglesia aliancista de Inzá —le dijo ella—, el que organizó esa especie de Woodstock pentecostal el fin de semana. Me voy a fijar bien en lo de la mano y la frasecita. Igual mándeme la imagen.

Tras despedirse, Jutsiñamuy le envió una de las fotos del tatuaje y al oprimir el botón de envío sintió un pequeño vértigo. ¿No se estaba extralimitando en su colaboración con la periodista? Ya no podía dar marcha atrás, pero igual canceló el cruce de mensajes, algo inútil en caso de acusación grave.

Hecho esto continuó con su actividad investigativa.

Debía ocuparse de otro de los aspectos del problema. Uno que, a decir verdad, había dejado un poco relegado: ¿quién estaba trancando la información del asalto desde el interior de la policía y por qué? Esto debía hacerlo personalmente. No podía encargarlo a nadie hasta no saber un poco más.

Decidió entonces hacer un análisis, lo más objetivo posible, de los hechos:

1) Alerta dada por un sargento de la policía de San Andrés de Pisimbalá, quien llama a la comandancia de Inzá.

2) En Inzá, un cabo de guardia recibe la llamada y envía un cablegrama notificando y repitiendo la alerta. En él menciona el asalto, el uso de armamento de guerra y la presencia de dos bandos bien apertrechados.

3) Un agente de la Fiscalía ve el cable y se lo remite a su despacho.

4) Pide un informe con más detalles a la comandancia de Inzá, que a su vez vuelve a pedirlo al puesto de San Andrés.

5) El puesto de San Andrés responde: «Es todo lo que sabemos. Cambio. Una chumbimba ni la verraca. Peligro ataques en la zona. Determinar quiénes fueron».

6) Pero unas horas después todo cambió.

7) El cabo de Inzá no volvió a hablar y la comandancia cambió la versión: una pelea entre choferes que degeneró en tiros al aire. El puesto de San Andrés, vuelto a preguntar, dijo que había sido un incidente menor.

Lo que quiere decir, pensó, que alguien intervino justo en medio de la cadena, luego de que el cablegrama fuera puesto en la red. Primera conclusión obvia, se dijo: lo vio alguien de los cuerpos de seguridad y dio la alerta (organización, grupo, ¿iglesia?). Lo que sea, tomó cartas en el asunto interviniendo sobre el comando de Inzá.

¿Quién era el comandante de la policía de ese pueblo? Buscó en la red: Genaro Cotes Arosemena. Caramba, se dijo. ¿Costeño? A ver. Miró la ficha del efectivo. Teniente, nacido en Planeta Rica, Córdoba. Cincuenta y siete años. Sirvió en orden público en el Catatumbo, en Antioquia y en La Guajira. Está en la comandancia de Inzá desde 2013. Hipótesis:

alguien lo llamó y le pidió que cambiara la versión. Habría que ver con quién habló el teniente ese día.

Llamó al cuerpo técnico. Pidió un informe del tráfico de llamadas del celular del teniente. Información confidencial. *Top secret*. Luego volvió hacia los tres cuerpos del depósito de cadáveres. Pasó la página de su bloc de notas y escribió de nuevo los tres nombres: NN, Óscar Luis Pedraza y Nadio Becerra, de Bugalagrande, treinta y ocho y treinta y dos años. Puso también el nombre de la empresa SecuNorte, con sede en Cali.

Llamó al agente Laiseca. ¿Qué hora era? Ya las nueve.

—Buenos días, agente. ¿Cómo vamos con esa búsqueda?

—Pues, jefe, le cuento que esto va despacio. No hemos podido encontrar más casos.

Jutsiñamuy marcó un silencio. Luego dijo:

—Mientras aparecen, vaya y me averigua por los otros dos, los que tenemos identificados. Óscar Luis Pedraza y Nadio Becerra. Indague acerca de ellos en SecuNorte. Ahí trabajaban. Eso es allá en Cali.

—Listo, jefe. Apenas sepamos algo lo llamo.

Colgó y, al ver la hora, su cuerpo le pidió un tinto. Salió al corredor y caminó hasta la greca. Se había estado guardando lo del pastor Fritz Almayer. Quería empezar a investigarlo en serio cuando supiera más cosas y la pesquisa estuviera encaminada por un rumbo seguro. La información de Julieta con el otro pastor, el de Inzá, sería interesante.

En la greca se encontró a un funcionario en camisa, con las mangas dobladas hasta los codos.

—¿Entonces qué, fiscal? ¿Le apuesta a la victoria de etapa de mañana? Estamos haciendo polla.

El secretario del archivo anotaba las apuestas en un cuaderno. De a diez mil pesos.

—Póngame que Nairo llega tercero pero conserva la camiseta de líder.

—Pero eso no es posible, fiscal, porque si llega tercero tiene que descontar varios segundos por cada uno y perdería el liderato. Está apretadísimo.

—Póngamelo así que yo tengo buena información.

—Uy, fiscal, bueno. Si lo dice usté...

—Y arréglese esa camisa y esa corbata, hombre —le dijo—, vea que nosotros representamos el orden.

Ya volviendo a su oficina vio venir a su secretaria por el corredor.

—Doctor, tiene una llamada por el interno...

Corrió a su despacho, cerró la puerta y respondió.

—Jefe, le tengo algo bueno —era Laiseca—, lo llamo por acá por seguridad y porque me quedé sin minutos. Hablé con los de SecuNorte y averiguamos algo increíble. Los vigilantes Pedraza y Becerra llevaban un año sin volver a reportarse, pero el último trabajo que hicieron fue dándole seguridad a unas personas que vinieron de Brasil y a un señor brasileño llamado Fabinho Henriquez. Le acabo de mandar el nombre para que lo tenga.

—¿Henriquez sin tilde? —preguntó Jutsiñamuy.

—Es en portugués, señor. La norma del acento diacrítico es distinta —explicó Laiseca.

—Ah, bueno —dijo el fiscal—, continúe.

—Me puse a averiguar por ese señor y logré saber que vive en la Guayana Francesa. Tiene una compañía legal de extracción de oro con sede en Cayena, pero encontré otros artículos donde, según pude entender, porque están en francés y en portugués, habría tenido relación con empresas de minería en otras zonas de la Amazonía, y por supuesto en Colombia.

El fiscal escuchaba impaciente, creyendo que lo mejor estaba aún por venir, cuando Laiseca dijo:

—Pero aquí viene lo más suculento, jefe. Agárrese de la mesa: ¡Es fundador de varias iglesias evangélicas adscritas a la Asamblea de Dios, en Belém do Pará! ¿Ah? ¿Cómo le quedó el ojo? Según vi, él mismo construyó las sedes en rancherías grandes y pueblos de la selva.

—Ah, carajo. Eso sí que me interesa. ¿Y qué tipo de iglesia es?

—Evangélica internacional, señor, con presencia en el nordeste de Brasil. Son pentecostales, jefe.

—¿Y esa vaina qué significa?

—Es largo de explicar, pero se basan en unos versículos de Marcos en donde se describe el poder de Dios y cómo es transmitido a los hombres. Creen que Dios actúa a través de la mano del pastor y por eso tienen poderes sobrenaturales.

—¿Sobrenaturales?

—Sí. Resucitar muertos, sanar enfermos, hablar lenguas extranjeras sin haberlas estudiado, curar heridas o soportar el veneno. ¿Cómo le parece?

—No, pues, increíble. Habrá que volverse pentecostal.

—Por ahí vi en YouTube —continuó Laiseca— que el mismo pastor hacía un show en el púlpito: se hacía picar, delante de los feligreses, de una víbora que hay por esa zona, «el jergón», una culebra con un veneno mortal que da gangrena y provoca paros cardíacos. No sé cuál será el truco, pero muestra los huecos de los colmillos en el antebrazo. ¡Y no le pasa nada!

—¿Una culebra falsa? —dijo Jutsiñamuy, más bien en broma.

—No hay culebras falsas, jefe, más bien estaba yo pensando en una culebra seca, sin veneno. Eso les pasa a las serpientes de más...

—Bueno, sígame hablando del tipo —lo apremió Jutsiñamuy.

—No, si eso es todo por ahora.

Jutsiñamuy hizo dos rayas en el bloc, debajo de la información, y por un prurito de orden miró la hora exacta y la escribió al lado.

—Muy bien, Laiseca. ¿Cancino está con usted?

—Acá junto a mí, señor, ¿se lo paso?

—No gracias, le creo. Bueno, salgan a buscar más datos sobre el par de vigilantes, y necesito que me averigüen quién puede ser el tercero, el que todavía está NN allá en las neveras, ¿bueno?

—Como mande, jefe. Cambio y fuera.

Al colgar, Jutsiñamuy miró la lista de pastores extranjeros de las fiestas de Inzá que le había mandado Julieta, a ver si alguno de los brasileños era Henriquez. Pero no lo encontró. «Esto se está poniendo bueno», se dijo.

Julieta volvió a ver el edificio desde el borde de la carretera. Estaba a unos trescientos metros. Una construcción de tres pisos con torre y un crucifijo de neón. Debajo, el aviso luminoso: «Iglesia Alianza Cristiana & Misionera de Inzá». Voltearon hacia la derecha por lo que debían ser las últimas viviendas del costado sur del pueblo, bordearon la carretera y estacionaron al frente. Su celular marcaba un cuarto para las diez. Le gustaba ser puntual, pero con frecuencia le pasaba esto: llegar mucho antes, cuando la gente todavía se está preparando.

Las recibió una joven con falda y camisa blanca (en el bolsillo izquierdo tenía grabado el logo de la iglesia).

—El pastor Cuadras ya las atiende, espérenlo un momentico. ¿Gustan café?

Las dos agradecieron y dijeron que no.

De la sala de recepción se abría un arco lateral hacia la nave de la iglesia. Julieta echó una ojeada. Un escenario o púlpito enorme con una mesa de hierro y patas de mármol. Cortinas a los lados. Bafles disimulados entre la tela. Al fondo, semiempotrada en un tabique de algún material que simulaba el alabastro (¿o era original?), una estatua moderna de Cristo. Julieta imaginó que durante el culto esa figura, de un extraño cristal rojo con veteados violetas, debía iluminarse. Las finanzas de don Ferdinando no debían ser malas, ya que en lugar de sillas plásticas Rímax (las había visto en otros lugares) tenía bancas de madera, de cedro o comino.

Se veía muy apacible todo, pero en lugar de sugerir tranquilidad, el lugar la irritó. ¿Qué era? Tal vez un repugnante olor a ambientador que, por supuesto, no coincidía ni con la madera ni con el falso alabastro. Esencia a lavanda, como de vestier de gimnasio o baño de motel. El aroma provenía del tablón oscuro del suelo. Habían trapeado hacía poco. Qué asco, pensó.

Se dio vuelta para decírselo a Johana cuando vio de frente (casi encima de ella) al pastor Ferdinando Cuadras. Reconoció al hombre de la foto, aunque el Photoshop había hecho de las suyas. Si en la pantalla se veía juvenil y enérgico, en la realidad era un tipo más bien rechoncho, de pelo pintado con tinte caoba y raíces grises, sucio a la vista. Todo el asco de la lavanda, en el ánimo de Julieta, se transfirió a ese pobre esclavo de Jesús, quien, para acabar de completar, al hacer una sonrisa beatífica y decirles, «bienvenidas a nuestra iglesia», casi la tumba con una bestial halitosis. «Lo que me faltaba», pensó Julieta. Era lo que más repulsión le provocaba de una persona.

—Pasen a mi oficina —siguió diciendo el pastor Cuadras—, su visita es una alegría para mí.

Julieta buscó evadir la posición frontal poniéndose en ángulo, pero fue inútil, pues al detectar que era la jefa, el pastor la persiguió para hablarle con mayor contundencia. De acuerdo a ciertos protocolos de provincia (no escritos), él debía hacer el show ante ella, persona educada y de Bogotá.

—Aparte de mis lecturas religiosas —dijo—, lo que me encanta es leer investigación periodística. ¡Y es que acá tenemos periodistas muy buenos! ¿Cómo es que se llama ese libro sobre la vida de la madre Laura? Ayy, sí. Una mara-vi-lla. Vea, una investigación buenísima. Y también mantengo oyendo radio: la W, Blu Radio, Caracol... Siempre digo que acá en Colombia tenemos los mejores periodistas, ¿o no?

Julieta se sentó del lado más lejano de la mesa, y, aún sofocada por el olor de sus dientes cariados, logró decir:

—Gracias, pastor, por recibirnos.

—Siempre en la gracia del Señor —dijo—, es que esta es la casa de todos y la del Padre del mundo.

Sintió ganas de fumar; protegerse detrás de una cortina de humo.

—Bueno, díganme pues, ¿en qué puedo servirles?

Julieta miró a Johana y habló:

—Bueno, mi colaboradora y yo quisimos hablar con usted para que nos cuente de las fiestas aliancistas que celebró el fin de semana.

—Ah, pero claro... Espere un segundo, reina, ¿ya les ofrecieron cafecito o gaseosa? ¡Venga, Esther!

La misma empleada, esta vez malencarada, llegó a la puerta.

—Es que ya les ofrecí pero dijeron que no querían nada, doctor.

—Ah, bueno, tráigame a mí una Coca-Cola light, madre, ¿me hace el favor?

Dicho esto, empezó a hablarles:

—Ah, vea, eso fue una cosa monumental, que llevábamos preparando desde hace más de un año, y les digo una cosa: puede, no sé, puede que haya sido el encuentro de iglesias cristianas más grande que se ha celebrado en Colombia... ¿Sabe cuántas vinieron? ¡Treinta y siete! ¿Cómo les quedó el ojo? Y no cualquier congregacioncita acá de garaje, chichipata, no señor, nada de eso... Treinta y siete «Cristo-céntricas» de las grandes. El tema fue, por supuesto, la solidaridad con el mundo rural en el posconflicto, ¿no? Mi idea fue poner como eje de debate la nominación de este territorio tan sufrido como zona sagrada y de la resurrección después de la guerra, porque esas son las bases del pensamiento cristiano y de la acción evangélica: llevar el perdón y la reconciliación. En el fin de semana hicimos veintitrés seminarios y vinieron indígenas de todos los resguardos a contar sus experiencias.

—¿Pero... los indígenas son cristianos? —preguntó Johana.

—Algunos, algunos, reinita. Estamos trabajando muy duro en eso. Lo importante es buscar temas en los que estemos de acuerdo.

—¿Y cuáles son esos temas? —aprovechó Julieta.

—Muchos y muy profundos. Por ejemplo, lo que a todas las personas de bien de este país nos preocupa: la ideología de género y la creación de un Estado homosexual. No podemos permitirlo y hay que unirse para luchar en contra, porque ofende a Dios. Por fortuna logramos trancarlo. Usted sabe que los de la guerrilla piden y piden, y como antes el gobierno les daba todo, pues... Pero por fortuna eso ya se acabó.

—Dígame una cosa, pastor Cuadras —le dijo Julieta—, ustedes se pueden casar, ¿no es cierto?

—Claro que sí, porque entendemos que el amor humano no es un impedimento para el amor a Dios.

—¿Y usted es casado?

El pastor hizo un silencio, se llevó la mano a la boca en forma de cuerno y tosió levemente.

—No, señorita, yo todavía no, por gracia de Jesús Cristo y los apóstoles.

—¿Y le puedo preguntar por qué? —dijo ella—. Ya es una persona madura, con experiencia. Podría formar una familia.

—Dios, hasta ahora, me ha querido así, trabajando para su gloria en exclusiva, sin consagrarme a una sola persona, aun cuando los pastores estamos entregados es al Señor y a la Biblia.

Julieta fingía tomar notas, pero sólo escribía palabras sueltas y hacía croquis. Aún no había llegado a lo que le

interesaba, y que era su relación con el pastor Fritz Almayer.

—¿Y cuál es la iglesia cristiana con la que tiene más
vínculos? Porque ustedes los aliancistas son una congregación enorme, ¿no?

El pastor se acomodó en la silla y dijo:

—Claro, estamos asociados a congregaciones de muchos países, la gente de fe nos busca y nos quiere y sobre
todo nos apoya en casi todo el mundo.

A Julieta no le gustaba que el entrevistado notara su
ansiedad por saber algo, pero la verdad es que este tipo la
sacaba de quicio.

—¿Ah sí? ¿Y ustedes de qué manera influyen y hacen
mejor la vida de la comunidad?

El hombre adelantó su dedo índice al aire, como señalando.

—Bueno, señorita, ya le dije que trabajamos para la
gente sobre un montón de temas que son los fuertes de
nuestra iglesia en el mundo. Para empezar, el alivio y la ase-
soría espiritual. Después de la guerra, ¡no se imagina la cantidad de heridas que las personas guardan en el alma! Acá en
la Iglesia escuchamos, hacemos cadenas de oración para
ayudar a las víctimas a superar el dolor...

Julieta se estaba apresurando, pero no pudo conte-
nerse.

—¿Han recibido fondos del gobierno para algún programa?

El hombre dudó.

—Bueno, tenemos proyectos que necesitan financia-
ción. Pero eso no es lo importante. Es lo que le sirve a la
gente para encontrar el camino de Cristo, esa es la clave.

—¿Y cómo es su relación con las otras iglesias del país?

—Tenemos una asamblea y al menos una vez cada tri-
mestre hay reuniones. Estamos organizados, pues la acción
a través de diferentes organizaciones es la misma: el objetivo y el destino es la palabra de Cristo. En eso estamos de

acuerdo y al estar unidos podemos expresar nuestra opinión con fuerza ante algunas cosas que tienen que ver con el país. Somos la voz de mucha gente que nunca ha sido escuchada.

Julieta estaba por dejar la entrevista, pero Johana, notando su irritación, decidió meter la cucharada.

—Yo soy de Cali, señor pastor, y mi mamá va a una iglesia que se llama Congregación Nueva Jerusalén, ¿es una de las iglesias de ustedes?

El pastor hizo una amplia sonrisa. Su halitosis invadió la oficina y Julieta estuvo a punto de perder el sentido.

—No es aliancista, pero es muy cercana. El pastor Fritz, líder de esa iglesia, estuvo con nosotros el fin de semana. Trabajamos en zonas veredales y somos amigos. Es un hombre estructurado y la forma en que expresa su mensaje es un ejemplo. Dígale a su mami que está en buenas manos, yo he ido a algunas de sus charlas y es un orador buenísimo.

—¿Hace cuánto lo conoce? —preguntó Julieta.

—Al menos cinco años, poco después de que abriera su iglesia. Él viene del Llano. Creo que del Caquetá. Por eso es sensible a los problemas del país, como nosotros. Está dedicado al consuelo de la gente. Coincidimos en ese punto: no se puede hablar de la palabra de Jesús sin estar con los pies en la tierra. Yo todo el tiempo me pregunto: si Jesús Cristo estuviera aquí, ¿qué haría ante esto o aquello?

Julieta volvió a sentir rabia y le dijo:

—Usted cree que si Cristo estuviera aquí, ¿habría votado NO al proceso de paz como hicieron ustedes?

El hombre sonrió malicioso y miró a Julieta con un extraño brillo, como si algo se hubiera encendido en su mente. Marcó un silencio con un gesto de suspense tal vez aprendido en los manuales de *Cómo hablar en público*, libro cuyo lomo estaba a la vista en la biblioteca detrás del escritorio.

—Si Cristo estuviera entre nosotros, reina, nada de esto habría pasado, créame. Estaríamos en la gloria. Y ahora, si me permiten, tengo que preparar mi charla del mediodía.

Julieta comprendió que había desperdiciado una oportunidad, y tampoco logró saber nada sobre la imagen de la mano y la frase «Estamos curados». De cualquier modo, no las vio por ninguna parte.

—Una cosa más, pastor. ¿Conoce a un niño llamado Franklin Vanegas?

El hombre ya se estaba levantando de la silla.

Se sorprendió al oírla.

—Claro que sí, lo conozco bien, ¿por qué?

—Desapareció hace dos días.

—¿Desapareció? ¿Están seguras? —dijo, interesándose otra vez en la charla—. Ese niño anda siempre de aquí para allá. Es menor, pero se mueve como un adulto. Debe estar por ahí.

—Perdone, pastor —dijo Julieta—, una última cosa: me gustaría saber cómo lo conoció.

—Ah, todo el mundo conoce a Franklin —dijo—. Es un personaje muy querido. Viene a ofrecerse para hacer trabajitos y ganarse unos pesos. Cada que viene lo contrato para algo, así no se necesite. Le fascina andar metido en internet. Es un muchacho bueno, pero con ese vicio. Sólo Jesús sabe qué es lo que hace Franklin cuando se mete en eso.

—¿Cuándo lo vio por última vez?

—Acá en las fiestas aliancistas. Estuvo ayudando en el servicio a las delegaciones de otras iglesias. Precisamente al pastor Fritz, ahora que lo dice. Si no recuerdo mal, el niño estuvo con ese grupo.

—¿Grupo? —preguntó Julieta.

—Bueno, el pastor no venía solo, claro, sino con la gente de su entorno.

—¿Mujeres?

—Él hace su liturgia con dos mujeres. Casi siempre está con ellas.

De pronto, como maliciando algo, el pastor Cuadras se levantó y las miró con extrañeza, incluso con cierta frialdad.

—¿En verdad querían hablar conmigo sobre las fiestas aliancistas o andan buscando algo más?

Julieta lo miró a los ojos.

—Nos interesa la relación entre la Iglesia católica y las iglesias evangélicas de la región. Ya estuvimos en Tierradentro y San Andrés.

—Ah, me imaginaba, o sea que fue el párroco Tomás el que las mandó para acá. Muy bien, ahora entiendo el porqué de sus preguntas. Pueden decirle que le mando muchas saludes.

La despedida fue algo destemplada. Julieta no veía la hora de salir de ese lugar.

Al subir al carro le dijo a su colaboradora:

—¿Estás pensando lo mismo que yo?

Johana la miró con suspicacia.

—Cada vez parece más seguro que el pastor Fritz va a ser el sobreviviente del ataque. Lo de este pastor coincide con la versión del niño. ¡Las mujeres que salieron del Hummer y se montaron al helicóptero!

—Exacto —dijo Julieta—, pero hay algo que no entiendo.

—Franklin —dijo Johana.

—Sí, el niño. ¿O más bien el jovencito? Ya ni sé cómo debo decirle. Si estuvo con el pastor Fritz durante las fiestas debió reconocerlo, ¿por qué no nos lo dijo? Y otra cosa: ¿qué relación tendrá este sinvergüenza de Cuadras con todo esto?, ¿habrá mandado él la moto espía?, ¿dio la orden de desaparecer la información del ataque?

Se llenaron de sospechas, que era el gran placer de Julieta. Le brillaban los ojos ante las incoherencias y pliegues

130

de una historia. Ahora se sentía muy dentro de ella. Ameritaba un cigarrillo.

—No supimos nada del tatuaje —lamentó Johana.

—Bueno, vamos por partes.

Regresaron a Popayán. Sacaron las cosas del hotel, devolvieron el Hyundai y contrataron un taxi que las llevara a Cali.

Por la carretera, Julieta quiso ordenar de nuevo sus ideas. ¿Qué buscaba ahora? Tenía un presentimiento, aunque se sintió incapaz de verbalizarlo. Pensó en llamar de nuevo a sus hijos, pero la invadió una infinita pereza ante la idea de hablar con su exmarido. Ojeó la prensa del día en su celular y encontró un artículo sobre los muertos de la carretera.

«La policía descubrió tres cuerpos abaleados en una cuneta de la carretera entre Popayán y Cali, en cercanías de la vereda El Bordo. La identificación de las víctimas es aún incierta, según la policía, lo mismo que los motivos del crimen. Los tres fueron abatidos con armas de fuego. La primera hipótesis de la Fiscalía es que se trata de elementos ligados a las mafias locales del narcotráfico.»

Julieta buscó la noticia en otros periódicos, pero en todos encontró repetida la misma escueta nota de Colprensa. En *El País* de Cali vio una fotografía de la carretera y los cuerpos en bolsas plásticas.

Entonces llamó a Jutsiñamuy. Le contó su charla con el pastor Cuadras. Le dijo que iba para Cali.

—¿Vio la noticia en la prensa? —le preguntó.

—Claro, *El Espacio* tiene fotos de los cadáveres más o menos en detalle. En dos se puede ver el tatuaje que le conté.

Oyéndolo, a Julieta se le ocurrió una idea.

—Una cosa, fiscal, ¿esos tatuajes son recientes? Quiero decir, ¿no pudieron hacérselos después de muertos?

Jutsiñamuy se quedó de piedra: no había pensado en esa posibilidad.

—Ya mismo llamo a Piedrahíta.

Se despidieron. Luego Julieta cerró los ojos.

El calor y las curvas le daban mareo.

—Estoy yendo para allá, mi querido —dijo Jutsiñamuy, desde su carro, llamando a Piedrahíta—, váyame preparando otra vez a los muñecos de la carretera.

—¿Y para qué? Ya estábamos por arreglarlos.

—Allá le explico.

Llegó a Medicina Legal lo más rápido que pudo. Dejó el carro atravesado en el parqueadero, pues fue sin su chofer, y subió las escalinatas saltando de dos en dos. Piedrahíta estaba en el cubículo. Se saludaron y bajaron a la morgue. El fiscal estaba tan alterado que no quiso perder ni un segundo explicando lo que traía en mente.

Los tres cuerpos estaban en las mismas bandejas metálicas.

—Los tatuajes religiosos, Piedrahíta, es lo que quiero ver.

Los empleados les dieron vuelta. Volvieron a ver la mano abierta, negra y gris, y el escrito «Estamos curados». Se acercó lo más que pudo.

—¿Tiene una lupa? —preguntó el fiscal.

Piedrahíta se la alcanzó y Jutsiñamuy los examinó con cuidado.

—Bueno —dijo el forense—, ya me puede ir diciendo qué es lo que tiene en mente, ¿no?

—Quiero ver qué tan recientes son estos tatuajes.

El forense los miró con detenimiento y dijo:

—Así a ojo no parecen muy viejos, pero podemos analizar la tinta.

—Es exactamente lo que necesito, saber si se los hicieron después de muertos o si ya los tenían.

—Eso no se puede saber así no más, fiscal. Déjeme a mí ese trabajo. Apenas sepa algo lo llamo. Ya entiendo su afán, es algo interesante.

Se despidieron, el fiscal volvió a su carro.

Al regresar a su oficina, Jutsiñamuy recibió una llamada del cuerpo técnico.

—Le tenemos la información de las llamadas que pidió. Pero es muy confidencial, ¿se la llevo a su oficina?

—Sí, me la deja con mi secretaria.

—Esto debe ser entregado en la mano, fiscal, usted sabe cómo es. Son cosas delicadas.

—Le aviso apenas llegue, voy por la 26.

Al volver al despacho analizó las diferentes hipótesis: si los tatuajes eran recientes, como sugirió Julieta, tal vez alguno de los bandos quería enviar al otro un mensaje, una advertencia. O sencillamente inculparlo, hacerlo visible a la ley. Suponen que encontraremos la coincidencia e intentaremos dirigirnos por ahí en la investigación. Un modo de acabar con los enemigos, pero, ¿cuál de los dos lados?

Lo mejor sería no hacer público el asunto de los tatuajes. El caso ya empezaba a llamar la atención de noticieros y periódicos, aunque aún estaban completamente a oscuras en cuanto a los hechos. Por fortuna no tenían esa presión.

Llamó al agente Laiseca.

—¿Qué noticias me tiene hoy?

—Nada todavía, jefe, aparte de que hace más de treinta grados en la Sultana. No hemos podido hacerle la digestión completa al sancocho de ayer.

—¿Y usted es que no sabe que está prohibido comer sancocho en horas de servicio? —lo reprendió Jutsiñamuy—. Ese plato no está reconocido por la Convención de Ginebra.

Se rieron.

—Sabía de la bandeja paisa, pero no del sancocho, cambio y fuera —dijo Laiseca.

—Ahora sí, en serio —dijo el fiscal—, váyase a hablar con los parientes de los identificados. Ayer por la noche les avisaron. Se les dijo que cuando acabaran los análisis en Bogotá les llevarían los restos a Cali. ¿Bueno? Con mucho tacto. Necesitamos saber quiénes eran y por qué los mataron. Nada más.

—¿Le parece poco? Está fácil preguntarles —dijo Laiseca—, lo difícil es que contesten.

—Si me averigua ese detallito lo recomiendo para ascenso, agente —dijo Jutsiñamuy—, así que póngase pilas. ¿Cancino está con usted?

—Sí jefe, acá al ladito, ¿se lo paso?

—No es necesario, le creo. Vea, Laiseca, otra cosa. Apenas hable con los familiares me llama y me cuenta cómo son, ¿listo?

Colgó justo cuando le entraba otra llamada del cuerpo técnico. Media hora después le llevaron impreso el listado de llamadas del comandante Genaro Cotes Arosemena y del puesto de comandancia de Inzá. En varias columnas podían verse la hora, la fecha, la duración y el número. Los del control telemático habían agregado a mano quién era quién en cada caso.

Fue leyendo el listado.

Había hecho y recibido treinta y dos llamadas. Carajo, pensó, se ve que es bien sociable el costeño este. Fue viendo de quién era cada una: tres de la esposa, una de la madre, siete a agentes de policía; una misteriosa Yuliana le hizo cuatro llamadas y él a ella, seis; nueve a auxiliares de policía... Encontró dos largas conversaciones a un celular privado, sin nombre; la primera, entrante, duró treinta y siete minutos; la segunda fue una hora después y duró un poco menos, once minutos.

Llamó a los de control telemático y mencionó esas dos a número privado, ¿no pudieron verificarlas?

—Aquí tiene el número, jefe. Estaba encriptado y con seguridad.

—¿Qué nivel de seguridad? —insistió el fiscal.

—Parecido al que usamos acá. ¿Le seguimos dando? A lo mejor se necesita un permiso.

—Por ahora deje así.

Jutsiñamuy trazó una línea en su cuaderno para hacer lo que él llamaba «técnica del marido celoso», que consistía en imaginar una secuencia del modo que mejor se ajustara a sus sospechas: así, la primera llamada (recibida por él) podría ser de alguien que le pidió dejar a un lado la investigación de Tierradentro ofreciendo un soborno. Esto, con explicaciones y matices, podría durar treinta y siete minutos.

Una hora y quince minutos después, el comandante Cotes llamó de vuelta a ese número y dijo: sí, estoy decidido, lo haré.

Esta versión se podría ajustar a lo que buscaba, pero la realidad no tenía por qué ser esa. A lo mejor habló con un colega o pariente que trabaja en seguridad y luego volvió a llamar para confirmar algo. Sólo había un modo de saber y era marcando al mismo número. Algo delicado. ¿Llamar desde su despacho? Su línea de teléfono era invisible para los celulares.

Sin pensarlo levantó el auricular y marcó.

Un timbre, dos, tres.

Hoy por hoy casi nadie responde al celular, y menos si el número es desconocido. Pensó que estarían habituados.

—¿Aló?

Jutsiñamuy casi cae al suelo al oír una voz.

Estaba tan seguro de que nadie iba a contestar, que ni siquiera pensó qué decir.

—Llamo de la Fiscalía General de la Nación, ¿con quién tengo el gusto?

Hubo un silencio... un carraspeo.

—¿Fiscalía...? ¿Y para qué es la llamada, si puede saberse?

Jutsiñamuy decidió destapar las cartas.

—Soy el fiscal Edilson Jutsiñamuy, de la brigada de asuntos criminales. Le ruego se presente y no corte la comunicación, pues como supondrá estamos grabando y hemos identificado el número.

—Teniente Argemiro Cotes, de la policía de Bogotá. Dígame en qué le puedo ayudar, señor fiscal. ¿Y qué es esto?

Jutsiñamuy se quedó aún más sorprendido, pero tenía recursos.

—Teniente Cotes, gusto de saludarlo y le pido disculpas si está ocupado, pero teníamos que hacer unas comprobaciones dentro de una investigación.

—Con el mayor gusto, fiscal, dígame de qué se trata que ya me está preocupando.

Tenía el mismo apellido del comandante de Inzá. ¿Un pariente? Mejor que mejor.

—No es nada grave, teniente, estamos con unos cuerpos que aparecieron en la carretera que va de Cali a Popayán y alguien me dio su número para cruzar una información, pero ya veo el malentendido. ¿Usted es algo del comandante de la policía de Inzá?

El hombre dejó salir una risa.

—Claro que sí, Genaro es primo mío.

—¿No le digo? —exclamó Jutsiñamuy—, ahora me va tocar pedirle disculpas.

—No se preocupe, fiscal, que esto ya nos ha pasado otras veces. Si puedo serle de utilidad para esa investigación, cuente conmigo. ¿Tiene el teléfono de mi primo?

—Ya mismo lo consigo, teniente, no se moleste. Que tenga buen día.

Colgó y alzó la ceja. ¿El primo?

Iba a tener que investigarlo. Argemiro Cotes. Teniente de la policía. Primo del comandante de Inzá. Muy bien.

El valle luminoso

Las dos mujeres llegaron a Cali a media tarde y se alojaron en el hotel El Peñón, detrás del Dann Carlton. Dos habitaciones sencillas en el piso quinto, una al lado de la otra. A Julieta le gustaba ese barrio, intermedio entre el sur y el norte, con una buena cantidad de restaurantes y bares sabrosos. La sede de la Nueva Jerusalén quedaba hacia el norte, en Menga, en la salida a Yumbo. Habían planeado ir al día siguiente al mediodía a escuchar al pastor y ver cómo era la iglesia.

—Averígüeme lo que pueda sobre ese hombre —dijo Julieta—. Nos vemos en un par de horas para comer.

—Cuente con eso, jefa —dijo Johana.

Julieta fue a su cuarto y se metió a la ducha. Había sentido calor todo el día, pero al desnudarse y estar frente al chorro no fue capaz de bañarse con agua fría. La tocó y le pareció helada, sólo al entibiarse se pudo meter. Se recostó en la tina y puso el tapón. No podía dejar de pensar en el niño. Franklin. ¿En verdad lo habían secuestrado por hablar con ellas? Era sólo una hipótesis, lo sabía, pues, si era verdad que en las fiestas aliancistas trabajó con el pastor Fritz y su gente, ¿qué podía temer? No debía dar crédito a las palabras del pastor Cuadras y más bien seguirlo buscando.

De pronto algo se encendió en su cabeza.

Se levantó y, chorreando el agua de la tina, fue a mirar la neverita del cuarto. Vio dos botellines de aguardiente Blanco del Valle, sin azúcar. Una de un cuarto de Ron Viejo de Caldas, el famoso «afloja chochas» de su juventud, y dos de ginebra. Entre las gaseosas vio una Sprite. Agarró un vaso grande, sirvió los dos de Gin y lo acabó de rellenar con Sprite. Un gin tonic criollo, pensó. Con todo eso se devolvió a la tina, pero al llegar se acordó de los cigarrillos.

«Mierda», dijo, al ver el símbolo de «Cuarto no Fumador».

Llamó a la recepción y preguntó si había alguna habitación de fumador libre.

—Fumá en ese, no te preocupés —le dijo la recepcionista—, yo lo cambio acá y ya.

La tina estaba llena, así que se metió y, temblando, cerró un segundo los ojos para que nada entorpeciera ese placer. Luego encendió un cigarrillo y le pegó un buen sorbo a su trago.

Qué descanso, qué paz.

Una nube gris le pasó por la mente al recordar que no había llamado a sus hijos, pero su voz adolescente la recriminó de inmediato: déjalos tranquilos, ¡están con el papá! Disfruta esto. Se tomó otro trago. El sabor de la ginebra era una cascada de agua fresca, algo intrínseca y moralmente bueno. Se sintió primitiva. Un animal en una roca, al lado de un lago.

El niño, ¿era en realidad un niño? Sí, lo era. Tendría tal vez trece o catorce años. Se diga lo que se diga, uno es niño hasta los quince. Un jefe de las FARC había dicho que en la guerrilla, como en la tradición campesina, uno de catorce ya es un hombre. A esa edad se van a vivir con la novia, que podrá tener trece, y los hijos llegan a los quince.

«Pero que sea normal en el campo no quiere decir que deje de ser una salvajada», pensó. También a las mujeres las confinan en las casas a cocinar, limpiar, cultivar los huertos y procrear. Podrá ser una tradición, pero no por eso debe ser respetable.

El niño, el muchacho. ¿Habrá sido él quien entró a su cuarto? ¿Qué era esa familiaridad extraña que sintió por él al verlo por primera vez? No podía quitarse esa idea de la cabeza. La cara del niño sonriendo en la iglesita, un gesto hacia el lado, como diciendo, ¿por qué se demoraron tanto en venir?

Las esperaba.

Si pasaba las tardes metido en internet era obvio que no iba a soportar la vida campesina. Habrá visto otros mundos. A lo mejor se fue huyendo de su pobre vida en la montaña. Julieta se lo repetía, pero no lograba convencerse y la preocupación volvía a surgir, sensible por sus propios hijos. Johana no sentía nada parecido. Ella se deprimió al relacionar con el niño su pasada vida guerrillera, pero después lo olvidó. Era la «madre» la que se hacía ideas. Proyectaba sus temores y sentía terror al ponerle el rostro de uno de sus hijos.

De pronto algo extraño pasó (el tiempo, sus elucubraciones), y de su vaso dejó de salir la deliciosa ginebra. ¿La terminé ya?, se dijo con pánico y una mueca culpable. Salió del agua y fue a la neverita. Miró un rato el aguardiente Blanco, pero se contuvo. Sirvió un chorro de Sprite en su vaso y encendió un cigarrillo.

Volvió a la tina, pero el sabor dulce la empalagó. Estiró el brazo y agarró el teléfono del baño. Llamó a recepción.

—¿Me podrían traer unos botellines de ginebra, de los de la neverita?

—Con mucho gusto, ¿cuántos le mando?

Lo pensó un momento.

—¿A cómo son?

—Siete mil pesos.

—Mándeme seis, gracias. Y dos de Sprite Zero.

Un rato después tenía de nuevo el delicioso trago en la mano. Bebió un sorbo grande y se sintió protegida. Ya podía entregarse otra vez a esa especie de zepelín ciego que eran sus fantasías y temores, sus cavilaciones y esfuerzos.

El ruido del teléfono la sobresaltó. Era Johana.

—¿La desperté, jefa? Perdone. Es que encontré algo bueno.

—Cuénteme.

—Me puse a leer los foros de la gente de la iglesia y veo que hay algunas opiniones de mujeres que hablan del pastor Fritz, pero no como líder religioso sino como hombre. Dicen que es fuerte, que tiene buenas piernas y musculatura atlética. Hay entradas en varios círculos de conversación y hasta en Facebook. Una mujer joven dice lo siguiente: «Meterse con el pastor Fritz es jugar con fuego. Yo lo hice y salí quemada. Pilas las jovencitas».

—Eso está buenísimo —dijo Julieta, animada por los tragos—. Trata de averiguar más cosas y haz un elenco de citas. Oye, otra cosa: mejor pide algo de comer al cuarto. Estoy cansada y voy a quedarme acá. O si prefieres salir a visitar a alguien, dale. Nos vemos mañana al desayuno.

—Gracias, jefa, pero después de diecisiete años de guerrilla mejor no dejarse ver por acá. Si me aparezco por el barrio, empieza el chismerío. Mejor me quedo trabajando. Hasta mañana.

—Como quieras, si encuentras algo poderoso me vuelves a llamar.

—Claro que sí. Buenas noches.

Julieta cerró los ojos y oyó el bufido de ese animal que, en su interior, se despertaba, golpeaba la reja con los cascos.

Volvió a llenar el vaso y encendió otro cigarrillo. Recordó la pelusa en la barriga de Johana y se estremeció. Estiró la mano hasta la suya. Ahí estaban los kilos de más y las estrías de dos embarazos, más una cicatriz horizontal donde ya no crecía el vello. Cuando no estaba depilada parecía un cráter, un cráneo con calvicie.

Sirvió otros dos botellines y siguió en el agua, echando globos de todo tipo, a sabiendas de que la música de fondo era ese bufido que le venía desde adentro. Aún le quedaban dos de Gin, así que pensó poder controlarlo. Cerró los ojos, pero recibió un derrumbe de imágenes mezcladas: el niño en un sótano oscuro, temblando de miedo, solo y asustado. ¿Quiénes? Podrían ser los evangélicos. Recordó la halitosis del pastor Cuadras y sintió una arcada, pero se juagó la boca con un sorbo de ginebra y se repuso. Qué asco. Imaginó lo que todo el mundo piensa de un pastor o sacerdote: que es pederasta. ¿Tendría a Franklin amarrado en una habitación para abusar de él? Le pareció aún más abyecto, pero era sólo una idea ociosa. Volvió a lo de antes. Imaginó el dolor de la tortura y, por una extraña sinapsis, acabó anhelando algo de placer. Le gustaría que un hombre entrara en ese instante a su habitación, tal vez un huésped que se equivoca de cuarto. Y acabar revolcada en la cama. Su cuerpo ya no era atractivo, pero aún sentía deseo como en la adolescencia, cuando tenía docenas de idiotas detrás. ¡Lo que daría por uno de esos! Agarró su celular y puso en Google: «Escorts masculinos. Cali».

Aparecieron los anuncios. «Estudiante afro. Comprueba conmigo la verdad de ciertos mitos antropomórficos.»

La divirtió y estuvo a punto de llamar, pero se imaginó el escándalo, un atraco y el personal del hotel corriendo a salvarla; o aún peor: el joven haciendo un video a sus espaldas y luego pidiendo un chantaje; no, se dijo, eso sólo podía hacerlo en Bogotá, con sus jóvenes de confianza.

Acabó el vaso bastante ebria, pero aún muy despierta. No se animó a llamar a la recepción a pedir más ginebra, así que abrió la de Blanco del Valle y lo mezcló con Sprite. Al menos era sin azúcar. Para empeorar las cosas, del otro lado del muro había una pareja en prolegómenos. A pesar de que hablaban en susurros, pudo escuchar alguna frase:

—Dale despacio, es mi primera vez por ahí —dijo una voz de mujer.

Fue lo último que su memoria registró.

Al abrir los ojos vio flotar colillas en la tina. El agua estaba negra y olía mal. El cenicero había resbalado del borde, lo mismo que el vaso. El agua estaba muy fría. Un insoportable chillido la mortificó hasta comprender que era el teléfono. El auricular del baño.

Contestó.

—¿Sí?

—Caramba, jefa, ya me estaba preocupando. Sólo queda media hora para que desayune, cierran a las diez. La estoy llamando desde el restaurante.

Era Johana.

—Ay, jueputa, ¿y qué horas son?

—Las nueve y media.

—Me quedé dormida. Ya voy. Dígales que me esperen.

Muerta de asco recogió las colillas y se levantó. Abrió la ducha y dejó correr el agua. Tenía la cabeza golpeada, pero nada irreparable. Al menos no había salido del hotel. De algún modo había logrado dominar al animal salvaje.

Al mirar el celular vio un montón de mensajes. Varios viejos amigos le escribían. Eran respuestas. Le dio pánico leer lo que les había escrito la noche anterior, estando ebria. Tres eran de Silanpa. «Me sirvo una ginebra para acompañarte», decía el último. Con gran esfuerzo retrocedió en el chat para ver qué le había puesto. «Me gustaría tenerte acá, en la tina conmigo.» Borró la conversación sin leer el resto. ¿Y las otras? Las eliminó sin verlas. Uno de los chats le provocó especial vergüenza, un tipo con el que se había acostado una vez, el año anterior. ¿Qué le habría dicho?

Era mejor olvidar. O no saber.

La zona de Menga, al norte de Cali, es famosa por sus discotecas y moteles. La temprana hora del cierre legal de

142

los bares de la ciudad los fines de semana, lo que se llamó «hora zanahoria», hizo que en Menga, al ser otro distrito, proliferaran lugares con licencia para abrir toda la noche. La gente iba a seguir la rumba hasta el amanecer o a recogerse, ya en pareja, en cualquiera de sus imaginativos moteles: Motel California, Kamasutra, Eros o el famoso Geisha, estilo japonés. Todo en medio de estaciones de gasolina, parqueaderos de mulas y restaurantes pseudocampestres. Es la salida norte de la ciudad, la que comunica con el parque industrial de Yumbo y las nuevas urbanizaciones de Dapa, subiendo hacia el cerro, donde algunos caleños huyen en busca de temperaturas frescas y un reposo del fragor de la ciudad.

En medio de dos enormes bombas de gasolina, un galpón de color rojo y techos de zinc anunciaba la iglesia: Nueva Jerusalén.

Julieta y Johana bajaron del taxi y se encontraron con que, a esa hora, las once y media de la mañana, ya había una impresionante multitud haciendo fila. Gente sencilla, de estratos económicos medio y bajo. Con algunas excepciones, el grueso del personal provenía de los sectores más golpeados por la crisis, el desempleo y la violencia: madres solteras, desplazados, padres con hijos drogadictos, exalcohólicos, empleadas del servicio, mujeres víctimas de violencia doméstica y también gente del común, claro, personas que arrastran vidas repetitivas, áridas, pero que están ahí, sonriendo y con ganas, llenas de aspiraciones, mirando el futuro no como una larga condena a trabajos forzados, aunque en la práctica lo sea, sino cual página en blanco en la que, con un poco de suerte, se pueden lograr aún cosas valiosas. El viejo sueño de ser visto por alguien, allá arriba, y ganar su misericordia; que aparezca una mano y nos saque del lodo. Ser descubiertos, ser salvados. La terca esperanza humana que se obstina en creer que lo mejor está aún por venir y que permite sobrellevar pesadas cargas.

143

Vieron gente de todas las edades y razas. Mujeres en chanclas con bermudas elásticas, faldas cortas, bluyíns; jóvenes en ropa deportiva con las camisetas de la selección Colombia y el nombre de James, el ídolo nacional; hombres mayores ayudados por algún sobrino; ancianas, niños jugando alrededor de la fila; trabajadores, obreros, policías, celadores. Y muchos venezolanos inmigrantes, muy pobres, de los que ocupan los semáforos de las ciudades colombianas desde que su país cayó en desgracia. Una multitud expectante que hablaba sin parar o chateaba por celulares que, sin ser de alta gama, les permitían estar conectados. Johana encontró un reflejo natural de sí misma y pudo reconocerse. Julieta, en cambio, bogotana y burguesa, se vio en un hábitat que chocaba con el suyo: la sola idea de ponerse esas chanclas le parecía inconcebible, y menos en sudadera deportiva o manga sisa. Pero sabía adecuarse.

Lo peor, en provincia y en clases populares, era la obsesión por estar oyendo música todo el tiempo. ¡La sacaba de quicio! Una característica de quienes viven por debajo de los dos mil metros: la idea grabada con fuego de que el silencio es triste y aburrido; un silencio que a la mayoría de la población genera malestar, desasosiego, inquietud o fastidio, y por eso hay que suprimirlo a toda costa. ¡Horror metafísico al silencio! Un joven oía de su teléfono, pero no con audífonos, sino por el parlante, lo que distorsionaba la música. Había que soportar esa histérica invasión, dejarse irritar por ella. Ni hablar si en el metabolismo perduraba un ligero guayabo.

De cualquier modo, la situación era difícil. Julieta odiaba las iglesias cristianas, pero sentía compasión por sus creyentes, a los que consideraba rehenes. La mayoría no tenía estudios y, por su situación o por ignorancia, eran presa fácil de ideas inverosímiles, eslóganes o supercherías que estos gurúes, calculadores y marrulleros, les metían en la cabeza. Sabía que el asunto del diezmo era obligatorio y se manejaba bajo un estricto control; los seguidores debían presentar certificados de salario para calcular el aporte. Un décimo que debía ser para el Señor, pero que se quedaba en el bolsillo del pastor, sus lujos y comodidades.

Y sin pagar impuestos.

La religión normal, la de los curas y los misales, tampoco le gustaba, pero al menos no extorsionaba a los feligreses.

La fila comenzó a avanzar despacio. Había guardias de seguridad y a cada persona le hacían un cacheo. Las mujeres debían abrir sus carteras, morrales y bolsos; también las cantimploras y loncheras. Incluso a los niños les pasaban el detector de metales.

Las dos iban detrás de una familia que llevaba alzados un par de bebés y empujaban un cochecito. La abuela hablaba con la madre. El padre, en sudadera y camiseta roja del América, vociferaba por celular con alguien que debía haber venido y no llegó. Todos en chanclas. Hacía calor y Julieta empezó a revivir los tragos de la víspera. Eso que hasta esa hora había estado sumergido bajo una plácida capa de alka seltzer, aspirina e ibuprofeno.

Con la alta temperatura los vapores subían a su cerebro.

Fue entonces cuando lo vio.

Del otro lado de la cerca metálica, al final de una escalera exterior que entraba al galpón.

—¡Franklin!

Corrió hacia la entrada saltándose la fila, pero al llegar tres guardias le cerraron el paso.

—Señorita, ¿adónde va? —uno de los hombres, un afro que parecía ser el de mayor grado, se quitó unas Ray-Ban polarizadas y la miró con gesto grave. De su oreja salía un cable blanco.

—A ver, madre, ¿es que no quiere hacer fila o qué? Vea que todo el mundo tiene que entrar en orden, o si no, no entra.

—¡Acabo de ver a un niño perdido! ¡Déjeme pasar, es importante! —no supo cómo explicarle.

—¡Haga fila, haga fila! —gritó con odio la misma gente que, hasta hacía un segundo, le había parecido plácida y feliz.

Intentó explicarse. Sacó su tarjeta de periodista, pero antes de mostrarla se dio cuenta de que era algo estúpido si lo que quería era pasar desapercibida.

Al darse vuelta encontró a la multitud febril echando llamaradas por los ojos.

—¡Colada! ¡Colada!

—¡Respetá la fila, hijueputa!

Comprendió que estaba a punto de arruinar su plan, así que, en voz baja, pidió disculpas y regresó a su puesto.

—Vi a Franklin, te lo juro. Estaba al final de esa escalera.

Le señaló el sitio. Ya no estaba.

—¿Al niño? ¿Está segura?

—Sí, carajo, no sé. Creo que sí. Y me parece que él también me vio.

—¿Cómo estaba vestido?

Julieta se concentró. La multitud, delante de ellos, siguió avanzando hacia la entrada como un banco de peces empujado por la marea. El sol era cada vez más fuerte.

—Camiseta azul, bermudas grises. Tenis. Pero no sé, porque sólo lo miré a los ojos.

—Bueno, tranquila, jefa. Adentro lo buscamos. Ahora toca es tratar de que nadie se fije en nosotros, ¿bueno?

—Sí —dijo Julieta—, qué huevona irme así, corriendo y gritando. No sé qué putas me pasó.

La secretaria le avisó por el interno:

—Fiscal Jutsiñamuy, la señorita Wendy está aquí. ¿Le digo que entre?

—Que siga, sí...

Wendy llegó con varias hojas en la mano. Jutsiñamuy la invitó a sentarse.

—A ver, Wendicita —le dijo—, cuénteme qué es lo que es esa vaina.

La joven desplegó unos papeles en la mesa.

Y dijo:

—La imagen proviene de una iglesia evangélica en Denver, Estados Unidos. Se llama la Iglesia de los Santos y los Pecadores. Trabajan con la idea luterana de la sanación. Mientras tengan el poder de Dios en el cuerpo nada podrá hacerles daño. Para ellos hay una relación entre «estar sano interiormente» y «estar curado», que por supuesto tiene connotaciones espirituales. Se relaciona con una idea del bien y del mal. Estar *curado* es ser virtuoso en el bien y la pureza, mientras que lo contrario es el dolor y el pecado, la impureza. La idea del mal es cercana a la enfermedad.

—¿Y la mano? —preguntó el fiscal.

—Una síntesis gráfica —dijo Wendy—; la mano abierta quiere decir alto, detente. Stop. Es una mano vigorosa y sana que detiene la enfermedad. El bien que le cierra el paso al mal. La verdad, jefe, no hay nada demasiado complejo. Una vez que uno lee el principio todo es bastante simple. Tienen comunidades que practican el tatuaje religioso y lo exigen a sus creyentes. Tatuarse a Jesús es estar salvado. Hay una tradición de imágenes en las que el bien se sobrepone al mal. Acá es lo mismo, pero con un principio muy sencillo.

—¿Y dónde queda esa iglesia?

—En Denver.

—Esa vaina es bien al norte, ¿no?

—Sí, fiscal. Como al noroccidente.

—Ah, y dígame. ¿No hay en Brasil alguna iglesia evangélica que se relacione con eso?

Wendy se tocó la nariz, una especie de tic nervioso.

147

—No sé, señor fiscal, eso no lo averigüé.

—Vaya y me averigua, Wendicita, y algo más: ¿se le mediría a una operación encubierta? No es nada muy peligroso.

La joven miró a Jutsiñamuy con ojos fieros.

—Claro que sí, me encanta la idea. Y si es peligrosa, mejor. Desde el día que entré a la Fiscalía me imaginé una operación tipo *Carlito's way*.

Los párpados pintados de negro le dieron una dureza y una seguridad que tal vez la joven no tenía. Por un instante, Jutsiñamuy pensó que el atuendo le servía para ocultar su miedo. Su enorme miedo. Como esos animales cuya única defensa es confundir al depredador.

El miedo, el gran tema de la vida humana sobre la Tierra.

Podría ser.

—La cosa va de iglesias evangélicas, Wendicita, ¿usted es religiosa? No es que me incumba, pero se lo pregunto porque tendría que hacerse pasar por fiel y devota.

La joven volvió a mirarlo con expresión dura.

—Usted dígame lo que se necesita y yo lo hago, no se preocupe por mí. Sé defenderme.

—Lo que pasa es que, si es muy creyente, a lo mejor no tiene la distancia...

—Puedo hacerlo, fiscal. Dígame dónde tengo que ir.

—A Cali. La iglesia se llama Nueva Jerusalén. Necesito que me haga un informe bien completo del pastor que maneja esa vaina: quién es, de dónde salió, qué hace, cuánta plata tiene, qué le gusta comer, si tiene novias o no, si fuma, qué enfermedades padece, qué trago le gusta. Todo. También el pasado del tipo. Cómo llegó adonde está y para dónde va. ¿Ok?

Wendy tomó nota y se levantó de la mesa.

—Voy a hacer la investigación previa y luego vuelvo a decirle lo que necesito, fiscal.

—Perfecto, así me gusta.

—¿No me va a decir qué es lo que está buscando del tipo?

Jutsiñamuy se rascó la barbilla. Confiaba en ella, pero era demasiado pronto.

—No por ahora, Wendicita, para no influenciarla. Lo quiero todo por igual. Más adelante le voy contando.

La joven ni parpadeó al oírlo, y dijo:

—Entendido, jefe, y muchas gracias.

Antes de salir por la puerta volvió a hablar:

—Por cierto, señor fiscal, no creo en nada, en nada de nada, así que no se preocupe.

—¿Y entonces cómo explica la vida humana sobre la tierra?

Wendy lo miró a los ojos con expresión irónica.

—Lo único seguro es que nos reproducimos culeando, jefe, igual que los demás animales. Y perdone la expresión. Buenas tardes.

—Vaya, mijita.

Jutsiñamuy llamó a la administración, dio el nombre de la agente y el tipo de tarea que debía cumplir para que se le adelantaran los recursos y el trámite administrativo. Dos horas después, Wendy volvió a su despacho.

—Aquí está la misión, señor fiscal —dijo Wendy—, la planilla para que me autorice los gastos.

Jutsiñamuy firmó cuatro documentos distintos, cada uno con tres copias.

—¿Cuándo se va para allá? —preguntó el fiscal.

—Hoy a las seis de la tarde. Mañana a primera hora empiezo.

—Me informa exclusivamente a mí, Wendicita, le recomiendo. No quiero que haya más orejas que las mías, ¿estamos?

—Perfectamente, señor.

Cuando la agente salió, Jutsiñamuy se recostó en el sofá, sin zapatos, y levantó los pies contra la pared. Siete minutos por reloj para que la sangre irrigara la cabeza. Era bueno para el cerebro y contra la calvicie.

Agarró el listado de llamadas del comandante Cotes Arosemena y siguió analizándolo.

Le llamó la atención la insistencia con esa Yuli, con quien habló a lo largo de todo el día, mientras que a su esposa apenas le hizo un par de llamadas. «Secretos de varones casados», se dijo. Llamó al cuerpo técnico y pidió que le pasaran a Guillermina Mora, su exsecretaria durante más de veinte años y persona de más confianza en ese departamento.

—Mi estimadísimo jefe, ¿cuénteme qué es este milagro? —dijo la mujer.

—¿Cómo me le va, Guillermina?

—Acá bien, por lo conforme, y con ganas de pasarme allá por su oficina a saludar.

—Otoniel y los muchachos, ¿bien?

—Bien, gracias a Dios, jefe. Ricardo ya acabó Administración en la Tadeo y Alfonsito está terminando el curso de piloto en la Fuerza Aérea. Usted sabe que él tiene eso de volar metido en la cabeza. Y Otoniel con su pensión de Catastro, fregando la vida y hecho el terror de las series de Netflix. Todos bien.

—Guillermina, es que necesito algo muy pero muy confidencial, que no me atrevo a pedir por el canal oficial para evitar orejas y ojos extraños, ¿me entiende?

—Claro que sí, jefe. Cuénteme. Quién es.

—Un teniente de la policía. Argemiro Cotes.

—¿Bogotá? —preguntó ella.

—Sí.

—¿Busco algo en particular?

—Relaciones con políticos del Cauca o iglesias cristianas. Y antecedentes de corrupción.

—Listo, jefecito. Ya me pongo en eso y lo llamo. O mejor: voy a su oficina y me invita a un tinto.

—Eso, mil gracias.

Volvió a alzar las piernas contra el muro. Había mandado a hacer un reloj de arena de siete minutos, así miraba pasar los granos de un lado al otro. Lo había hecho tantas veces que podría reconocerlos, uno a uno. Al levantarse fue al ventanal y contempló la ciudad. Un frente nuboso, más negro de lo habitual, llegaba por detrás de Monserrate. Pronto la llovizna se convertiría en furioso aguacero, con aparato eléctrico.

El teléfono lo sacó de sus cavilaciones.

Era Piedrahíta.

—Lo llamo para lo de los tatuajes de los muñecos, fiscal.

—Ah, sí, cuénteme.

—Acá un experto dice que, en efecto, pudieron haber sido hechos después del deceso. No es una afirmación, es una posibilidad. Le cuento la vaina. La piel es obviamente menos elástica, pero se puede tratar con químicos para que absorba. Pero la densidad molecular de la tinta es difícil de medir, pues se le sobrepone el químico del embalsamamiento, ¿me comprende? Nada que hacer. Según el experto es algo cada vez más común. Dijo que hay tatuadores post mórtem que se hacen llamar «artistas dermatológicos». La técnica del tatuado sobre superficie fría y rígida está teniendo gran auge. A la gente le gusta la idea de que, en el velorio, el cuerpo esté imprimado. Los seres queridos eligen los motivos o las frases alusivas a la vida del muerto y así lo entregan. Hay una idea muy religiosa detrás de esto.

—Ah, carajo, ya veo —dijo Jutsiñamuy—. Excelente trabajo, amigo Piedrahíta. ¿Y del NN nada?

—Nada por ahora. La identificación está más larga de lo que pensábamos. Pero tranquilo que al final se sabrá.

—¿Y cuándo entregan los cuerpos a los parientes de los de la carretera?

—Pensábamos trasladarlos a la morgue de Cali esta misma tarde.

El fiscal se alargó el bigotito.

—Caramba, hoy como que todo el mundo se va para Cali.

—¿Cómo dice, fiscal?

—No, nada, pensaba en voz alta. Muchas gracias y quedo pendiente de míster NN.

—Apenas tenga algo le aviso.

Cuando colgó, ya el aguacero parecía hecho de gruesas cuerdas de lluvia. No eran ni las dos de la tarde y estaba tan oscuro como a las seis.

Jutsiñamuy fue a su hoja de ruta, la analizó y dijo: Laiseca, Laiseca. Sacó su celular y marcó el número.

—Dígame jefe, acá Laiseca. Cambio y fuera.

—¿Cómo van los interrogatorios a parientes?

—Acá estoy precisamente con la viuda y el hijo de Nadio Becerra. Me están contando de él. También está una hermana.

Jutsiñamuy se sintió lejos de la acción, así que le dijo:

—Voy para allá, entreténgalos un rato. Y dígale a Cancino que me venga a esperar al aeropuerto. ¿Está ahí con usted?

—Aquí junto a mí, jefe, ¿quiere hablar con él?

—No, mándelo ya y que me espere.

—Como ordene, jefe.

Huérfanos

Al entrar y ver el aforo, Julieta recordó el coliseo cubierto de Bogotá, al lado del estadio de fútbol, donde hacía mil años había ido a un concierto de Joaquín Sabina. Largas bancas de plexiglás atornilladas a bases de metal, unas cincuenta filas en forma de hexágono. Piso de cemento. La bóveda tenía al menos quince metros de altura y combatían el calor con ventiladores industriales. También una docena de aparatos de aire acondicionado desde las esquinas.

Estaba lleno a reventar.

Los niños corrían por las escalinatas y las gradas, subiendo y bajando entre la gente. La parte delantera era un escenario austero, apenas con un púlpito y trípodes para micrófonos. Música de Vivaldi. *Las cuatro estaciones. Primavera.*

Localizaron puestos libres atrás, y no bien se instalaron, Julieta se fue a buscar al niño. Estaba más que segura: lo había visto. Por un segundo sus ojos se encontraron; y entre más lo pensaba, más le parecía que en esos ojos había un extraño brillo.

Era él, no había duda.

Caminó entre la gente en dirección a la tarima, pero no fue fácil. Constantemente era detenida por guardias de seguridad que le preguntaban adónde iba. Los ríos humanos impedían hacer un control estricto y parecían nerviosos.

Mientras se abría paso entre la muchedumbre, Julieta pensó que debía revisar su hipótesis: si el niño estaba con el pastor Fritz, todo cambiaba. Incluso podría no haber sido Fritz el «hombre de negro», ya que el niño lo habría reconocido. Haberse fugado con el pastor le daba vuelta a su historia, si es que en realidad se «fugó» por voluntad y no estaba ahí por otra cosa. Una coacción. Pero no podía engañarse. El niño que había visto hace un momento en la escalera no parecía buscar ayuda. No estaba secuestrado.

De acuerdo a su plano mental, la escalera donde estaba Franklin debía comunicar con la parte de atrás de la tarima. Tal vez estuviera ahora mismo en un salón especial o en los camerinos del pastor. No sería fácil acceder hasta allá, así que regresó adonde Johana, echándose al cuerpo sudores y aromas ajenos.

—¿Vio algo, jefa? —preguntó Johana.

—Nada, el niño debe estar en los camerinos. A lo mejor el pastor se lo trajo de ayudante. Ya veremos si sale en la... Cómo se llama esta vaina, ¿misa?, ¿homilía?

—Ni idea —dijo Johana—. Unos decían conferencia y otros charla.

—Parece el estudio de Sábados Felices.

Un rato después una voz anunció por megafonía que habían cerrado las puertas. La celebración comenzaría en cinco minutos.

Lo que vieron a partir de ahí fue algo que ninguna de las dos había visto jamás, y que no olvidarían: una mezcla de concierto de rock, misa popular y show televisado. Antes de que el pastor Fritz saliera al escenario se bajaron las luces, sonó una música como de publicidad de aerolínea que fue subiendo de tono y, de repente, se transformó en *Also sprach Zarathustra,* de Strauss. En el momento más alto se abrió una puerta, que más parecía una trampilla, y la tarima se llenó de un humo blanco sobre el cual los iluminadores dirigieron *spots* de luces azules y rojas.

Fue ahí que salió.

Ante tal escenografía, quien emergiera de la oscuridad podría haber sido una estrella del pop, pero no: era el pastor Fritz Almayer. Un hombre de unos cincuenta y tres años, complexión fuerte, con una camiseta negra pegada a los abdominales, pantalones negros de terlenka y chaqueta también negra estilo Nehru.

Y a pesar del calor, un sombrero negro.

Ya en el escenario saludó a todo el mundo. Comenzó por decir una serie de nombres: «¿Dónde están las Marías?». Un grupo de mujeres levantó la mano, gritando, «¡Acá!, ¡acá!». Se dirigió hacia ellas y las bendijo. «Las saludo en Cristo». Luego fue al otro lado de la tarima y dijo, «¿Y las Helenas?». Otras levantaron la mano y él repitió el saludo, y así fue pasando por los nombres más comunes, hasta que de pronto dijo, «¿Y las Johanas?» Entonces Julieta vio, con sorpresa, que su compañera saltaba de la banca cual resorte, con la mano levantada y gritando, «¡Aquí!». Tal era el magnetismo de ese hombre. El último al que llamó fue Rafael. «¿Dónde están los Rafaeles?». Cuando varios hombres se alzaron, los spots los buscaron y el pastor dijo:

—Hoy la charla va a estar dedicada a ustedes. A la cercanía entre Jesús y Rafael.

Hecho esto, empezó a hablar.

(De los rápidos apuntes de Julieta…)

«Moisés se enfrenta a una situación difícil, entre el desierto y el mar, y en vez de quejarse, ora. Es lo que deberíamos hacer todos. Cuando estamos en el dolor, debemos orar. Dios le respondió a Moisés y le mostró un pedazo de madera. Moisés la tiró al mar y al instante el agua se volvió dulce. Y Moisés pudo calmar la sed. ¿Y por qué? ¡Porque creyó!»

—¡Porque creyó! —respondió en coro la multitud.

«Dios entonces nos dijo: *Si escuchan mi voz y hacen lo que yo considero justo, y si cumplen mis leyes y mandamientos, no traeré sobre ustedes ninguna de las enfermedades que traje sobre los egipcios. Yo soy el Señor, que les devuelve la salud.*»

«¡Ahí el Señor se reveló como Jehová Rafa!»

—¡Rafa, Rafa, Rafa...! —gritó la gente.

«En medio de la amargura y el dolor, Dios fue su médico, su sanador. La palabra Rafa se repite sesenta veces en el Antiguo Testamento, significa "el que restaura, sana y cura". ¿Y cómo?»

Caminó hasta el centro de la tarima, levantó la vista muy despacio, hacia la proyección de una cruz en el techo, y dijo:

«Algunos de nosotros vivimos tiempos difíciles, tratando de procesar el dolor y el desánimo. Por la crueldad de otros o las heridas que otros nos hicieron. O por las que infligimos a los demás. Heridas profundas. Por eso hay que pedirle a Rafa, al Viejo Rafa, que haga su trabajo de sanación.

»Por eso, en los Evangelios, vemos a Jesús curando personas.

»La Curación Espiritual es el más importante de los tres reinos de la curación. Estamos espiritualmente enfermos y el Señor nos ofrece la sanación y la integridad a través de la sangre derramada de Jesús en la cruz. Nuestro diagnóstico es malo y el pronóstico es terminal: cáncer, leucemia, sida, alzhéimer, tifo, lepra, cirrosis, diabetes, ¿cuántas son las enfermedades que nos matan? Gonorrea, sífilis, chancro...

»Y la incurable enfermedad del corazón humano.

»Jesús se puso de pie en la sinagoga y citó del libro del profeta Isaías: Él me ha enviado a proclamar *la libertad a los cautivos y a dar vista a los ciegos, a poner en libertad a los oprimidos*.

»No todas las enfermedades se relacionan con el pecado, pero todas son *el resultado* del pecado de Adán y Eva.

»Seamos cuidadosos con estas cosas. ¡¿Van a ser cuidadosos?!».

—¡¡Sí...!!! —respuesta atronadora.

156

«Lo mejor es ir al Gran Médico primero. Dios puede curar con una sola palabra de su boca. Lo que Asa hizo en el Antiguo Testamento es una advertencia. Cuando estaba enfermo no oró a Dios en primer lugar, sino que fue directamente al médico: *A pesar de que su enfermedad era grave, no buscó la ayuda del Señor, sólo de los médicos.*

»Y murió solo.

»Necesitamos también la comunidad de la fe, llamar a los ancianos de la iglesia y pedirles que se unan en oración. En segundo lugar, confesar tus pecados en público. Tercero: orar los unos por los otros. Esto sólo es posible aquí, en la Iglesia Nueva Jerusalén. ¡¿No es verdad?!».

—¡¡¡¡¡Es verdad...!!!!!! —rugió la multitud.

«La cruz de Cristo es la fuente de la sanación.

»El Dios Rafa que sana en el Antiguo Testamento es el Señor Jesús que cura en el Nuevo.

»No olviden la importancia de la madera de un árbol que hizo dulce el agua amarga. ¡Todos nuestros problemas comenzaron en un árbol! El del Jardín del Edén. Y el problema del pecado se resolvió porque otro pedazo de madera sostuvo a nuestro Señor en la cruz. Él mismo, en su cuerpo, llevó al madero nuestros pecados, para que muramos al pecado y vivamos para la justicia. Por sus heridas ustedes han sido sanados.

»Sólo Jesús puede endulzar la amargura de la vida».

—¡¡¡¡¡Jesús...!!!!!! —gritó la gente, llamándolo.

Julieta lo escuchó estupefacta. El contenido era casi incomprensible desde el punto de vista de la razón, pero las extrañas conclusiones a las que llegó, y que muy pocos pudieron entender, provocaron ovaciones y aplausos.

Antes de terminar, el pastor dijo:

—Ahora, sólo los huérfanos vengan a mí. Acá adelante.

Julieta pensó: ahora vendrá el niño.

—¡Los huérfanos, los huérfanos!

La multitud empezó a moverse. Mientras unos caminaban hacia el escenario, por el lado izquierdo de la sala, otros retrocedían dejando libres los puestos delanteros.

—Ustedes, los huérfanos de la vida y del mundo, ¡son los primeros hijos de Dios!

Personas de diferentes edades fueron pasando bajo la tarima para darle la mano. Más que darla, el pastor la ponía delante para que sus seguidores la tocaran, como se hace con algunas estatuas. Tocaban y se llevaban la mano al corazón, y luego salían con la mano en el pecho y la cabeza baja, como si acabaran de comulgar.

—Niños huérfanos, niñas, hombres y mujeres huérfanos, ¡vengan todos a mí!

La gente siguió llegando hacia el pastor, que ahora estaba arrodillado, mirando hacia lo alto.

Julieta se acercó al tumulto que bajaba y caminó hacia él. Ella no era huérfana pero quería tocarlo para saber si en realidad emanaba algo especial. También acercarse al escenario y, desde ahí, mirar adentro, a la parte trasera, donde debía estar el niño.

Las personas que iban delante avanzaban despacio. El tocamiento de la mano duraba cuatro segundos, ese fue su cálculo. El pastor Fritz parecía en trance, con los ojos clavados en una enorme cruz silueteada en el techo. Cuando iba a llegar, la mujer que tenía al lado comenzó a sollozar. Luego fue su turno.

Lo tocó sin mirarlo, pues su atención se fue hacia un lado de la tarima, donde algunas personas levantaban y manipulaban cables. No vio al niño y, en un segundo, regresó la vista hacia el pastor.

Casi cae al suelo.

Almayer había bajado los ojos de la cruz y la miraba con intensidad. A menos de un metro. Un láser que horadaba su cerebro.

—¿Por qué vienes a tocar mi mano? —dijo Almayer, con voz cavernosa.

Julieta no supo qué contestar; sintió pánico y quedó paralizada, sin poder rehuir esa poderosa mirada.

—No soy huérfana —le dijo—, pero es el temor más grande que tengo.

Iba a decir «por mis hijos», pero las palabras no le salieron.

El pastor dejó de mirarla.

Cuando empezó a alejarse, el religioso le dijo algo en un susurro que ella sintió gélido, como un soplo de viento...

—No te preocupes tanto por ellos. Están conmigo.

Esas palabras la hundieron en una extraña sumisión. El pastor parecía leer lo que había en su mente.

Al llegar a la esquina del hemiciclo no se atrevió a mirarlo. Lo que sí vio fue que Johana se había puesto en la fila de los huérfanos y estaba por llegar. Y volvió a mirarlo. De nuevo los ojos del pastor se dirigieron a ella, y al conectar con la mirada volvió a oír el susurro...

«Están conmigo, están conmigo.»

Sintió ganas de correr, de alejarse, pero no tenía sentido. No estaba en peligro. En realidad, no pasaba nada. Caminó hacia la entrada y, al salir del galpón y sentir el aire, el calor y el ruido de la calle la despertaron de su hechizo. Se hizo a un lado, encendió un cigarrillo y se puso a esperar a Johana, ya sin preocuparse por buscar al niño.

Un rato después llegó su colaboradora.

—¿Cómo te fue? —le preguntó—, ¿le tocaste la mano?

Las mejillas de Johana se pusieron rojas.

—Dígame que soy una tonta, jefa, pero cuando me estaba acercando vi otra vez el cuerpo de mi padre en el río, los golpes en la cabeza, el carro destrozado. Lloré por él. Y cuando fue mi turno y toqué su mano me entró una sensación de calma y de... ¿Cómo explicarle? Entendí que el alma de mi viejo estaba en paz. Me sentí acompañada y observada por él, y hasta querida por él. ¿Será que nos hipnotizó?

—Espere que le cuente lo que me pasó a mí.

Salieron a la calle, cruzaron a la estación de servicio del frente y tomaron un taxi de regreso al hotel.

El fiscal saludó a Cancino en la salida de vuelos nacionales del aeropuerto Bonilla Aragón.

—¿Qué tal el vuelo, jefe?

—Corto y brincadito —dijo Jutsiñamuy—. ¿Dónde es la vaina?

—Por el kilómetro 18, en la vía al mar. Laiseca está con ellos. Son los parientes de Nadio Becerra.

—¿Han dicho algo de interés?

—No hasta que yo me fui. Como usted venía no quisimos recalentarlos.

Cruzaron la ciudad de oriente a occidente, siguiendo al contrario la línea del río Cali.

Antes de llegar, debieron trepar a pie por unos escalones casi verticales. Era una casa humilde, colgada del cerro. Una mujer se acercó y le dio la bienvenida a Jutsiñamuy. Se le notaban las lágrimas. Había llorado todo el día, quizás desde la noche anterior. El fiscal se presentó con respeto.

—Dígame qué fue lo que le pasó, doctor —dijo la señora—, ¿quién lo mató?

Al hablar parecía morder las palabras.

—Es justo lo que queremos saber, señora —dijo Jutsiñamuy—. Mi sentido pésame, acepte mis condolencias.

—Siéntese, fiscal.

Las otras dos mujeres, un poco más jóvenes e igualmente de negro, también habían llorado, pero ahora se mantenían en una actitud rígida, digna y expectante.

—¿Algo fresco, un café?

—Un vaso de agua estaría perfecto —dijo el fiscal.

La casa tenía un orden preciso, una intención detrás de cada bandeja de cerámica o porcelana. A pesar de lo humilde, se respiraba cierta abundancia de gentes cuya economía prospera despacio, aunque no lo suficiente como para cambiar de barrio. Casas pobres repletas de cosas inútiles y vistosas; un televisor plasma HD extragrande en medio de un salón modesto en el que aún se veían las cubiertas de los cojines tejidos con lana. Las cosas parecían a punto de caer, las figuras de vidrio desbordaban las mesitas. Había ceniceros con nombres de lugares: Santa Fe de Bogotá, Belém do Pará, Quito. Una reproducción del San Jorge clavando su lanza en el lomo del dragón, dos ovejas de porcelana y un pastor en una escena campesina; ángeles con guitarritas, bailarinas. Perros de cerámica. Un dechado puesto en un marco de vidrio: «Esta casa le abrió los brazos al Señor». Detrás de las letras, en sombra, la imagen de Cristo, de pelo largo y túnica roja, y al lado, una estampa con la cara de James Rodríguez.

La mujer joven llegó con el refresco en una bandeja. Jutsiñamuy notó que alrededor del vaso había doblado una servilleta, cual anillo de papel.

—Bueno, mi señora. Lo primero que quiero que me diga es hace cuánto vio a su hijo por última vez —dijo el fiscal.

—Hará un mes largo, ¿no? —respondió la madre, confirmando con las mujeres.

—Sí, mami —dijo otra.

—Llevaba ya un tiempo trabajando en otras ciudades... Por el Caquetá, por el Amazonas, hasta en Brasil.

Agarró de la cómoda una imagen de cerámica. Un campesino con un machete.

—Vea, esto lo trajo de allá.

Jutsiñamuy tomó la estatuilla y le dio vuelta. Era bastante fea. Por debajo tenía una marca: Lavorio. Luego la indicación: Manaus.

—Él no nos contaba muchos detalles, pero una vez al mes llamaba. Y siempre mandaba platica, eso para él era sagrado. ¿No es verdad?

Una de las mujeres hizo sí con la cabeza. Jutsiñamuy pensó que sería la viuda.

—Sí, mami. Eso era sagrado para él, siempre fue muy serio con la plata. Mantuvo a la familia hasta el final.

Al decir esto se tapó la cara con las manos.

—¿Y ustedes saben qué trabajo hacía? —preguntó el fiscal.

Se miraron, como decidiendo quién debía responder. Al final habló la madre.

—Guardia de seguridad en SecuNorte. Ese fue su trabajo en los últimos años porque tenía la experiencia del ejército. Usted debe saber que él estuvo en el comando hasta hace dos años. Luego salió y se puso a trabajar con compañías privadas. Es lo que hacía.

—¿Y a quién le daba protección últimamente?

—No, eso sí no sabemos.

La viuda se repuso y dijo:

—Ahora que vino, hace poco, no nos dijo nada, sólo quiso pasar tiempo con su familia. Yo no le pregunté. Desde que estaba en el ejército me enseñé a no preguntarle. Sólo lo que él quisiera contar.

—¿Y de dónde vino?

Otra vez se miraron. Con los ojos parecieron decidir que esta vez debía hablar la viuda.

—De Brasil. Pero no lo supimos porque él nos lo dijera, sino por los regalos que trajo. Todo cosas de allá, muy bonitas. Unos dulces deliciosos. ¿Por qué lo pregunta?

Laiseca y Cancino, que estaban detrás, a la entrada del salón, y que no se sentaron, tomaban nota. Laiseca había puesto la grabación secreta de su celular dejándolo en una de las mesas, sobre un cenicero con la bandera de Colombia dentro del vidrio.

—Para saber qué fue lo que le pasó a don Nadio, señora.

Jutsiñamuy quiso dejar el vaso sobre la mesita pero no encontró un lugar libre. La mujer joven se lo recibió en la mano.

—Ahora les voy a pedir un esfuerzo de memoria —les dijo—. Quiero que piensen en nombres. ¿Mencionó a alguien? Apellidos, nombres de pila, apodos, lo que sea. Piensen bien, por favor.

Las tres mujeres asintieron en silencio y le hicieron caso. Cerraron los ojos, se concentraron. Fue la viuda la que habló.

—Le oí mencionar varias veces a un tal Lucho, también a alguien a quien llamaban «Míster F.», o «Doctor F.».

—Muy interesante —dijo Jutsiñamuy—. ¿Y nunca le preguntó quién era? ¿En qué términos lo mencionó?

—No —dijo la mujer—, es que ese nombre nunca me lo dijo a mí. Eran cosas que yo le oía mientras hablaba por celular. Ya le dije que él del trabajo contaba poco.

—¿Y a ese Míster F. se lo oyó mencionar una, dos, diez veces?

La mujer movió la cabeza hacia los dos lados.

—Yo diría que muchas, más de dos. No sé si hasta diez.

El fiscal se acercó un poco a la mujer y prosiguió el interrogatorio:

—¿Cree usted que lo de Míster F. pudiera hacer referencia a un hombre llamado Fabinho o Fabio? ¿Un brasileño?

—No le sabría decir, doctor.

—¿Nunca oyó el nombre de Fabinho Henriquez?

La mujer bajó los ojos, se le enrojeció la cara.

—No, doctor. Qué pena tener que decirle tanto que no.

El fiscal le puso una mano en el antebrazo.

—No se preocupe, mi señora. Lo importante es que me diga toda la verdad, como está haciendo.

El fiscal prosiguió:

—Más cosas. El nombre Óscar Luis Pedraza, ¿le sugiere algo? ¿Usted lo conocía?

—No —dijo la viuda—. Es el otro muerto, ¿verdad? Puede que fuera el Lucho que a veces lo llamaba.

Jutsiñamuy sacó una foto del cuerpo NN. A pesar de los retoques se veía a la legua que era un cadáver.

—Me disculpan si les muestro esto, pero es muy importante. Es el cuerpo del tercer hombre que apareció con don Nadio. La imagen es feíta, pero quiero pedirles que la miren con calma y me digan si lo reconocen.

Puso la foto sobre la mesa, entre dos gatos blancos de porcelana. La primera que la miró fue la madre.

—No —dijo—, no lo he visto.

Luego la hermana, que le estaba recibiendo a la mamá un pocillo de tinto ya vacío.

—No, no es de por aquí.

Le pasaron la foto a la viuda. Lo miró y se acercó el papel a los ojos. Se quitó las gafas y volvió a mirarlo.

—Podría ser...

Miró y miró, le dio vuelta al papel, lo acercó a la luz.

—Me parece que una vez sí lo vi... —dijo la viuda—, pero no estoy muy segura. Claro que uno muerto cambia, ¿no? Estoy pensando en un tipo al que le decían Carlitos. Vino a traer una plata y unas drogas para el niño que no había conseguido acá en Cali. Eso fue hace como dos años. Espere a ver, ¿se llamaba Carlitos...? Sí, creo que sí. Tenía el pelo más corto, pero esas cejas me parecen conocidas.

—¿Carlitos? —repitió Jutsiñamuy—. O sea que usted diría que trabajaba con su esposo.

—Sí, señor. Para él.

—Una especie de subalterno.

La viuda miró a las otras dos mujeres, sin comprender. La hermana le dijo:

—Nadio era el jefe.

—Ah, sí, eso —dijo la viuda—. Nadio lo mandaba, claro.

La mujer siguió mirando la foto y volvió a decir:

—Y es que... ahora me acuerdo, era una especie de chofer de él, porque otra vez que vino nos llevó a hacer vueltas por el centro. Y llevó a los niños a un estadero por Jamundí, para que se bañaran en la piscina.

Laiseca se adelantó y, haciéndole una venia al jefe, se dirigió a la viuda.

—Disculpe si la fastidio, señora, pero, por casualidad, ¿recuerda qué estadero era? ¿Cómo se llamaba?

—No, él propuso llevarlos allá mientras hacíamos unos arreglos en la casa. Un restaurante campestre, con piscina y juegos.

—Sería importante saber qué sitio fue. El nombre, por supuesto, o al menos la ubicación.

La mujer se sorprendió con el interés. Les dijo que esperara y fue hacia la escalera.

—A ver si mi hijo mayor se acuerda. Como les gustó, puede que sí.

Subió al segundo piso y los demás volvieron a quedarse en silencio. Al minuto volvió a bajar.

—El Jamundí Inn —dijo—: grill, restaurante, piscina.

—Mil gracias, y felicíteme a su hijo por la buena memoria —le dijo Laiseca, mientras escribía el nombre en la libreta.

—Bueno —dijo Jutsiñamuy—, dejemos por ahora tranquilo a Carlitos y volvamos con Míster F. Mi señora, cuando usted oía a su marido nombrarlo, ¿le parece que hablaba de un jefe o de un colega?

La viuda levantó la cara y miró al techo.

—Un jefe, eso seguro. Siempre decían que iba a llegar, que había que ir a recibirlo. Había mucho secreto en los movimientos de ese señor, por eso le decían Míster F.

—¿Tiene alguna idea de qué hacía? —preguntó Jutsiñamuy.

—No, eso sí no.

El fiscal se acomodó mejor en la silla y dijo:

—Si yo le dijera que Míster F. es un pastor cristiano, ¿le sonaría raro?

La viuda miró a Jutsiñamuy a los ojos, sorprendida por segunda vez.

—Pues no —dijo la mujer—, porque lo que sí me di cuenta fue que Nadio empezó a usar palabras como «santo» o «reverencia», en fin, cosas que antes nunca decía. Hablaba del santo de los mártires, de eso me acuerdo.

—¿Iba a iglesias cristianas o a la católica normal?

La madre se removió en la silla. La viuda entendió que debía dejarla hablar y bajó la cabeza.

—Nadio fue criado con los valores católicos —dijo la madre—. Bautizado y confirmado, y se casó por la Iglesia. Él hizo todo bien. Si se salió o se desvió de esa educación después, ya no es cosa mía.

La viuda le lanzó una mirada que el fiscal sintió como el disparo de una Browning. Y dijo a modo de respuesta:

—Pues la que se casó con él fui yo, y hasta donde pude saber, siempre fue buen católico... Que no usara palabras del misal no quiere decir que se hubiera torcido. Por eso le digo que me extrañó oírlo decir esas cosas por celular.

—Cualquier católico las dice —reviró la madre.

—Pueden ser apodos o alias, madre, no me contradiga. «Maestro» o «Santo», ¿qué quiere decir? Conmigo siguió siendo tan católico como el día que lo conocí.

La madre se comió una manotada de papas fritas haciendo un ruido seco. Estaba de mal humor. Y dijo:

—A lo mejor lo que le molestaba eran otras cosas de su vida de familia, ¿no?

La viuda levantó la cara. Los ojos eran dos lanzallamas.

—Diga pues, suelte lo que tiene en el buche —le dijo, retadora, a la suegra.

—Es que si la esposa de uno se la pasa suba y baje, riéndose y hablando con otros hombres, todo es más difícil.

Jutsiñamuy se dio cuenta de que el interrogatorio había terminado y que debía salir cuanto antes. No obtendría nada más de esas dos mujeres, al menos por ahora.

Se despidió, agradeció la atención y salió a la calle. Le preguntó a Laiseca:

—¿Dónde es la otra familia? ¿Cómo se llama el muerto?

—Óscar Luis Pedraza, jefe, pero con todo respeto, y teniendo en cuenta que ya son las nueve de la noche, le sugeriría que hiciéramos ese interrogatorio mañana.

—¿Mañana? ¿Y por qué?

—Acuérdese que hoy es viernes y acá en Cali la gente sale. Es como en Bogotá, pero más —dijo Laiseca.

—¿Salen a qué?

—A rumbear, jefe.

—Ah, carajo. Pero la familia de un muerto no puede estar rumbeando. Llámelos y dígales que vamos para allá.

—Como ordene.

Jutsiñamuy se detuvo de pronto y dijo:

—¿Y no será que el que quiere irse de rumba es usted, Laiseca?

—No, jefe. Ni siquiera sé bailar.

—¿Y Cancino tampoco? ¿Dónde está?

El agente se había quedado atrás para entrar al baño.

—Ahí viene, pregúntele usted mismo.

Jutsiñamuy volvió a mirar el reloj y dijo.

—Bueno, llamen y digan que mañana a las ocho de la mañana.

—Sí señor, como ordene —respondió Laiseca.

Ya hacia el carro, Jutsiñamuy se detuvo con un dedo puesto en la frente, y se dirigió a Laiseca.

—¿No es por acá que dicen de un buen sancocho?

—No le puedo confirmar, jefe —dijo Laiseca—. No conozco.

—Y usted, Cancino, ¿no sabe dónde es que es el sancocho por acá? —dijo Laiseca.

—Sí, claro. En el kilómetro 18. Camine los llevo.

Después de comer, el fiscal regresó a la zona de El Peñón, en Oeste. Había reservado un cuarto en el hotel Dann, que tenía convenio con la Fiscalía para sus funcionarios.

Sin saberlo, estaba a pocas cuadras de su amiga periodista.

Julieta regresó con Johana al hotel y decidió alargar la estadía una noche más. La mirada del pastor Fritz la dejó en una confusión tremenda. ¿Cómo pudo hacer eso? Detectó que no era huérfana con solo tocarla. Y esos susurros sobre sus hijos, ¿cómo podía...? «Están conmigo», repitió en su mente. Pensó de nuevo en Franklin. ¿Hablaba en realidad de sus propios hijos?

Julieta no era creyente, muy al contrario: despreciaba todo lo que se ofrecía ante el mundo como «espiritual», a no ser que inculcara en la gente una moral y ética válidas. Lo de esa mañana debía tener una explicación. Después de un descanso se sentó frente a la ventana y comenzó a escribir.

La primera hipótesis: el pastor Almayer sabe de mí, claro, porque Franklin está con él y le contó de mi interés por lo que pasó en la carretera. Segunda: si el informante no fue el niño, era probable que la persona que las espió en el hotel y tomó sus datos del contrato de alquiler del carro trabajara para el pastor.

La secuencia de hechos que escribió en su cuaderno fue la siguiente:

1) El niño Franklin la vio en la fila para entrar a la iglesia.

2) Se lo dijo al pastor Almayer y este le puso una vigilancia especial dentro del galpón.

3) Cuando se levantó y fue a la fila de los huérfanos, alguien lo previno.

4) Para darle una demostración de poder, Almayer fingió que todo había ocurrido en ese momento, con el roce de sus manos.

5) Que sepa que no es huérfana evidencia que la han investigado.

Tenía lógica, podría ser.

El misterio seguía siendo el niño. Al ver su propio resumen de los hechos, se dio cuenta de que las cartas ya estaban destapadas. No valía la pena ocultarse, así que lo mejor era hablar de frente con el pastor. ¿Aceptaría? Llamó a Johana y le dijo que pidiera una cita para el día siguiente por la mañana.

Para su sorpresa, el pastor aceptó. La esperaba a las nueve y media en la iglesia.

Julieta sintió un extraño escalofrío. La idea de encontrarlo en ese mismo recinto le pareció, de pronto, aterradora.

—Llámalo y dile que preferiría verlo en otra parte —le pidió a Johana—. En una cafetería, en un sitio público.

Un rato después su colaboradora la llamó:

—La secretaria de la iglesia dice que en una cafetería no va a poder ser, por problemas de seguridad. Que podría reunirse en un salón del hotel Intercontinental, a la misma hora.

—Está bien —dijo Julieta.

—Entonces les confirmo.

Tenía el resto de la tarde y la noche para poner al día sus notas. Pero antes de hacerlo salió a dar una vuelta por el río.

Le gustaba esa zona de Cali. Los árboles majestuosos. El samán del museo La Tertulia y el edificio color arena, una versión pequeña del Palacio Itamaraty de Brasilia. Apartamentos con grandes balcones, el cerro al fondo. La casa Obeso, una isla metida en el río.

Caminó en sentido contrario a la corriente hasta llegar al tradicional barrio Santa Teresita y se sorprendió al ver viejas mansiones derruidas, ¿cómo podían estar abandonadas? Tal vez por riñas entre herederos o en extinción de dominio. El río tenía su dosis de basura, pero se mantenía con el agua en apariencia limpia y las majestuosas piedras dispuestas como esculturas.

Vio un anticuario y decidió entrar.

Un minigalpón repleto de objetos empolvados, platos y vasos amarillentos, muebles descoyuntados, cosas inútiles. Le gustaban los ceniceros de hoteles, sobre todo de los clásicos, en porcelana. Tenía una buena cantidad en su casa. También objetos de bares con marcas como Martini, Campari, CinZano. Era relajante pasear en medio de ese olor a madera húmeda, a cobre recién brillado. Vio un arcón repleto de bastones y alzó uno acabado en un pico de águila; vio libros viejos en francés y alemán, encuadernados en piel y con manchas de moho; vio cajitas de música y le dio cuerda a una, que resultó ser la balalaica; entró a un callejón de objetos religiosos: cristos de varios tamaños, de cuerpo lacerado e hiriente; copas y cirios, casullas deshilachadas, vírgenes vestidas alzando al niño, manos con el mundo, como la del niño Jesús de Praga; un aparador repleto.

Tuvo una corazonada y empezó a escarbar entre un arcón hasta que, sorprendida, alzó una pieza en grafito y la miró a la luz.

Era una mano abierta, negra y gris, con las palabras «Estamos curados» grabadas en el centro. Sacó su celular y buscó la foto de los tatuajes que le había enviado Jutsiñamuy. Era idéntica.

Fue a ver al dueño.

—¿Este qué vale?

El hombre se levantó las gafas caídas hasta los ojos.

—Cuarenta mil. Es original.

—¿Original? ¿De qué modo original?

—De la Asamblea de Dios, de Brasil. Ellos hacen estas reliquias. Se supone que es la mano de Jesús. Mire detrás, ahí está el sello. Si no, valdría por ahí diez mil pesos.

—Me la llevo.

Le alargó un billete de cincuenta. El viejo la empacó en un papel periódico.

—¿Tiene más cosas de esa iglesia?

—Déjeme ver si le puedo conseguir. Por ahora sólo lo que vio en ese mueble.

Le entregó una tarjeta del almacén.

—Llámeme en unos días, puedo tratar de conseguir otras cosas.

Salió con el corazón dando tumbos y regresó al hotel por la orilla opuesta del río. Ahora los carros venían de frente. Fue tal vez por eso que, mirando hacia el otro lado, vio de nuevo la moto.

Ahí estaba su perseguidor.

Cruzó la avenida y se lo quedó mirando. Con el río de por medio, el hombre, con su casco negro polarizado, le mantuvo la mirada. Julieta levantó una mano y se la puso en la sien, a modo de saludo. Pero él no respondió. Simplemente arrancó y dio vuelta en la primera esquina.

«Me espía, sabe dónde estoy y qué hago y para dónde me muevo», pensó, «es él, el puto gurú ese».

Después de muchas dudas, Johana decidió usar la tarde para reunirse con una antigua compañera de guerrilla que había vuelto a Cali. Tenía el teléfono desde hacía más de un año, así que la llamó. Se llamaba Marlene. Quedaron a las cinco de la tarde en la cafetería Ventolini de Unicentro. Mientras iba para allá en un taxi, Johana se acordó de un combate contra paramilitares, en el Yarí, en el que Marlene fue herida. Le pasaron seis disparos por el cuerpo, pero ninguno se alojó. Todos fueron roces. Johana la ayudó a salir hacia un cerro y, una vez arriba, le limpió cada una de las heridas y le puso suero. En la camilla, Marlene se desmayó, y, cuando abrió el ojo, se puso a llorar. Johana quiso saber qué le pasaba.

—Nada, compañera, sólo que no puedo creer que siga en este mierdero después de la plomiza que me dieron —dijo Marlene, amoratada, con sangre seca en los brazos y las piernas—. No merezco estar viva, por huevona.

—Fresca, hermana. No hablés, guardá fuerzas. No vale la pena gastar energía para decir bobadas —le dijo Johana.

—Es que vos no sabés lo que pasó —dijo Marlene—. Cuando estábamos echando bala me salí de la caleta para agarrar una cadena que se me había arrancado del cuello. Casi me matan por eso.

—¿Y qué es esa cadena?

—Véala —dijo, y la sacó de un pliegue del uniforme. Era de un color brillante que parecía oro, con un crucifijo al final.

—¿Y eso? —quiso saber Johana.

—Me la dio mi papá antes de que lo mataran los paracos —dijo ella—. Fue el único man bacano que conocí en toda mi vida.

Luego, con la paz, Marlene dijo que quería irse del país. Estudiar afuera, si es que le daban la posibilidad. De pronto a Cuba. Pero al final no pudo y se quedó en Colombia.

Al verla, Johana sintió un nudo en la garganta. ¡Qué nostalgia tan verraca del campamento! Se abrazaron. Marlene había engordado y la cojera de una herida se le notaba más que antes. Le miró el cuello y ahí la tenía: la cadena con el crucifijo. La misma.

Se sentaron a charlar.

Dos mujeres con memoria de caminatas por páramos, selva, montes, el llano y las quebradas del país, que habían combatido juntas, compartido ideales, hecho cosas heroicas y complicadas; que se habían ayudado y ocultado; que sabían mucho la una de la otra, y de otras que en ese momento no estaban; por eso la charla, una vez que se pasaron revista, derivó hacia las compañeras, ¿dónde andaba fulana?, ¿qué se hizo sutana? Sin perder el sentido de lo que estaba haciendo en Cali, Johana preguntó si recordaba a alguna compañera que se hubiera emparejado con algún indígena nasa en la zona de Inzá y que hubiera tenido un hijo. Haría de eso unos catorce años, puede que alguno menos.

—Me acuerdo de varias que tuvieron hijos, a ver, ¿con un nasa? ¿No sería Josefina? —dijo Marlene.

—No me suena—dijo Johana—, es que yo por esa zona estuve poco. ¿Hubo muchas que tuvieron hijos con indígenas?

—No sé si esos manes eran nasas, vos sabés que uno nunca preguntaba. Eran campesinos, muchachos. A una que se llamaba Myriam la castigaron porque no había solicitado el permiso para estar con el pelao. ¿No te acordás de ella? Tuvo un niño. Yo estaba cuando nació.

—¿Un niño? ¿Y cómo le habrán puesto?

—Ni tenía nombre cuando se lo llevaron.

Johana decidió contarle a Marlene por qué le interesaba esa información. Le habló del niño de San Andrés de Pisimbalá. Franklin. Le contó la historia que le habían contado los abuelos.

—Hubo varios casos así —dijo Marlene—. A uno se lo llevaron a Pasto. Era de una compañera... ¿cómo se llamaba? Creo que Mariela. Otro a Ecuador, de una Carmen. Una costeña que andaba con un compañero de Guapi.

—¿El de Guapi era negro? —dijo Johana—. Mejor dicho, ¿afro?

—Sí, se llamaba Walter.

—No, ese no es. El niño no es afro. Es puro nasa.

Llegaron los helados. Marlene de chocolate y vainilla. Johana sólo chocolate.

—¿Cuántos años tiene? —preguntó Marlene.

—No sabemos exactamente, pero yo le calculé entre doce y catorce. Puede que tenga once. Es grande, a pesar de que los indígenas son chiquitos. Tiene carita de nasa, pero el cuerpo es más grande.

De pronto Marlene dejó la cuchara en el plato y dijo:

—Hubo otro niño de una compañera bogotana, ahora me acuerdo. A ese niño lo sacaron rápido, pues lloraba y lloraba, sobre todo en las noches.

—¿Vos la conociste?

—Claro, pero esperate... Se llamaba Clara, ya me acordé. Era de San Juan del Sumapaz. ¿No te acordás de ella?

—Ahora que lo decís creo que sí, me suena —dijo Johana—. ¿No fue con ella que estuvimos en La Macarena, en uno de los congresos?

—Sí, ella.

—Yo creo que tengo por ahí una foto de ese congreso —dijo Marlene—, la voy a buscar, la copio y te la mando por el WhatsApp.

—Ay, sí, sería buenísimo verla —dijo Johana—. Hacele copia con hartos detalles. Me avisás.

—Y al compañero papá del niño, ¿lo conociste? —dijo enseguida.

—Claro que me acuerdo. Era un pelado silencioso, que leía mucho —dijo Marlene— y era bien fuerte, tenía músculos hasta en el pelo. Un man superbonito. Me acuerdo la tristeza cuando se lo bajaron.

—¿Y eso por dónde fue?

—En el Puracé. El pelado se quedó con un grupo que iba a cubrirle la salida a un comandante, ni siquiera era de la escuadra de él, pero se quedó por mística. Dijo que conocía la zona. Le aguantaron al ejército más de tres horas hasta que trajeron dos helicópteros y les dieron bala desde arriba. Ahí cayeron seis y eran apenas diez. A otros dos los hirieron feo. Uno perdió una pierna. Fue un sacrificio heroico pero muy tenaz. Ese corredor del Puracé sí que costó, carajo.

Johana sacó su libreta y escribió: «Clara, de Bogotá».

—Qué cantidad de niños debe haber por ahí, ¿no?

—Sí —dijo Marlene—, es que en esos campamentos se vivía bien fuerte la vida. Acuérdese.

Siguieron hablando hasta las siete de la noche.

—¿Se ve con más camaradas? —quiso saber Johana.

—No —dijo Marlene—, apenas con Braulio, ¿se acuerda de él? Era enfermero. Nos vimos el primer año de la paz. Luego nos perdimos, cuando empezaron a matar gente. Acá en Cali era peligroso. A veces veo a Joaquín en la iglesia. El que era jefe de escuadra.

A Johana le pareció no entender.

—¿En la iglesia? ¿Qué iglesia?

—La iglesia de la Justicia Divina, del pastor Domínguez, acá en Cali. En Xiloé tienen una sede muy bonita. Joaquín es como guardaespaldas o algo del pastor, siempre está vestido de oscuro y tiene cables que le salen de las orejas.

—¿Y vos cuándo te volviste cristiana? —le dijo Johana.

—Acá todo el mundo anda metido en eso.

—Pero les tenés que pagar.

—Todo se paga en esta vida, hermana, y al menos esto es para el mensaje de Cristo. ¡A lo bien!

—La Iglesia católica es gratis, ¿por qué no te metés a esa?

—Noooo —dijo Marlene—, es gratis, pero no sirve pa ni mierda y uno no entiende nada. El pastor Domínguez le habla a uno de la vida de todos los días: del buñuelo y del América de Cali y de la corrupción del Concejo y de los alcaldes y de los metederos para tomar trago y las ollas de vicio. Habla de los maridos que les pegan a las esposas y de los niños violados; de cómo hay que vivir para estar bien con Cristo y con los demás. Mejor dicho: está en la jugada, el man. Lo sabe todo de la vida. En la Iglesia católica nunca hablan de eso. Todo es simbólico. Las vainas simbólicas son para los ricos. Ve, ¿y tu hermano Carlos Duván?

—Desde la desmovilización se fue a Buenaventura y allá sigue, camellando con la gente de las comunidades, los desplazados de la zona del puerto y esas vainas —dijo Johana.

—Ese man siempre fue un lindo.

Marlene debía irse a preparar la comida. Vivía con un conductor de taxi que llegaba más o menos a esa hora. No tenía hijos. Le aseguró que iba a buscar la foto, que se la mandaba apenas diera con ella, pero de pronto le dijo a Johana:

—Pero esperá, vos debés tener también esa foto. Acordate que el negro Javier fue el que la tomó y luego sacó copias para todos los que estábamos ahí. Seguro que la tenés.

Johana le dijo que no se acordaba. Hacía años había escaneado las que tenía de la guerrilla y las había guardado en un archivo, bien al fondo de su computador.

—Buscala y lo verás —le insistió Marlene—. El negro nos dio esas copias de regalo.

—La voy a buscar —dijo Johana—, pero igual buscala vos también, por si a mí se me perdió.

Se despidieron.

Johana regresó al hotel en el Mío, el bus articulado de Cali que funcionaba como un Transmilenio. Al llegar encontró una nota de Julieta que decía: «Llámeme al cuarto».

—¿Qué pasó, jefa?

—Te tengo una sorpresa —dijo Julieta—. Nuestro motociclista de Tierradentro vino hasta acá y nos sigue espiando.

—¿De verdad? ¿Lo vio? —Johana pareció sorprendida.

—Esta tarde. Seguro es alguien del pastor Fritz. Hasta le hice un saludo con la mano.

—¿Y él qué hizo?

—Se fue. Pero era el mismo, y tiene su lógica. Por los papeles del carro ya saben todo de mí.

—¿Usted dice que nos siguieron desde Popayán? —dijo Johana.

—Todo es posible. Cada vez me convenzo más de que esta mañana, en la iglesia, nos tenían vigiladas. El pastor sabía que estábamos ahí.

—Bueno —dijo Johana—, si ya saben todo, más vale destapar cartas, ¿no?

—Es lo que pienso hacer mañana.

Bajaron a comer algo al Turk House, un restaurante pegado a la recepción del hotel.

—Pero te tengo más historias —dijo Julieta.

Abrió el bolso y sacó el objeto del anticuario. Al ver la mano con la inscripción, Johana se sorprendió.

—¿Dónde encontró eso?

—Salí a dar una vuelta y entré a un almacén de antigüedades —dijo Julieta—. Es de una iglesia cristiana brasileña, la Asamblea de Dios. El dueño dijo que era original y quedó de conseguirme más cosas.

Johana miró la estatuilla con cuidado, analizando cada milímetro de su superficie.

—Raro que una iglesia use cosas así —dijo—, tan macabras. La de hoy era alegre, pero esto es como triste.

—Bueno —dijo Julieta—, la religión es así: oscura y fúnebre. Lo que ya es casi seguro, al menos para mí, es la relación entre el combate de San Andrés de Pisimbalá y las iglesias evangélicas.

—Sí —dijo Johana—, todo apunta a eso.

Siguieron mirando la estatuilla, analizando cada pliegue o grieta.

—Muy tenaz que esto esté en los tatuajes de los muertos, ¿no? —dijo Johana.

—Sí. Le tienen comido el coco a media Colombia.

—Esta tarde me vi con una excompañera y también está en una iglesia —dijo Johana—. Me habló de muchos otros. La gente se está enloqueciendo en este país.

—A lo mejor las locas somos nosotras —dijo Julieta—, que no nos habíamos dado cuenta.

—Pero le tengo otra bomba —dijo Johana.

Marcó una pausa de suspenso.

—A ver —dijo Julieta.

—Es una foto, pero tengo que encontrarla en mi computador.

Subieron al cuarto de Johana y, mientras ella buscaba, Julieta entró al baño. Por un insólito impulso, antes de sentarse en el sanitario metió la cabeza en la ducha. Colgada de la llave estaba la misma tanga que le había visto en el hotel de Popayán. Un rayo le bajó por la espalda. Sin pensar lo que hacía la agarró y la pegó a su nariz.

Inhaló con fuerza.

Detrás del olor del jabón percibió un aroma fuerte, un vaho que debía provenir del flujo y el sudor. Sintió ganas de tocarse, pero se sobrepuso. Más bien abrió el agua y se refrescó la cara.

¿Qué diablos le estaba pasando?

Johana abrió varios archivos hasta que dio con la vieja foto que buscaba. Había sido escaneada y estaba algo borrosa, pero se veía a un grupo de combatientes sentados en círculo, en medio de la espesura. Hombres y mujeres saludando a la cámara, posando para ella, como si se tratara de un paseo a la montaña. Antes de que Johana dijera nada, Julieta vio que todos eran muy jóvenes. Casi niños. Su actitud risueña era la de un grupo de adolescentes aún intrigados por los misterios de la vida, pero sobre todo queriendo vivir. O tal vez fingiendo vivir. Fingiendo que sus pequeñas vidas, a pesar del uniforme y las armas que colgaban de sus espaldas, se dirigían hacia la misma verdad y la misma coherencia que las de otros, los que no estaban alzados ni luchaban por ningún ideal; unos sonreían, otros hacían la V de la victoria, dos estaban abrazados. Sus propios hijos, pensó Julieta, se tomaban este tipo de fotos, sólo que en centros comerciales o clubes.

¡Qué país!

—Esta soy yo, ¿sí me reconoce? —dijo Johana.

Tan concentrada estaba en sus pensamientos que se sobresaltó al oírla.

—Claro, no has cambiado nada.

—Bueno, jefa, tampoco exagere. Este fue mi grupo a los veinte años. Lo que quiero mostrarle es a esta compañera, fíjese, la de acá.

Señaló a una jovencita que parecía algo mayor. Era la cara más borrosa. Se alcanzaba a ver que también sonreía. Una sonrisa tensa, como si muchas cosas sombrías flotaran a su alrededor y le impidieran entregarse con plenitud a ese goce; la sonrisa de esos muchachos sugería una esperanza, la seguridad de que lo mejor de la vida aún está por llegar, pero en la cara de esa joven había un gesto distinto: la expresión de algo irremediable que evitaba contagiar a los otros. De ahí su esfuerzo por parecer alegre.

—¿Quién es? —dijo Julieta.

—Se llama Clara —dijo Johana—, y podría ser la mamá del niño.

—¿De Franklin?

Le explicó en detalle la conversación con su antigua compañera, el modo en que recordaron ese caso que su memoria ya había perdido.

—¿Podríamos encontrarla? —dijo Julieta.

—Tendría que hablar con otros compañeros —dijo Johana—, pero supongo que sí. A lo mejor ya no está en Bogotá. Siempre y cuando sea la misma, claro. Podría ser.

Julieta volvió a la imagen: una cara inocente, aún incontaminada. La mano izquierda reposaba sobre el cañón del fusil, ¿y la derecha? Amplió al máximo la foto. Era apenas una sombra, pero se diría que sostenía su vientre. Julieta la miró y la miró y, de pronto, una idea resonó en su cabeza.

—El niño también la está buscando —dijo—. Por eso se escapó. Por eso pasaba horas metido en internet.

Al decirlo dio un golpe suave sobre la mesa.

—Tengo una corazonada —dijo también.

Buscar a la madre. Un motivo para irse y recorrer el mundo o un país más pequeño que el mundo, pero igual de violento y cruel, pensó Julieta. Igual de inhumano. Recordó a sus hijos. Sintió angustia. Los llamaría al volver a su cuarto.

—Póngase a averiguar por esa mujer, Johanita, a ver si la podemos encontrar. Esta investigación se va abriendo hacia otras, me gusta. Bueno, me voy a dormir. Nos vemos a las siete en el desayuno.

Johana se puso firmes, la mano estirada en la sien.

—Como ordene, mi jefa.

Julieta la miró con ternura.

—Tan boba...

Historias de cuerpos sin vida

A las ocho en punto, el fiscal Jutsiñamuy entró a la casa del segundo cadáver reconocido, Óscar Luis Pedraza. La familia lo esperaba en la sala. Al sentarse en el puesto principal, un sillón negro de mullidos cojines, notó que tres niños lo miraban con desaliento. A pesar de ser lunes estaban vestidos con las ropas elegantes del domingo, lo mismo que los adultos: trajes oscuros, corbatas, faldas largas.

—¿Hay alguna celebración familiar? ¿Soy inoportuno? —preguntó.

—No, señor fiscal —dijo un anciano que podría ser el padre—, lo estábamos esperando a usted. Estamos de luto.

Repasó la concurrencia con la mirada e intentó dilucidar quién era quién. Estos los hijos, aquel el padre, esa la madre. La viuda es la de allá. Hermanas y hermanos.

Al terminar la composición, dijo:

—Creo que ustedes saben por qué estoy aquí.

Todos asintieron, pero sin decir palabra.

—Lo que vengo a preguntarles, por el bien de la investigación, es en qué estaba trabajando Óscar Luis y qué creen ustedes que le pudo haber pasado.

Se miraron hasta determinar quién debía hablar. Los ojos de todos confluyeron en el padre.

—Bueno, fiscal, a ver cómo le explico.

El anciano agarró la mano de una viejita que debía ser la madre y comenzó a hablar, a veces mirándose la punta del zapato, a veces auscultando las grietas del techo.

Habló y habló, no sólo para el fiscal Jutsiñamuy, sino tal vez para la familia e incluso para sí mismo.

Óscar estuvo en el ejército, en la Quinta Brigada, hasta hace más o menos tres años. Eso usted ya debe de saberlo, me imagino. Y allá tuvo problemas, se metió con gente rara, se dejó torcer y tuvo un inconveniente. Él siempre fue bueno, pero se dejó influenciar por otros, usted sabe cómo es la vida. Nosotros le enseñamos lo necesario, pero en el ejército, en lugar de aprender a honrar a la patria y a Dios, lo cambiaron. A este país, fiscal, y usted lo debe saber mejor que nosotros... A este país se lo está tragando la maldad. Le pasa al país, ¿no le va a pasar a la gente?

A Óscar, por buena fe y por ser tan pendejo, lo metieron en vainas. Nunca supe qué tan grave fue la cosa. Nada de muertes ni de falsos positivos, no, sólo plata. A él le gustaba jugar y eso fue lo que lo perdió. Un hombre con deudas está jodido en la vida, porque la mafia le saca la sangre gota a gota. Tenía esa verrionda costumbre desde jovencito. Meterse en timbas, apostar. Si le contara la cantidad de veces que lo castigué. Una vez le quemé la mano en el fogón. Porque las deudas, luego, me caían a mí. Uno por los hijos hace lo que sea. Yo pensé que en el ejército lo iban a enderezar y por eso lo recomendé con un viejo amigo de familia.

Empezó desde abajo, como cabo tercero. Hizo los exámenes y le reconocieron el servicio militar. Entró a la Tercera Brigada, acá en Cali, al batallón de Infantería. Avanzó rápido. A los pocos años ya era sargento primero, luego sargento mayor. Fue juicioso porque le exigían, y además le nacieron los hijos. Pero esa vaina no se le había curado. Cuando tuvo un poco de poder y se sintió seguro, ¡tome! Le volvió a dominar la voluntad. En los permisos se iba a un Bingo en la plaza Caicedo y se pasaba las tardes, dele que dele. Me imagino que a esos sitios van los mafiosos a tirar el anzuelo, a agarrar a los que tienen esa enfermedad. ¡Y un militar! Le abrieron créditos y lo llevaron a juegos más grandes, donde perdía más. Quién sabe qué más cosas le daban, esos mundos son el infierno.

Angelita fue la que llamó un día a decir que Óscar estaba otra vez con deudas, que estaba tomando mucho y los desatendía. En el batallón dio con otros que estaban peor. Los tenían agarrados y los fueron obligando a hacer cosas. La mafia del juego es peligrosa, fiscal. Usted sabe de eso más que yo. Ellos decían «vueltas». Una vez hablé con Óscar y le dije, a ver, cuál es la pendejada en que anda metido, y le exigí que me diera detalles, cuánto debía, a quién, pero él siempre decía lo mismo: no te preocupés por mí, viejo, yo salgo de esta, no te sulfurés, pienso regalarle una casa a la cucha, teneme confianza, y yo le decía, carajo, ya ni es por usted sino por su familia, por sus hijos, ¿qué ejemplo les está dando?

Fueron pasando los años y yo sabía que la vida de él era como una cuerda que de tanto darle y darle se iba a reventar, hasta que se reventó y se armó el escándalo: que estaba sacando munición de la Brigada, dizque para venderla; que en los combates no disparaba para robarse las balas. A mí eso me sonaba raro, ¿cuánto vale una caja de balas? ¿Tanto? Yo ni sé. Eso fue lo que él nos dijo, que lo habían echado por eso. Por robarse munición. Y yo le pregunté, ¿y sí se la robó? Y él me dijo, no, papá, ¡qué voy a ser yo! Allá se la roban los mandos altos y nos echan la culpa a nosotros, y entonces le pregunté, ¿y para qué se la roban? Y él me dijo, pues para vendérsela a los paracos o a la misma guerrilla. Yo no podía creer eso. ¿Vender uno balas para que se las disparen? Y él se reía, no viejo, lo que pasa es que los que las venden nunca salen a combate, ¿sí me entiende?

Al fin y al cabo la sacó barata. Le dije, vea a ver qué se va a poner a hacer para mantener a su familia, ¿oyó? Y él, bueno, voy a buscar, ya sé manejar armas, entonces le dije, cuidadito con meterse a alguna vaina torcida, pero él ahí mismo dijo, no, viejo, no te preocupés tanto por eso, si lo que voy a hacer es trabajar en seguridad. Un día nos invitó a almorzar; tenía la casa arreglada, dos botellas de vino, pollo asado, arepitas, en fin, y entonces la mamá se atrevió a preguntar, mijo, ¿y qué es lo que estamos celebrando? Y él contestó, conseguí un buen trabajo, es una empresa que presta seguridad a privados, con mucha reputación, se llama SecuNorte; y yo me dije, mientras ande con armas siempre me va a tener nervioso este pendejo, y así fue. Luego supe que trabajaba con una iglesia cristiana, en la seguridad de un sacerdote, algo así, y Angelita nos contó que se había hecho muy religioso; eso como que lo curó del vicio del juego porque empezó a llegar temprano a estarse con los hijos. Era una iglesia del Dios Universal, a veces transportaban gente importante o plata y tenían que estar pilas. Le pregunté si había vuelto a los casinos y dijo que no, que era pecado y ofendía a Jesús.

Como al año comenzó a viajar, eso decía: me voy a Barranquilla, me voy a Armenia, me voy a Calarcá; se iba y él mismo no sabía cuánto iba a durar. Por eso, cuando pasó esto, no nos inquietamos. Angelita sí me dijo que tan raro que no había vuelto a llamar, pero como era una iglesia iban mucho a pueblos perdidos y él quedaba sin comunicación; cuando dejó de llamar, Angelita me avisó, ¿cuánto llevaba sin saberse de él? Como tres semanas, más o menos. Luego llegaron ustedes, doctor.

Jutsiñamuy lo escuchó con atención. Laiseca tomó notas en su cuaderno y, cuando el anciano dejó de hablar, nadie se atrevió a decir nada.

—¿Pero ustedes sabían que al final ya no trabajaba con SecuNorte? —dijo el fiscal mirando a la viuda.

—Pues no, doctor. ¿Quién se atrevía a preguntar? Nunca supe por qué todo tenía que ser en ese secreto tan grande si no era nada malo, ¿me entiende? Hasta le dije un día que lleváramos a los niños a su iglesia, pero no dejó.

Que no y que no. Que si queríamos fuéramos a otra, para eso había una en cada barrio. A él siempre lo puso nervioso que la familia estuviera cerca. Eso sí, nunca falló con la platica del mercado ni con lo del arriendo.

—¿Le oyeron mencionar a alguien? ¿Recuerdan algún nombre? —insistió Jutsiñamuy.

—No, señor fiscal. Ya le dije que él no hablaba del trabajo acá en la casa —respondió la viuda.

—¿O de haberle oído decir algo mientras hablaba por teléfono? —insistió Jutsiñamuy—. ¿Mencionó alguna vez a un tal Carlitos?

La mujer se rascó la cabeza, miró primero hacia el techo, luego a sus dos hijos pequeños, que se movían ansiosos.

—Él siempre se iba al lavadero a hablar, pero una vez, no hace mucho, le oí un pedazo de conversación desde el baño. No le puse mucho cuidado, pero mencionó algo de un señor que iba a llegar desde Quito al aeropuerto y me acuerdo que dijo, hay que llamar a Carlitos, pero llamalo vos y le das el horario. Fue lo que le oí. ¿Por?

Laiseca sacó la foto del cuerpo NN. Se la entregó a la mujer.

—Mire bien a esta persona —le dijo el fiscal—, lo encontramos al lado de su marido. ¿Lo reconoce?

La mujer volvió a sumirse en un silencio tenso.

—No me parece, fiscal, pero es que así, muerto, es como más difícil reconocer a alguien, ¿no?

—Por eso le digo que lo mire con calma, despacio.

El hijo mayor, ansioso, fue a hacerse al lado de la mamá para mirar, pero ella retiró la hoja.

—¡Niño! Esto son cosas de grandes, vaya y se sienta.

Volvió a mirar la foto, con parsimonia. Sin hacer ningún gesto se la devolvió al fiscal.

—No, doctor. No lo conozco.

Jutsiñamuy miró a Laiseca dándole con los ojos una orden que él captó de inmediato. El agente dio dos pasos hacia el centro de la sala y dijo:

—¿Conocen un estadero en Jamundí llamado Jamundí Inn?

Esta vez la mujer hizo cara de sorpresa.

—Claro. Allá fuimos como tres veces a llevar a los niños y a pasar el día. Tiene piscina.

La viuda no se sentía cómoda con las preguntas.

—¿A usted le parecía un lugar caro? —dijo Jutsiñamuy.

—Más o menos —dijo la mujer—, pero es que yo no sabía nada de las platas de Óscar, si tenía mucha o poca. Desde los líos que tuvo en el ejército me acostumbré a no fijarme en eso. Si había, bien, y si no, pues lo mismo. Porque él era exagerado, y a veces sin tener nos hacía regalos, compraba cosas caras. Era como loco con la plata.

—Pero cuando iban, ¿usted se sentía tranquila en el Jamundí Inn? —insistió Jutsiñamuy.

—No, doctor. Pero es que yo no me sentía tranquila nunca.

Quiso reducir la presión, por cortesía, pero pensó que a veces, así, los interrogados recordaban cosas que creían ignorar.

—¿Nunca? —le dijo—, ¿cómo era esa sensación? Hábleme de eso.

La mujer miró alrededor, visiblemente incómoda. Entonces el fiscal, dándose cuenta, le pidió una disculpa al resto de la familia, le dio la mano a la viuda y le dijo:

—¿Hay algún lugar donde podamos hablar en privado?

El padre fue el primero en levantarse.

—Ni más faltaba, señor fiscal. Quédense acá y nosotros nos retiramos.

Al decir esto fue levantando a la familia. En pocos segundos todos salieron por una puerta lateral.

El fiscal prosiguió:

—Ahora sí cuénteme, señora... ¿Ángela?

—Sí, Ángela Suárez Medina.

—Mucho gusto.

Se alisó los pómulos con los dedos y dijo:

—Lo que quería decirle es que Óscar tenía otra vieja, doctor. Por eso no quería hablar delante de los niños. Toda esa secreteadera de él por celular era en parte porque no le gustaba que supiéramos de su trabajo, sí, pero sobre todo por la mujer esa. Ya llevaba como dos años. Cuando íbamos al Jamundí Inn se les escondía a los meseros para que no lo saludaran, yo me daba cuenta. Les hacía gestos y noes con el dedo. Pero todos lo conocían porque allá iba con esa guisa. Se llama Luz Dary Patiño. Trabaja en Almacenes Sí. Sección uniformes de colegio. ¿Ya se imagina cómo la conoció, doctor?

—Supongo que comprándoles uniformes a los muchachos —dijo el fiscal, haciéndole gesto a Laiseca de que tomara nota: nombre y lugar.

—Exacto —dijo la viuda—, ¿se imagina eso? Una pelada joven, ni tan bonita, a fin de cuentas. Yo no entiendo cuál es el gusto en meterse con un man casado y con hijos. Ni siquiera por plata, porque cuál plata. Un muerto de hambre.

Marcó un silencio.

—Cuando Óscar desapareció yo pensé que estaba con su loba y por eso ni me preocupé, porque, señor fiscal, acá entre nos, le cuento que entre él y yo nada de nada hacía por lo menos dos años, incluso yo dormía en el cuarto con los niños. Muchas de las veces que se iba por un tiempo largo no era que estuviera trabajando, sino que se la llevaba de viaje. Yo sabía. Llamaba a preguntar por ella al almacén y me decían que estaba de vacaciones o en baja médica. Siempre. A veces volvía bronceado, y yo, uy, ¿lo llevaron a la playa? Y él, sí, tocó darle seguridad a una persona en Coveñas. Al otro día me iba para Almacenes Sí y allá veía de lejos a la loba, toda bronceada también.

Se oyó el timbre de un teléfono desde una casa vecina. Laiseca, instintivamente, se tocó el bolsillo del saco.

—Esta vez, como ya llevaba más de dos semanas —siguió diciendo la mujer—, me fui a Almacenes Sí, pero allá estaba, muy creída en la caja registradora. Me dieron ganas de acercármele a preguntar, pero al final no lo hice. Pensé que sería verdad que estaba trabajando, y vea. Resulta que estaba muerto. Vaya a hablar con ella, doctor. Seguro que sabe más que yo de ese sinvergüenza.

Con esas palabras el fiscal comprendió que la visita había terminado. Se levantaron y fueron a la puerta.

—Me despide de los parientes —dijo Jutsiñamuy—, y si se acuerda de algo importante, por favor llámeme.

Le dejó su tarjeta.

Ya estaba llegando a la calle cuando, súbitamente, volvió atrás.

—Una última cosa, señora, y me disculpa. La frase «Estamos curados», ¿le suena de algo? ¿Escrita dentro de una mano abierta?

Pensó un momento y dijo no, no.

—No me suena, ¿por...?

—Un tatuaje de su marido, en el costado izquierdo, debajo de la tetilla.

—No sabría decirle. A él le gustaba rayarse con esas pendejadas, cosas de soldados y vagos. De ese en especial no me acuerdo. No señor.

Jutsiñamuy la miró a los ojos y le habló en voz baja.

—Usted me dijo que no tenía nada con él hace por lo menos dos años.

—Sí, pero lo veía bañarse y secarse en la ventana todos los días.

—Ah, claro...

—Vaya y pregúntele a la mujer esa —dijo la viuda—, a lo mejor ella sí se lo vio.

Jutsiñamuy se golpeó los labios con el índice.

—Y otra cosa, doña Ángela, ¿el nombre Míster F.? ¿Lo oyó alguna vez?

—No, doctor, ¿qué es eso? Parece el nombre de un gimnasio.

—Es lo que estamos tratando de saber, señora, para averiguar qué fue lo que le pasó a su marido. ¿Y el nombre Fabinho Henriquez, tampoco?

—No, doctor, ya le dije que no sabía nada del trabajo.

Johana y Julieta desayunaron temprano, a eso de las siete, al lado de un ventanal por el que se veía, al fondo, la mansión abandonada del insigne escritor vallecaucano Jorge Isaacs con un oxidado letrero que anunciaba un centro comercial que nunca se hizo.

El menú era un enorme bufet con jugo de naranja y mango natural, fruta picada, cereales y huevos pericos al gusto. También arepas y pandebono, queso, croissants. Daban ganas de quedarse ahí toda la mañana, pero Julieta se sentía intranquila. Miraba el reloj cada dos minutos, agarraba la taza de café, le daba vueltas y la posaba otra vez sin tomar ni un sorbo.

La cita con el pastor era a las 9h30 en el hotel Intercontinental.

—¿Quiere que la acompañe, jefa? —ofreció Johana.

—No sé, no sé —dijo Julieta—. Vamos juntas y ahí vemos. Estoy un poco nerviosa.

—Sí, ya veo. No se preocupe que el Inter es aquí enseguida.

Julieta sacó su cuaderno de notas.

—A ver, Johanita, recapitulemos. ¿Para qué carajo le pedí una cita?

Ella misma se respondió:

—Para ver su reacción al preguntarle por dos temas: el combate en la carretera de San Andrés de Pisimbalá, número uno; y número dos, el niño. De ahí se derivarán otras cosas. Ah, y por el tipo de la moto que nos sigue.

Johana la vio tomar nota y dijo:

—Pregúntele también por su vida, cómo empezó, y eso. Seguro que le gustará hablar de él y así se gana su confianza.

—Por el método no te preocupes que eso lo tengo claro —repuso Julieta—. A los hombres, tan vanidosos, siempre hay que preguntarles cómo llegaron al lugar en que están. Eso les encanta.

—¿Y entonces por qué está tan nerviosa? —dijo Johana.

—Esa mirada que tiene, no sé. Me desarma —explicó, irritada, Julieta.

—Puede que sea mejor que no esté sola.

—Ya veremos al llegar. Si él está solo, lo veo sola.

—Cuando le pregunte por el combate —dijo Johana—, él obviamente va a decir que no.

—Quiero ver su reacción y que sepa que ya sabemos —dijo Julieta.

Les sirvieron una tercera ronda de café, luego una cuarta. ¿Qué horas eran? Casi las 9h. Subieron a lavarse los dientes. Faltando tres minutos para las 9h30 estaban en el enorme lobby del Intercontinental. Un joven recepcionista vino a atenderlas.

—Tenemos cita con el pastor de la iglesia Nueva Jerusalén —dijo Julieta.

—Sí, claro... —miró una planilla—, ¿doña Julieta... Lezama?

—Soy yo —dijo, y señaló a Johana—. Ella es mi asistente.

—Vengan conmigo —dijo el recepcionista—, es en la Suite Belalcázar, pero antes hay una pequeña requisa de seguridad.

—Claro.

Fueron al segundo piso. Las hicieron seguir por un corredor hasta una máquina de control parecida a la de los aeropuertos.

—Permítame su bolso, ¿tiene computador?, ¿celular?

Pusieron todo en las bandejas. Julieta pasó bajo el aro y este hizo un pitido. Un guardia muy joven, fuerte y bien plantado, se le acercó con el escáner manual. Julieta lo miró a los ojos.

—Levante los brazos, señorita —le dijo—, eso, así. Y ahora voltéese.

—¿Que me voltee? —dijo risueña— ¿Sin invitarme a nada primero?

Las mejillas del guardia se colorearon. Los otros uniformados se rieron.

—Sigan.

Las llevaron por otro corredor. A los lados había puertas dobles con nombres de salones. Al fin embocaron en el último pasillo y lo vieron al frente. Suite Belalcázar. Tres guardias custodiaban la puerta. Volvieron a revisarles los bolsos. Entraron a un salón donde había otras tres personas. Una secretaria.

—¿La señora Julieta Lezama?

Dio un paso hacia ella.

—Soy yo. Ella es mi asistente.

—El pastor Almayer quisiera verla a solas, señorita.

—No hay problema —dijo Julieta—, Johana me espera acá.

La joven la acompañó hasta el fondo y, con un gesto algo teatral, abrió una puerta doble.

Al entrar, el pastor estaba de espaldas.

La molestó la penumbra, el ambiente desnudo del cuarto. Tenía puesto el mismo vestido negro de la misa. Fuera de ese contexto ya no le pareció el de un sacerdote.

Antes de que pudiera decir nada oyó cerrarse la puerta.

—Buenos días, Julieta —dijo el pastor, hablándole aún de espaldas—, venga. Acérquese.

Luego se giró en la silla. Tenía en la mano un libro de pinturas clásicas religiosas abierto por la mitad. En lugar de levantarse o mirarla siguió concentrado en las imágenes, y dijo:

—Es increíble lo que puede llegar a hacer el hombre cuando busca la trascendencia, ¿no le parece?

Se sintió incómoda. Miró las ilustraciones y no supo qué decir. Por fin el pastor dirigió los ojos hacia ella.

—¿Quiere un té?

—Acabo de desayunar, gracias.

El pastor dio vuelta a la página en silencio, miró todavía una ilustración y cerró el libro.

—Me dijo mi asistente que usted es periodista y me señaló algunos de sus escritos. Le agradezco su interés por mí. ¿Qué le pareció mi conferencia de ayer? —preguntó.

Julieta lo miró a los ojos. Tenía las cejas muy negras y pobladas.

—Eficaz y directo —dijo ella—, sin nada que su público pueda entender, pero muy emotivo.

El hombre recostó la cara en su mano y le dijo:

—¿Emotivo? ¿Eficaz? Explíqueme.

—Usted conmovió a la gente, les hizo creer en sus palabras —dijo Julieta.

—Y usted, Julieta, ¿se conmovió?

—No soy creyente.

—No se necesita creer en algo para conmoverse —dijo el pastor.

—De un cierto modo, sí —dijo ella—, podría decir que me sorprendió la puesta en escena y el modo en que la gente lo idolatra. Realmente creen en usted.

El pastor se rascó la barbilla.

—Puesta en escena... Usted usa palabras duras. ¿Teatro, comedia? Una representación es, ante todo, un artificio. Yo lo único que hago es extraer las palabras que ellos llevan por dentro y ponerlas en contacto con otras, las de la Biblia y las de Jesús. No hay ningún artificio en eso.

—La Biblia, Jesús, su historia y sus palabras —dijo Julieta—, lo entiendo. Pero para un no creyente como yo, todo eso es inverosímil.

—¿Inverosímil? —repitió el pastor, más sorprendido que contrariado—. ¿De qué modo inverosímil?

—Es una historia apasionante, llena de sabiduría y metáforas bonitas —dijo Julieta—, pero de ahí a creer que sea cierta...

El pastor Fritz abrió mucho los ojos. Hubo un extraño brillo y Julieta bajó los suyos. Luego él dijo:

—Interesante, ¿y usted cree que lo que siente la gente es también un artificio?

—Que ellos crean no lo hace verdadero...

—La verdad no es más que nuestra percepción de la verdad —dijo el pastor—. ¿Cómo sabe usted que todo esto es real? ¿Esta habitación, este hotel?

—Del mismo modo en que usted lo sabe —dijo Julieta—. Pero dejemos la retórica y las metáforas, pastor. Estoy aquí por otra cosa que tal vez usted pueda... intuir.

El religioso se acarició la barbilla. Julieta pensó que él no esperaba rodeos, sino ir a la lucha frontal.

—La escucho.

—Hubo un combate en una carretera de Tierradentro, cerca de San Andrés de Pisimbalá —dijo Julieta—, hace diez días. Dos jeeps y un Hummer negro fueron atacados con armas de asalto y al final intervino un helicóptero. Del Hummer salieron un hombre vestido de negro y dos mujeres.

Ni un solo músculo se movió en la cara del pastor.

—Apasionante relato —dijo—, ¿y qué pasó después?

—Es lo que quiero que usted me diga —dijo Julieta.

—No conozco esa historia, lamentablemente.

Julieta hizo un esfuerzo y volvió a mirarlo a los ojos.

—Usted estaba ahí.

—¿Ahí...? ¿Se refiere a...? No entiendo.

—Usted es el hombre de negro que salió del Hummer —le dijo—, eso ya lo sé. Lo que no he podido saber aún es quién lo atacó y por qué. Es lo que quiero que me diga.

Fritz hizo una leve sonrisa. Sus caras no estaban demasiado cerca, pero si hubiera querido tocarla le habría bastado estirar la mano.

—Su fe me conmueve, Julieta. ¿De verdad cree que era yo? Dígame qué la hace estar tan segura.

Julieta pensó en un cigarrillo. Daría la vida por encender uno. Miró a su alrededor y no vio ceniceros. En todo el hotel debía estar prohibido.

—¿Pasa algo? —dijo el pastor Fritz.

—Me gustaría fumar —dijo—. Lo dejé hace un tiempo, pero volví hace una semana.

—No se preocupe —dijo el pastor Fritz—. Sigmund Freud lo dejó por treinta años y un día cualquiera encendió uno y volvió a fumar. ¿Sabe qué explicación dio? «Es que no podía concentrarme».

Julieta hizo una breve sonrisa.

—Vamos a la ventana —dijo Fritz—, ahí puede fumar tranquila. Yo también soy exfumador. Acá no vamos a tener ningún problema.

Con la primera calada sintió que le volvía el alma. Expulsó el humo con fuerza hacia el aire cálido de la ciudad.

—Pero no me corte la historia, eso sí —dijo Fritz—. Estaba por darme detalles de mi relación con ese combate.

—Usted debe ser un tipo poderoso, pastor. La misma policía hizo desaparecer todo y ayudó a encubrirlo diciendo que habían sido tiros al aire de un chofer borracho.

El pastor Fritz se alejó de la ventana, caminó en círculo alrededor de una pequeña sala y volvió hasta ella.

—El problema de esta conversación, Julieta, es que usted ya sabía que yo iba a decirle que no, que no era yo. Y sin embargo vino a preguntarme.

—Por supuesto —dijo ella—, es normal que usted lo niegue.

—¿Y entonces? ¿Por qué vino? —preguntó Fritz.

Julieta se dio cuenta de que no avanzaría mucho, y dijo:

—Porque quería saber quién era usted. Lo de los huérfanos al final de su charla me impresionó.

—¿Quiere saber quién soy yo?

Julieta lo miró de nuevo con firmeza y le dijo:

—Sí, es lo que más me interesa. Saber quién es usted y cómo es alguien que puede hacer las cosas que usted hace. No represento a la ley ni nada parecido. Me interesan las historias, poder contar una buena, persuasiva y verdadera.

—Para decirle quién soy y por qué hago esto debo contarle yo una —dijo el pastor Fritz, sonriendo—, no sé si quiera escucharla. Se llama «El niño de la banca del parque».

—Escuchemos —dijo Julieta, encendiendo otro cigarrillo.

El pastor fue a sentarse en uno de los sillones del rincón, donde estaba más oscuro. Tal vez para evitar mirarla y así elegir mejor las palabras.

«El niño de la banca del parque», así me apodaron durante un tiempo. Es una historia muy sencilla y breve. Escúchela.

El padre llevó al niño hasta una banca y le dijo, espéreme acá, mijo, voy a resolver un asunto aquí cerca y ya vuelvo. El niño se sentó y lo vio alejarse, bajar por una escalinata y seguir por una calle lateral, hasta que lo perdió de vista. Como no se atrevía a levantarse no pudo ver a cuál de las casas entró. ¿Qué tendrá que hacer?, se preguntó el niño balanceando los pies. Al lado suyo había una bolsa dejada por su padre y, curioso, la abrió. Encontró un sánduche y una manzana.

Cuando llegó el mediodía sintió hambre, así que sacó la manzana y se comió la mitad, pensando dejar el resto para después. A eso de las cinco empezó a venir gente al parque y el niño se impacientó. Cada vez que veía a alguien, a lo lejos, se decía, ya viene, ya viene, pero nada.

Pronto llegó la noche.

Antes de la hora de la comida, el parque se llenó otra vez con los vecinos. Vio a otros niños jugando, pero no se atrevió a moverse de su sitio. Temía que su padre volviera y no lo encontrara. Un poco más tarde todos volvieron a sus casas y el niño se quedó solo. Le dio un par de mordiscos al sánduche y siguió esperando. Sopló algo de brisa y sintió frío, subió las piernas a la banca y se estiró para dormir. Estaba seguro de que, en medio del sueño, lo despertaría la mano de su padre, su voz diciendo, «ya, hijo, podemos irnos».

Pero abrió los ojos, muy temprano, y seguía ahí, solo.

Al segundo día una vecina vino a hablarle, niño, ¿qué haces en esa banca?, y él respondió, estoy esperando a mi padre, fue a resolver un asunto a la calle de abajo. La tercera noche la señora lo invitó a dormir a su casa, pero él no quiso. Si vuelve y no me ve podemos perdernos, no va a saber dónde estoy, dijo el niño. Al sexto día la mujer logró convencerlo y dejaron una nota:

«Papá, estoy en la casa del frente, la azul, vuelva pronto.»

El aviso estuvo clavado en el espaldar varios días hasta que la lluvia primero le borró las letras y luego desintegró el papel.

La señora recibía al niño cada noche y le hacía sánduches para que pudiera esperar. Sin hacer elucubraciones, se olía algo raro. Lo que sí le preguntó al niño fue el nombre y de dónde era. «Me llamo Rafael, Rafico. Soy de Florencia.» ¿Y el apellido? El niño movió en círculos la cabeza, tenso. La miró y le dijo: «Bolívar». Ese no era su nombre, pero el niño pensó que daba igual si de todos modos nadie lo conocía. Al segundo mes la señora habló con un colegio del barrio y convenció al niño de que fuera por las mañanas. Le compró el uniforme y los útiles, y le dijo, «yo me quedo en la ventana vigilando la banca, y si su papi llega, yo le digo». El niño se sintió tranquilo y todos los días, al volver del colegio, fantaseaba con la idea de que su papá le abriera la puerta y le diera un abrazo.

Así terminó el año.

Tuvo buenas notas. La señora se llamaba Carmen y tenía una hija que vivía en Barranquilla, casada y con hijos. Vinieron para Navidades y la señora les contó su historia. Los nietos lo miraron con curiosidad. «¿De verdad que usted no tiene papá ni mamá?», le preguntaron.

«Sí tengo, pero no están conmigo», respondía.

El niño fue creciendo. Un día decidió sentarse al frente de la que, según sus cálculos, habría sido la casa a la que entró su papá, a ver quién salía. Pero nada. Parecía deshabitada. Por la noche no había luces. A lo mejor los que vivían ahí se habían ido a otra parte llevándose a su papá con ellos. Pero tarde o temprano volvería. Todas las casas tienen un misterio, sobre todo si están vacías.

El niño se transformó en adolescente, y después en hombre.

El papá nunca volvió.

Ese niño soy yo, Julieta.

Un día pensé que ya no podía estar más con la señora Carmen. Una extraña voz me susurró estas palabras: «Regresa, regresa». Volví al Caquetá. A lo mejor mi padre estaba allá. Pero llegué a Florencia y no reconocí nada. Ni a nadie. Caminé por el pueblo muchas veces y al final decidí irme.

¿Qué hacer con mi vida?

Me fui a la selva a buscar alivio y allá crecí, solo, como Mowgli, como Greystoke, o incluso como Jesús, claro, cuando se fue a Oriente y al norte de la India; como han crecido ciertas personas especiales en la historia del mundo: solas, íngrimas. Los abandonados, señorita, creemos tener una misión en la Tierra, ¿y sabe por qué? Al mirar al cielo usted ve estrellas y le parecen bellas, pero si yo miro sólo veo heridas que hormiguean y brillan, quemaduras en el rostro, eczemas, cicatrices; las mías y las de otros.

Detrás de esas heridas oigo voces, lamentos de dolor o de rabia; esas palabras me suplican a mí, son palabras que están de rodillas y son un susurro, un llanto; ni usted ni nadie que no haya vivido el abandono ha podido oír esas voces, ni los suspiros en plena oscuridad; es lo que resuena en el mundo cuando los felices duermen, ese eco de lamentos que nadie escucha, esas plegarias que nadie oye, excepto uno mismo. Todo eso hay en la noche aterradora, señorita, mientras usted duerme y sueña con arrullos y caricias, porque la oscuridad del mundo, para nosotros, es un territorio hostil, lleno de dolor y recuerdos. Otros, los felices, ven ahí estrellas lucífugas, una luna alcahueta y romántica, una noche toda llena de perfumes, de murmullos... ¿cómo es?

La felicito.

Usted será feliz y morirá feliz. Yo no. Yo fui abandonado y moriré solo. La vida es un lento proceso de pérdida, un espacio de tiempo en el que mis ideas se confunden. No quiero ser amado, sólo que otros me comprendan. Busco las palabras justas, ¿se imagina mi tarea? Estoy demasiado lejos. Busco en los libros, en las ideas.

Le hablo de cosas que sólo existen en la memoria, o en la imaginación de la memoria. Porque lo más perdurable que hay en el mundo, Julieta, no se puede tocar con los dedos y las uñas sucios con los que tocamos el pan o la tierra, con los que nos tocamos entre nosotros. No y no. Sólo con palabras, y por eso estoy aquí, contándole todo esto. Por eso le hablo de Cristo y le hablo de mí. Pero no somos la misma persona, aunque Cristo nace y muere, continuamente.

Le hablo de él porque puedo hacerlo nacer en las personas que me escuchan.

De niño me fui para volver, porque tuve que educarme solo y crecer en un territorio inmenso y despoblado que se llama La Soledad, y lo mejor fue vivirlo en la selva, entre árboles siniestros y animales salvajes, peces caníbales y ruidos aterradores que me hicieron temblar de miedo. Hasta que me repuse.

De ahí proviene mi fuerza.

Dicen los sabios: «Cuando uno contempla por mucho tiempo la selva, también la selva mira dentro de uno». Usted no me entiende, lo veo en su cara. No importa. Mi palabra no es una enfermedad que se contagia por el aire, como el ébola, ni con la mirada, como la fe. Es sólo la palabra de alguien que vivió. Con eso me basta. Estoy aquí para salvar a los demás. Y es lo que hago cada día. Cuidar las heridas que otros tienen en sus cuerpos y hacerlas mías, besarlas, chuparlas, sanarlas. Busco recibir la fuerza que nace del dolor de esas mutilaciones, de los cuerpos lacerados y rotos, desgarrados.

Los cuerpos heridos que deambulan de aquí para allá, perdidos, ¿usted entiende eso? Dígame qué entiende, o no, mejor no me diga nada. Sólo piénselo. Los cuerpos que sufren y no comprenden por qué les tocó vivir ese dolor. Un dolor que eligió a unos pocos y dejó a un lado a tantos, porque los que hablan de Cristo en este país, e incluso los que lo ignoran, ni siquiera se han tocado el corazón. Cristo también fue abandonado por su padre. «¿Por qué me abandonaste?», dice mirando al cielo, ya en la cruz. ¿Y cuál es la respuesta? Silencio. La misma que yo he recibido durante cincuenta años.

Silencio, y el vacío de la noche.

El pastor hizo una pausa más larga de lo habitual y Julieta comprendió que había terminado.

Estaba asombrosamente conmovida, así que volvió a fumar.

—Es una historia muy triste, pastor —dijo Julieta—, y muy bella. Ahora entiendo lo de los huérfanos.

—Usted se puso en la fila, ¿por qué? —dijo el pastor.

—Me desenmascaró —dijo Julieta—, ¿cómo hizo para saberlo?

—Hay cosas que no puedo explicar —dijo Fritz—, pues no se pueden poner en palabras. Si alguien me las pregunta, no las sé. Si nadie me las pregunta, ahí están.

—No me va a decir que tiene el poder de leer la mente.

—Jaja, eso sería una tortura. Sólo tengo intuiciones. Tendría que hablar de nubes eléctricas o de zonas huecas del aire. Es inútil verbalizarlo, sólo logro obtener metáforas inconexas. Pero es el modo en que lo siento.

Julieta se sentó al borde del sofá y le dijo:

—Pregúntele a su intuición qué más quiero saber yo y por qué.

La miró otra vez a los ojos, con fiereza.

—Usted ha cambiado desde el momento en que llegó aquí —dijo el pastor—, y casi diría que ahora, en este instante, se siente más cercana a mí que a muchas de las personas que ha conocido a lo largo de su vida.

Julieta se sonrojó.

—Para saber eso no hay que tener superpoderes, pastor —le dijo—, usted sabe que es carismático. ¿Qué más quiero saber de usted? Porque hay otro punto importante.

Fritz siguió mirándola, sin decir nada. Hubo un silencio incómodo. Julieta cerró la ventana y guardó los cigarrillos.

—¿Tengo que irme ya?

El pastor hizo ademán de levantarse, pero se acomodó mejor en su sillón.

—No, claro que no —dijo—, usted se va cuando se quiera ir.

—Hay un tema del que no le he hablado. Supongo que también lo va a negar, pero lo mejor es destaparle las cartas. Por alguna extraña razón, usted no me genera desconfianza.

—Adelante, encontrará las mismas palabras que tiene por dentro y quiere sacar a la luz —dijo el pastor.

Julieta volvió a su sillón, lo miró con cierta frialdad y le dijo:

—Pero quiero pedirle primero algo, una cosa muy sencilla: no me hable como si yo fuera una de esas personas que van a arrodillarse a su iglesia y lo idolatran. Respeto su historia y lo considero interesante, pero tráteme como la persona que soy.

—¿Se siente superior a ellos?

—Tengo una educación y unas convicciones, es todo —dijo Julieta.

—Usted es fuerte y frágil a la vez, es lo que veo. ¿Qué más quiere saber?

—Franklin Vanegas, el niño de Tierradentro. ¿Por qué está con usted? ¿Lo trajo a la fuerza? Eso es un delito grave. Secuestro de menor de edad.

El pastor Fritz cerró los ojos. Miró hacia el suelo, luego al techo. Pasaron dos, tres segundos en silencio y Julieta tuvo la sensación de que, al fin, había logrado romper su coraza. Fue consciente de que ese hombre disponía de una fuerza militar que lo protegía de sus enemigos y un escalofrío aleteó en su estómago, pero se mantuvo firme.

El pastor salió de su mutismo y dijo:

—¿Puede repetirme el nombre de ese niño?

—Franklin Vanegas.

—¿Dijo que era de Tierradentro? ¿Qué edad tiene?

—Es un niño nasa, tendrá máximo catorce años —dijo Julieta—. Puede que doce, no sé.

El pastor Fritz se levantó y fue hacia la puerta.

—Discúlpeme un momento, debo hacer una consulta.

Salió al corredor. Julieta no pudo ver la escena, pero oyó una charla en voz baja. Un segundo después el pastor volvió a entrar. Se quedó de pie en la mitad del salón.

—Déjeme proponerle algo, Julieta —dijo Fritz—. Intercambiemos números de celular y yo le averiguo sobre ese niño. Tan pronto sepa algo le juro por Jesús que la llamo.

—Pero entonces sí está con usted —dijo Julieta.

—Alrededor mío trabaja mucha gente —dijo el pastor— y a veces hay personas nuevas, temporales, que hacen trabajos y que no conozco. No puedo saber el nombre de todos mis empleados, pero le aseguro que voy a averiguar. ¿Por qué está tan segura de que está conmigo?

—Estaba ayer en su iglesia —dijo Julieta—. Lo vi de lejos, al entrar. Intenté buscarlo, pero fue imposible entre la marea de gente.

El pastor se acercó y le puso la mano en el brazo para conducirla a la puerta.

—Sé que usted puede creerme —le dijo al oído—, aunque tenga una especie de casco protector contra mis palabras. Tenga confianza en lo que le digo. ¿Cuál es su número?

Julieta se lo dictó y el pastor le hizo una llamada perdida.

—Le respondo apenas sepa, le doy mi palabra —dijo Fritz—. Y si necesita hablarme, de lo que sea, mándeme un mensaje y yo la llamo tan pronto pueda.

La acompañó hasta la puerta. Se despidieron. Cuando ya salía, el pastor volvió a llamarla.

—Gracias por esta charla, Julieta —le dijo—. Usted es una persona excepcional.

Volvió a mirarlo. Unos ojos felinos, pero comprendió que a pesar de todo estaban llenos de miedo. Caminó hacia el otro salón, donde la esperaba Johana. Se sintió halagada por sus últimas palabras: «Una persona excepcional».

Salieron con dos guardaespaldas hasta la recepción. Al llegar a la calle, Johana la miró ansiosa.

—Cuente, jefa, ¿cómo le fue?

Julieta respiró profundamente.

—¿Qué hora es?

El reloj del celular marcaba las once.

—Es temprano, pero necesito tomarme un trago —dijo Julieta—. Vamos al bar del hotel y te cuento.

El Jamundí Inn

El centro de Cali es ruidoso, abigarrado, lleno de casinos y puestos callejeros que dificultan el paso en los andenes. Un territorio salvaje en el que no parece imperar ninguna ley. Al lado de una notaría hay una humeante venta de fritanga y después un laboratorio médico. Hay librerías de viejo, misceláneas, expendios de lotería, centros de copiado, hospedajes.

A medida que el fiscal Jutsiñamuy se fue internando en ese maremágnum, vio vendedores de fundas para celular, cargadores USB, relojes falsos de todas las marcas, cremas a base de marihuana para el reuma, tónicos capilares, vigorizantes sexuales; también voceadores de herramientas y lupas, obleas, jugos, chontaduro y lulada, y de esa inquietante bebida prehispánica que en el Valle llaman *champús,* todo en medio de CD piratas que incluyen la filmografía del mundo, más documentales y conciertos.

En las lumpenizadas calles del centro de Cali, al igual que en las de Bogotá y Medellín —en realidad, en todas las del país—, también era común encontrar miembros de ese triste y tenebroso conglomerado humano, típico de los países en desarrollo, compuesto por fumadores de basuco en estado terminal, que duermen la mona con la cabeza metida entre plásticos, sopladores de pegante desdentados y sucios, mujeres al borde del colapso que alargan brazos raquíticos implorando monedas y un ejército de tullidos y mutilados, sobre todo en los alrededores de las iglesias o a las puertas de las cafeterías.

Sobrevivientes de una catástrofe silenciosa y secreta.

Cancino y Laiseca caminaban detrás de Jutsiñamuy, acezantes. Hacía demasiado calor para sus vestidos oscuros y sus corbatas bogotanas. Más de treinta grados. Pero Jutsiñamuy, que no era sensible a las temperaturas, decidió que era mejor avanzar a pie y no en los carros refrigerados de la Fiscalía local. Con semejante tráfico y gentío se demorarían un día entero en llegar.

Lo vieron al fondo de la calle: Almacenes Sí.

Una especie de Tía, pensó Jutsiñamuy, recordando ese viejo almacén bogotano que cerró hace décadas. La sección de uniformes estaba en el tercer piso y al subir debieron pasar por varios repartos y secciones a través de un complicado sistema de escaleras eléctricas discontinuas, evidencia de que el almacén fue anexionando propiedades vecinas a medida que crecía.

Al no lograr orientarse debieron preguntar muchas veces. La quinta persona a la que detuvieron se los quedó mirando con hostilidad: un extraño grupo de tres señores, vestidos de oscuro y buscando la sección de uniformes, saltaba a la vista. Al fin dieron con el lugar, un salón gigantesco lleno de colgadores, organizado por orden alfabético de acuerdo al nombre del colegio.

Analizaron a cada una de las empleadas de la sección tratando de adivinar cuál sería Luz Dary Patiño. La amante. Por las palabras de la viuda y su mirada de odio, imaginaron a una mujer de labios operados y pecho saltón. Cuando la esposa dijo «ni tan bonita», se imaginaron una mujer voluptuosa, de mirada trepanadora y trasero esférico.

El fiscal se acercó a una de las cajas y habló con el empleado.

—Estoy buscando a la señorita Luz Dary Patiño —dijo.

Un joven afro, con una cicatriz horizontal en la ceja, le atendió la pregunta; pidió que esperara un momento, agarró un micrófono y habló:

—Luz Dary a caja dos, Luz Dary a caja dos...

Los tres hombres, cuatro con el empleado, se dispusieron a esperar, pero la clientela los mecía como un fuerte oleaje. Unos, desde la fila, vigilando que nadie se colara. Otros metiendo la cabeza desde los lados, con gran esfuerzo, para preguntar algo.

—¿Los uniformes del Liceo Virgen Consolación de los Martirios?

—Segunda fila al fondo —respondía el joven, impasible.

—¿Los del Carolus Ponciano Magno y Celestial también están en rebaja, señor?

—El ocho por ciento con afiliación de Comfandi y un cinco por ciento en faldas de cuadros o terlenka talla M —volvió a decir.

—¿A la orden?

Jutsiñamuy se dio vuelta y vio a una mujer bajita, de cara redonda y ojos rasgados, con esa decoloración de la piel que los dermatólogos llaman «vitiligo».

—¿Usted me llamó? Soy Luz Dary Patiño. ¿Qué se le ofrece?

Nunca habrían imaginado a alguien así.

Cojeó al acercarse, pues tenía un aparato ortopédico en la pierna izquierda. Poliomielitis.

—Muchísimo gusto, soy fiscal y vine desde Bogotá para hablar con usted, señorita —le dijo—, ¿hay algún lugar tranquilo? Ellos dos son mis agentes.

Luz Dary dio un paso atrás, en realidad un giro, apoyándose en la varilla de su aparato. Miró al administrador, algo nerviosa, y este le hizo un sí con los ojos. Caminaron hasta el fondo del recinto. La joven abrió una puerta y entraron a un cuarto pequeño, con una mesa y tres sillas. En los rincones había montañas de ganchos de ropa y cajas de camisetas de diversas tallas.

—Ahora sí, ¿en qué puedo servirles? —volvió a decir, mirando con desconfianza.

—Sabemos que usted tenía una relación con el señor Óscar Luis Pedraza —dijo el fiscal—, y estamos acá porque... bueno, supongo que ya sabe.

La mujer hizo cara de sorpresa. ¿Qué estaba pasando? Entonces el fiscal decidió proceder:

—Óscar Luis Pedraza apareció muerto el pasado viernes, señorita, en la carretera a Popayán.

—¿Qué...? —fue todo lo que atinó a decir; con una mano se sostuvo en la mesa, la otra se la llevó a la frente.

—¿Está hablando en serio?

—Sí —confirmó Jutsiñamuy—, siento tener que decírselo así, de sopetón.

La mujer cerró los ojos, y al abrirlos estaban enrojecidos y húmedos. Dos surcos negros, como de acuarela, le rodaron por las mejillas hasta las comisuras de los labios.

—¿Qué le... pasó? —quiso saber—. ¿Seguro que no se trata de... un error?

—Es lo que estamos investigando, señorita —se adelantó Laiseca—. Pero lamentablemente es él, no hay duda.

De pronto, la mujer los miró con un gesto de angustia.

—¿Y a mí es que me tienen de sospechosa o qué?

—Pero cómo se le ocurre —dijo Jutsiñamuy, sosteniéndole el brazo—, todo lo contrario. Si lo primero que queremos es darle las condolencias.

—Ah, pero es que el tonito de su agente...

Jutsiñamuy miró a Laiseca con severidad.

—Agente, ¡se excusa con la señorita y le da las condolencias ya mismo!

—Le ruego me perdone si involuntariamente fui rudo con sumercé —dijo Laiseca—, y le pido el favor de que acepte mis disculpas y mi más sentido pésame.

Luz Dary lo miró entre una nebulosa de lágrimas, sorbió mocos y dijo:

—Gracias, agente, no tiene por qué disculparse... La vida es la vida.

—Como dijo no sé quién —agregó Jutsiñamuy—, no vale nada la vida, la vida no vale nada...

—Eso es una canción de José Alfredo Jiménez, jefe —dijo Laiseca—, y me disculpa.

—Pues claro que sé que es una canción, pendejo —contestó el fiscal, ofuscado—, estoy tratando de ser amable con la señorita. ¿No se da cuenta?

Luz Dary se quedó mirando el suelo, como si hubiera entrado en trance. De repente dijo:

—¡No puede ser que Óscar esté muerto!

El fiscal le dio un abrazo. Los clientes del almacén, del otro lado del vidrio, comenzaban a dirigir sus curiosas miradas.

—No sabe cuánto me gustaría decirle que no es verdad —dijo el fiscal—, pero lamentablemente es así. Lo encontramos en la carretera, junto con otros dos cuerpos.

—Para su información —se atrevió a decir Cancino—, le pegaron tres tiros, con perdón.

—¿Tres...? —dijo y volvió a llorar—, ¿y eso quién? ¿Quién le pudo hacer eso? Él no tenía enemigos.

—Trabajaba en seguridad, según sabemos —dijo el fiscal—. Él no tenía enemigos, pero de pronto su jefe sí.

—¿Y quiénes son los otros dos muertos? —preguntó Luz Dary.

—Hay uno sin reconocer —dijo el fiscal—, el otro se llama Nadio Becerra.

—¿Nadio? Ay, no me diga eso... —volvió a llorar, cubriéndose los ojos con la mano—. Eran tan amigos... ¿Y también le pegaron tres tiros a Nadio?

—No, señorita —dijo Cancino—, a él le pegaron seis.

—¿¡Seis...!? —volvió a llorar—. O sea que le fue peor. Pobrecito.

Jutsiñamuy la agarró cariñosamente de los hombros y le dijo:

—Usted nos puede ayudar, señorita Luz Dary. Le pido que se concentre y nos responda con absoluta naturalidad, pero antes quiero dejarle claro que nada de lo que nos diga va a comprometerla a usted de ninguna manera, ni cercana ni lejana, ni ahora ni después, ¿me entiende lo que le digo? Puede ser absolutamente sincera con nosotros.

Dicho esto, sacó su identificación de la Fiscalía. Estiró la boca y les dio la orden a los agentes de hacer lo mismo.

Luz Dary cogió los tres documentos y, como si estuviera recibiendo un pago por tarjeta en la caja, los revisó de arriba abajo, comprobó que correspondían a cada uno y los devolvió.

—Están bien —dijo.

Luego, adoptando un tono más bajo, le dijo al fiscal.

—Yo les colaboro, pero como esto es de un tono un poco íntimo, me incomoda estar encerrada con tres hombres, ¿me hago entender?

Jutsiñamuy miró a los agentes.

—Como se sienta cómoda, sumercé —dijo Laiseca.

—Si quieren pueden grabarme —dijo Luz Dary—, pero con tres manes aquí no soy capaz.

Los agentes salieron. Jutsiñamuy se sentó frente a ella.

—Lo que necesito saber ya se lo imagina —le dijo—: cómo conoció a Óscar, qué sabía de su trabajo y cuándo fue la última vez que lo vio. Tómese su tiempo y cuénteme todo lo que se le venga a la cabeza, que cualquier dato, por chiquito que sea, puede ser definitivo. La escucho.

Entré a trabajar a Almacenes Sí hace siete años, recién egresada de contabilidad y finanzas. No tengo palancas ni padrinos, soy de familia pobre, así que empecé por abajo. Y abajo sigo, como puede ver. Tampoco es que mi aspecto ayude a progresar. Tengo esta enfermedad desde niña, que a pesar de ser leve me provocó atrofia muscular en una pierna y por las depresiones se me dañó la piel, aunque esto va y viene; ya es mucho haber llegado a esa caja registradora, y supongo que ahí me quedaré hasta que me muera.

A Óscar lo conocí acá.

Vino a buscar uniformes para sus hijos y fue muy dulce y amable. Al principio me pareció raro que pidiera tanto consejo sobre los tamaños de las camisetas, porque las tallas son universales, pero lo que buscaba era ponerme charla. Casi no lo puedo creer, señor fiscal. A mí no es que los hombres me hayan perseguido, y cuando lo vi tan atento, tan interesado, le seguí la conversa; después de dos horas se atrevió a preguntarme a qué horas salía y si no me tomaría un café. Le dije que sí. Me explicó cómo llegar a un cafecito aquí a la vuelta y me puso cita a las siete de la noche. Le acepté convencida de que no iba a estar. Pero ahí estaba, todo romántico.

Esa misma noche, fiscal, fui suya.

Comenzamos a vernos seguido, al final de mi turno. Yo me enloquecí de alegría. No me importaba que fuera en secreto y que, a veces, llamara a la esposa delante de mí. Un día le pregunté qué hacía, en qué trabajaba. En seguridad, reinita. Así dijo. ¿O sea que vos andás con un arma entre el pantalón?, y él dijo, pues sí, soy uno de esos, y si la cosa se pone fea me toca que sacarla y echar mis tiros, qué voy a hacer si ese es mi trabajo. Cuando me preocupaba, él siempre decía: no se preocupe, reinita, que en este país está subiendo la esperanza de vida. Yo pensé que me iba a tener escondida, pero me empezó a invitar a salir con amigos suyos, aunque en esas reuniones todos estaban con sus novias o segundas esposas, que eran mujeres más bonitas y más elegantes que yo, claro.

¿Que si me acuerdo de nombres de amigos? Claro que sí. Estaban Nadio, Ferney, Nacho y Colachito, un paisa. Me acuerdo de Mario y de un Carlitos, que era como el chofer. Y de uno al que le decían Bombillo Flojo, no sé si se llamaba Germán. Y las nenas, esas eran... Yeni, Estéphanny, Clara, Selmira, Cruz Marcela. Algunas eran venezolanas...

Todas metían de esa vaina por la nariz y tomaban aguardiente a la lata. A mí no me gustaba y por suerte a Óscar tampoco, así que nosotros éramos los pilos del grupo. Los zanahorios. Trabajaban juntos, si no me equivoco. Cuando alguno decía algo del trabajo los demás se la montaban. Callate la boca, papá, que ahora estamos es de disfrute, ¿o es que querés que nos devolvamos pa la oficina?

Él trabajaba en la seguridad de alguien relacionado con una iglesia evangélica. Todo el rato debía irse a otras ciudades y a veces me llevaba. La primera vez fue a Barranquilla. Quise ir a al culto pero él dijo que no, le daba mucho estrés pensar que yo estaba ahí, en medio de su trabajo, así que le entendí y no volví a insistir. Esa vez hubo un problema, me acuerdo, porque en el hotel donde nos quedamos había un casino, y una noche, después de que acabaron el trabajo, dijo que fuéramos un rato. Yo nunca había estado en un casino. Nos sentamos a la ruleta y me pidió que le dijera números. Ponía y ponía, pero nunca ganaba, y al principio me dio fue risa; luego compró un paquete enorme de fichas y comenzó a poner torres en cada número; perdía y perdía; en un momento los amigos le dijeron que nos fuéramos a dormir, pero él contestó que no, que estaba perdiendo mucha plata y que le tocaba quedarse a recuperarla; siguió comprando fichas con la tarjeta de crédito y ponía esas torres enormes, alguna vez ganó y le volvían a dar montones, pero no le duraban nada. Me quedé dormida en la silla y cuando abrí el ojo ya había amanecido. Él seguía en la mesa. Dijo que había recuperado algo, pero que seguía perdiendo. Me preguntó si tenía plata, le dije que poquita y fui a sacarla para dársela. En esas estaba cuando los compañeros volvieron y le dijeron, vení huevón, qué hacés todavía aquí, ya nos están llamando, pero él, que no, que estaba perdiendo. Lo sacaron a la brava y no sé cómo hizo, pero trabajó todo el día. Me empecé a preocupar porque en Cali él no era así.

212

Nunca vi al jefe. Al famoso pastor. Entre ellos le decían Míster F. Ni idea cuál sería el verdadero nombre. A mí siempre me pareció raro que un religioso tuviera guardaespaldas, pero es que no sabía que tuvieran tanta plata. Yo he sido creyente, señor fiscal, pero de la otra iglesia, la de La Ermita y el obispo de Cali, que no es que sea pobre, pero los curas no parecen traquetos.

Si me pregunta por el Jamundí Inn debo decirle que ese sitio era de ellos. Un balneario pero sin mar. Íbamos mucho, aunque a mí no me gustaba meterme al agua. Con este vitiligo tan áspero no me conviene asolearme, pero igual le hacía. Nunca entendí cómo era la vaina en ese sitio. Siempre con Carlitos y Nacho. A veces con Nadio y una nena joven que se consiguió, pastusa pero avispada. Lo que me llamaba la atención es que se servían lo que querían, como si fueran los dueños. Fui como diez veces. Nos quedábamos en unas cabañitas muy buenas, con salón y terraza. Las mejores, al fondo del terreno. Pasábamos el día ahí, yo sentada en una mesita, oyendo música o leyendo revistas y ellos tomando y jugando a echarse agua o a hacer carreras con las nenas en la piscina, que preferían asolearse y posar para que les vieran los traseros. Por la tarde empezaba el baile y Óscar me sacaba. Yo soy lisiada, pero tengo ritmo.

Así pasaron casi tres años, fiscal. La última vez que vi a Óscar fue hace un mes largo. Me dijo que se iba a hacer un trabajo fuera del país. Me mandó varios mensajitos con fotos, pero sin decir nada más. Esa fue la última comunicación. Quién sabe en dónde andaba.

¿Tatuajes? Pues claro que se los conocía. Ninguno con esa mano y esa frase tan rara, «Estamos curados». A lo mejor se lo hizo en el tiempo que dejé de verlo. A él le gustaba tatuarse en los viajes. Decía que allá lejos se acordaba de algo o le hacía falta alguien y entonces se mandaba pintar la imagen o el nombre. Tenía de los hijos, de Cali, de las cosas que le gustaban. En eso era como un niño. No tenía voluntad. Si algo le gustaba quería tenerlo sin esperas. Gastaba en regalos y en bobadas. Mejor dicho: en detalles. Que esto para mi hijo, que esto para mi niña, o para mi cucho, que es un cascarrabias pero lo amo, así decía. Y eso fue todo, fiscal. Ya no sé qué más decirle.

La acompañó hasta la caja registradora, le dio de nuevo el pésame y las gracias. Sacó una tarjeta y se la entregó.

—Si se acuerda de algo más, señorita, por favor llámeme. ¿Podría tener su número?

La joven se lo escribió en un papel de una promoción escolar del Liceo Legionarios del Cristo Negro de Buga.

Se despidieron.

—¿Cómo la ve, jefe? —preguntó Laiseca.

—Es sincera —dijo el fiscal—. Curioso que ninguna de las dos mujeres, ni la viuda ni la moza, supiera que Míster F. se llama Fabinho Henriquez. Eso lo hace más sospechoso, ¿no cree? A ese brasileño lo tengo con triple subrayado, sigamos esa pista.

—Como usted ordene, jefe —dijo Laiseca.

—Y habrá que comenzar por el famoso Jamundí Inn, ¿no? —dijo Jutsiñamuy—. Voy a ver si me consigo una mujer que me acompañe.

Pensó en Wendy, pero imaginó que debía estar comenzando las labores de infiltración en la iglesia y prefirió no molestarla. Llamó a su secretaria y le dijo que se quedaría un día más en Cali.

—¿Alguna novedad por allá? —preguntó.

—Sí doctor, lo llamaron de Cafesalud, para un lío de una cuota. Y de la Universidad del Rosario para saber si confirmaba la charla en un seminario sobre el combate a la corrupción.

—¿Piedrahíta no llamó?

—No, doctor. Pero si quiere lo comunico.

—No se preocupe, yo lo llamo en un rato. Me voy al hotel. Cualquier llamada me la transfiere.

—Claro que sí, doctor. Que le vaya bien.

Ya anochecía, así que paró un taxi. Antes de subir les dijo a sus dos agentes.

—Métanle pues candela a ese pastor brasileño, quiero hasta la marca de calzoncillos y qué le duele y qué supositorios usa, ¿entendido?

—Como ordene, jefe.

—Para mí que son Punto Blanco rosados, pero mañana le confirmo —dijo Cancino.

El fiscal lo miró serio.

—Tan gracioso, el agente... —dijo.

Se subió al taxi.

Al llegar al hotel, el fiscal se quitó el vestido negro, la camisa y la corbata. Los alisó con la mano y los colgó en varios ganchos del clóset. Luego sacó de su maletín la muda alternativa: un pantalón sudadera de deporte, una camiseta Lacoste paraguaya, comprada por ochenta mil pesos en San Andresito, y unos mocasines Adidas, también paraguayos, a juego con la camiseta. Era su *kit* de tierra caliente. Luego se recostó en la cama y alzó las piernas contra la pared. Siete minutos exactos, mente en blanco y ya, se sentía como nuevo. Ya cambiado, agarró su computador y se fue al tercer piso, donde estaba la terraza piscina. Ocupó una de las mesas con vista diagonal al río y encendió su PC, para meterse a su correo.

«Ni que me hubiera oído», pensó al ver el nuevo mensaje.

Un correo de Wendy, su agente infiltrada, con un primer informe.

A. Del lugar. La ubicación de la iglesia Nueva Jerusalén del pastor Fritz Almayer es óptima. Está en la vía que une los sectores de Menga y Yumbo, por fuera de las directivas de la alcaldía de Cali y bajo jurisdicción de la municipalidad de Yumbo, sede de muchas empresas y, por lo mismo, con flujo enorme de obreros, empleados intermedios y personal de servicios. Por ser la salida hacia el norte del departamento y estar conectada con la ruta a Buenaventura, es de circulación densa, no sólo de privados, sino de camiones, tractomulas y vehículos de transporte público, por lo cual hay mucho comercio informal a la orilla de la carretera. Por ser vía de inmenso tráfico hay bombas de gasolina con taller mecánico, lavado y montallantas. El personal que presta esos servicios, gente humilde, son objetivo de la iglesia Nueva Jerusalén, que ajustó el horario de sus «conferencias» (así le dicen a la misa) a los de entrada, pausa o salida de estos trabajadores. Sin embargo, por los inmensos parqueaderos, se ve que también reciben público de otras partes de la ciudad.

Para acabar la descripción de la ruta, este informe debe mencionar que, por su cercanía con la ciudad y algunas discotecas que cuentan con permiso para abrir toda la noche, la vía está llena de establecimientos para parejas, moteles de diferentes categorías, sobre todo de gama media o alta, con nombres que no esconden el propósito de su servicio, tales como Moonlight, Kamasutra, Motel California, Eros, que adicionalmente ofrecen almuerzo ejecutivo a precios bajos o incluidos en la tarifa horaria de la habitación, por ser el mediodía y la hora del almuerzo el momento en que la mayoría de sus clientes pueden llegar a esas instalaciones y acceder al servicio. Este informe ignora qué porcentaje de usuarios de esos establecimientos lúdico-eróticos podría considerarse target u objetivo de la iglesia Nueva Jerusalén.

B. Las instalaciones. La iglesia funciona en un lote de por lo menos una hectárea, junto a la entrada a la bomba de gasolina Terpel y el camino que lleva al Motel Abracadabra. Tiene un edificio principal con un techo o cubierta autoportante de tipo semicircular (véanse fotos 1, 2 y 3). Parece, como se ve, un hangar de aeropuerto con un muro de cuatro metros que da toda la vuelta, torres de seguridad con vidrios polarizados y (probablemente) blindados. La entrada se hace a través de dos corredores que llevan al público a pasar tres controles. El último divide a hombres de mujeres y es el más detallado. Usan escáneres de mano y arco detector de metales. Los hombres de seguridad tienen arma automática y uniforme de VigiValle. Estas medidas parecen excesivas en comparación con las de otras iglesias. En el interior del edificio hay un escenario elevado con pantallas gigantes, iluminación profesional, equipo de audio y efectos especiales que hacen juegos de luz y sombra. En la parte alta del escenario hay una cruz que se refleja en el techo y las paredes laterales; en el amplio local hay hileras de bancas que van subiendo en forma de concha. Al cálculo pueden caber unas cinco mil personas. Tiene otra parte administrativa detrás del escenario a la que no se pudo acceder. También cuenta con salones laterales que funcionan como capillas, donde las personas van a comentar sus problemas. Ahí los recibe personal de la iglesia (aún por investigar) y a veces el mismo pastor. Hay una especie de secretaría donde quienes necesitan ayuda deben dejar sus datos, inscribirse con cédula y presentar un certificado de sueldo que determina el aporte mensual a la iglesia.

C. Los feligreses. Como dije en el apartado A, se trata de gente de estratos populares. Por haber llegado el domingo en horas de la tarde no alcancé a estar en la gran «conferencia» del mediodía, que es la que reúne a gente de todo Cali, la más multitudinaria, sino que vine a una más pequeña este lunes al mediodía. Se habló de la generosidad para perdonar a los que nos han herido y del amor necesario hacia quienes nos abandonan. Se hizo énfasis en que el único modo de no estar solos en el mundo es percibir la cercanía de lo «intangible».

D. El pastor Fritz Almayer. Primera impresión: hombre carismático, fuerte, de voz bonita y aspecto atlético. La gente se ríe de sus chistes, pero también se concentran en lo que dice. Lo idolatran. Una jovencita se desmayó durante la charla de este lunes al mediodía. Una mujer vestida de negro lo acompañó en el escenario, como si fuera una sacerdotisa. Le alcanzó la Biblia y le pasó las páginas cuando debió leer. Entendí que la gente ya la conoce, porque no la presentó. El pastor es una persona inteligente y culta, difícil de clasificar con rapidez. Seguiremos analizándolo.

E. Actividades de la Operación. Después de asistir a dos de las charlas fui a la secretaría para hablar con los que ellos llaman «acompañantes» o «peregrinos». Dije que venía a la iglesia porque esperaba que Jesús me ayudara a superar mi adicción a las drogas (por supuesto fingida) y quise saber si podía tener una charla privada con el pastor. Me dijeron que antes de llegar a él debía pasar por varios estadios «purificadores» con otros misioneros, pero que siempre estaría bajo su tutela. Antes de comenzar con la ayuda espiritual me dieron la lista de documentos requeridos para inscribirme. Por tal motivo pedí a la oficina de Operaciones Especiales un certificado de ingresos como «Esteticista privada a domicilio» de algún centro de belleza de Bogotá, que están por mandarme mañana a primera hora. Mientras hacía la fila pude establecer contacto con otra mujer que, según dijo, lleva ya dos años sana y sobria, sin consumir ningún tipo de droga ni alcohol y sin prostituirse gracias a la voz de Jesús que le llegó a través del pastor Fritz. La mujer, de nombre Yeni Sepúlveda, llevaba alzado un niño de unos cuatro años y me dijo que si quería ella misma podía darme consejos. Al salir juntas caminamos hasta la cafetería de la bomba Terpel, donde procedimos a incorporar dos empanadas de carne con sendos jugos de mango y después dos cafés. Cuando le pregunté por el padre del niño (Jeison), la informante aseguró desconocer su identidad, pues el embarazo le apareció en su peor época de adicción al basuco, cuando lo mezclaba con aguardiente y anfetaminas. Contó que no fue a abortar porque en esos días era incapaz de gastar en nada que no fuera su vicio. Dijo que la misma iglesia, al principio, le había pagado unas drogas y un tratamiento en una clínica para combatir la adicción, y que después le habían dicho que podía devolverles lo invertido haciendo trabajos y, sobre todo, cuidándose de reincidir. Cuando le pregunté qué tipo de trabajos, explicó que labores domésticas en la sede y acompañamiento y asistencia a mujeres dedicadas a la prostitución o a las drogas. Quiso saber si era mi caso, pero le dije que no. Expliqué que lo mío era una adicción a la cocaína ligada al deseo de ser más productiva y rendidora en el trabajo, sin relación con la parranda nocturna. Le expliqué que no bebía alcohol ni consumía otras drogas. Extrañamente opinó que yo era una «adicta seca», expresión que tendré que estudiar, y que por eso no tenía ese aspecto mugriento de las drogadas del basuco. Pregunté si la iglesia tenía predilección por ese tipo de personas, con esos problemas, y respondió que no especialmente. Era suficiente para que muchos encontraran un nuevo camino y ganas de ser buenas personas, dignas y respetables. Dijo que las enseñanzas del pastor iban siempre dirigidas al respeto y al amor, y que era frecuente que en plena audiencia, en las charlas semanales, un marido violento pidiera excusas a su esposa, o un agresor a su víctima, o un abusador al abusado, en fin, ese tipo de ceremonias que acababan en lágrimas y abrazos, bajo el aplauso de la gente. Dicho esto nos despedimos. Me dio su número y dijo que estaría encantada de ayudarme si lo necesitaba, a cualquier hora del día o de la noche.

Jutsiñamuy, tomando un té de camomila y limón y disfrutando del viento de la cordillera, leyó otras dos veces el informe. Luego le puso a Wendy una nota que decía: «Está muy bien. La informante ofrece oportunidad de acceso a la intimidad de la iglesia. Perfecta elección. Sígame contando que la cosa está buena. Y con mucho detalle, que me gusta su pluma». Luego sacó su portátil. Se acomodó los audífonos y se recostó en el sillón, para oír algo de música. Pero no alcanzó ni a elegir canción cuando vio encenderse el teléfono. ¿Qué hora era? Pasadas las nueve. Si era Laiseca, más le valía tener algo bueno. Pero al mirar la pantalla vio que era Julieta.

Imposible no contestar.

Después de almorzar en El Escudo del Quijote, un restaurante que le habían recomendado en Bogotá, muy cerca de su hotel, y de rematar la sobremesa con una ginebra en las rocas, Julieta se fue a descansar a su cuarto. Estaba increíblemente confundida. A pesar de las alambradas defensivas que tenía en su cabeza contra curas, gurúes y predicadores, a los que despreciaba con furia, el hábil pastor

Fritz había logrado colarse muy dentro de ella y, a decir verdad, perturbarla. Recordando la conversación, su mirada le produjo, a la vez, repulsión y encanto; la sedujeron su voz y sus palabras, aun a sabiendas de que eran calculadas, fraudulentas, construidas sobre manuales para doblegar la voluntad.

Pero aun así, había una sospecha, una llama al fondo que le decía: hay algo más, hay algo más. ¿Pero qué? Se puso en posición fetal sobre la cama y le vinieron unas lágrimas liberadoras, pero luego, al imaginar al niño en ese parque, echó a llorar con fuerza, desconsolada, como si fuera ella la víctima del abandono o, peor aún, sus hijos los que esperaban ahí, al oscurecer, en esa solitaria banca, el improbable regreso de un padre. Abrió el minibar, sacó un botellín de ginebra y lo sirvió en el vaso plástico del baño, sin hielo ni limón.

Volvió a la cama, se miró en el espejo y casi pega un grito: su cara desencajada, el pelo desordenado, los ojos enrojecidos e inflamados, la camisa arrugada. ¿Por qué estaba así? No lo sabía. No encontrar las palabras la hacía llorar aún más y sentirse frágil. De algún modo, abandonada. El pastor había logrado transferirle su orfandad. ¿Y dónde estaba la madre de Fritz? Un niño desprotegido se vuelve un hombre cruel. La conmoción de esa orfandad se contamina con los años y surge alguien duro. Recordó una frase de la historia de Fritz: «Los cuerpos que sufren y no comprenden por qué les tocó vivir ese dolor».

No comprender, no comprender. La vida es un constante proceso de pérdida, se dijo, de pérdida de pureza y jovialidad.

De repente una vibración la sobresaltó.

Era su celular. Nuevo mensaje.

«¿Me dijo Franklin Vanegas? Me aseguran que aquí no hay nadie con ese nombre.»

Su corazón se puso a latir desaforadamente, como una lavadora en fase de secado. ¡Era el pastor Fritz! ¿Habrá intuido que pensaba en él? Tuvo miedo de que, con su increíble ingenio, supiera de lejos que se encontraba mal. Pero qué cosas pensaba, carajo. Debían ser las ginebras que le distorsionaban la realidad.

Escribió:

«No puede ser, yo lo vi con mis propios ojos en su iglesia. A lo mejor se cambió el nombre».

Al enviar el mensaje se quedó mirándolo: un chulito blanco, dos... Esperó un rato y volvió a mirar. Seguían blancos, ¿por qué no leía su mensaje? Era desquiciante esa espera. Se sintió como una adolescente, cualquiera de las tontas amigas de sus hijos. Apagó el teléfono y lo puso al borde de la cama, pero siguió igual, como removiendo con un gran cucharón un líquido denso en una marmita. Ahí estaban sus contradicciones. Su demonio de la perversidad. Ahora tenía un elemento más de zozobra: ¿por qué Fritz no leía su mensaje y le contestaba?

Siguió entre sollozos hasta que sintió algo en la cama. Agarró el teléfono con fuerza y revisó la pantalla. Mensaje nuevo. Pero no era de Fritz, sino de un estúpido grupo de amigas. El mensaje era un chiste idiota. Sintió ganas de tirar el celular contra la pared cuando volvió a temblar en su mano. Esta vez sí era el pastor.

«Hay varios muchachos nuevos, pero entran y salen. Otros vienen sólo los domingos. Seguiré buscando.»

Julieta le escribió: «Si me deja entrar a su iglesia lo podría reconocer».

Envió y se quedó en vilo. De nuevo dos chulitos blancos. Golpeó con furia el colchón. Volvería a pasar y no creía poder soportarlo. Pero el alma entró a su espíritu, pues en la pantalla vio unas palabras en luz verde que decían «El pastor F. está escribiendo...».

«¿Voy por usted ahora?»

Se quedó de piedra. ¿Ahora? No estaba preparada, pero sintió un temblor agradable en el cuerpo. Dejó el teléfono en la cama y volvió al espejo. Ya no fue un grito sino una letanía: los ojos aún rojos, un poco menos inflamados, con la pestañina diseminada en los párpados; el pelo tan desgreñado como el de una muñeca vieja y rota; se veía pálida...

¡Estaba inmunda!

Abrió el agua fría y se echó manotadas en los pómulos. Agarró el cepillo y trató de poner orden en el matorro de pelo reseco que salía en todas las direcciones. Se sentía agitada. Las ginebras. La idea de verlo le producía sentimientos encontrados: pánico y euforia, atracción y rechazo.

«Ese puto pastor me echó algo», se dijo, «me emburundangó». ¿Cuánto llevaba en el espejo? Fue de un salto hasta la cama y agarró el celular, pero en la mensajería no había novedades, pues debía responder. Eran casi las cuatro de la tarde, ¿avisarle a Johana? Pues claro. ¿Irse juntas? Lo dudó. La cosa parecía ser entre ella y el pastor. Tocó la pantalla de su Samsung y fue a la mensajería.

«Bueno, que me avisen», escribió.

Las alas del mensaje se pusieron de color azul y llegó la respuesta.

«Salga entonces a la calle, por favor.»

Julieta no comprendió bien.

«¿Y para qué?»

«La estoy esperando al frente en una camioneta negra, pero tómese su tiempo.»

¿Vino él mismo a recogerla? No recordó haberle dicho que estaba en ese hotel, ¿o sí se lo dijo? Ya no importaba. ¡Debía volar! Tal vez aún estaba en el Inter, es la única explicación. Volvió al espejo y abrió el bolso de enseres. Crema base, retoque de ojos, labios rojo clarito. El corazón le iba a estallar. «No es que quiera agradarle al malparido ese, es por amor propio.» Guardó el computador en la caja de seguridad, una vieja costumbre desde un chasco que le ocurrió en Cartagena, y bajó corriendo las escaleras. En la calle vio tres camperos estacionados. Se dirigió al de color negro. La puerta se abrió.

—No pensé que volvería a verla tan pronto —dijo el pastor Fritz, ofreciéndole la mano—, acá puede estar naciendo una buena amistad.

Julieta le dio la mano.

—Lo dudo, pero le agradezco que haya venido. ¿Vamos?

Por el camino Julieta habló poco. Fue él quien tomó la palabra.

—Nuestro trabajo entusiasma a la gente —dijo Fritz— y por eso, en cada salida, se nos unen más y más personas. No puedo decirles no a los que vienen buscando ayuda.

—Me dijo que no lo habían encontrado —repuso Julieta.

—La gente que colabora con nosotros, tanto los voluntarios como los contratados, están inscritos en un registro. Es ahí donde no aparece ese nombre. Ahora lo vamos a confirmar.

—Yo estoy segura de haberlo visto en su iglesia.

—¿Por qué le interesa tanto ese niño? —quiso saber Fritz.

—Es un niño indígena, un nasa. Huérfano de padre y tal vez de madre, eso no lo sé todavía. Hablé con él en Tierradentro. Y desde hace una semana desapareció.

Julieta se retorcía por dentro: ¿qué estaba haciendo? Debía cerrar la boca y hacerle preguntas comprometedoras que lo obligaran a aceptar su hipótesis. Más allá de la suerte del niño, ambos sabían que él *era* el sobreviviente de esa maldita carretera, y que eso era el origen de todo.

—Soy el primero en querer ayudar a un huérfano —dijo Fritz—. Haré todo lo que esté a mi alcance.

—Ese niño tiene que aparecer —sentenció Julieta.

Pensó en el hombre que las seguía en la moto, pero no se atrevió a decir nada al respecto. Le convenía que él creyera que ignoraba ciertas cosas, aunque, al pensarlo un poco más, supuso que si el motociclista trabajaba para él ya tendría que haberle dicho que lo descubrió, que sabía de los seguimientos.

Decidió no decir nada, más bien debía abrir bien los ojos en esta visita.

La caravana cruzó el río Cali, pasó por detrás del parque Jairo Varela y se internó por la carrera Sexta hasta el centro comercial Chipichape. Luego continuó por esa misma vía dejando al lado derecho el barrio La Flora. Muy pronto llegaron a Menga. Afuera hacía calor. En cada semáforo se acercaba alguien a pedir limosna, por lo general con niños de brazos. La mayoría eran familias de venezolanos pobres; también desplazados nacionales que aún no encontraban el camino de regreso a sus tierras. Y un tercer grupo de jovencitos modernos, un poco hippies y con abundantes tatuajes que, tras un breve performance de circo, pasaban sonrientes con sus gorras por las ventanas de los carros. Acróbatas argentinos.

El pastor sonrió y ella volvió a sentir el temblor en la barriga. Algo debió pasar en su cara, pues le dijo:

—Lo vamos a encontrar, no se preocupe. Si ha estado con nuestra iglesia aparecerá. Le prometo que yo mismo lo haré llevar a la casa de sus abuelos.

El pastor Fritz tenía la misma ropa de la mañana, pero Julieta supuso que cargaba varias mudas, pues parecía fresco y recién vestido. Aún se le veía la línea de planchado en el pantalón. No usaba perfume, pero exhalaba un olor agradable.

Finalmente llegaron a la iglesia. Los camperos retrocedieron y entraron por puertas electrónicas ubicadas en la parte trasera. El garaje estaba en un semisótano y Julieta vio otros automóviles más discretos. También varias motos, pero no alcanzó a reconocer la de su perseguidor.

El pastor bajó, dio la vuelta como un rayo y le abrió desde afuera. Hacía siglos que nadie le hacía esa deferencia. En realidad, nunca. Esto le recordó que, de algún modo y a pesar de las apariencias, su posición con Fritz era de fuerza. Intentaba seducirla, ganarla para su causa.

—Vamos arriba —dijo el pastor—. Pedí que los reunieran a todos en el salón principal.

Subieron por una escalera de caracol hasta unas oficinas. Allí Fritz le ofreció algo de tomar. Julieta lo miró con desgano y dijo:

—No, gracias. No creo que tenga bebidas fuertes.

El pastor la miró con sorpresa.

—Acompáñeme.

Abrió unas puertas dobles de madera y entraron a una lujosa oficina. La llevó a uno de los rincones, a un armario de pared. Ahí Julieta vio, en un destello, docenas de botellas de licor.

—Escoja lo que más le guste, voy por un vaso y hielo.

—¿Y usted es que no me va a acompañar?

—No a esta hora, Julieta.

Vio botellas de whisky Lagavulin, Knockando y Springbank, que se conseguían con dificultad en Colombia. Sacó una ginebra Hendrick's y se sirvió un chorro generoso, más con rabia que con ganas.

—Me encanta esta ginebra —le dijo—, es el mejor digestivo después de un buen almuerzo.

—Coincido con usted.

—No sabía que los pastores tuvieran bares tan elegantes y bien surtidos.

Fritz la miró inclinando la cara hacia abajo. Sus ojos brillaron entre el matorral de cejas y pestañas.

—Jesús convirtió el agua en vino y relacionó la ebriedad con el deseo de elevación. Los licores nos ayudan a encontrar la fisura para asomarnos y ver el mundo desde otro lugar. La posibilidad de sumergirnos, aun con peligro, en algo que nos da placer. El placer y el dolor en el mismo nervio.

Julieta se tomó otro sorbo. Le gustaban sus respuestas. Era un tipo culto y ocurrente.

—¿Qué es lo peor que usted ha hecho en la vida, Fritz?

El pastor agarró una rodaja de limón y se la llevó a la boca.

—Lo peor... He creído en mí con demasiada fuerza, pues soy lo único que en verdad poseo. Pero a veces es como el pellejo de una gallina, envejecido, verdoso; un pellejo lleno de agua estancada y que debo llevar siempre a cuestas; o como un soldado que regresa llevando alzado a un compañero moribundo.

Julieta se tomó otro sorbo. Se sentía un poco mareada, pero a la vez fuerte.

—¿Dónde estaba usted, Fritz, antes de llegar a Inzá para las fiestas aliancistas?

El pastor volvió a morder la rodaja de limón y dijo:

—En San Agustín, celebré un acto religioso con desmovilizados y víctimas e hicimos una ofrenda por la paz al río Magdalena.

—Un acto muy simbólico —dijo Julieta.

—Creer y nombrar modifica la realidad. Por eso es que podemos cambiar las cosas, ¿no le parece? El lenguaje crea el mundo. Usted ya lo debe haber experimentado.

—Es posible, puede que sin querer.

—¿Se ha enamorado alguna vez? ¿Plenamente? —preguntó el pastor.

Una voz interior le dijo a Julieta: no más, sal de esta conversación, camina hacia la puerta de la oficina y di que quieres pasar al salón principal. ¡No puedes seguir dándole flechas para que te las clave!

—Claro que sí, varias veces.

—O sea que usted sabe lo que significa hablar a solas, añorar, querer que la realidad cambie.

—Supongo que sí, aunque no sé si con esas palabras —dijo Julieta.

—Es lo que queremos todos, incluidos los cristianos; que el aire tórrido de este país se llene de materia. Que lo humano sea la medida del amor humano invocando a Jesús, que vino a estar con nosotros y a mostrarnos la medida de todas las cosas.

Julieta lo escuchó con cierta altivez. Lo dejó acabar la frase y le dijo sin más preámbulo:

—Para ir por carretera desde San Agustín a Inzá se debe pasar por Tierradentro. El que quería matarlo, sea quien sea, conocía la ruta y decidió emboscarlo cerca del caserío de San Andrés de Pisimbalá. Pero no contaba con sus guardaespaldas y el poder de fuego de los hombres de su helicóptero.

El pastor Fritz se dejó caer en el sofá, con un gesto cansado. Julieta siguió hablando:

—Usted llevaba guardaespaldas bien armados. Sabía que podían atacarlo.

Se desplazó hacia su campo visual, pero vio que Fritz tenía los ojos cerrados.

—La pregunta que le hago —siguió diciendo Julieta— es muy sencilla: ¿quién quiere matarlo y por qué?

El pastor se levantó del sofá y caminó hasta la puerta. La abrió e invitó a Julieta a salir. Cuando pasó a su lado le susurró al oído:

—Su historia es buena, apasionante, pero lamento decirle que no fui yo. No conozco esa carretera.

—¿Y entonces por qué tiene tantos escoltas? —repuso ella—. ¿Por qué tanta seguridad aquí?

—No olvide que este país es único en el mundo: es a la vez padre de personas valiosas y de los asesinos de esas personas. Hay que estar protegido. La verdadera tierra de Caín no fue el reino de Nod. Es Colombia. No quiero sugerirle con esto que me considero especial.

Julieta lo miró retadora, pero no dijo nada. Agradeció la inspiración de las ginebras. En el salón había unas cuarenta personas sentadas en la primera fila. El pastor Fritz, Julieta y otros dos colaboradores se acomodaron en los sillones del escenario.

—Por favor, hermanos —dijo el pastor—, les pido que se vayan levantando en orden y se identifiquen. Pero antes quiero presentarles a una amiga de la iglesia, la señorita Julieta Lezama, periodista. Está aquí porque quiere saber si alguno de ustedes conoció o supo de un niño de etnia nasa llamado Franklin Vanegas.

Les pasaron un micrófono. Comenzó una joven regordeta, vestida de sudadera y chanclas.

—Soy Lorena Berrío, estoy en la iglesia hace siete meses. No conocí a ese niño. No sé qué quiere decir... ¿nasa?

El pastor se lo explicó hablando con afecto, como si fuera su hija.

Prosiguió un muchacho muy joven, con las mejillas aún pobladas de acné.

—Soy Wilmer Manrique. Llevo acá cinco meses. Tampoco lo conozco a ese niño.

Una mujer vestida con bluyín a la moda, repleto de rotos y deshilachado, exhibiendo tatuajes y piercings en el ombligo, cejas y nariz:

—Soy Yeni Sepúlveda, llevo acá tres años. No me suena el nombre de ese niño.

Así fueron pasando todos. Ninguno lo conocía.

Julieta había estado observando a una mujer entre las últimas sillas. Tenía un aspecto diferente al resto. Era alta, fuerte y esbelta. Incluso le pareció un poco machorra, de brazos tonificados, musculatura marcada y tatuajes de triángulos, con figuras que no alcanzó a reconocer. A ojo le calculó unos cuarenta y pocos. Tenía el pelo castaño, casi rubio. Canas incipientes, llevadas con elegancia. Una extraña oscuridad en los párpados, como si sus ojos miraran desde el fondo de dos cavernas, y un atractivo bastante salvaje. Cuando le tocó el turno dijo:

—Egiswanda Sanders. Ya muchos años aquí. No he visto a ese niño.

Hablaba bien español, pero Julieta detectó que era brasileña.

Al terminar, un joven que se presentó como gerente administrativo de la iglesia, de nombre Ariosto Roldán, tomó el micrófono y dijo:

—Bueno, nosotros somos permanentes, a veces llegan más personas a ayudar, pero van y vienen. Y están los de la limpieza, algunos son jornaleros. Si tuviera una foto de ese niño sería más fácil.

El pastor Fritz se dio vuelta hacia Julieta.

—Bueno, ya conoció a mi pequeña familia, que en el fondo no es tan pequeña. Como le dije, el niño no está con nosotros.

—Lo vi el domingo, de eso estoy cada vez más segura. ¿No hay nadie más que trabaje para usted?

—La gente de seguridad está en sus puestos: son guardias privados que vienen de una compañía. Por eso no los llamé.

—Estará entre los jornaleros.

—Lo habríamos encontrado por el nombre —dijo Fritz, y luego llamó a su gerente—: Ariosto, ven un momento.

—Dígame, padre.

—La señorita cree que el niño pudo haber entrado como jornalero el domingo, ¿tenemos una lista?

—Claro, y ya la revisamos. No aparece.

Agregó, dirigiéndose a Julieta:

—Nosotros llevamos un orden de quienes vienen. Quedan anotados el nombre y la cédula.

—¿Cuánto pagan? —quiso saber Julieta.

—Treinta mil y el almuerzo —respondió el gerente—, deben ayudarnos con la limpieza del salón y los corredores. Usted no se imagina cómo quedan después de cada conferencia.

Volvieron al segundo piso.

Julieta vio que la brasileña caminaba detrás de ellos y, al llegar a la zona administrativa, entró a una oficina y cerró la puerta.

—¿Puedo llevarla a algún lado? —dijo el pastor Fritz.

—Quisiera volver a mi hotel.

Uno de los hombres que estaba ahí se acercó, ante un movimiento de manos del pastor.

—Lleve a la señorita.

Se despidieron.

—Espero haberle despejado sus dudas, Julieta.

—Algunas sí, pero no la más importante —le dijo, haciendo un esfuerzo por mantenerle la mirada.

Fritz la miró muy serio. De pronto hizo una sonrisa que a Julieta le movió algo en el estómago, y dijo:

—La realidad es un bosque salvaje, con ojos de serpiente que brillan en la oscuridad antes de atacar a su presa. Pero lo más peligroso del mundo es el amor que se quedó seco. El que no pudo salir del tronco del árbol y se enroscó sobre sí mismo. El que se mordió su propio corazón.

—No le entiendo —dijo Julieta—. Recuerde que no soy una de sus seguidoras, así que mejor no me hable así. Odio las frases simbólicas.

—Sólo memorice estas palabras, a lo mejor más adelante las comprenderá. Le agradezco su visita, y, ya sabe, cualquier cosa que necesite, a la hora que sea, puede escribirme. Considéreme un amigo.

—Y otra cosa, Fritz.

—Dígame.

—Puede decirle a su espía motociclista que me deje tranquila. Si necesita saber algo de mí o qué hago basta que me lo pregunte.

El pastor la miró sorprendido.

—¿Espía motociclista?

—Ya destapamos las cartas —dijo Julieta—, no tiene sentido que me haga seguir.

—¿Alguien la está siguiendo?

Esta vez los ojos del pastor se transformaron. Por un segundo, Julieta vio emerger una fiera salvaje.

—Sí —dijo ella—. Desde Tierradentro. No me diga que no es usted.

El pastor llamó a sus hombres y les pidió que atendieran.

—¿Dice que es una moto? ¿Ya vio a la persona que la sigue?

Estaba muy nervioso. Dos gotas diminutas le aparecieron sobre el labio.

—Tiene un casco negro.

—¿Algún otro dato?, ¿dónde lo vio?, ¿acá en Cali?

—En la zona de Oeste, ayer.

—¿Ayer domingo?

—Sí, después de venir a su conferencia —dijo Julieta.

—¿Podría reconocer la moto? —preguntó uno de los agentes de seguridad.

—No soy experta, no era una moto grande. Una normal.

—Cuando veníamos hacia acá, ¿la vio?

—No, ayer fue la última vez.

El pastor agarró a Julieta del brazo y le dijo:

—No somos nosotros, créame, pero voy a averiguar qué es lo que está pasando. Váyase tranquila a su hotel y olvídese de esto. Cuando sepa qué es lo que pasa, la llamo. ¿Se va a quedar mucho tiempo en Cali?

—Eso depende. Ya veremos.

—De cualquier modo tendrá noticias mías —dijo Fritz—. Vuelva a su hotel y descanse, pero evite salir.

Ahora actuaba como jefe, no como pastor. Tal vez la misteriosa moto estaba del lado de los enemigos de Fritz.

—¿Por qué le preocupa tanto? —quiso saber Julieta.

—A veces la selva me persigue, pero luego pasa. Todo esto no son más que palabras. Vaya y descanse, hablaremos pronto.

Dicho esto hizo una venia, entró a su oficina y cerró.

Al salir por el vestíbulo, Julieta se fijó en la puerta por la que había entrado la brasileña.

Pero no había nada escrito y seguía cerrada.

Cuando salió hacia el hotel eran casi las siete de la noche.

Cali no tenía el tráfico de Bogotá, pero para allá iba. Si no se movían rápido quedarían atascados para siempre en sus calles. Esa lentitud le dio tiempo para pensar. Se impresionó al ver el cambio de Fritz, sus nervios al saber que la seguían. Miró hacia los lados. El copiloto iba muy pendiente de todo y cada tanto metía la mano al bolsillo de su chaqueta, como acariciando su arma.

¿Dónde se habrá metido el niño? Al concentrarse y recordar lo veía nítido, en la escalera lateral del edificio. Era él. Se las habrá ingeniado para trabajar con el pastor sin delatarse. Sin tener que decir que es menor de edad. Tal vez se hace pasar por alguien más grande, con otro nombre, para venir de jornalero. O tiene un amigo que lo encubre y con el cual se divide el trabajo.

Todo era posible.

Fue mirando el tráfico por si veía aparecer de nuevo la moto. ¿Qué debía hacer en ese caso? El pastor seguía negando ser el sobreviviente, pero en la práctica lo había aceptado. De un modo silencioso y tenue, o eso creyó. Todas esas frases metafóricas. ¿Qué querrá con ellas? Lo peor es que las memorizó, tal como él dijo, o al menos no tuvo que hacer ningún esfuerzo por recordarlas. Estaban ahí, como si las hubiera escrito y ahora las leyera.

«La realidad es un bosque salvaje, con ojos de serpiente que brillan en la oscuridad antes de atacar a su presa. Pero lo más peligroso es el amor que se quedó seco. El que no pudo salir del tronco del árbol y se enroscó sobre sí mismo. El que se mordió su propio corazón.»

«Qué arrogante y qué mamón alguien que habla de ese modo», se dijo, como si ya fuera el nuevo Jesucristo. ¿Cuál amor se habrá quedado seco? ¿Estará enamorado? «Seguro que se come a la brasileña», pensó. La vieja tiene toda la pinta de ser su amante. Buen cuerpo, para qué. A los colombianos les encantan las brasileñas. Tienen el mito ese chimbo de la *garota* de Ipanema y los traseros redondos color chocolate claro. La tierra de la tanga, además, que en Europa le dicen «calzón brasileño». Y de las cirugías estéticas. Ivo Pitanguy, el Picasso de la reducción de abdomen y el aumento de las glándulas mamarias.

Esta mujer, ¿se llamaba Egiswanda? Parecía de su edad, pero se veía mucho mejor. Mejores piernas y mejor trasero. Con esos músculos debe pasarse medio día en algún gimnasio. ¿Vivirá con él? ¿Dónde será su casa? ¿Tendrá hijos? «El amor que no pudo salir del tronco del árbol y se enroscó sobre sí mismo», dijo Fritz. No puede ser que se refiera a la brasileña. A lo mejor piensa en alguien más o, como es pastor, en el amor que debería tener hacia Dios, y que algunos no lo manifiestan. ¿Será esa la interpretación de «se enroscó sobre sí mismo»? ¿O estaría hablando del que lo atacó en la carretera? Por muy amable y educado que parezca, su gente estuvo involucrada en un combate a sangre y fuego en la carretera. Que haya sido en defensa levanta más sospechas sobre quién es verdaderamente.

De repente se acordó de Johana. ¿Estaría en el hotel?

—Hola —le dijo al celular—, ¿estás en el hotel?

—Sí, jefa. He estado aquí toda la tarde, esperando a ver si me necesitaba. Me dediqué a leer. ¿Y usted se fue a callejear?

—Le tengo varias historias. Ya estoy llegando. Veámonos en la cafetería.

—Listo.

Al llegar le contó todo y, al tiempo, tomó notas sobre lo que había visto. Prefirió no seguir con la tónica de la jornada, tan llena de altibajos emocionales, así que pidió un vaso de limonada natural con hielo. Johana pidió una Fanta, y le dijo:

—¿Y usted le creyó lo del espía de la moto?

234

—Por el modo en que se preocupó, sí. Pero ya veremos. Como si tuviera relación con su enemigo, el que lo atacó —dijo Julieta.

—Si el pastor piensa eso, debe temer que ese atacante busque algo a través de nosotras. Suena peligroso, ¿no?

Julieta se bebió de un trago medio vaso y dijo:

—Peligroso para él, seguramente.

—Y para nosotras. Si es un espía del enemigo ya debe saber que usted pasó la tarde en la iglesia —analizó Johana.

—Es verdad, ¿y qué podría hacer?

—Usarnos para llegar a él, tomarnos de rehenes. Torturarnos.

—Bueno —dijo Julieta—, tampoco exageres. ¡Yo que alcancé a pensar que la guerra se había acabado en este país!

—Es lo que muchos creen —dijo Johana—, pero fíjese, con un gobierno de derecha empeñado en devolvernos a los años noventa, esto se va a volver a encender rapidito.

Mientras hablaban, una suave llovizna hacía brillar los stops de los carros. De pronto Julieta se levantó y dijo:

—No sé si estemos en peligro, pero vamos a mi cuarto a hacer algunas llamadas. Hace rato que no hablo con el fiscal. ¿Qué hora es?

—Pasadas las nueve —dijo Johana.

—No es tarde, vamos.

Subieron. Nada más entrar, Johana fue a la ventana a revisar la calle. Vigiló los edificios vecinos a ver si podrían verlas desde algún lado. No era probable. Igual cerró las cortinas.

Julieta agarró su celular y marcó el número.

—¿Fiscal? Disculpe que lo llame a esta hora.

—No se preocupe, Julieta, ¿alguna noticia importante?

—Bueno, quisiera contarle algunas cosas. ¿Es seguro este teléfono?

—Por eso no se preocupe.

Le narró en detalle las dos reuniones con el pastor Fritz. Le habló del niño nasa, que no apareció entre las personas que trabajaban en la iglesia, pero estaba segura de que estaba ahí de un modo que aún no comprendía. Y por último lo de la moto.

—¿Cree que pueden estar en peligro? —quiso saber Jutsiñamuy.

—No realmente —dijo Julieta—, si quisieran hacernos algo ya han tenido tiempo suficiente. Por la actitud del pastor, los que nos vigilan podrían ser sus enemigos, los mismos del ataque.

—Tendría sentido —dijo el fiscal.

—¿Qué me aconseja?

—Devuélvase para Bogotá.

—Es una opción —dijo ella—, pero no en este momento. ¿A usted cómo le fue con la identificación de los cuerpos?

—Estamos trabajando en eso. Mañana, si quiere, podemos vernos. ¿En qué hotel está?

—En El Peñón.

—Ah, estamos al lado. Yo en el Dann. Vengan y almorzamos acá, que hay un buen restaurante y así estaremos seguros de que nadie nos espía. ¿Sí conoce?

—Claro que sí, fiscal, mil gracias. Ahí nos vemos.

Julieta estaba aún achispada por las ginebras. Decidió tomarse una niveladora y fue a su minibar. Le propuso a Johana.

—¿Quieres algo?

—No, jefa, gracias. Usted sabe que soy pésima para eso. Tres sorbitos y quedo jincha. Si no me necesita, me iría a mi cuarto.

—Ve tranquila —dijo Julieta—, yo me voy a quedar un rato ordenando apuntes.

En la puerta, Johana se detuvo y le dijo:

—Perdone que me meta en esto, pero póngale cuidado al trago, jefa. Está tomando mucho.

Julieta la miró sorprendida.

—Me pasa cuando se me tensan los nervios, pero eso quiere decir que la investigación va bien. No te preocupes. Gracias por decirlo.

—Buenas noches —dijo Johana.

Al verla irse se tomó dos sorbos seguidos, largos, y sintió que el alma le volvía al cuerpo. Johana tenía razón con lo del trago, pero así había sido siempre. Era compulsiva, ¿qué podía hacer? Al menos no era con perico ni otras drogas.

Fue a mirarse al espejo. No podía negar que el pastor la había tocado. Tenía algo especial. Al pensarlo revisó los mensajes que se habían cruzado y una voz, desde muy al fondo, la hizo desear que le escribiera en ese preciso momento. Miró la pantalla y se preguntó si sería capaz de enviarle un mensaje, ahora. Imaginó frases: «Estoy tomándome una ginebra en el hotel, sola». ¿Qué respondería? Muchos tenebrosos delincuentes han sido personas simpáticas, divertidas e inteligentes.

Debía tener cuidado.

Siguió mirando la silenciosa pantalla. ¿Sería capaz de irse a un bar a tomar algo? Se sintió tentada, pero miró su libreta de apuntes y recordó que debía trabajar. Miró por la ventana y vio las luces del barrio El Peñón, los cafés animados y, más arriba, las tres cruces del cerro. Imaginó la cantidad de hombres jóvenes y fuertes que podría conocer, con un poco de empeño, pero se dijo que no, tal vez otro día. En ese momento ella le pertenecía a ese cuaderno. Entonces abrió la neverita y sacó una Coca-Cola antes de sentarse a trabajar.

Más testimonios

Al día siguiente, Jutsiñamuy se levantó a las 5:30 e hizo sus ejercicios matutinos al lado de la cama: flexiones, carrerillas cortas, estiramientos, arriba y abajo con el torso, la cabeza de lado y de frente, en círculos, oreja hacia el hombro, manos a los tobillos. Al terminar cada serie se miraba al espejo tensando músculos, poniéndose de perfil para vigilar la silueta, el abdomen y el pecho. No lo hacía por vanidad. Aparte de la salud, dejarse alcanzar de la gordura suponía, para él, una desatención moral. El gimnasio del hotel era moderno, pero le parecía grosero hacer esos movimientos delante de otros.

Luego, tras ducharse y vestir un informal traje de calle de tierra caliente (mocasines de piel, camiseta Lacoste paraguaya, pantalón de lino color arena), fue a la terraza de la piscina y se sirvió el desayuno en el amplio bufet: plato de fruta fresca, sobre todo piña y papaya (antioxidantes), cuenco de cereales, yogur sin azúcar, té verde (lamentó no haber traído el suyo, pues lo que había era una mezcla de té verde y menta).

Mientras iba bebiendo de la taza sacó la edición del día de *El País* de Cali. Fue pasando las páginas, deteniéndose en cada noticia; de cada una leyó, con disciplina, el sumario y los primeros tres párrafos. Acabó el cuenco de cereales, pero un olor proveniente de las bandejas lo alteró. Junto al huevo revuelto había otra, más pequeña, con tocinetas fritas, retorcidas y oscuras, con una vena más clara en el centro. La boca se le llenó de saliva: «Una vez al año no hace daño», pensó.

Entonces volvió al bufet —sintiéndose derrotado— y cogió un plato grande, pero se dijo: «Esta vaina sola no se puede comer», y puso al lado dos buenas cucharadas de huevo revuelto. En la misma bandeja había chorizos de Santa Rosa. Miró al mesero, que espiaba sus movimientos, y siguió de largo hasta encontrar las arepas. Su mente dibujó la imagen de una arepa con un chorizo encima. «No, no», rogó, con un hilo de voz, al ver que su mano, actuando sola, ponía dos arepitas en la bandeja y las coronaba con sendos zepelines de chorizo santarrosano. Se dijo, aunque sin mucha convicción, que aún podría dejar el plato ahí, pero lo llevó hasta su mesa. Cruzó ojos con el mesero, quien de inmediato le dijo: «Que disfrute su desayuno, señor, ¿le sirvo más jugo?». Sí, jugo de naranja natural.

Siguió pasando las páginas del periódico hasta que llegó a la sección regional, Noticias del Valle, y vio la foto de un hombre joven, de nombre Enciso Yepes. La familia lo denunciaba como desaparecido. De forma maquinal, casi rutinaria, empezó a leer la noticia:

«Enciso Yepes, de 35 años, natural de Cartago (norte del Valle), desapareció hace tres semanas, según informó su esposa, la señora Estéphanny Gómez, de 31, residente en la ciudad de Cartago. La señora Gómez notificó a las autoridades que su marido, profesional en seguridad privada de la empresa VigiValle, no se reporta en el domicilio familiar desde hace varios días. VigiValle aseguró no tener noticias del empleado desde inicios del mes, motivo por el que había rescindido su contrato, alegando ausencia injustificada. La señora Gómez anunció un recurso legal y dijo que su marido no la había informado de ningún cambio en el trabajo, sino de un viaje para prestar seguridad en otra zona del país, cosa que por lo demás era costumbre y había hecho con frecuencia en meses anteriores. Acompañada en la oficina del tribunal menor de Cartago de su abogado, el doctor Anselmo Yepes (hermano del desaparecido), la mujer declaró que en los últimos tiempos su marido había estado prestando labores de seguridad en toda la zona del Valle y Cauca para la iglesia evangélica Nueva Jerusalén».

Al leer esto, el fiscal casi derrama la taza de té que tenía en la mano. «Ah, carajo», se dijo, «esto se está poniendo bueno». Miró al mesero y lo vio distraído, así que arrancó la página.

Luego llamó a Laiseca.

—Buenos días, jefe —contestó Laiseca—, ordene.

—Así me gusta, agente —dijo Jutsiñamuy—. Buenos días. Le tengo un regalito esta mañana. ¿Ya leyó *El País* de acá de Cali?

—Todavía no, jefe, apenas voy terminando el *New York Times*.

—Tan gracioso, agente. Mande por el periódico y lea la página dos sección Valle. Hay una denuncia de un desaparecido que, me huele, nos interesa. Mencionan a la iglesia Nueva Jerusalén. Léalo y hablamos. ¿Y del Jamundí Inn qué se supo?

—Hablé ya dos veces con nuestra oficina legal esta mañana y me están averiguando. El propietario resulta ser una compañía *offshore* registrada como RINTRI con sede en Panamá. Aparece catalogado como de tres estrellas. Y por ahora nada de nombres. ¿Será que toca irse para Panamá a buscar, jefe?

—No me diga, Laiseca, a usted lo que le gusta es el aeropuerto Torrijos, que parece un San Andresito con aviones —dijo el fiscal—, pero por ahora no. Más tarde voy al Jamundí Inn a dar una vuelta. ¿Cancino está con usted?

—Sí, jefe, acá al lado. Le manda saludes, ¿se lo paso?

—No, no es necesario —dijo Jutsiñamuy—, pero creo que le va a figurar viajecito a Cartago. Vea el periódico que ahí entenderá y me llama cuando acabe de leer la noticia.

Su plato de huevo y tocineta estaba vacío. Sintió una profunda culpa y, al mismo tiempo, hambre vieja que matar. Miró hacia los lados, para ver si alguien lo vigilaba. Se levantó y caminó con decisión hacia las bandejas.

La entrada del Jamundí Inn era idéntica a la de cualquier pretencioso hotel campestre nacional, pero en estilo rococó vallecaucano: jardines floridos, una fuente con tres chorros verticales cayendo en elipse, dos caminos empedrados de agua, jaulas de pájaros colgadas de los aleros y cuencos de agua azucarada para los colibríes. Hacía más calor en esa zona, al sur de la ciudad, que en el barrio de su hotel, y por eso el fiscal se alegró de no haber traído chaqueta. Se habría visto muy raro. Pasó a la recepción y pidió hablar con el encargado.

—¿Encargado..? —un joven afro lo miró desde unos ojos muy rojos; no había que ser de la científica para adivinar que se había pasado la mañana dándole a la dosis mínima.

El fiscal lo miró con severidad.

—Sí, el encargado... ¿Capta el concepto?

—Sí, sí —dijo el joven, algo ofuscado—, ya se lo llamo.

Se sentó en el sofá de un recibidor muy campestre. Al fondo, en un televisor, un concejal daba una entrevista. Sobre una pesada mesa de madera rústica había un botellón de agua con rodajas de limón. Tenía una llave para servirse y vasitos plásticos al lado. «Buen detalle», pensó el fiscal, acariciándose la barriga. Analizaba si un vaso de agua de limón podría ayudarle a digerir el monstruoso desayuno, cuando un hombre de aspecto atlético y camisa guayabera llegó a saludarlo.

—Bienvenido al Jamundí Inn, señor, ¿cómo podemos ayudarlo?

Jutsiñamuy lo miró de arriba abajo. Era el típico «mánager» de hoy: en torno a los treinta, aséptico, de pelo muy corto, tatuajes en los brazos.

—Buenos días —le dijo—, estoy buscando un lugar para una reunión familiar y me recomendaron este sitio.

—Ah, pues le recomendaron bien. Nuestra especialidad son los encuentros familiares y empresariales, los clubes de amigos y sociedades. Permítame invitarlo a mi oficina, ¿un café, refresco, té?

La idea de ingerir algo le causó arcadas.

—No, gracias —dijo—, hoy se me fue la mano con el desayuno, los bufets tienen ese problema.

—¿El señor está alojado en un hotel?

—Sí —respondió el fiscal, lamentando haber dado esa información involuntaria.

—Permítame invitarlo a una Sal de Frutas, eso le quita la pesadez en diez minutos. ¿Y puedo preguntarle en qué hotel está?

La pregunta era consecuencia de su error. Ahora podrían rastrearlo, debía ser cauto.

—Bueno, en realidad estaba, porque ya salgo este mediodía para Bogotá. Pero sí le recibo la Sal de Frutas.

Dicho esto miró al jardín, por la ventana de la oficina.

—¿De cuánta gente estamos hablando y qué servicios gustaría incluir? —siguió diciendo el mánager.

—Seríamos cuatro familias, de cinco personas cada una.

—¿Incluye el alojamiento?

—Claro, la idea sería pasar un fin de semana.

Una empleada entró llevando una bandeja de aluminio. Encima un vaso y el sobre de Sal de Frutas. Jutsiñamuy lo vertió en el agua y se lo tomó de un sorbo. Sólo con la efervescencia se empezó a sentir mejor.

—Y una celebración el sábado, con una cena especial.

—¿Es un cumpleaños o alguna fecha familiar?

—Sí —dijo Jutsiñamuy—, los ochenta años de mi madre. Hemos querido reunir a los hijos y nietos.

—Bellísima idea, la familia entera y agrupada, como debe ser. Vea, le cuento que acá podemos arreglarle todo: cena valluna, internacional o mixta; músicos tradicionales y si lo desea algún espectáculo. Los de danza son muy solicitados. Si prefiere celebrarlo con una misa, se le tiene. Mejor dicho, no es sino que me diga y acá le conseguimos lo que sea. Venga le muestro las instalaciones.

Salieron de la oficina y, tras un sombreado corredor con arcos sobre columnas de capiteles dórico y jónico, pero en estuco rosado, volvieron al jardín, donde había una verdadera instalación natural: puentes de madera sobre torrentes y cascadas, casa en un árbol de mango, senderos en piedra, estanques laterales con peces bailarina y neón tetra, rosedales, y en medio, su majestad la piscina central, azul turquesa, un diamante entre el verde y las flores, con dos más pequeñas, de forma circular, y dos jacuzzis bajo una marquesina. Más allá estaban las cabañas, que más bien parecían casetas de ladrillo y vidrio, cada una con su terraza, en la que se veía un salón amoblado y un asador de carnes.

«¿Tres estrellas esto?», pensó Jutsiñamuy, y agregó para sí: «Huele de lejos a lavandería». Entraron a ver las cabañas. Buen espacio, televisor HD, nevera, plano de cocina, full equipamiento en loza y cubiertos.

—Tenemos para tres, cinco y siete personas. Y las hay Ónix, Diamante y Zafiro, según el grado de comodidad que gusten contratar. Las Zafiro son las mejores, alto estándar. Las reservan para las lunas de miel, ¡porque a los huéspedes no les provoca salir!

—¿Y quién va a querer salir en luna de miel? —dijo Jutsiñamuy.

El mánager se rio.

Luego fueron a ver el salón de espectáculos, la capilla, el gimnasio y las salas de una vaina que el fiscal no había visto nunca y que se llamaba «talasoterapia», consistente en chorros de agua caliente y salada e inmersiones en remolinos. Bueno para la circulación.

—Caramba —dijo Jutsiñamuy—, esto es a todo taco.

—Sí, acá es en serio, tenemos un producto que se sitúa entre lo mejor del país.

Regresaron a la oficina. Jutsiñamuy, por momentos, olvidó que estaba de misión y se dejó llevar por el canto de los mirlos y el jugueteo de los colibríes. Las paredes estaban desnudas. Sólo un crucifijo al lado del escritorio, colgado en un marco, y otro sobre una de las mesas. El mánager sacó un bloc de notas y comenzó a tomarle los datos para la cotización.

—¿Nombre?

—Misael Borrero Daza —dijo Jutsiñamuy.

—¿Teléfono de contacto?

Dio uno de los números abiertos (pero protegidos y vigilados) de su oficina en Bogotá.

—¿Correo electrónico o WhatsApp?

Dio otros datos de su oficina.

—Le enviaré tres cotizaciones por separado y con diferente presupuesto que incluyen los tres días con todas las comidas, cena de celebración, animación y rito religioso. Una preguntica, ¿su familia pertenece a alguna iglesia específica o estamos hablando de una misa tradicional?

—Pues yo no soy creyente, se lo confieso. Pero sé que mi mamá va a una de esas iglesias nuevas allá en Bogotá. Déjeme yo le pregunto y luego lo llamo.

Al decir esto vio algo que llamó su atención. Detrás del mánager, en una pequeña biblioteca empotrada en la pared, había algo entre unos libros caídos. ¿Qué era eso?

—Perfecto, señor Borrero. ¿Vienen de Bogotá?

—Sí señor, pero somos de origen caleño, por eso queremos traer a mi mamá acá, de vuelta.

Mientras hablaba hacía esfuerzos por mirar. Era un objeto que parecía escondido o disimulado. Intentó distraer la atención del mánager. Era un perfecto y eficiente funcionario. ¿Qué podía hacer? Cuando estaba pensando en eso ocurrió el milagro: el celular del joven sonó.

—¿Me permite un segundo? —dijo el tipo—. Llamada del exterior.

—Pero claro.

Se levantó y caminó en círculos hasta que, muy despacio, salió de la oficina. No quería ser escuchado.

Al verse solo, Jutsiñamuy se precipitó sobre el estante y retiró los libros. No podía creerlo: ¡una mano en madera con la leyenda «Estamos curados»! Pensó en llevársela, pero recapacitó, pues supuso que habría cámaras. Al pensar esto agarró varios libros, como si la súbita curiosidad se debiera a alguno de los títulos. Debía hacer algo, tomar una decisión. Entonces sacó el celular y le sacó varias fotos: de frente, por atrás, por arriba y abajo. Y la volvió a poner entre los libros.

Un segundo después volvió el mánager.

—Le pido mil disculpas otra vez, señor Borrero, pero era una llamada del exterior, unos gringos que quieren hacer aquí una reunión empresarial y llaman cada cinco minutos a pedir detalles.

—No se preocupe, sé lo que es trabajar con gringos. Son buena paga y vale la pena, ¡pero cómo joden!

—Exacto —se rio el mánager—, entonces vea, yo creo que lo estoy llamando... ¿Cuándo sería el evento?

Jutsiñamuy, con rapidez, dijo una fecha calculando dos meses.

—Ah, bueno, tenemos tiempo. Yo lo llamo la semana entrante, o le envío la cotización con todo detalle al correo, ¿le parece?

—Claro.

Luego ambos se levantaron y fueron hacia la puerta. El fiscal mandó un mensaje desde su teléfono y el conductor, que se presentaba como de Uber pero que era de la Fiscalía, vino a recogerlo a la entrada.

Se despidieron y tan pronto Jutsiñamuy subió al carro agarró el celular para revisar las fotos. Tenía seis llamadas de Laiseca, pero siguió con lo suyo. Las imágenes, por fortuna, se veían con bastante detalle: el lema «Estamos curados» grabado en la palma de la mano, donde se veía la huella o cicatriz del clavo. Era la mano de Jesús. Luego, en la foto desde abajo, otra inscripción: «Asamblea de Dios, Belém do Pará, Brasil». ¡La iglesia brasileña de Fabinho Henriquez! El pastor para el que trabajaban los occisos Pedraza y Becerra. El buscador de oro. Fue al WhatsApp y buscó a Laiseca. Eligió las fotos y se las mandó diciéndole: «Vea la joyita que me encontré en el JamInn».

A los cinco segundos sonó el teléfono. Era Laiseca.

—Impresionante, jefe —dijo el agente—. Vamos a inspeccionar bien ese sitio ya con todo lo que tenemos, ¿no?

—Despacio, Laiseca. No se le olvide que el jefe soy yo.

—Es que yo le sé interpretar el pensamiento —dijo Laiseca—, ¿sí o no que estaba pensando eso?

—Habrá que investigar bien la actividad de este hotel. Llámese a Guillermina, en el Cuerpo Técnico, la que fue secretaria mía, ¿se acuerda de ella? Pídale que nos estudie las llamadas del Jamundí Inn, sobre todo del exterior: de dónde reciben y adónde hacen. Esto se está poniendo bueno.

Laiseca carraspeó y dijo:

—Bueno, yo quería confirmarle que Cancino salió hace dos horas para Cartago en un vehículo de la Fiscalía de acá, para ver qué le puede sacar a la señora Estéphanny Gómez, ¿se acuerda? Lo del periódico que usted me mandó.

—Muy bien, Laiseca, así me gusta: que sepa interpretar mis ideas para tomar decisiones.

—Siempre lo he dicho. Es mejor interpretar que callar.

—Está buena esa frase, ¿de quién es?

—Mía, señor, aunque se parece a una de Gandhi.

—Yo me la sabía, pero distinta —repuso el fiscal—: «Es mejor interpretar que componer».

—No, jefe —dijo Laiseca—, esa es de Palito Ortega.

—No me enrede con pendejadas, carajo. Llámese a Guillermina y hablamos más tarde. Yo estoy regresando ahora a mi hotel y voy a almorzar con las periodistas. Me reporta apenas sepa algo.

Julieta se levantó pasadas las nueve. Logró dormir a pierna suelta gracias a su coctel antiguayabo, tomado antes de apagar la luz, y ahora se sentía muy bien. Una herencia de su época universitaria: la predisposición a trabajar de noche, cuando el espacio a su alrededor está en silencio y cada pequeña cosa parece resonar más. Las ideas, a esas horas calladas, son más agudas y precisas, como si el cerebro, desprovisto de otros estímulos, concentrara su energía. La soledad hace más fuerte lo que uno lleva por dentro.

Pensó en el espía motociclista: ¿estará allá afuera esperando a que salga? No era la primera vez que la seguían, pero sí la primera en que eso podía suponer un riesgo. ¡Carajo, los chinos! Mientras bajaba al bufet del desayuno le mandó un mensaje al mayor, «¿Estás en clase? ¿Todo bien? ¿Y tu hermano?». Miró las alas del mensaje, blancas, que muy pronto se convirtieron en azules. Lo había leído. Pero nada de respuesta. Estaría en clase, ya le contestaría más tarde. Al pensar en su seguridad le venía la imagen de sus hijos, ricos y malcriados por el papá, pero al fin y al cabo suyos.

Se sentó en una mesa con un café gigante y dos croissants. Esta gente es peligrosa. No podía olvidar ni por un segundo los cadáveres de la carretera. Jutsiñamuy le daría información, pero muy al fondo anheló que el caso se alejara del pastor Fritz. Era parte de un mundo odioso, pero también víctima de este país.

Al pensar en la conversación del día anterior recordó un sueño: estaba buceando por una muralla de coral, al borde de un arrecife que se hundía hacia lo más oscuro del mar. Descendió muy rápido, atraída por algo, y al ver la extraordinaria pared coralina llena de meandros y formas, cual fachada de catedral gótica, pensó en la posibilidad de otros mundos. Encontró un enorme túnel y decidió entrar, y al hacerlo se vio en un corredor con multitud de pasadizos a los lados; se introdujo por uno de ellos y avanzó unos cien metros hasta notar que se iba estrechando; hacia arriba había una abertura que comunicaba a un segundo túnel y se coló por ahí hasta una especie de vestíbulo con dos grandes entradas. ¿Por cuál debía seguir? En ese momento ya no podía volver atrás. No tenía fuerzas ni recordaba el camino, así que debía elegir. Pensó que uno de esos caminos llevaría a la superficie, al aire que ya comenzaba a escasear. Y el otro hacia lo más profundo.

¿Cuál elegir?

Ni su experiencia ni su conocimiento podían darle una respuesta. Se sintió frágil y decidió quedarse ahí, a la espera de algo. Sólo tenía una oportunidad. Vio surgir una langosta y le habló en su mente: amiga, ¿puedes decirme cuál debo tomar? Mi situación es desesperada. La langosta levantó sus antenas y las movió haciendo suaves círculos, cual bailaora de flamenco, y empezó a acercarse a una de las entradas. Gracias, querida amiga. Me estás señalando algo. Pero al moverse la langosta corrió hacia la entrada contraria. Allí tendría sus crías. Julieta eligió el otro camino y se internó removiendo la arena que, como una alfombra, se había depositado en el suelo. La temperatura del agua cambió: ahora era más fría y, aunque absurdo, parecía más húmeda. Al fin vio una salida, pero del otro lado no había luz y se sintió lejos del mundo, ¿adónde había llegado? Vio extrañas formas que desaparecían al tocarlas, pedazos de madera en un eterno caer. Las burbujas flotaban delante de sus ojos. Sobre una roca vio los restos de un portaviones hundido; las bombas se habían convertido en morros de liquen, asiento de anémonas. Era hermoso y a la vez terrorífico, el testimonio de la destrucción del mundo: un lugar repleto de conchas vacías, una cesta de cabezas donde ya no hay peces ni luz ni corrientes cálidas, y el pecio de un portaviones carcomido por la sal, con monstruos marinos entrando y saliendo de sus salas de máquinas.

Ese lugar era el subconsciente del mundo.

La mano de Johana la sacó de sus cavilaciones.

—¿Cómo le fue anoche, jefa? ¿Trabajó hasta tarde?

—Sí, estuve escribiendo hasta las tres y pico...

Johana fue por una taza, se sirvió café y volvió a la mesa.

—Desde ayer he estado haciendo contactos y búsquedas entre excompañeros para el tema de Clara, la que podría ser mamá del niño Franklin, ¿se acuerda? Logré encontrar acá en Cali a Braulio, que a su vez me pasó los datos de dos farianos de Bogotá que eran enfermeros y ahora están trabajando en laboratorios médicos. Johnny y Ricardo, del frente Manuel Cepeda. Ambos se acordaban, pero hace más de cinco años que no saben de ella. Puede ser que haya vuelto a la región del Sumapaz o se haya ido del país. Muchos viajaron a Cuba o a Venezuela. Johnny me dio el número de Berta, una compañera que manejaba la munición y tenía buen ascendiente. Según Johnny, Berta se quedó en Bogotá y es la que más sabe de los excompañeros porque está en política desde la entrada en democracia. Pero la llamo y siempre me entra a buzón. Berta Noriega. Tiene fichas con toda la gente, al menos de esa zona. Apenas volvamos me pongo a buscarla, porque desde acá con sólo teléfono es más difícil.

Julieta se tomó otro sorbo de café y le dijo:

—Superbien. Hoy decidimos qué hacemos después de hablar con el fiscal. Vamos a almorzar con él a su hotel. Me gustaría ver a alguno de los familiares de los muertos de la carretera. Ya veremos qué surge.

Al mediodía dieron una vuelta por el parque de El Peñón y se fijaron en los motivos precolombinos que decoran la fuente: caras de guerreros, tal vez de San Agustín. Algunos niños jugaban alrededor. Grupos de ancianos leían el periódico o conversaban en las bancas. Y al frente, el claustro religioso de La Sagrada Familia a medio restaurar, abandonado por una incomprensible disputa. Vieron restaurantes, almacenes de moda. A la hora convenida fueron hacia el hotel Dann y subieron a la terraza. Jutsiñamuy las esperaba en una de las mesas.

—Caramba, fiscal, nunca lo había visto de sport... Le queda muy bien —dijo Julieta.

—Muchas gracias, lo que pasa es que esta ciudad lo hace a uno cambiar de espíritu. Con esta temperatura tan sabrosa...

Pidieron tres cervezas bien frías, una ensalada caprese y tres platos de pasta.

Jutsiñamuy era muy dado a ir directo al grano, así que comenzó a contarles lo que había hecho en estos días: las familias de los dos muertos, las historias de juego de Óscar Luis Pedraza y la charla con la amante en Almacenes Sí, la noticia leída en *El País* sobre la denuncia de desaparición de un hombre de Cartago que había trabajado con la iglesia Nueva Jerusalén y la visita al Jamundí Inn.

—Espere un momento, fiscal —dijo Julieta—, ¿me puede dar el nombre del desaparecido de Cartago?

—Se llama Enciso Yepes, está en *El País* de ayer. La esposa fue a poner la denuncia y al parecer se van a querellar con la empresa de vigilancia, que dice que Yepes llevaba varias semanas sin aparecer.

Julieta sacó un cuaderno y anotó el nombre.

—¿Y la iglesia qué contestó?

—No, el problema no es con la iglesia, sino con una compañía de seguridad llamada VigiValle, que le presta ese servicio a la iglesia.

—Raro que se desaparezca así, sin decirle nada a la esposa, ¿no? —dijo Julieta—. Podría ser otro muerto de Tierradentro.

Jutsiñamuy la miró con cierta picardía y le dijo:

—Acuérdese que en este país todo lo que es raro acaba siendo un crimen o un milagro.

Luego agregó:

—Bueno, pero no ensillemos antes de traer las bestias. Por ahora, sin que se sepa qué le pasó, es sólo un valluno que se le perdió a la esposa. A lo mejor se le alargó la parranda.

—Voy a tratar de verlo directamente con la iglesia, de todos modos —dijo Julieta.

—El agente Cancino —dijo el fiscal—, uno de mis mejores hombres, está ahora con la señora Estéphanny Gómez, en Cartago, tratando de entender qué fue lo que pasó y qué tipo de información puede darnos. Pero le adelanto que no será mucha. La experiencia policial me ha enseñado que, al menos aquí, las esposas son las que menos conocen a sus maridos.

—Por algo será —dijo Julieta.

Y agregó:

—Pero le tengo algo más —dijo ella—, ¿se acuerda del tatuaje ese tan extraño que tenían los cuerpos de la carretera? ¿La foto que usted me mandó?

Abrió su cartera y sacó la estatuilla de la mano con el lema «Estamos curados». Se la puso al fiscal delante y le dijo:

—Aquí lo tiene, me lo encontré por casualidad en un anticuario.

Jutsiñamuy se quedó de piedra. La cogió para mirarla de cerca y vio que era idéntica a la que había visto en el Jamundí Inn. En la base tenía escrito en relieve: «Asamblea de Dios, Belém do Pará, Brasil». Era del mismo tamaño, la misma madera. Tras darle vueltas, dijo:

—¿Un anticuario de por acá?

—Sí —dijo ella—, acá cerquita, tengo la tarjeta. Espere a ver si la encuentro, y me ofreció más cosas, que volviera a llamarlo.

Metió la mano en su bolso y dio varias vueltas hasta encontrar el pequeño cartón con los datos del lugar: «Objetos antiguos El Mesón de Judea».

—El anticuario parecía muy enterado —agregó—, me dijo que la estatua era la mano de Jesús.

Jutsiñamuy sacó su celular y tomó una foto de la tarjeta.

—Bueno, se sumará a la investigación. Espérese le mando la fotico a Laiseca con una nota, ¡lo tengo apabullado con esto!

Luego alargó su celular al centro de la mesa y les mostró las imágenes de la estatuilla que había visto en el Jamundí Inn.

—Vean —dijo el fiscal—, idéntica, ¿no?, ¿cómo les queda el ojo? ¿Será casualidad? Increíble haber encontrado lo mismo en una ciudad de tres millones de habitantes. Eso quiere decir que vamos por buen camino.

Julieta y Johana miraron las fotos, sorprendidas.

—Y que tal vez el hotel de Jamundí está involucrado —dijo Julieta.

Luego el fiscal agregó:

—Es que hay otra historia de la que no hemos hablado todavía. Los dos cuerpos identificados, Becerra y Pedraza, trabajaban como guardaespaldas de un pastor evangélico y buscador de oro brasileño llamado Fabinho Henriquez. Sin tilde. Un tipo excéntrico que, según vimos, viene de vez en cuando a Colombia. Aún no tenemos indicios claros que lo relacionen con este berenjenal, pero nos llamó la atención que fuera también pastor, como el otro, y fundador de una iglesia pentecostal adscrita a la Asamblea de Dios, que usa como símbolo esta mano de Cristo y este lema. El agente Laiseca está trabajando el asunto. El tipo vive en Cayena, capital de la

Guayana Francesa. Tiene una explotación de oro en la Amazonía.

Julieta agarró su cuaderno, emocionada. Incrédula.

—¿Brasileño? Ah, carajo —dijo.

—¿Eso le dice algo? —preguntó Jutsiñamuy.

—No es nada, pero imagínese que entre el personal que trabaja con el pastor Fritz hay una brasileña, por acá tengo el nombre... Egiswanda Sanders se llama. Por cierto, muy graciosita.

—¿Y eso? —dijo Jutsiñamuy.

—Una mamacita, en el estereotipo de las mujeres de allá: tremendo cuerpo, musculosa, buen pompis, tatuajes, mirada devoradora, labios enormes, ojos de loba.

—¿Ojos de loba? —exclamó Jutsiñamuy, riéndose—, ¡eso sí no lo había oído nunca! Estimada amiga, si no la conociera, diría que está hablando con un poquito de... ¿celos?

Julieta se arrepintió de sus palabras.

—Fiscal, no sea machista.

—Bueno, puede ser sólo casualidad —dijo él—, creo que Brasil está en... ¿ya pasó los doscientos millones de habitantes? Si la estadística humana del cincuenta por ciento para cada género funciona, quiere decir que hay cien millones de señoritas y señoras brasileñas deambulando por el mundo.

—Es verdad, sólo que me llamó la atención, nada más. ¿Y ese pastor Fabinho tiene antecedentes judiciales? ¿Su empresa de oro es legal?

—Laiseca nos lo dirá. Debe tener las orejas rojas.

—Suena interesante, lo voy a investigar yo también —comentó Julieta. Luego dejó su cuaderno al lado, se tomó un sorbo de café y dijo:

—Pero volvamos a nuestro asunto: si los cadáveres de la carretera trabajaban en la seguridad de una iglesia evangélica de origen brasileño, y tenemos acá la otra iglesia, la de Fritz, que suponemos sea el sobreviviente, el panorama se va aclarando, ¿no le parece?

El hombre volvió a rascarse la barbilla.

—¿Una guerra religiosa? —dijo Jutsiñamuy—. Pues caray, de ser así va a resultar peor y más mortífera que la de los católicos contra los musulmanes.

—Lo raro no es que se peleen, sino que tengan tantas armas y, si de verdad fueron ellos, que hagan semejante batalla —dijo Julieta—. Eso sí, la Nueva Jerusalén parece un búnker por dentro, con guardias armados en torretas de vigilancia. Hay más controles de seguridad que en el aeropuerto. Sólo el hecho de que tengan tanta plata ya me enferma, pero a lo mejor es por eso que se tienen que proteger.

—La plata, siempre la plata —dijo el fiscal—. Todo eso podrá ser inmoral, pero hasta que no se les demuestre algo concreto, no es ilegal. Se apoyan en la libertad de cultos y es un derecho constitucional. ¿Sabe que no pagan impuestos ni deben presentar estados contables? En la práctica, si uno mira sus finanzas, son empresas captadoras de dinero. Pero si alguien los denuncia dicen que es persecución religiosa. Es la mafia mejor montada de este país. Tienen senadores y representantes que los defienden en el Congreso.

—Claro que nuestro caso va más allá —dijo Julieta—. ¿Podemos imaginar que dos iglesias enemigas se ataquen con rifles de asalto, bazucas y helicópteros?

—Bueno —dijo el fiscal—, podrían no ser las iglesias en sí, sólo los pastores. Que sean enemigos por algún motivo. Por mucho que hayamos firmado la paz, este sigue siendo un país muy violento.

Al decir esto, el fiscal hizo una anotación en su libreta, le pidió disculpas a las mujeres y llamó a Laiseca.

—¿Aló? Vea Laiseca, le voy a poner otra tareíta, para que se entretenga. Averígüese si ha habido enfrentamientos entre las dos iglesias de nuestro caso, la Nueva Jerusalén y la Asamblea de Dios. Cualquier problema de cada una, por separado, también sirve. Y vea a ver si el pastor Fabinho tiene antecedentes judiciales. ¿Listo? Ok. Ah, y otra cosa: consígase un contacto con Fabinho, un correo electrónico, WhatsApp, Facebook. Lo que sea.

El fiscal fue a soltar una carcajada, pero se contuvo. Tapó la bocina con la mano y le dijo a Julieta:

—Laiseca pregunta que si no queremos también una limonadita de mango.

—Dígale que estoy a dieta —respondió ella.

El fiscal volvió al teléfono.

—Que muchas gracias, pero que está a dieta. ¿Y de lo del Jamundí Inn?

La voz del agente sonó lejana y sucia, como detrás de una bandada de pájaros carroñeros peleando por el testuz de una vaca.

—Ya Guillermina está en eso, jefe —dijo Laiseca—, yo estoy es aquí en la Cámara de Comercio, para ver si los datos de la propiedad y la razón social coinciden con lo que nos mandaron de Bogotá.

—Muy bien, excelente iniciativa. ¿Y de Cancino sabemos algo?

—Todavía no, pero en un rato lo llamo. Es que acá no se oye nada, jefe. Hay un aire acondicionado que vibra y hace ruido.

Johana y Julieta acabaron sus platos de pasta y pidieron dos cafés. El fiscal las acompañó con su té habitual.

—Me gustaría saber más de ese Fabinho —dijo Julieta—, porque, fiscal, como le dije por teléfono, alguien nos ha estado siguiendo, y una probabilidad es que sea el enemigo de Fritz.

Jutsiñamuy abrió los ojos hasta dejarlos blancos.

—¡Es verdad! Carajo, se me había olvidado. Cuénteme más de eso.

—Es un tipo en una moto, nos viene espiando desde Tierradentro. Ya lo vimos acá en Cali. Yo pensaba que era del pastor Fritz, pero cuando se lo dije se puso tan nervioso que me pareció sincero.

—¿Piensa que es su agresor el que la sigue? —dijo Jutsiñamuy.

—No dijo nada específico, pero cambió completamente de actitud. Se transformó en un jefe.

El fiscal miró por la terraza hacia el río. Un grupo de señoras hacía crochet en una de las bancas del parque del Gato. Más allá, dos niñas jugaban con un perro faldero corriendo alrededor de la fuente. Una pareja de estudiantes se besaba, escondiéndose detrás de un arbusto. En el puente un grupo de venezolanos alzaba sus carteles y pasaban entre los carros. Vio varias motos, pero ninguna sospechosa.

—¿Cómo es la persona que la sigue?

—Se viste de negro, o más bien de oscuro —dijo Julieta—, el casco es también negro. Es flaco. Lo he visto siempre de lejos y sentado en la moto. No sé si sea alto o bajito.

—¿Y la moto?

—Una Kawasaki 250 —intervino Johana, que no había dejado de enviar textos por celular durante el almuerzo intentando ubicar a la excompañera Berta Noriega.

—Uy, yo pensé que le habían comido la lengua los ratones —le dijo el fiscal.

—Qué pena, es que estoy con mil mensajes entre Bogotá y Cali —dijo Johana—, a ver si logro dar con alguien que nos pueda ayudar con lo de la mamá del niño.

—¿Tienen alguna pista?

—Sí, fiscal —dijo Johana—, hay una excompañera que podría ser. De San Juan del Sumapaz. La estoy buscando pero no es fácil, de esto hace ya varios años.

—Pues suerte con eso, Johanita —dijo Jutsiñamuy—, porque ahí sí no la puedo ayudar. Todo lo que sea con exguerrilleros hace saltar las alarmas de la Fiscalía.

—Yo me lo imaginé, fiscal —dijo Julieta—, le iremos contando.

De repente Julieta se agarró la cabeza y sacó su celular.

—Discúlpeme un segundo, fiscal, se me había olvidado hacer una llamadita rápida al sacerdote Francisco, el que trabaja en la iglesia de San Andrés de Pisimbalá con el niño. Por si ya apareció.

Marcó un número y al segundo el religioso contestó.

—Estimada amiga periodista, ¿cómo me le va?

—Bien, Francisco, ¿sabemos algo del niño?

—No, amiga, nada de nada. El domingo estuve en San Andrés y viera ese desastre. La iglesia empolvada, llena de tierra, no parecía una casa del Señor, sino una chocita chichipata, sin importancia. Franklin no ha vuelto. Esa es la realidad. Pensaba esperar esta semana, y si no, ya me toca conseguirme otro, porque no puedo dejar esa iglesia así.

—¿Y no ha hablado con nadie? —preguntó Julieta.

—Pues no, señora, porque... ¿con quién? Al niño no lo conocen sino acá.

—Por ejemplo con los abuelos —dijo Julieta.

—No los he visto. Y para serle sincero, mejor dicho, para decírsela como la pienso, ¿sí?, pues no sé si tengo ganas de entristecer y angustiar a esos viejos. Mejor esperar a saber bien qué fue lo que pasó, ¿no le parece?

—Sí, eso es cierto. Pero cuando sepa algo, bueno o malo, por favor me llama, ¿quedamos?

¿Dónde diablos estaba ese muchachito? La iglesia y el pastor Fritz habían sido amables, pero había cosas que no cuadraban. Y una de ellas era el paradero de Franklin Vanegas.

Julieta volvió a sentarse. Le interesaba lo del pastor Fabinho. Había ahí algo enigmático, que coincidía con la personalidad de Fritz.

—Si su agente le consigue un contacto del pastor brasileño —dijo—, por favor me lo pasa. Lo voy a buscar yo también. Me gustaría hablar con él.

—Pues eso sería muy bueno —dijo Jutsiñamuy—. Eso sí, tendría que irse hasta Cayena.

—¿Y no estará de pronto en Colombia?

—Si en verdad fue él el agresor —dijo el fiscal—, no creo que se haya quedado aquí. Pero hablar con ese brasileño sería muy bueno, claro, podríamos confirmar lo que ahora es pura hipótesis. En un rato Laiseca llamará para dar noticias. Quédese por aquí.

—¿Cómo va uno a Cayena? —dijo Julieta, más hablando para sí misma.

—No tengo idea —dijo Jutsiñamuy—, me imagino que en avión, porque no debe haber carreteras.

Julieta se entusiasmó. Le dijo a Johana:

—Averígüeme cómo es el viaje y cuánto vale, a ver si logro pasarlo como gasto a la revista.

—Listo, jefa. Ahora que vuelva al hotel me pongo en eso.

Llegó la cuenta y el fiscal, con un gesto teatral, firmó la factura. Julieta intentó darle su tarjeta al mesero, pero este la rechazó.

—De ninguna manera —dijo—. Ustedes son fundamentales para mí en esta investigación y hoy son mis invitadas; conste que pagaré yo, no la institución.

—Gracias, fiscal —dijo Julieta—, usted debería ser candidato a la presidencia.

—Mi única aspiración presidencial fue a los treinta, de un club y asociación de ajedrez. Pero perdí.

—Cometieron un grave error.

—Otra cosita, Julieta —dijo Jutsiñamuy—, ¿y con lo de la moto? ¿Quiere que le brinde seguridad? Escoltas no puedo darle, porque hay que llenar un dossier larguísimo de requisitos, pero sí podría pedirle a algún agente, de manera informal, que esté cerca de usted.

—No creo que sea necesario —dijo ella—. Hasta ahora se limita a mirarme de lejos. Imagino que su trabajo es informar de lo que hago.

—A lo mejor está allá afuera —dijo el fiscal—, ¿y no se le ha ocurrido pensar que sea otra cosa? No sé, su exmarido celoso, ¿ah?

Julieta se recostó en la silla y soltó una carcajada.

—Noooo, ¿cómo se le ocurre? ¡Si nos viene siguiendo desde Tierradentro!

El fiscal se rascó la cabeza y siguió mirando a la plaza, hacia la calle de arriba.

—Bueno, pues por lo visto su perseguidor trabaja con horario de oficina, porque no se ve nada por aquí.

—A lo mejor nos está mirando desde algún sitio escondido —dijo Julieta.

—Hay que aprender a conocer al enemigo —opinó el fiscal—, y este no parece muy profesional. Oiga, ¿y su ex-marido no le estará haciendo un dossier para pedirle el divorcio?

—Fiscal, carajo, no sea machista.

Se despidieron en la puerta del hotel.

Contó el agente José Trinidad Cancino que al llegar a la calurosa ciudad de Cartago, famosa en la región —según pudo comprobar— por la confección de camisas en lino, fue directo a la sede del tribunal civil y se identificó como agente de la Fiscalía, interesado en el caso del desaparecido Enciso Yepes. Allí le dieron los datos de la señora Estéphanny Gómez, esposa y denunciante. Poco después tocó a su puerta en una residencia modesta, de dos pisos, con escalera exterior en forma de caracol. Cuando le abrieron, el agente quedó transitoriamente ofuscado (o boquiabierto) por el aspecto de la señora en cuestión, al punto de pensar que se había equivocado de dirección, llegando por error a un salón de masajes o servicios eróticos, pues la señora Estéphanny, a diferencia de otras mujeres de desaparecidos visitadas antes y a lo largo de su carrera, lo atendió vistiendo un mínimo short o hot pant de bluyín con rasgaduras horizontales por las cuales podía verse el elástico de su prenda íntima, de encaje negro y rosado, para más información, y llevando en la parte superior del cuerpo nada más que un top, circunscrito al cubrimiento de apenas un tercio de sus enormes pechos, tratados en mamoplastia con implantes de silicona.

Según Cancino, la señora Estéphanny, al saber que era un agente de la Fiscalía en misión especial, lo hizo seguir al salón y le ofreció una copita de licor, la cual rechazó, cambiándolo por una bebida dulce refrescante. En ese momento el agente comenzó a hacerle preguntas sobre el desaparecido Enciso Yepes, pero la señora Estéphanny, que a pesar de ser un martes día laboral y apenas las dos de la tarde, presentaba signos de alicoramiento, dijo que para eso lo mejor era llamar a su abogado, cosa que hizo de inmediato. Mientras este venía, la señora Estéphanny se disculpó para entrar a un baño situado muy cerca de la sala, de modo que el agente pudo escuchar dos fuertes aspiraciones nasales, seguido lo cual la mujer volvió al salón, frotándose las encías con el dedo índice, y procedió a poner en el equipo de música una canción del género reguetón; al hacerlo le dijo al agente, «ay, pero no nos pongamos tan aburridos mientras llega mi abogado, ¿le gusta esta música? ¿Le gusta perrear?». Casi no escuchan el timbre de la puerta, pero cuando la mujer abrió, en lugar del abogado, el agente vio de refilón que era alguien de la casa vecina, un consultorio dental, protestando por el volumen de la música. La mujer cerró la puerta y exclamó, «¡qué gente tan mamona!».

A la llegada del abogado, Cancino logró hablar por fin del tema que le interesaba. Según él, Enciso Yepes había recibido amenazas de muerte por ser guardia de seguridad y por sus posiciones políticas. Afirmó que estas provenían de exmiembros de la guerrilla o disidentes y, al preguntársele con qué tipo de pruebas contaba para sustentarlo, dijo que nada más tenía las conversaciones por celular, pues las amenazas de muerte no llegan por correo certificado ni vienen apostilladas; todos estaban seguros de lo que había pasado, motivo por el cual, él, en nombre de la esposa, pensaba ponerle una demanda a la nación.

Contó Cancino que al preguntar al abogado —que resultaría ser Anselmo Yepes, hermano del desaparecido y cuñado de la señora Estéphanny— cuáles eran esas posiciones políticas que habían puesto a Enciso Yepes en peligro, respondió que era simpatizante del Centro Democrático y que había participado en manifestaciones contra los acuerdos de paz y la política de negociación para entregarles el país a los terroristas. El agente Cancino quiso saber más detalles, pues replicó que, de ser por eso, medio país estaría amenazado de muerte, a lo cual el abogado aseguró que contaba con testigos que habían estado con Enciso Yepes en dos momentos muy precisos en que fue aproximado por sujetos que se movilizaban en moto y le dijeron, textualmente: «Si seguís oponiéndote a la paz te vamos a quebrar, bobo marica». Al preguntar si podía saber la identidad de esos testigos, el abogado respondió que se sabría en el debido momento. Según el agente, cuando preguntó si esas personas que proferían las amenazas eran conocidas de alguien en Cartago, el abogado dijo que no, pero que sí eran de la región.

Sobre la naturaleza del trabajo del señor Enciso Yepes, el abogado dijo que consistía en brindarle seguridad a la iglesia pentecostal Nueva Jerusalén, y que este le había sido asignado por la empresa VigiValle, a la que ahora habían puesto una demanda, pues no sólo se negaba a aceptar su responsabilidad sobre Enciso Yepes, sino que había dejado de pagar el sueldo alegando incumplimiento y abandono del cargo, lo que era un atentado a los derechos laborales y a los derechos humanos. El tema pareció despertar a la señora Estéphanny, que se había quedado aletargada, y dijo que en un primer momento a él le había gustado ese trabajo porque, como ella, era muy creyente, y además le pagaban bien, y por eso lo hacía de buen agrado a pesar de tener que ausentarse con frecuencia para ir a Cali o a otras ciudades, pero que después, por las amenazas y el clima de peligro, estaba cada día más descontento.

A la pregunta de cuándo lo habían visto por última vez, el abogado respondió que hacía tres semanas.

Al finalizar, el agente Cancino les informó que la Fiscalía estaba investigando otro caso y que era posible que el señor Enciso Yepes pudiera tener que ver con él, así que les pidió estar disponibles para eventuales aclaraciones. El abogado quiso saber qué tipo de caso, pero se le dijo que por ahora era información reservada. Contó también que, antes de salir, la señora Estéphanny lo despidió con un beso muy sonoro en la mejilla y le dijo: «Encantada de conocerlo, detective, pero la próxima vez sí me recibe el aguardientico».

Ya en la calle, contó el agente Cancino que la curiosidad lo llevó a asomarse al consultorio dental vecino, y que nada más verlo, la asistente y secretaria, una mujer de edad indeterminada, o sea entre los cuarenta y pico y los cincuenta y pico, lo invitó a entrar y le dijo, «¿Usted es de la policía?», entonces él se identificó, y la mujer le dijo lo siguiente: «Esa Estéphanny es una guisa y es amante de Anselmo, el hermano de Enciso. Cada vez que Enciso se iba a trabajar a Cali, llegaba Anselmo a visitarla, ¡y se oían unos gritos! Esa mujer está enferma. Cuando los vecinos nos quejamos decidieron encontrarse en un motel que se llama Olafo, en la ruta a Pereira. Lo sé porque una vez los vi salir de ahí en el carro de Anselmo». Cancino le preguntó si sabía que Enciso Yepes estaba desaparecido, y la asistente dental dijo: «Qué va, yo creo que lo mataron ellos para cobrar la indemnización del Estado».

Tras estas acusaciones, el agente Cancino decidió ir al motel Olafo a comprobar lo que decía la asistente dental. No le fue difícil encontrarlo, y al presentarse en el mostrador, con su identificación de la Fiscalía, el gerente salió a atenderlo. Antes de llegar, Cancino se había hecho con dos buenas fotografías de Estéphanny Gómez y su abogado, Anselmo Yepes, provenientes de Facebook. Al preguntar si esas personas habían estado en el establecimiento, el gerente miró su planilla e hizo venir a las empleadas. De las once aseadoras, siete los reconocieron, pues eran famosos entre el personal. Les decían «Los loritos» por el ruido y los gritos. Al preguntar detalles, una empleada joven, de delantal blanco y crocs nacionales, dijo al agente con una mezcla de vergüenza y risa que la última vez que vinieron, hacía pocos días, le había oído a la señora gritar frases del tipo: «¡Machácame, corazón, dame rejo!», o «¡Más duro, papi, empótrame!», o «Ay, tan rico que es pichar trabada, bebé». Y ahí todas comenzaron a reírse y a citar frases de la pareja: «¡Perjudícame!», «¡Que me duela!».

Las aseadoras dijeron que al arreglar el cuarto encontraban botellas vacías de aguardiente y ron, cigarros de marihuana en los ceniceros y restos de cocaína. Al preguntar cuándo fue la última vez, dijeron que el miércoles de hacía dos semanas. Una empleada se acordaba porque era su cumpleaños. ¿A qué hora? Por la tarde. Habían llegado al mediodía y se habían quedado hasta la noche. El gerente abrió su contabilidad y comprobó que, en efecto, en esa fecha tenía un pago de 408.000 pesos correspondiente a una habitación suite con jacuzzi, dos almuerzos ejecutivos, un batido de guanábana, un gel lubricante KY y una botella de Ron Viejo de Caldas, pagados con una Bancolombia débito a nombre de Anselmo Yepes.

Tras esto, Cancino decidió regresar a Cali.

Por el camino, comunicándose con la central, pidió información y antecedentes de Anselmo Yepes, pero le dijeron que no tenían nada. Estaba limpio. Lo que sí era seguro, dijo el agente, es que ese par se traía algo entre manos y que, de un modo u otro, buscaban aprovecharse de la situación. Puede que no tenga que ver con nuestro caso, dijo Cancino, pero es posible que Estéphanny y Anselmo hayan planeado fugarse juntos, y la desaparición de Enciso les vino como anillo al dedo. Dejó claro que la esposa no mostró ni la más remota tristeza por el marido ausente.

En síntesis, si bien la relación con la iglesia pentecostal era un indicio para relacionar la desaparición de Enciso Yepes con el caso de la carretera de San Andrés de Pisimbalá, su viaje a Cartago a entrevistar a la esposa no arrojó información que ayudara a reforzar la hipótesis. De cualquier modo, aun si más adelante se comprobaba que una cosa no tiene relación con la otra, el agente José Cancino recomendó tener un ojo puesto sobre este caso que, por su forma y modo curiosos, agitó no sólo su aspiración de esclarecer los hechos y hacer justicia, sino también (y sobre todo) su interés.

El agente Cancino adjuntó relación de gastos en los que incurrió en dicha misión (peajes, gasolina del auto cedido por la Fiscalía de Cali, café de descanso en el Parador Rojo) y dio como hora de cierre de misión las 22:32 cuando llegó de nuevo a Cali.

Al volver a su habitación, el fiscal Jutsiñamuy le envió un mensaje al agente Laiseca diciéndole: «Tan pronto tenga noticias comuníquese. Estoy en el hotel. O mejor véngase para acá, pero me avisa primero». Hecho esto sacó su computador HP Xperia, se conectó a la red y, con el protocolo de seguridad, a su cuenta privada. Encontró un nuevo informe de Wendy.

Informe confidencial #2
Agente: KWK622
Lugar: Cali
Operación: Espíritu Santo
Fecha: La del envío en el correo privado

Acercamiento a informante: Para poner al día la nota enviada ayer en el Informe #1 sobre la informante Yeni

Sepúlveda. Esta mañana, al ir a la iglesia a la reunión matutina del martes, la volví a encontrar. Me dijo que acababa de dejar a su hijo Yeison Maluma en la guardería del barrio y que estaba ahí, muy pendiente de las muchachas jóvenes que seguían en plena pelea contra la adicción al basuco; primero me las mostró en la sala y luego me las presentó: tres eran jovencitas, aunque al verlas parecían mayores por el efecto del pelo seco y los dientes renegridos o ausentes y las pupilas hundidas, con una expresión ácida, como de no creer ya en nada. Yeni dijo que eran las más recientes. Por eso las estaba cuidando con reuniones diarias. Luego me llevó donde otras dos, que eran sus ayudantes. Ambas estuvieron en la droga pero salieron hace más o menos año y medio, y la verdad es que se notaba el cambio: el pelo otra vez con vida, la piel más joven, los dientes buenos (puede que hayan recibido tratamientos odontológicos, esto debo precisarlo), y sobre todo un aspecto general de personas más o menos normales, y digo más o menos porque igual siguen teniendo una mirada rígida, áspera, como desprovista de sentimientos o que pareciera desprovista de sentimientos, incluso perversa, al punto de que a uno le parece que, si se encendiera una mínima chispa, regresarían a su condición de marginales, siendo su milagrosa curación una tirita de hilo que puede romperse con cualquier sobresalto; ahí estaban esas pobres milagrantes, arrodilladas, cerrando los ojos ante las palabras del pastor, que esta mañana habló sólo de la bondad necesaria para creer en lo que parece increíble o no creíble, y lo dijo varias veces: «Creer en lo que no puede ser creído, obrar por el ansia de darle verdad a todas aquellas cosas que no la tienen, pero que la necesitan», dijo, «como nosotros, cada uno de nosotros, es una pequeña partícula de polvo en el aire denso e infinito de Dios, pero que tiene su peso, todos somos importantes para él, todos pesamos en su mundo, y por eso debemos dar gracias, no sólo de palabra, sino sobre todo de obra, hacer y hacer, sólo haciendo entraremos a la senda luminosa, la única que nos ha de llevar hacia esa escala que puede ser de madera o plexiglás o incluso de fibras más resistentes y tradicionales como la cabuya, en fin, una escala que debe ser sólida, porque adonde nos va a llevar es nada menos que a la morada de Jesús, donde está él sentado y muy tranquilo, esperando que lleguemos, y cuando digo escala es porque supongo que ese lugar está por encima de nosotros, en el cielo, pero recuerden que esto es una metáfora, el *arriba* es una medida humana: está arriba porque pensó y reflexionó y porque llegó a conclusiones que nuestro cerebro aún no puede contener, y porque su inteligencia es divina, pero por eso, no porque sea hijo de Dios, que todos lo somos, sino porque logró tener en su mente una furia y una intensidad que lo llevaron a contener la vida y la memoria y el sonido de los árboles que están ya secos y yertos, incluso de los que ya fueron cortados y reducidos a leña, alimento del fuego; él todavía los escucha moviéndose al viento y por eso es divino, un supremo poeta; porque las palabras nos anclan a la tierra y nos permiten gritar y darle sentido a los dolores, pero esos son muy pocos, muy pocos...».

Así dijo el pastor Fritz esta mañana de martes, mientras caía una débil llovizna sobre el tejado del salón, y le aseguro que a pesar de que casi ninguno entendió el sentido de lo que dijo (esta agente se cuenta entre ellos), todos lloraron y miraron al cielorraso creyendo que miraban al cielo, como si algo en ellos hubiera entendido; una inteligencia alojada en el estómago o en los músculos que sí captó el significado de lo que el pastor había dicho. Y por eso, aunque la charla fue breve, la gente se quedó alelada, sin moverse de sus puestos, y cuando vinieron los pastores secundarios, las sacerdotisas y los demás a seguir con el programa, todos seguían extasiados, y entonces, poco a poco, fueron recogiéndose y al rato empezaron a salir, unos al baño y otros hacia la puerta, y yo le aseguro, jefe, que ninguno era ya el mismo que entró; parecían recargados, como si se hubieran conectado a la corriente del pastor y sus baterías estuvieran al 100%.

Luego salí con la informante Yeni Sepúlveda y vi cómo las exdrogadictas jóvenes sonreían, pero ahora su sonrisa correspondía a algo real, no eran esas sonrisas detenidas o congeladas de los que están alterados, en estado semiinconsciente. Fuimos a tomar café con pandebono y les oí otras historias, hablaron de sus hijos y del bien que les hace estar con ellos, criarlos, porque antes se los habían dejado a las mamás.

La investigación de esta misión seguirá por este rumbo, pues tanto Yeni como las otras desintoxicadas tienen una relación directa y cercana con el pastor que parece interesante seguir.

Teoría de cuerpos ya sin vida

Tras el almuerzo con el fiscal, Julieta y Johana buscaron una terraza agradable y decidir con calma qué hacer, si volver a Bogotá al día siguiente, en algún vuelo matinal, o esperar un poco más en Cali. Tras un corto paseo fueron a sentarse a la cafetería El Remanso, por la calle paralela al hotel. Julieta no tenía claro cuál debía ser su siguiente paso, pero sentía que era ahí, en esa ciudad calurosa, donde bullían las cosas importantes de la historia. Al mismo tiempo era consciente de que la información de la que dependía en realidad no estaba a su alcance, pues debía esperar a que las investigaciones del fiscal y sus hombres prosperaran. Lo más relevante, lo que más la intrigaba por ahora, era la relación de Fritz con ese otro pastor brasileño. Fabinho Henriquez. Su intuición le decía que ese era el camino.

Pidieron dos tés de frutas del bosque y cada una se sumergió en su teléfono.

A la hora de los hechos, con exactitud las 15:46, la terraza no estaba particularmente llena, apenas unas cinco mesas. Las empleadas recibían órdenes en el mostrador, cobraban y daban números mientras otras iban llevando los pedidos, por lo general onces completas con pandebono, avena o café en leche. En esto el paladar nacional no es muy variado. Algunos comensales pedían chocolate en lugar de café o un plato de fruta fresca.

Pero nada más.

Todo sucedió muy rápido y de un modo confuso.

La motocicleta se detuvo en la calle, un poco antes de la esquina. El sicario, un joven que escondía su cara con el casco, y que iba de parrillero, subió los nueve escalones que conducían a la terraza y se dirigió al mostrador, como si fuera a hacer un pedido. En alguna parte de su mente Julieta lo registró, pues andaba paranoica con las motos. A Johana le llamó la atención que el hombre no se quitara el casco y tal vez por eso se quedó mirándolo. Fue así que lo vio dar un rodeo por el fondo de la sala y acercarse desde atrás a un señor que estaba sentado en una de las mesas de la pared. Su intuición le dijo, «¡Alerta, alerta!», y se tensó, un segundo antes de que el sicario sacara la pistola y la dirigiera a la nuca de su objetivo.

Johana agarró del brazo a Julieta y la empujó al suelo justo cuando estallaron los cinco tiros. Cinco fogonazos que retumbaron en ese ambiente plácido, sembrando confusión, gritos. Los clientes de otras mesas también se tiraron al piso, aterrorizados. Hubo carreras y el estrépito de vasos y tazas rompiéndose. La víctima cayó de lado, con el cuerpo sobre el brazo izquierdo. El primero y segundo de los tiros le entraron por la cabeza. Los otros tres, probablemente innecesarios, en el pecho.

El asesino se detuvo y miró a su alrededor, aún con la pistola en la mano, como si quisiera cerciorarse de algo. Nadie se atrevió a mirarlo a los ojos. Johana lo vio desde el suelo, sin moverse. Cinco metros la separaban de los pies del sicario, que dio un paso hacia ellas, pero no para amenazarlas sino para ver desde otro ángulo la cabeza del occiso. Las balas habían hecho el trabajo. Entraron desde atrás y salieron por el frente abriendo un boquete en lo que antes era la cara.

El asesinado tendría cuarenta y pico, pensó Johana, pero se veía joven y vigoroso. Si no le hubieran parado el contador a plomo, habría aguantado varias décadas. El tiempo, en los instantes de pánico, es muy elástico y su recordación, puesta en palabras, parece más larga. Les pasó a esos ocho o diez segundos que Johana estuvo mirando los pies del asesino, que, por cierto, calzaba tenis Reebok azules de suelas blancas, aunque ya muy oscurecidas. Le pareció que no eran originales. Réplica paraguaya del barrio San Nicolás. Podía sentir la respiración de las personas, el pánico. Un pequeño conglomerado humano súbitamente agredido por la realidad. Segundos densos. El miedo a la muerte al verla de cerca.

Johana reconoció la pistola: una 9 milímetros, rápida, ligera.

De pronto, como si la realidad volviera a activarse, el sicario cruzó de dos zancadas la terraza, saltó los escalones hasta la calle y subió a la moto. El conductor la arrancó en contravía, hacia el río y la avenida Colombia.

¿Qué pasa después de un crimen?

Depende, a veces nada.

Johana le ayudó a Julieta a levantarse. Las otras personas también se fueron parando, poco a poco. Algunas mujeres lloraban y decían, «¡Dios!, ¿pero qué es esto?». El piso de la terraza tenía una inclinación para el agua de la lluvia y la sangre ya escurría por los sifones y desagües. Qué extraña es la muerte. De la boca no salía sólo sangre, también algo del pandebono que masticaba y estaba a punto de deglutir. La mayoría de las personas salieron sin mirarlo, pero dos de las empleadas se acercaron, a ver si aún estaba vivo, y exclamaron: «¡Don Alvarito!».

Se persignaron.

Julieta seguía envuelta en la burbuja de los balazos y el crimen, y no pudo moverse. Johana fue a hablar con una de las empleadas.

—¿Quién era el man? —preguntó.

—Don Álvaro Esguerra, venía a desayunar o a tomar café por las tardes.

—¿Amigo del dueño? —insistió Johana.

A lo lejos se oyó una sirena que resultó ser una ambulancia. Muy pronto llegaría una camioneta del Cuerpo Técnico de la Fiscalía. Tenía poco tiempo para interrogar a la mujer.

—No, don Alvarito era buen cliente —dijo la empleada, secándose las lágrimas—, nos dejaba propinas grandes.
Pensar que se salió del ejército el año pasado... Decía que con
la paz eso se había vuelto un club de señoritas, ¡y mírelo!

El cuerpo, al quedar doblado y con los brazos debajo,
parecía aún más frágil y expuesto.

Llegaron tres motos de la policía y seis agentes ocupa-
ron la terraza, acordonaron y organizaron a la gente para
identificarlos como testigos.

Julieta llamó al fiscal Jutsiñamuy, pero le entró a buzón. Le hizo un segundo intento y un tercero. Pero nada.
De pronto el celular vibró y era él.

—Fiscal, ¡no se imagina lo que pasó! —le dijo.

—Ay, Julieta, no me diga que...

Julieta no supo por dónde empezar a contarle.

—Un sicario... le pegó cinco tiros a un tipo delante
nuestro, en una cafetería...

Jutsiñamuy seguía siendo pausado, incluso en momentos como ese.

—Le entiendo, Julieta, ¿pero en cuál de los asesinatos?

Ella se quedó en silencio, sin entender.

—¿En cuál? ¡Pues en este de acá!

Julieta le explicó que seguía en El Peñón, muy cerca
de su hotel.

—Lo que pasa —dijo Jutsiñamuy— es que acaba de
haber varios crímenes al tiempo. Parece que son cuatro.
Ahora estoy yendo a encontrarme con Laiseca en uno del
sur, en Ciudad Jardín, también en una cafetería. Cuando
ya había salido me informaron de otro en El Peñón, ¡pero
no podía imaginar que ustedes estaban ahí! Hubo un tercero en Unicentro y otro en unas residencias para parejas.
¡Hoy los sicarios hicieron moñona!

Hizo un silencio y agregó:

—Vuélvanse al hotel y no se me muevan hasta que
sepamos qué es lo que está pasando, ¿bueno? Cuando regrese con los agentes les aviso y nos reunimos.

El segundo crimen fue en el sur de la ciudad: en la sanduchería y café La Suprema, barrio Ciudad Jardín. Según el relato de los empleados, un hombre de complexión gruesa y piel negra entró al salón, cubriéndose la cara con la capucha de una chaqueta deportiva y unas gafas de sol. Se sentó en una mesa al fondo del local y ordenó una avena fría con dos pandebonos. La víctima, de nombre Edgardo Castillejo, 38 años, llegó unos diez minutos después, se sentó cerca de la entrada y pidió un café con leche, una Coca-Cola y un sánduche de jamón y queso.

Dicen que el sicario se tomó una avena hasta la mitad, comió dos pandebonos antes de levantarse y, como si ya fuera a salir, pasó al lado de la víctima, sacó su revólver, se lo encañonó en la sien y le descerrajó tres disparos. Luego guardó la pistola y huyó del local, chocando con un grupo de personas que entraba. De ahí corrió a la esquina y se subió de parrillero a una moto que, en dos segundos, se perdió entre el tráfico.

Las unidades médicas de emergencia de la Fundación Valle del Lili llegaron exactamente a los doce minutos y registraron que Castillejo aún estaba vivo; mejor dicho, que conservaba los signos vitales. Por la fuerza de los disparos salió proyectado hacia un lado y cayó debajo de la mesa vecina, que por fortuna estaba vacía. Dos de los tiros quedaron alojados en su cuerpo y el tercero salió y fue a incrustarse en el guardaescobas lateral, justo en un enchufe en el que alguien tenía conectado el cargador de un celular.

Los tiros salieron de una pistola 9 milímetros.

Los clientes de la sanduchería, al escuchar las detonaciones, se tiraron al suelo, y una señora de 63 años, doña Bertha Ruiz de Poveda, se hirió en la frente con el borde de su propia mesa, en la que tomaba té con galletas a la espera de su señor marido, quien llegó unos minutos después y se llevó el susto de su vida al enterarse de lo que había pasado y que su mujer estaba siendo atendida.

Edgardo Castillejo murió antes de llegar al hospital, en pleno atasco en la avenida Cañasgordas.

La hipótesis inicial fue que el tercer disparo le perforó un pulmón, llenándolo de sangre y provocando la muerte por ahogamiento. Los disparos en la cabeza causaron fuertes lesiones, pero habría podido sobrevivir. Castillejo era propietario de tres casinos en la zona centro y de varios moteles en la localidad de Menga. Al revisar sus antecedentes, la Fiscalía encontró dos investigaciones por lavado de dólares y una detención por porte de armas a principios de los noventa. Sin embargo, no era conocido en el mundo de las mafias del Valle. Una célula no del todo invisible, pero sí dormida, al decir del agente René Laiseca.

El tercer crimen fue en el motel Condoricosas, sito en la carrera Octava con calle 24, local que, aparte de albergar parejas clandestinas, es un monumento al ingenio regional, pues está decorado con imágenes de *Condorito*, del caricaturista chileno Pepo, es decir Yayitas, Pepes Cortisona, Huevoduros y Don Chumas. En este asesinato doble también hubo premeditación, pues el sicario se hizo acompañar de una dama para entrar al motel sin levantar sospechas. Se indaga la probable complicidad de algún empleado que permitió al sicario saber en qué habitación se encontraba la víctima, dados los protocolos de discreción que este tipo de lugares ofrece a sus clientes y que, por eso mismo, dificultan la identificación del asesino y su acompañante o cómplice.

Los hechos, de acuerdo a cámaras y a los pocos testigos, fueron los siguientes: a las 15:08 horas llega un automóvil Mazda con placas de Cali AXY 634 (robado) y accede por el parqueadero frontal del motel. Una vez ahí, la pareja desciende y solicita una habitación suite VIP, localizada en el cuarto piso (junto a la así llamada «habitación presidencial»), y ahí se disponen a la espera, ignorándose si utilizaron algunos de los artilugios eróticos ofrecidos a los clientes en ese tipo de cuartos. Veintidós minutos después llegó la víctima, Ferney Alejandro Garrido, de 36, acompañado de la señorita Karen Dávila, 24 años, de nacionalidad venezolana, profesional en reingeniería capilar; piden la «habitación presidencial» y ordenan una picada KissMe para dos acompañada de una botella de Ron Viejo de Caldas y Coca-Cola light. Se ignora si fue un cómplice externo o del interior del motel quien informó a los sicarios la llegada de Ferney Alejandro, pero a los dieciocho minutos irrumpieron en la suite armados con una Ingram M-10 con silenciador. Por la ubicación de los cuerpos desnudos se aduce que las víctimas se encontraban en pleno ejercicio sexual, en la posición conocida popularmente como «del perrito» o «mirando a Pance». Hubo un total de treinta y seis disparos, que involucraron varios puntos neurálgicos desde la zona del glúteo hasta la cabeza. La mayoría de las balas atravesaron el cuerpo del hombre antes de impactar a la ciudadana venezolana, causándole la muerte. Por la gran cantidad de tiros que perforaron el muro, destruyendo la imagen decorativa de una Yayita desnuda, se concluyó que el sicario no tenía buen entrenamiento en el uso de la pistola ametralladora, ya que esta, al ser disparada en ráfaga, tiende a levantarse en semicírculo.

Ferney Alejandro Garrido, en cuyo maletín se encontró una pistola Remington sin licencia, tenía antecedentes por porte ilegal de armas en 2011 y 2012. Estuvo en el ejército hasta el año 2009. Salió con el rango de sargento y fue involucrado en un caso de falsos positivos que, tras dos años en tribunales, nunca llegó a una condena en firme. Después se le perdió la pista. La señorita Karen Dávila, nacida en la ciudad de Barquisimeto, entró a Colombia en septiembre de 2017 por la terminal aérea de El Dorado procedente de Caracas, donde realizó tránsito hacia la ciudad de

Pereira, para reunirse con su familia paterna. A pesar de ser su padre colombiano, la señorita Dávila no tenía la nacionalidad. Los trámites se encontraban en curso. Se le informó a la embajada de Venezuela el fallecimiento de su connacional.

El cuarto asesinado fue Víctor Herrera Garcés, de 36 años, nacido en Toribío. Fue abaleado a las 15:51 horas dentro de su automóvil, un Chevrolet Sprint modelo 1996 con placas de Cali VMH 472, en la carrera Quinta a la altura de Unicentro, de donde acababa de salir de hacer unas compras. Dentro de su carro se encontraron dieciocho disparos. Herrera murió con uno que entró por la sien abriéndole el cráneo, cual melón golpeado por un martillo. Quedó tendido en el espacio entre las dos sillas y, al levantarlo, la unidad técnica hizo dos macabros hallazgos: en primer lugar, que debajo del cuerpo había un gato muerto, atravesado por varios balazos; quedó la duda de si Herrera se lanzó sobre él para protegerlo, en conmovedor gesto de nobleza, aunque inútil, hacia su congénere animal, o si los sicarios abrieron fuego a voluntad sin fijarse en qué había dentro del automóvil y el gato cayó como daño colateral. A la vista de los hechos, los investigadores acordaron que el destino de los sicarios estaba remachado, pues bien dice la sabiduría popular que «quien mata un gato tiene siete años de mala suerte».

La segunda revelación, también macabra, fue que al retirar la camisa para hacer un primer análisis de los orificios de entrada de las balas, se descubrió que el hombre ya estaba en curación de otras tres heridas de bala bastante grandes, dos en el abdomen y una en el pecho. Conservaba los puntos de sutura y las gasas de protección. ¿De qué otra balacera provenían?

Tenía sus documentos y analizaron su identidad, encontrando como antecedentes tres robos de carro y dos detenciones por uso de material militar restringido del ejército, tales como chaquetas y pantalones camuflados. Había estado dos veces en la cárcel por extorsión y en su dossier más reciente se lo relacionaba con las Autodefensas Gaitanistas del Valle.

—Ahora lo bueno va a ser ponerle orden a todo esto —dijo el fiscal Jutsiñamuy.

—Si es que lo tiene —opinó Laiseca.

Estaban en la cafetería La Suprema, donde había sido dado de baja Edgardo Castillejo.

Jutsiñamuy se bebió su consabido té. Laiseca y Cancino, tras acompañar a los de la Fiscalía de Cali en sus indagaciones, fueron autorizados por el jefe a pedir una cerveza Póker.

—Carajo —protestó el fiscal—, y yo que pensaba regresarme mañana temprano a Bogotá. Ya me está haciendo falta ver amanecer en mi oficina.

—Pues sí, jefe —dijo Laiseca, agarrando la botella por el gollete—, ni que esos tipos supieran que estábamos aquí. Se dieron maña hoy.

—La gente de acá se está ocupando —dijo Jutsiñamuy—, pero lo que me interesa, el motivo por el que me les meto al rancho a los de Cali, es por si este reguero de cuerpos está en relación con nuestro asunto.

—No sería raro —apuntó Laiseca—. Yo cada vez que oigo mencionar que alguien trabajó en seguridad privada levanto la oreja.

—¿Y usted qué opina, Cancino? —quiso saber el fiscal—, ¿por qué está tan callado?

El agente bajó dos veces la cabeza, como esas tortuguitas que se ponen en los carros, y dijo:

—Lo que pasa, jefe, es que esta investigación del río Ullucos se nos está abriendo hacia otras. Pero si uno se pone a pensar, todo lo que pasa a diario en este país es sospechoso y podría tener que ver con un único caso.

Laiseca se tragó un sorbo y filosofó:

—Bien dicho, Cancino, todo es un único y gigantesco caso: que somos un país de gente ignorante, violenta y resentida.

—Caramba, Laiseca, le salió un diablo en cada palabrita —respondió con mesura Jutsiñamuy—. No se le olvide que los funcionarios públicos tenemos la obligación constitucional de querer a este país.

—No, si yo al país lo quiero, jefe —dijo Laiseca—. A las montañas y los páramos y a usted y a mi santa madre. Pero el resto de los que viven por aquí son gente muy peligrosa.

Jutsiñamuy puso la taza de té en el plato y dijo:

—Bueno, se acabó la opinadera nacional. ¿Trabajamos?

—La Fiscalía caleña ya empezó a investigar el detalle de quiénes son y qué hacían —dijo Laiseca—. Esperemos hasta mañana a ver qué consiguen. Al fin y al cabo ellos no saben de nuestra investigación.

—Eso es importante —recalcó Jutsiñamuy—, mejor que por ahora no sepan lo que estamos buscando. Las únicas personas con las que hemos compartido esto son Julieta y Johanita. Pilas, yo veré.

El fiscal se golpeó en la frente con el índice y dijo:

—Por cierto, Laiseca, Julieta estaba pendiente de un contacto con el pastor brasileño Fabinho.

—Lo que pasa es que con estos asesinatos no he podido contarle, jefe —dijo Laiseca—. Le tengo varios caramelos.

—¿Ah sí? Bueno, desembuche a ver.

—Espérese saco mis notas.

Esto fue lo que dijo el agente René Nicolás Laiseca:

Le cuento jefe que el hotel y estadero Jamundí Inn es una cajita de sorpresas. De la oficina de doña Guillermina, en la central, me dieron el informe de la personería jurídica de la actividad y del título del predio. Le pertenece a una sociedad llamada Inversiones Belén, que resulta ser un consorcio mixto con sede en Panamá, cuyo principal accionista es algo llamado Cooperativa Alianza, que a su vez le pertenece a la compañía aurífera Ouro Amazónico, de Guayana Francesa, con sede en Cayena, de la que es propietario el señor Fabinho Henriquez. De las otras dos firmas copropietarias sólo hay un registro menor y tienen un porcentaje del cinco por ciento cada una, y por eso creemos que también le pertenecen a Ouro Amazónico.

A partir de ahí nos pusimos en la tarea de averiguar por Ouro Amazónico, y en eso está la central. Mientras tanto me fui a hacer una visita al Jamundí Inn con el pretexto de estar interesado en una luna de miel. Lo recorrí y, sobre todo, hice amistad con uno de los meseros del bar de la terraza, el joven Beilys David Moncada, afrocolombiano, nacido en Jamundí, de 22 años, quien me contó que siempre atendía a las personas que alquilaban los bungalows más grandes.

Ante la pregunta, ¿qué tipo de gente tiene por costumbre venir?, el afrocolombiano respondió que de todo tipo; ante mi nueva pregunta, ¿y extranjeros también?, él respondió, sí, señor, sobre todo brasileños, gringos, a veces ecuatorianos o mexicanos; se acordaba también de un chino. Le volví a preguntar, ¿y tiene recuerdo de cuál fue la última vez que vino un brasileño? Miró con recelo y dijo, oiga, señor, ¿todos los que se van a casar hacen estas preguntas?, a lo que tuve que decir, vea joven, le tengo una propuesta para que se gane una buena plata a cambio de información, y entonces el afro, abriendo mucho los ojos, dijo, ¿y como cuánto sería?, y yo le dije, pues dígame usted, ¿cuánto vale la información que me puede dar? El muchacho se quedó pensando y dijo, depende de lo que quiera, y bueno, pasado un tira y afloja quedamos de vernos al cierre del turno en un punto indicado por él, una cafetería llamada La Panificadora, cerca de la carretera que va a Santander de Quilichao.

Ahí lo encontré más tarde, ya sin el uniforme del Jamundí Inn, con una pinta típica de muchacho afro de la región: camiseta sisa, gorra de béisbol, bluyín y tenis Reebok paraguayos; me dijo que podía preguntarle lo que quisiera, pero primero tenía que ponerle en la mano 600.000 pesitos en efectivo, uno encima de otro y por adelantado, lo que procedí a hacer sacando foto de la entrega y enviándola de inmediato a la central para legalización de gastos, y entonces me dijo que efectivamente se acordaba, la última reunión de gente importante había sido más o menos dos meses atrás; había venido de Brasil un grupo de varias personas y sobre todo un señor que era como el jefe y al que incluso el gerente del Jamundí Inn le hacía venias exageradas y lo llamaba todo el tiempo doctor, mi doctor, y el hombre hablaba bien español pero se le notaba el acento cantadito de los brasileños, tendría unos cincuenta años, así al cálculo, y lo que le llamó la atención al joven Beilys David fue el tipo de reunión, con muchas personas de acá de Cali o de Colombia, señores solos, y le extrañó porque en ningún momento pidieron trago ni perico, ni siquiera compañía profesional de señoritas. Les estuvo llevando bebidas dulces los tres días y lo que hicieron fue hablar y mirar mapas, y cuando le pregunté si se acordaba qué tipo de mapas dijo que no, no se había fijado porque esa gente daba miedo, se quedaban callados cuando él entraba y lo miraban servirle a cada uno, y por eso él procuraba salir rápido, pero sí se daba cuenta de que estaban trabajando sobre mapas extendidos encima de la mesa, porque alcanzó a ver que tenían marcas con resaltador; quise saber si algún nombre le había llamado la atención, y dijo que sí, una de las palabras resaltadas en amarillo era *Popayán,* y cuando quise saber por qué se había fijado en esa palabra él dijo algo muy de joven adolescente, «es que allá tuve una hembrita que me lo partía,

¿me entendés?», y agregó luego, «porque la Y griega es como una cuca, ¿o no?», con lo cual nos confirmó que los mapas eran de la zona del Cauca, donde está Tierradentro.

Le pregunté si había visto antes a esas personas y contestó que a algunas sí, que venían con cierta frecuencia, y aquí viene lo bueno, jefe, porque le mostré las fotos de nuestros cuerpos, Nadio Becerra y Óscar Luis Pedraza, y los reconoció plenamente, dijo que claro, los dos iban bastante al Jamundí Inn, y también reconoció al tercero, al que creemos que podría llamarse Carlos, dijo que también iba mucho, aunque a veces no se quedaba sino que era empleado de los anteriores, y entonces, jefe, comencé a armar la hipótesis de que esa reunión de Beilys David podría haber sido preparatoria del ataque de Tierradentro, y con esa idea le hice las preguntas finales al informante afro, que fueron estas, ¿y a usted le pareció que los colombianos que estaban con el doctor eran militares o parecían militares?, y él respondió, pues no sabría decirle con exactitud, señor, pero sí eran personas recias, fuertes, y entonces yo volví a la carga y le pregunté, ¿y por casualidad vio armas en esa o en cualquier otra de las reuniones?, y él dijo, no, no vi nada, pero estaba seguro de que tenían, se les notaba a la legua que andaban armados; con eso fue suficiente, así que despedí al joven informante, no sin antes identificarme como agente de la Fiscalía, lo que al principio no creyó, tanto que me dijo, «¿en serio vos sos agente? Yo pensé que eras paraco».

Tamaña confusión describía la moralidad y costumbres de mi informante, así que le dije que a partir de ese minuto quedaba bajo custodia y seguimiento de la ley, y que no le aconsejaba contarle a nadie de nuestra charla, lo que él prometió haciéndose la señal de la cruz («Por mi santa mamacita», dijo). También accedió a participar en nuevos reconocimientos y prometió estar alerta en caso de que las personas volvieran al hotel u oyera algo relacionado con ellas a los demás trabajadores y meseros.

Tras esto llamé a la central para analizar las llamadas recibidas y hechas desde las oficinas del Jamundí Inn, y, mejor dicho, qué joyas, jefe. Imagínese, ¡tres llamadas de un número de Cayena! Mejor dicho, casi podemos dar por confirmado que el pastor Fabinho es el Doctor F., y que planeó la agresión con sus secuaces en el Jamundí Inn. También que los cuerpos que aparecieron en la carretera, con tatuajes de la Asamblea de Dios, son de su grupo.

La parte que relaciona a Fabinho con el pastor Fritz es la que está floja; el único nexo podría ser el niño nasa que le informó a la señorita Julieta, pero del que no tenemos declaración oficial, y menos ahora que está desaparecido; también las hipótesis que puedan surgir de la operación encubierta de Wendy, pero hasta ahora no ha arrojado, a mi entender, prueba concreta de que el combate de Tierradentro fuera entre esos dos pastores.

Tras esta información, Jutsiñamuy se acabó el segundo té de un sorbo y les dijo a sus agentes:

—Vengan conmigo, vámonos a ver a las niñas periodistas. Están asustadas, imagínense que estaban en el café donde le dieron piso a... ¿cómo es que se llama el de El Peñón?

—Álvaro Esguerra —dijo Cancino, leyendo de su libreta.

—Eso es —confirmó Jutsiñamuy.

—¿En serio, fiscal? ¿Estaban ahí durante el tun-tun? —preguntó Cancino, sorprendido—. O sea que son testigos presenciales. Podríamos interrogarlas.

—Trabajan conmigo —dijo el fiscal—, y lo que ahora me importa es que nos ayuden en el otro caso. Todavía no he podido averiguar quién es el que encubre o trató de encubrir el combate de Tierradentro, pero sé que es alguien de la policía. Viene de arriba.

—¿Y eso quién lo está investigando? —preguntó Laiseca.

—Yo, personalmente —dijo Jutsiñamuy—, pero va despacio porque no he tenido un segundo. Lo bueno sería que Julieta contactara al brasileño y pudiera hablar con él, eso sería clave. No sospecharía nada y ella sabe cómo sacar información.

—Tendríamos que confirmar que el atacado fue el pastor Fritz —dijo Cancino—, porque eso cambiaría todo.

El fiscal se rascó la barbilla con el dedo índice.

—Acá el problema es que no podemos confirmar nada hasta que no aparezca el que atacó. Es un caso bilateral: dos sospechosos, dos confirmaciones. No hay uno sin otro.

—Dos pastorcitos cristianos dándose leña —dijo Laiseca—; de ser verdad, ¿qué diría el pobre Cristo?

—Quizás le daría mucha risa —opinó Cancino.

El sonido de un celular interrumpió la charla. Era la Fiscalía de Cali. Uno de los encargados informó a Jutsiñamuy el detalle de los cuatro asesinatos del día.

—Quedo a la espera de antecedentes que nos permitan relacionar esto, entre sí y con otras investigaciones en curso, ¿bueno? Pero gracias por llamar. ¿Cómo la ve?

Al otro lado de la línea un fiscal dijo:

—La hipótesis es la de siempre: ajuste de cuentas entre bandas. Lo que toca es buscar el vínculo, a ver qué encontramos. Imposible que sea casualidad, ¿no?

Después del tiroteo y con los nervios al rojo vivo, Julieta abrió el minibar, sacó un botellín de ginebra y se lo tomó a pico. Fondo blanco. Sintió un calor expandiéndose por su cuerpo, agradablemente, y con esa sensación se recostó en la cama.

¿Estaría de verdad en peligro?

Recordó entonces a su perseguidor motorizado. ¿Habría visto el crimen?, ¿estaría involucrado de algún modo? No era la primera vez que presenciaba los estragos de una balacera. En su carrera había visto cuerpos destrozados por munición de alto calibre. La piel es demasiado frágil, la sangre sale a chorros. Recordó la frase de un niño campesino en una masacre: «No es la bala la que lo mata a uno, sino la velocidad tan verrionda a la que va». Los huesos quebrados, su horrible sonido al partirse dentro del cuerpo. A pesar de todo, la balacera la impresionó. Nadie que oye un disparo puede dejar de pensar que el próximo tiro va directo a su cabeza. ¿Miedo a la muerte? Claro que sí. Al dolor y a la invalidez. Johana estaría en su cuarto, pero para ella era distinto. La gente sin hijos es temeraria y, de algún modo, más libre.

Esperaban la señal de Jutsiñamuy para bajar.

Johana se debía encargar de investigar al pastor Fabinho, pero igual Julieta abrió el computador y puso el nombre en el buscador. Fue de página en página y chocó con algo que la sacaba de quicio y era la inmensa cantidad de homónimos: vendedores de automóviles de São Paulo, médicos de Brasilia y Curitiba; hasta un modelo profesional de Belo Horizonte. No tenía paciencia, así que llamó a Johana.

—¿Encontraste algo del brasileño?

—Estoy en eso —dijo Johana—, di con la Asamblea de Dios, pero aparecen varios contactos compartidos con una sociedad de Guayana Francesa llamada Ouro Amazónico, ¿es ese?

—Seguro sí es. Busca los correos para escribirles.

—Listo, jefa, tan pronto los consiga la llamo.

Johana era una dura de la informática. Pero mientras esperaba los datos, Julieta tuvo una idea y comenzó a redactar la nota:

«Estimado Señor Henriquez.

Soy una periodista independiente que se interesa por la industria de la extracción del oro en Sudamérica. Estoy preparando un libro sobre los métodos auríferos, desde sus orígenes prehispánicos hasta nuestros días, y he encontrado innumerables referencias a su empresa que me hacen pensar que usted es fundamental para mi trabajo. La idea es hacer un perfil biográfico suyo que sirva como ejemplo de alguien que logró construir y crecer una actividad importante en la Amazonía, con todas las dificultades que eso conlleva. Se debe necesitar mucho heroísmo y mucha fe para llegar hasta donde usted ha llegado. Por eso, por creerlo un verdadero pionero, debo dedicarle en mi libro una mención especial, y por tal motivo solicito me conceda una entrevista. Estoy dispuesta a ir a Cayena para hablar con usted en la fecha que le convenga, ojalá lo más pronto posible. Le envío copia de algunos de mis artículos en diferentes medios de prensa del mundo para que tenga referencias de mi trabajo.

Quedo a la espera de su amable respuesta.

Un saludo cordial,

Julieta Lezama».

La idea era simple: intentar llegar a él por el lado de su actividad de extractor de oro, para evitar suspicacias. Podría funcionar. No bien acabó esta primera versión, sonó su celular. Era el fiscal Jutsiñamuy.

—Estoy llegando a su hotel, Julieta. Vengo con Cancino y Laiseca. Le propongo que nos reunamos en la cafetería en diez minutos, ¿le parece?

—Claro, aquí los espero.

Revisó el texto por enésima vez. Estaba bien. Lo importante era tocar (y casi diría: masajear, besar, lamer) la fibra ególatra que todo hombre de empresa exitoso, así sea pastor o cura, tiene por dentro. El timbre del interno la sacó de sus cavilaciones.

Era Johana:

—Jefa, encontré un correo en una página de Facebook con el nombre de esa empresa, pero no sé si sea actual, porque no tiene actividad reciente. Es ouro.amazonicodirec@yahoo.fr y también hay unos teléfonos.

—¡Súper! —exclamó Julieta, copiando el correo directamente en su Gmail—, ya mismo le envío un mensaje. Y prepárate que ya está por llegar el fiscal.

Al llegar, los agentes hicieron un reconocimiento y se sentaron cerca de la ventana. Jutsiñamuy no paró de mirar hacia afuera. Llovía.

Era increíble la cantidad de cosas que podían pasar en tan poco tiempo.

—¿Cómo le parecen las sorpresitas de hoy? —le dijo a Julieta—, ¿ustedes están bien? ¿Ya les pasó el susto? Me imagino que Johanita debe estar más acostumbrada.

—No crea, fiscal —repuso Johana—, uno nunca se acostumbra a que perforen a alguien a cinco metros de distancia.

—Este país va a acabar con nosotros —dijo Jutsiñamuy—. Ya no sé dónde vamos a terminar.

—Y eso que según el gobierno aquí no hay conflicto —dijo Julieta, irónica.

—Bueno, este tipo de cosas ha habido siempre —dijo el fiscal—, ¡cuatro asesinatos en menos de una hora!

—¿Y usted cree que están relacionados? —preguntó Julieta.

—Es lo que está investigando la Fiscalía de acá —dijo—. Por ahora no hay detenciones y los móviles no son claros. De todos se puede decir que son ajustes de cuentas o extorsiones no pagadas. Están con los antecedentes de las víctimas, pero sólo hay cosas vagas, que no establecen un nexo claro: la edad, por ejemplo, todos entre los 35 y los 40 años. O algún tipo de formación militar en el ejército. Pero eso es algo que tienen en común la mayoría de los bandidos de este país.

—¿Por qué dice que son cosas vagas? —dijo Julieta—. Eso me parece algo muy concreto.

Jutsiñamuy agarró la cerveza que había pedido y la sirvió en su vaso. Laiseca y Cancino la tomaron de la botella.

—Todos los varones colombianos de clase media para abajo —dijo el fiscal— han hecho el servicio militar. Los ricos pagan por no hacerlo, pero a los demás sí nos tocó y fuimos. Yo pasé por ahí. Sé muy bien de lo que hablo. Salvo rarísimas excepciones, en el ejército no se ven niños ricos. Cuando existía el MAC llegaban algunos de colegios bilingües, pero pocos; la mayoría se iban en cooperación internacional al Sinaí. Usted sabe Julieta que no hay peor desgracia que ser pobre, pero ser pobre en Colombia es lo peor.

—Bueno —dijo ella—, ser pobre en África no se queda atrás, pero en fin, qué más hay del brasileño, Fabinho Henriquez.

A una señal de Jutsiñamuy, Laiseca la puso al tanto de todo lo que sabían. En especial de la sospecha, cuasi confirmada, de que se reunió en el Jamundí Inn a planear la emboscada de Tierradentro. Los tres muertos de la carretera trabajaban para él.

—Bueno —dijo Laiseca—, no olvidemos que esto es un castillo de naipes que depende de... de que se confirme que fueron ellos los que se dieron plomo en el río Ullucos. Me refiero al pastor Fritz y al brasileño. De no ser así, sólo tendríamos los cuerpos de la carretera reconocidos por un empleado del hotel.

—De ahí la importancia de hablar con Fabinho Henriquez —dijo Jutsiñamuy—, pero usted comprenderá, Julieta, que nosotros como Fiscalía no podemos acercarnos o pedir que lo investiguen hasta no tener algo muy concreto. Una vaina casi imposible desde aquí.

—A mí también me interesa para mi crónica —dijo ella—. El problema es dar con él. Le escribí a un correo que Johana encontró, pero no sabemos si sea actual, la página parece vieja y no tiene fecha.

—A ver, Laiseca, ¿usted no encontró nada? —preguntó el fiscal a su agente.

—Pues tengo los números de teléfono —dijo Laiseca arrugando los labios—, pero de ahí no se puede sacar una dirección de correo electrónico. Ahí sí le fallé, jefe. Se me olvidó ese detalle. Espérese un segundo llamo a Bogotá para que lo busquen.

Laiseca se alejó hacia la ventana con el celular en la oreja.

En esas estaba cuando Julieta sintió vibrar el suyo.

Leyó el mensaje.

—Ya no es necesario buscarlo —dijo.

Le pasó su teléfono a Jutsiñamuy, que leyó en la pantalla:

«Estimada periodista,

gracias muchas por su interés en nuestra compañía y el testimonio de nuestro jefe. Monsieur Fabinho Henriquez será encantado de recibir a usted cualquier día en la tarde de la próxima semana. Gracias de confirmar la fecha que conviene a usted cuando tenga arreglado su viaje y estadía en la ciudad.

Amicalmente,
Thérèse Denticat
Sécretaire PDG
Ouro Amazónico, INC, Trade.
Cayenne, GUY».

—Ni que nos hubiera oído —dijo Jutsiñamuy—, eso sí, habrá que darle un cursito de español a esta secretaria.

—Es que allá hablan francés, jefe —terció Laiseca—, y por el apellido le apuesto a que es de Haití.

Jutsiñamuy lo miró con un gesto de sorpresa y dijo:

—Ah, carajo, ¿ahora resultamos especialistas en Haití también? No me friegue, Laiseca, ¿cuántos doctorados es que tiene?

—Sólo los de la vida, jefe —respondió el agente—: un divorcio sin hijos, la biblioteca pública y una infancia pobre.

El fiscal le dio un golpe en el hombro.

—Caray, no se me ponga melancólico —dijo—. Ese es el mejor doctorado que puede ofrecernos este país, y el que tenemos la mayoría.

Luego miró a Julieta y dijo:

—Entonces, ¿se va para Guayana?

—Tengo que mirar itinerarios, organizarme un poco —dijo Julieta—, pero sí. Me voy de una. ¿Johanita? Consígame un pasaje en el primer vuelo.

Lo pensó un poco y dijo:

—¿Cómo diablos se irá allá? Eso queda detrás de Venezuela, ¿no? ¿Será por Brasil?

—Puede que por el Caribe —dijo Laiseca—, a lo mejor vía Aruba o Curazao.

Johana abrió varias páginas de buscadores y, tras un rato, dijo:

—No hay vuelos directos, ni siquiera con una sola escala. O mejor dicho, sí: yendo hasta París y volviendo. Es lo único que veo.

—Julieta —dijo el fiscal—, si puedo ayudarla en algo me dice. Y váyase ya para Bogotá, que esta ciudad, con lo de hoy, me tiene un poco nervioso.

—No se preocupe, salgo mañana en el primer vuelo.

Se despidieron. El fiscal dijo que volvería también a Bogotá, dejando en Cali a Laiseca y Cancino pendientes de todo.

Estarían en contacto.

Al quedarse sola, Julieta le envió un mensaje rápido a su editor Zamarripa: «Daniel, acaba de haber otros cuatro asesinatos en Cali, uno delante de mis narices, en una cafetería. Siempre con iglesias evangélicas de aquí y tal vez de Brasil. Para desenredar esto voy a tener que viajar a Guayana, allá hay un pastor que puede tener la clave».

Respuesta de Zamarripa: «Suena apasionante. ¿De cuánto estamos hablando más o menos?».

Julieta: «Calculo mil dólares, si es más lo cubro con mis honorarios».

Zamarripa: «Bueno, sigue adelante, pero ahora sí tiene que ser algo bien grande. Incendiario. Tema de portada. Guarda facturas. Y que no te peguen un tiro, por favor».

Motociclistas

A las ocho de la mañana, Julieta esperaba la factura en la recepción del hotel El Peñón. Aún Johana no lograba encontrar una ruta aérea coherente para llegar hasta Cayena, pero la encontraría durante el día. La empleada preparó la cuenta de los extras demorándose en el consumo del minibar; revisó varias veces la suma de los botellines de ginebra y miró a Julieta escondiendo un extraño gesto, aunque no dijo nada. Mejor, porque Julieta pensaba tragársela si llegaba a hacerle algún comentario pendejo. Luego salieron. El Uber las esperaba en la carrera Tercera. Cargaron sus maletines y subieron, revisando sus celulares inteligentes.

Lo primero: para ir a Cayena debía extender la estadía de sus hijos con el papá, así que, muerta del asco, lo llamó.

—Quihubo Joaquín, ¿cómo están los niños? —dijo.

—Hola, guapa, yo muy bien, gracias por preguntar —respondió.

—Jaja... Tan bobo —dijo ella sin la menor gracia en la voz—, ¿ellos están bien?

—Pues, ¿y cómo van a estar...? ¡Felices con su papá!

—¿Puedes pasarme a Jerónimo?

—Se está bañando.

—Entonces a Samuel.

—Ok, pero sólo si logro que saque la nariz de mi iPad.

—Dile que soy yo...

—Eso ya lo había pensado —dijo Joaquín—. Subestimas mi inteligencia. Pero puede que no sea un gran argumento para él.

—Sólo pásamelo y ya.

—Espera, voy hacia el cuarto.

—Ni que vivieras en el Palacio de Versalles, apúrale.

Habló con su hijo menos de dos minutos. El joven le respondió con monosílabos. Julieta tuvo la impresión de que no paró de jugar mientras hablaban.

—Pásame a tu hermano, Sam.

—...

—Samuel, ¿me oyes?

—Sí, mami...

—Pásame a tu hermano.

—Ya va.

—Por favor, entra al baño y me lo pasas.

—Espera, en este momento no puedo.

—¿Por qué?

—Estoy acabando una carrera, espera... ¿puedes llamar en unos diez minutos?

—Pásame a tu papá, carajo.

Hubo un silencio. El muchacho ni siquiera se despidió.

—Mira, Joaquín, odio tener que pedirte esto pero necesito alargar el favor. Tengo que viajar a Guayana por trabajo y si se puede me iría hoy mismo, ¿puedes tenerlos otro poco?

—Pero claro, baby, yo feliz.

—Si me vuelves a decir baby... En fin, ¿está bien? Voy ahora para Bogotá y puede que pase esta noche a verlos. Si no logro viajar esta misma tarde los saco a comer, ¿ok?

—¿Eso me incluye?

—Obvio que no, quedamos en que no íbamos a decir bobadas.

—No es bobada, a los niños les gustaría salir con sus papás. Con ambos.

—Bueno, te aviso si voy por ellos, ¿bien?

Antes de que Joaquín acabara de decir algo, Julieta registró por el rabillo del ojo que una moto se acercaba a su taxi.

Luego todo pasó en cámara lenta: el hombrecillo de negro, su fiel perseguidor, estaba a punto de alcanzar el vidrio de su ventana. Tenía la mano estirada, tal vez con intención de golpear el cristal y llamar su atención.

Un segundo antes un campero blanco aceleró y chocó la moto desde atrás, haciéndola resbalar hacia el lado izquierdo de la avenida Sexta, a la altura del supermercado La 14. El hombrecillo rodó por el andén, se golpeó contra uno de los pilotes del local y de inmediato se dio a la fuga, pero los hombres del campero lo cazaron contra las puertas de entrada. Un guardia del supermercado, al ver el estrépito, desactivó la apertura automática.

Joaquín, del otro lado de la línea, oyó el grito de su exmujer y los frenazos.

—Baby, ¿qué está pasando? ¿Estás bien?

—No me digas baby, carajo, después te llamo.

Colgó y se bajó del taxi, entre asustada y confundida. Supuso que los perseguidores debían ser escoltas de la Fiscalía y pensó en Jutsiñamuy. Pero al verlos trayendo a la fuerza al motociclista supo que no eran agentes. Y entonces, ¿quiénes eran?

—No son ley —susurró Johana—, manténgase serena.

Metieron al motociclista en el asiento de atrás del campero. Otro recogió la moto y la encendió. El que parecía ser el jefe vino hasta ellas y, antes de decir nada, le entregó un celular encendido y dijo:

—Hable, es para usted.

Julieta se puso el auricular en la oreja.

—Soy el pastor Fritz, Julieta. Quiero pedirle que mantenga la calma, suba al jeep de mis guardaespaldas y venga a mi iglesia. Acá le cuento. Ese motociclista no volverá a molestarla.

Julieta se sintió confundida.

—¿Me estaba siguiendo?

—No —dijo el pastor Fritz—, la estaba protegiendo. Venga, por favor. Acá hablamos.

Un segundo jeep frenó a su lado. La puerta trasera se abrió y ambas subieron. Un hombre sacó sus maletines del taxi, entregó un billete al conductor y los cargó en el campero.

Se pusieron en marcha.

Al llegar al parqueadero de la iglesia, el pastor Fritz y otros hombres las estaban esperando. Bajaron del campero y él vino a ellas.

—Todo está bajo control, Julieta. En un rato podrá irse tranquila, supongo que iba para el aeropuerto, ¿no?

—Sí, a Bogotá.

Julieta lo miró sin saber qué debía decir o hacer.

—¿Desde cuándo me... protege?

—Desde que salió de aquí —respondió el pastor Fritz—. Usted dijo que la estaban siguiendo y quise asegurarme de que no le pasara nada. Sólo eso.

En ese momento bajaron al motociclista del segundo campero.

—Tráiganlo —les dijo Fritz a sus hombres.

Al tenerlo delante, a Julieta le pareció inofensivo.

—Déjenlo libre —dijo el pastor, y luego, dirigiéndose al hombre, le ordenó—: Quítese el casco y díganos quién es.

El hombre miró hacia los dos lados, como midiendo si tenía alguna posibilidad de escape. Llevó sus manos al borde del casco y empujó hacia arriba develando su cara.

Julieta no podía creerlo.

—¡Franklin!

El niño indígena.

Ambas quedaron detenidas en un gesto de sorpresa. Ninguna de las dos daba crédito a sus ojos. ¿Cómo era posible que manejara una moto? ¿Y que estuviera en Cali siguiéndolas? ¿Cómo se vino hasta acá? ¿Por qué?

—Pero... ¿qué estás haciendo aquí? —logró decir Julieta.

Ahora les parecía más grande, pero seguía siendo un niño asustado. Sin responder, bajó la cabeza y se sumió en el característico silencio nasa.

El que parecía ser jefe de escoltas lo agarró con fuerza de un brazo y le dijo:

—Hable, conteste lo que le preguntan.

Luego miró al pastor Fritz y agregó:

—Ya lo requisamos bien, jefe, no tiene armas. No sabemos qué pretendía con las señoritas.

—Está asustado —dijo Julieta—. Suéltelo.

Seguía mirándolo, estupefacta: era un niño, ¡un niño!

Pero también... En ese momento de edad confusa: a veces niño, a veces joven, en apariencia ya listo para la vida. Pensó en su hijo menor. Todavía era un niño, pero ya se afeitaba la barbilla y el pubis y podía embarazar a una de sus novias. Intentó imaginarlo en una moto, viajando hasta Cali y durmiendo, ¿dónde?, ¿por qué la seguía? Sintió angustia, nervios, desolación.

Cuando las cosas se calmen, pensó ella, le haría al niño muchas preguntas. De repente todo le pareció incomprensible, absurdo.

Subieron a una de las oficinas de la iglesia.

Al llegar arriba, Julieta vio de reojo a la brasileña. La saludó de lejos pero ella tardó en reconocerla. Ahí estaba la muy zorra, pensó, de minifalda alta y caminando descalza. Con sus estupendas piernas bronceadas, un trasero que debía sambar de lo lindo y provocar infarto, su cara de batichica y esos labios que parecían decir «si te acercas te la chupo». Le pareció increíble pensar en esas pendejadas en medio de una situación tan tensa, pero mientras subían, con el niño delante, el pastor Fritz le rozó el brazo y sintió una poderosa descarga.

¿Qué putas le estaba pasando?

El pastor tenía una camiseta Lacoste negra que le tallaba un cuerpo tonificado y fuerte. Se sostenía el pelo con un lazo violeta, cual futbolista italiano. Estaba algo obsesionada, pero con cierta razón.

Al entrar a una de las oficinas el niño se fue a un rincón y clavó la vista en el suelo. Julieta y Johana le pidieron a los de la iglesia que las dejaran solas con él.

—¿Por qué me estabas siguiendo? —dijo Julieta.

El niño no movió los ojos. Tampoco moduló palabra.

—¿Es porque querías decirme algo? —insistió ella.

Se sentaron a su lado un rato. Luego Johana dijo:

—Hablamos con tus abuelos. Nos contaron la historia de tu papá y de tu mamá. Yo también estuve en las FARC.

El labio superior del niño dejó escapar un ligero temblor. Levantó los ojos y miró a Johana. Eran los ojos más tristes y los más bellos que había visto en su vida.

—¿Usted los conoció? —dijo Franklin, con voz asustada.

—Creo que sí —dijo Johana.

La cara del niño se iluminó.

—Estaban en el Sexto Frente —continuó diciendo Johana—, que se movía por la zona de Belalcázar y el nevado del Huila. Yo venía de una columna móvil desde el Caquetá, pero subíamos de vez en cuando al páramo. A tu papá no lo conocí, pero creo que a tu mami sí. Si es la mujer que pienso, la vi un par de veces. ¿Se llamaba María Clara?

El niño volvió a asumir un gesto triste.

—No sé el nombre —dijo.

Julieta le puso el brazo sobre el hombro y notó que aún temblaba.

—Desde que tus abuelos nos contaron la historia —dijo Julieta—, la estamos buscando. Y te buscábamos a ti. ¿Por qué te fuiste?

Movió la cabeza hacia los lados sin saber qué decir. De pronto preguntó si podía sentarse, y dijo:

—Yo también la estoy buscando, hace dos años. He mirado por internet las personas que estaban en las FARC.

Pero es difícil sin saber el nombre. Cuando las vi a ustedes en San Andrés pensé que podían ayudarme. Es lo que quería decirle, señora.

—¿Por eso nos seguiste?

—Sí.

—¿Y por qué no me lo dijiste el primer día?

—Porque... Estaban era preguntando por lo del río, por la balacera.

El niño se recostó y volvió a mirar al suelo.

—Sólo quiero saber si está viva.

Julieta tomó una decisión, se levantó del sofá y dijo:

—Franklin, tú te vienes con nosotras a Bogotá.

Salió de la oficina y buscó al pastor Fritz.

—Me llevo al niño, es el que estaba buscando.

El pastor la miró sorprendido.

—¿Está segura? ¿Y por qué la estaba siguiendo?

—Quería nuestra ayuda, está buscando a su mamá, imagínese.

—¿Es huérfano? —preguntó Fritz.

—Sí, al menos de padre. Eran de las FARC. Lo dejaron donde los abuelos y el papá murió en combate. No conoce a la mamá.

Fueron a la oficina donde estaba el niño. El pastor lo miró de arriba abajo.

—Me dicen que buscas a tu mamá —le dijo, bajando la cara a la altura de sus ojos.

—Sí, señor.

—Dame tus dos manos.

El niño las estiró hacia él. El pastor las tomó y se las puso en su pecho. Cerró los ojos y rezó.

—Puedo oír dentro de ti esa voz que la llama —le dijo—, y veo que ella está ahí, que te espera sentada cerca de una cruz. Cristo quiere que la encuentres. Cierra los ojos y reza conmigo...

El niño cerró los ojos.

—Padre nuestro que estás en el cielo, santificado sea tu nombre, venga a nosotros tu reino...

Cuando iban por la mitad de la plegaria los ojos del niño se encendieron como linternas. El pastor siguió hablando y presionando sus manos con fuerza.

Julieta miró la escena incrédula, pero sintió que no debía estar juzgando por ser un momento ajeno, íntimo, incomprensible para ella. Se tocó una mejilla y notó algo húmedo. Eran lágrimas. Sacó un pañuelo con disimulo.

Al fin terminaron el rezo y el niño se levantó.

—Vete con ellas a Bogotá a buscar a esa mamá —dijo el pastor Fritz—, yo aquí te guardo la moto. ¿Es tuya?

El niño hizo otra vez cara de vergüenza.

—Más o menos.

—Mejor no sigo preguntando —dijo el pastor—, a menos que quieras que se la mandemos a alguien.

—Guárdela aquí —dijo el niño—, yo vuelvo por ella.

Julieta se repuso. Miró a Johana, que también estaba conmovida. Fritz era un embaucador, pero debía reconocer que era muy bueno.

De pronto, el pastor la cogió del brazo y la llevó al lado.

—Discúlpeme por protegerla —le dijo—, pero esta es una ciudad peligrosa. Ya vio lo que pasó ayer.

Julieta pensó, «¿sabrá que estuve cerca de uno de los asesinatos?». Si la estaba siguiendo tendría que saberlo, pero prefirió no preguntar. Le pareció que sí sabía.

—Lo mejor es que vuelva a Bogotá y se reúna con sus hijos —siguió diciendo Fritz—, sólo le pido que sigamos en contacto, y, cuando encuentren a la madre, me lo haga saber. Mientras tanto rezaré por él.

Al hablar la miró con intensidad, como si esperara su aprobación.

—Claro, pastor, apenas la encontremos le cuento —dijo Julieta—. ¿Y de lo de Tierradentro? ¿Todavía no se anima a decirme qué fue lo que pasó?

—Lo único que puedo decirle, querida amiga, es que debemos celebrar la vida. Es lo único por lo que vale la pena estar acá, de este lado del mundo.

—¿Y cuál es el otro lado? —preguntó Julieta.

—El de la muerte y el recuerdo.

—¿Usted cree en eso, pastor?

—Le voy a contar un secreto —dijo Fritz, bajando de nuevo la voz—: a veces yo siento que la fe se me escapa. Hay demasiado sufrimiento y cada día, en cualquier rincón del mundo, Cristo sufre y es acribillado, torturado, escupido y humillado. La fe se me escapa. Pero incluso así, soy capaz de hacerla nacer en otros.

—Lo entiendo —dijo ella—. Como esas enfermedades que uno puede transmitir sin padecerlas.

—Al final me repongo —dijo él—. La fe regresa y entra por la ventana, como todo lo que está afuera.

Julieta agarró su bolso y fue por el niño, que estaba con Johana, esperándola.

—Vamos —les dijo.

—¿Permite que alguien de mi equipo la lleve al aeropuerto? —dijo el pastor Fritz—. Estamos cerca, pero no quisiera más sorpresas.

—¿Usted cree que puede pasarme algo? —dijo ella.

—Podría perder el avión. Sería gravísimo.

Julieta se rio.

—Ni siquiera he comprado los pasajes.

—Déjeme llevarla, cuestión de cortesía.

Se dieron la mano y salieron.

En el parqueadero los esperaba el mismo conductor. Una multitud entraba y salía del edificio. Más que una iglesia, parecía la sede de una enorme empresa.

Al llegar al aeropuerto consiguieron pasajes en el siguiente vuelo a Bogotá. Debió pedirle al niño su tarjeta de identidad. Hizo sus cálculos y se dijo, carajo, ¡catorce años, nada más!

Eran las doce del día.

Subieron al avión. Franklin parecía más entusiasmado que nervioso. Era su primera vez en el aire. Antes de sentarse, Julieta se le acercó al oído y le dijo:

—¿Desde cuándo sabes manejar moto?

—Hace como dos años, los dueños de una finca me la daban para traerles leche y cosas del pueblo. Yo pensaba devolverla.

—¿Y cómo viviste estos días?

—Ahorré un poco de plata para la gasolina, señorita. He estado durmiendo en una choza abandonada que encontré cerca de Yumbo, al lado de un camino de tierra.

—Pues eres muy valiente, carajo.

El niño se sonrojó. Luego ella volvió a hablarle al oído.

—Y el pastor Fritz, ¿es el que viste salir del Hummer en el río Ullucos?

El niño la miró a los ojos, sin sorpresa.

—Se parece, señora. Lo vi de lejos y no sabría decirle, pero podría ser. Se parece más de lo que no se parece.

Instalaron a Franklin en la oficina y Johana se ofreció a quedarse con él. Julieta debía viajar esa misma tarde a Panamá para seguir en ruta a Curazao y luego a Paramaribo.

Fue a recoger a sus hijos a la casa de Joaquín para verlos un rato. Siempre que iba a ese edificio sentía un nudo en la garganta. Era su apartamento de soltero, donde pasaron las primeras noches juntos. La ilusión inicial había sido ahí. Hasta los porteros seguían siendo los mismos.

Los niños bajaron corriendo por las escaleras y al verlos sintió un vago sentimiento de culpa. Eran las dos de la tarde y debía estar en el aeropuerto a las cinco. Poco más de una hora. Fueron a pie a comer helados. Le contaron algo del colegio, pero notó que no estaban en realidad ahí. Los malditos aparatos electrónicos. Mientras intentaba hablarles veía en sus ojos que estaban lejos, en sus interminables juegos.

—¿Y a qué estás jugando ahora, Samuel?

El muchacho reaccionó a la pregunta.

—Mira, se llama Minecraft y consiste en que uno puede construir planetas y también islas y entonces...

Se consoló pensando que, al crecer, la propia vida se encargaría de extraerlos a la fuerza de esos juegos infantiles. Al fin y al cabo la niñez de ambos tendría en algún momento que terminar, a diferencia de la de Franklin. Al niño indígena se la habían quitado abruptamente. ¿Quién? La realidad, el país, doscientos años de república perversa, que abandona a los más frágiles. Todos, incluso ella, eran culpables de no haber hecho nada por cambiarlo.

Pasó la hora fingiendo interesarse en sus historias de juegos y luego tomó un taxi que pasara de nuevo por su casa. Johana le tenía listo todo lo del viaje.

Y después al aeropuerto.

Para ir a Cayena desde Bogotá había sólo tres posibilidades: vía Brasil, yendo primero a Río, a Brasilia y por último a Macapá, una ciudad selvática en las bocas del río Amazonas, y luego doce horas de carro hasta Cayena; la otra era cruzar el Caribe: de Panamá a Curazao, de ahí a Paramaribo, en Surinam, y luego por tierra a Cayena, cruzando el río Maroni. La tercera era la más rápida y, a la vez, la más absurda: ir hasta París y volver a Cayena en Air France, en vuelo nacional, pero esto quería decir cruzar dos veces el Atlántico a la ida y dos a la vuelta. Eligió, claro, la vía Panamá-Paramaribo.

Llegaría a Cayena dos días después.

Parte III

Diario de viaje a la Guayana Francesa

Miércoles

Embarcar en El Dorado y salir hacia Panamá en un incómodo vuelo de Copa. Puesto 26D. Tuve que pelear para que me dejaran el corredor. Detesto los puestos centrales. A mi lado va una señora que se echó la mitad del frasco de un perfume asqueroso, seguramente regalo del marido; una de esas lociones de San Andresito que en la botella dicen Paco Rabanne pero que son hechas en Paraguay.

Paco Rabanne paraguayo.

¿Cómo será Fabinho? ¿Será en realidad el agresor de Ullucos? Y de ser él, ¿qué es lo que tiene contra Fritz? Tengo mis notas de toda la investigación. Me voy a poner a pasarlas al computador, por si se me pierden.

Panamá. Qué calor. El aire acondicionado del aeropuerto está dañado. Aquí dicen que está «en remodelación». Policías gordos, obesos. Con esas figuras tan inarmónicas, ¿cómo pretenden inspirar respeto por el orden? Parecen agentes gringos. Paré a mirar el almacén de Crocs, pero los precios estaban altos. Culpa del alza del dólar. Luego fui a la sala VIP y me tomé tres ginebras. Comí demasiado maní y un sánduche asqueroso. Me distraje y al final tuve que correr para atrapar la conexión a Curazao, que salía a las 18:30. Un avión de Caribbean. Me tocó un mejor puesto. El vuelo duró tres horas.

Llegamos a Curazao. Es de noche y hace un calor húmedo pero agradable. La gente que viene en el avión ya está en vestido de baño. Parece que nadie viene a Willemstad a nada distinto de bañarse, tomar piña colada y practicar surf. Hay muchos italianos, los reyes del bronceado. *L'abbronzatura,* le dicen. Me voy a mi hotel, al lado del aeropuerto. Son las 22:00. Dejo el maletín y salgo a pasear. Es una pequeña ciudad holandesa en el trópico. Casas de colores, algunas en madera. Otras con techos de zinc, al estilo del Caribe. Encuentro un bar que tiene buena pinta. Entro con mis apuntes y mi computador. Pido una ginebra con mucho hielo y dos rodajas de limón. El tipo que sirve en el bar se parece a Morgan Freeman, me cae bien.

Mis hipótesis en el caso del río Ullucos:

Fabinho ataca a Fritz porque son rivales en el siniestro mundo de las iglesias pentecostales y evangélicas. Son colegas y se odian, luchan por lo mismo y cada uno quiere ser el ganador, suprimiendo al otro. La vanidad humana, ¿cuál es su límite? Por mucho que hable de Dios, Fritz es un hombre vanidoso, que sabe el efecto que produce y lo disfruta. Tal vez esto sea exagerado: ¿cuentan las iglesias con ejércitos? Sería un regreso a la Edad Media, pero todo lo que tiene que ver con ellas *es* un retroceso a la Edad Media. Con todo el respeto por la pobre Edad Media, que siempre usamos como metáfora del mundo salvaje.

Otra: Fabinho ataca a Fritz y quiere matarlo por una vieja *vendetta.* ¿Plata? ¿Algún crimen escondido? Habría que hacer una lista de los motivos que tiene una persona para suprimir a otra, teniendo en cuenta que ambos son pastores y que, por lo tanto, tienen rigurosamente prohibido hacerlo. Lo que los motiva es tan fuerte que se sobrepone a la religión que profesan y de la que son representantes. ¿Habrá Fritz matado a alguien cercano? ¿Le habrá hecho daño a algún pariente? ¿En dónde? Si el uno es brasileño y el otro colombiano, ¿dónde pudieron crear ese vínculo tan intenso, que los empuja a la aniquilación?

Acaba de llegar mi tercera ginebra y, al pegarle el primer sorbo, veo otra vez a ese italiano que me sonríe desde hace un rato, al fondo de la barra. Está divino el idiota.

Imagino que es italiano, pero podría ser argentino. Son la misma vaina. Debe ser como diez años menor que yo.

Acabo de recordar que me hice pasar por alguien interesado en la extracción del oro de la Amazonía para que me dieran esta entrevista. ¡Carajo! Debo buscar en internet para tener nociones del tema.

Ya de vuelta en el hotel. Todo en orden. El idiota italiano se cansó y se largó a conquistarse a otra, que ahora mismo, mientras yo me acuesto sola, estará haciendo malabares en quién sabe qué cama.

Que se jodan los dos.

Jueves

Willemstad a la luz del día. Agobiante calor, ciudad muy linda. Más bien un pueblo. Sólo turistas. ¿Puede alguien haber nacido en Curazao? Me lo pregunto en la terraza del hotel, mirando una calle que da al mar. No veo más que extranjeros en vestido de baño, bermudas, pareos. Al fondo hay un minimercado chino. Iré por agua. Mi avión a Paramaribo sale a las diez de la mañana y llega al mediodía. Acá todo es cerca, es un pueblo holandés perdido en el Caribe.

Otro avión de Caribbean. Mi puesto es en la ventana y veo el mar, la sombra de los barcos en el fondo de corales. Es bonito, claro, los turistas saben cómo se gastan su plata. El avión se levanta en el aire pero no hay muchas nubes. Pronto se ve abajo una isla enorme y el piloto anuncia que es Trinidad y Tobago. Qué mundo este, el del Caribe. Lo conozco poco. Una vez estuve en Guadalupe. Y por supuesto en Cuba, República Dominicana y Puerto Rico. Pero estas islas o anteislas (Antillas) me hacen sentir curiosidad. ¿Qué piensan los que nacen en estos sitios? Es como nacer en una colonia vacacional, en un resort de Cartagena. Vivir entre gente untada de cremas bronceadoras y humectantes, que se alimenta de ceviches, pargo frito, ron, cerveza y piña colada.

Llegamos a Paramaribo.

Miro por la ventana. Techos de zinc, casas de colores. Se ve una catedral color amarillo. El aeropuerto es pequeño, desordenado. ¿Qué pasó con Holanda? Construyeron y crearon esto, pero luego se fueron. Hoy son independientes. Al salir del terminal veo personas que ofrecen transporte a un sitio llamado Moengo Tapoe y Albina, en el río Maroni. Es la frontera con la Guayana Francesa, así que me voy con uno de ellos. Un micro Hyundai de nueve puestos. Tengo suerte y me subo adelante, en el del copiloto. Adentro tiene el aire acondicionado a mil y casi me congelo. El chofer se llama Tito. Le digo en inglés que voy a Cayena y me dice: «Al pasar el río, en la frontera, hay transporte. Es fácil».

Ya lo tenía previsto así.

Una carretera plana, de cuatro carriles. A los lados, un paisaje de manglares que parecen imposibles de traspasar y deben estar infestados de animales. Serpientes, sobre todo. Hago fotos con el celular, pero siempre tengo el sol de frente. Dan ganas de bajar la ventana y sacar el brazo, pero al menor intento Tito dice que no y le sube un punto al aire. Una de las rejillas está al lado de mi pie. Se me van a quebrar los dedos por congelación.

El río Maroni. Inmenso, no se ve del otro lado. ¿Será así el Amazonas? No lo conozco. Bajamos en la estación del ferry y presentamos los pasaportes. Casi se me olvida que Guayana es territorio francés. Entre las personas que viajan conmigo hay dos negras divinas. Como de veintipico. Altas, lindas de cara y con unos cuerpos absolutamente es-pec-ta-cu-la-res... Un golpe de viento le infla la falda a una y veo surgir un hermoso trasero. Calzón amarillo sobre culo negro, la perfección. El físico de esta gente es distinto al del Caribe: son altos, más fuertes. De una increíble elegancia. Los hombres, por un extraño fenómeno, tienen cara de ser cultos y poco machistas. Las mujeres, ¡sofisticadísimas!

No sé por qué lo pienso.

Estas lanchas siempre me han dado un poco de miedo. El río parece tranquilo en la orilla, pero tiemblan al atravesar el oleaje. Al fin llegamos al otro lado. Se llama Saint Laurent de Maroni. Nos sellan los pasaportes en una caseta de madera donde puede leerse «Port de l'Ouest, Gare fluviale». Qué lugar tan desolado. Una plancha de cemento y una pasarela de acero que va al muelle. Tres palmeras lánguidas y un poste con dos reflectores. Tal vez para ellos la presencia de la civilización sea eso: una plancha de cemento sin nada que recuerde la selva.

Hay varios microbuses esperando. Son las tres de la tarde. Arrancamos y el paisaje es igual: manglares, palmeras, cocoteros, selva. Hace un calor de los mil diablos y en el bus un frío de congelador. He debido traer algo para abrigarme. Pasamos por un sitio llamado Iracoubo y después por Kourou. Ahí está la base espacial francesa del cohete Ariane.

Son casi las cinco cuando llegamos a una zona despejada de árboles. La carretera se acerca al mar y ya no hay manglares, más bien playas y casas muy bonitas. Es idéntica a las de Francia: los mismos avisos, todo en francés. Pero claro, ¿cómo podía ser de otro modo? Estoy en Francia. Recuerdo a esas muchachas jóvenes, en Guadalupe, que me decían que no eran latinoamericanas sino *euro-caribeñas*. Extraña condición, herencias de la colonia.

Llego al fin a Cayena.

Son las 18:30 hora local.

El hotel que reservé, con Johana, se llama Ker Alberte, un antiguo palacete muy bien mantenido y seguramente reformado. Tiene pocos cuartos, una especie de hotel boutique. Me dan una habitación en el segundo piso, al fondo del jardín. Es pequeña, acogedora. El internet funciona perfecto. Apenas me conecto veo un mensaje de Thérèse Denticat, Sécretaire PDG. Ouro Amazónico, INC, Trade.

«El doctor Henriquez estará hoy y mañana ocupado, pero pasado mañana tendrá el gusto de invitar usted a almorzar en Les Palmistes a las 13:15.»

Bien, eso me da tiempo de preparar mejor las cosas y conocer algo de esta ciudad extraña, incomprensible hasta ahora. Una especie de corregimiento amazónico con letreros en francés, FNAC, Carrefour y Darty. La moneda es el euro y ya veo que es carísimo. Era de suponer. Todo es traído por avión de Francia. Será como Guadalupe, pero sin caña de azúcar y, por lo tanto, sin ron. Veremos.

Algo habrá.

Cayena, qué misteriosa y solitaria ciudad.

Veo poca gente, ¿será el calor? Hace mucho y es húmedo. Salgo a caminar y no entiendo bien dónde estoy. Dicen que esto es el centro, pero parece un suburbio. No hay comercios. Una mujer francesa (¿la dueña del hotel?) me indicó la plaza central y antes de llegar crucé por la calle de los minimercados chinos, la rue de Rémire. Almacenes Oriental Shopping. Entré a comprar lo que siempre se me olvida: crema dental. Y una botella de agua Perrier, tan cara como en Colombia. ¿Cómo llegaron los chinos a este lugar? Es extraño. A medida que avanzo surgen muchas preguntas. Por fin llego a la plaza, es muy bonita. Llena de cocoteros. La Place des Palmistes. Un inmenso prado cubierto de palmeras. A un lado está la estatua de alguien cuyo nombre no se lee. La humedad borró la placa, pero debe ser un prócer, el primer francés en colonizar la Guayana.

¿Qué hay allá al fondo?

Lo veo de lejos y, claro, es el mar. Camino hasta allá. Hay un callejón estrecho que se va deteriorando. Paso la primera esquina y, de pronto, aparecen las olas golpeando contra un basural. Qué raro. Está al lado de la plaza principal de la ciudad, pero llega sin gracia y más bien con cierto desagrado. Huele a basura desperdigada y podrida. Hay restos de una muralla antigua. Camino hasta un playón, vigilante. A veces, por no saber, se mete uno a la boca del lobo. Encuentro a una pareja de jovencitos, de edad escolar. Él la besa y ella responde recostándose de lado, apasionadamente. Él le acaricia la rodilla y empieza a subir, pero al superar el borde de la falda ella le quita la mano. Y él vuelve a empezar: beso, rodilla, muslo... ¡Fuera! Beso, rodilla, muslo... Un hombre viejo surge de un lado de la muralla y la pareja, a pesar de haberlo visto, no se inmuta. El reto de la juventud. En el instante en que el hombre pasa a su lado, la joven deja al muchacho subir un poco más, pero tan pronto sale del cuadro vuelve a quitarle la mano.

Cayena se parece a los puertos del Caribe.

Las casas tienen contraventanas de madera y muros con encalados que dejan pasar el aire. Techos de zinc. Voy por un camino de arena que bordea el mar hasta un parque en el que hay un mirador. El océano Atlántico. En la playa se ven maderos secos, desnudos, traídos por el mar, el gran depredador de árboles. ¿Desde dónde llegarán? Hay montañas de leños secándose al sol. Las casas son en madera. Es la arquitectura tradicional. El agua es color café, se ve que el oleaje remueve la arcilla del fondo.

Compro un libro sobre la extracción del oro, que en francés se dice *Orpaillage*, y voy a sentarme al café frente a la plaza. Se llama Les Palmistes, el mismo donde Fabinho me dio cita pasado mañana. El lugar ofrece variados servicios: hotel, bar, restaurante. Fundado en 1908. Me siento en la terraza. ¿Qué tienen? Pido un punch guayanés. Traen un vaso con rodajas de limón, azúcar en jarabe, hielo y una copa de un ron que ellos llaman «agrícola» y es fuerte como la cachaça. La Belle Cabresse. Rhum agricole de Guyane. Debo tomar despacio, acá no me puedo embrutecer. Estoy sola. Pido que me lo mezclen y lo pruebo: es delicioso.

Empiezo a leer sobre la extracción del oro, tema en el que, se supone, soy especialista. El libro es un resumen histórico. Habla de cómo se inició la explotación en la Amazonía tras la llegada de los *garimpeiros* de Brasil, que venían de Minas Gerais, donde la extracción comenzó en el siglo XVI.

Carajo, este punch es delicioso, pero fuertísimo. Voy a pedir ya otro, ¿cuántos llevo? Creo que tres. Por el azúcar baja suave, y qué sabor. Esta terraza es magnífica. Hay gente en todas las mesas, sobre todo franceses. Parece ser el gran sitio de encuentro de la ciudad. Algunos trabajan en sus computadores o consultan sus celulares. La música no es estridente. Hay un palco y un anuncio de música en vivo para más tarde. Es jazz. Creo que este lugar va a ser mi oficina en Cayena.

Queda adoptado, Les Palmistes.

A medida que anochece los alrededores de la plaza se van quedando vacíos. ¿Qué hora es? La oscuridad hace que las calles, sobre todo si están mal iluminadas, parezcan temibles. Me aprendí el camino de regreso: salgo por aquí hasta el fondo y luego tres cuadras a la izquierda. Que yo sepa no hay delincuencia. En el hotel no dijeron nada de tener cuidado, pero a lo mejor no lo dicen para no alarmar.

Veremos.

Mierda, se me acabó otra vez el maldito punch justo cuando sé qué es lo que quiero escribir en este cuaderno. A ver si el mesero me ve, ¿será el cuarto o ya el quinto? No recuerdo, pero me siento bien en este sabroso oleaje: un jacuzzi de ron agrícola y limón. Ojalá no sea caro. Ni me fijé en el precio, costumbre de niña gomela que no me puedo quitar. Las ideas bullen en mi cabeza. ¿Será La Belle Cabresse?

Carajo, concentración: Fabinho, extractores de oro, la Amazonía, iglesias pentecostales y evangélicas.

Fritz se culea a la brasileña. Seguro que sí. Esos tipos podrán ser pastores, pero se les para igual, y además pueden.

Semejante loba. Sólo le falta aullar y correr en cuatro por la estepa.

Fabinho, extractores de oro. Iglesias pentecostales. A un lado del salón los del grupo de jazz afinan y los técnicos están conectando los aparatos. Dentro de diez minutos no va a haber modo ni de pensar, o de pensar en algo que no sea música. Qué dicha. Pedí unas empanadas y un filete de pescado, y otro punch. Si no como algo me voy a emborrachar. En la mesa de al lado hay una pareja joven. Ella mira obnubilada a su hombre, son franceses. Y como todos los franceses, andan por el mundo con esos libritos verdes *Guide du Routard*. ¿Será verdad que los franceses inventaron el sexo oral? La joven se ve un poco mosquita muerta, pero debe ser puro fuego cuando su hombre la enciende. Estarán de luna de miel. En España, a la mamada le dicen «un francés». La música está increíble. El grupo de jazz está formado por dos tipos y dos nenas.

Creo que ahora sí me rasqué. Me voy al hotel antes de que algún *guyanais* me lo pida y acabe practicando mi francés en el baño.

Buenas noches, cuaderno. Bye bye.

A ver si no me pierdo volviendo al puto hotel ese, ¿cómo es que se llama...?

....

....

Viernes

¿Qué hora es? Las 9:22. Qué dolor de cabeza tan HP. Ese punch es un brebaje delicioso, pero traicionero. Voy a salir al mundo despacio y por partes. Todavía queda desayuno al lado de la piscina. Me voy a meter al agua un rato. Qué bueno tener el día libre, así puedo reponerme y seguir preparándome para la entrevista. Este café está delicioso, y el pan. Una baguette idéntica a las de Francia. ¡Estoy en Francia!

Sobre la entrevista: tendré que buscar el modo de pasar del tema del oro al de las iglesias. Será interesante ver su reacción cuando le mencione la iglesia Nueva Jerusalén de Fritz.

......

......

Hoy, día de guayabo.

Lo sabía cuando fui pidiendo cada uno de esos malditos punch. Me odio por eso. Puedo no tomar absolutamente nada durante semanas, pero si empiezo es difícil parar. Un cierto tono melancólico en este cuaderno se deberá al abuso de esos licores que provienen de la caña de azúcar.

Caminata después del almuerzo, en medio del calor. Fui hasta el océano e imaginé que, siguiendo en línea recta, encontraría la isla Santa Helena, donde estuvo Napoleón condenado al destierro. ¿Será así, con la playa repleta de maderos y troncos pulidos por el agua? Imaginé a los presos escapando, como Papillon, para meterse a la selva. Con el calor y la cantidad de mosquitos. Me dan más miedo los mosquitos que las culebras o las fieras selváticas.

Tras el paseo volví al hotel y estuve en la piscina el resto de la tarde. Acabo de pedir un pescado a la plancha y cero alcohol. A dormir temprano.

Mañana es el gran día, por el que hice todo este viaje.

Sábado

Este resumen del día podría llamarse: *Encuentros con hombres notables,* como ese libro legendario de Gurdjieff, gurú de la subjetividad y el poder del espíritu. Pero en mi caso, tratará de los charlatanes del espíritu. De las escorias y los hojalateros del espíritu. De los recicladores de sobras del espíritu. El primer hojalatero, claro, fue Fritz; y el segundo es este. El famoso Míster F.

Vamos por partes.

Encontré a Fabinho Henriquez en una mesa de Les Palmistes. Mi primera impresión, mientras caminaba hacia él y viéndolo de lejos, fue contradictoria: nunca había visto a alguien así, pero a la vez era la persona con el aspecto más banal que podía imaginar.

Esta sería mi descripción:

Un hombre grueso, no gordo, de tipo caucásico, calvo y con ojos muy negros. De esas calvicies rematadas en peluquería, una estética que aborrezco. Tenía puesta una camiseta azul índigo algo decolorada con las letras NYC en el pecho. Sobre ella un chaleco de cuero. Brazos extremadamente fuertes y bronceados, tatuajes del rostro de Cristo y la cruz. En ambas muñecas colgandejos y pulseras tejidas, otras en cuero; esclavas de cobre y conchas pequeñas. Pensé: «Sus brazos son un mostrador de productos típicos».

—Estimada amiga, sea bienvenida.

Me saludó con solemnidad. Atrapó mi mano entre las dos suyas, cual párroco a un feligrés, y me miró de arriba abajo. Una mirada fría, sin gota de deseo, aunque tampoco de rechazo o desprecio.

—Siéntese, por favor, ¿gusta un refresco, un punch, algo caliente?

Pedí un agua mineral con jugo de limón.

—Usted viene de mi amada Colombia, el país más bonito de Sudamérica.

—Gracias —le dije—, también el más problemático.

—Los problemas, ay, claro —dijo Fabinho—, Dios bendiga ese hermoso país, Jesús lo ponga en su silla más alta y tenga provecho de él.

Al hablar se persignó varias veces muy rápido, besándose los dedos y mirando hacia arriba.

—Los problemas son humanos, es sólo Dios quien al final resuelve. Ah, el divino amor —y volvió a persignarse—. Usted es una persona interesante, leí alguno de sus artículos.

—Como le dije a su secretaria, me interesa la extracción del oro en la selva. Tal vez sepa que en Colombia la minería ilegal es un problema gravísimo. Por eso quiero contar la historia de alguien como usted, que trabaja del lado de la ley, respetando la naturaleza.

—Dios puso el oro ahí para que lo encontráramos y, al verlo brillar en nuestras manos, estar más cerca de su palabra y su obra. La naturaleza fue concebida por Él y el oro es parte de ese trabajo, tal vez sea su obra maestra. Es bueno sacarlo a la luz y verlo. Faz parte del divino amor.

Al decir esto miró a la mesa de al lado, donde había dos hombres. Uno de ellos fruncía el ceño en señal de asentimiento. Estaban con él. Alguien de la calle se acercó por el lado del balcón a pedir una limosna y los de la mesa se levantaron con la mano puesta en la cintura.

Sus guardaespaldas.

—No pasa nada —dijo Fabinho, moviendo las manos hacia los lados—, es sólo un pobre hombre. *Viens içi, comment tu t'appelles?*

Era un pordiosero haitiano. Estaban llegando muchos inmigrantes pobres del Caribe.

—*Tiens* —le dijo Fabinho, dándole unas monedas de euro—, *et remercie Dieu pour ça.*

El hombre se alejó en dirección al minimercado chino. Supuse que compraría una caja de vino barato.

—Cristo estuvo siempre del lado de los pobres —dijo al sentarse de nuevo—, y aunque sé que ese hombre va a beber con el dinero que le di, le traerá alivio. Quién soy yo para juzgarlo...

Por un rato hablamos de obviedades e hicimos preguntas de cortesía. Él hizo algunos chistes, me reí por protocolo. El ambiente se fue distendiendo. Cuando creí que había llegado el momento pedí su permiso para grabar.

—¿Le parece que empecemos ahora? Como le dije, lo que me interesa es un perfil profesional, pero sobre todo humano. En cualquier actividad las personas son las que crean la diferencia. Por eso yo quisiera comenzar de este modo: ¿cómo se presenta usted? ¿Quién es usted?

Fabinho carraspeó, tomó un sorbo de agua mineral y dijo estas palabras, que grabé.

(Transcripción sin correcciones o desgrabado *y algunos comentarios)*

¿Usted me pregunta quién soy?

Es la cuestión más difícil y la más aterradora o la más humana; o tal vez la más improbable en un mundo que está tan poblado de palabras vacías.

Señorita Julieta, ¿quién soy? ¿Você sabe quién es realmente?

Antes de contarle una historia que tal vez sea la mía, le voy a decir lo que siento ante la vida y ante Dios y ante las preguntas sobre la vida que son el alimento de nuestro diario acontecer. Todo en este increíble mundo está hecho de palabras y es el único modo en que nuestra mente puede comprender. Faz parte del divino amor. Oh, sí.

Ah, el divino amor.

Usted ve en mí a un hombre exitoso, que maneja una actividad importante en el Amazonas, pero que al mismo tiempo tiene la conciencia limpia. Sí, ese soy yo. Pero no siempre fui así, pues vengo de muy lejos. Y desde abajo. Desde lo oscuro. Tal vez por eso me gustan las minas y el oro escondido en la tierra.

Si pudiera, si tuviera la fuerza y no el cansancio, quisiera triunfar en un mundo de seres que habitan bajo tierra y se iluminan con chispas minerales; seres que andan agachados por larguísimos túneles que comunican con otros, y otros, y el triunfo consiste en salir alguna vez a la superficie y no ser visto por nadie...

¿Y por qué? Para no ser traicionado, señorita. Para no tener que ver al hombre ofendiendo al Señor e incumpliendo su palabra. Preferiría ser un animal enterrado o un pájaro solitario entre los árboles, ocupado nada más que en el silencioso trabajo de vivir la minha vida.

Porque lo más inhumano es anhelar parecerse a esos hombres que van por ahí, por esta calle o por esa plaza, con sus mentes dirigidas al fornicio o la violencia o la riqueza, de un modo que sólo puede ser ofensivo a Dios. La mayoría de lo que piensan no es más que basura, grosería, pornografía. O algo mucho peor: egocentrismo, vanidad, envidia, resentimiento. ¿Y qué hay en la cabeza de la mayoría de los jóvenes, que son el futuro? Muy poco. Piensan en beber, fornicar y estupefacer. La gente es cada día más solitaria y egoísta. La soledad nos hace vanidosos. La palabra de Cristo es lo único que controla el ego. Está en nuestra mente, en nuestro corazón. Somos dos. Su palabra y cada uno de nosotros.

Faz parte del divino amor.

La vida, ¿qué valor tiene? Antes, en la mina o en el campo, uno veía a los *garimpeiros,* gente curtida. Los hombres tenían arrugas en la cara y su ropa estaba rota por el trabajo. Tenían cicatrices de peleas, a veces con animales de la selva y a veces entre ellos. Cada uno, una historia. Todo lo que se veía en ellos contaba algo y ese era su retrato. Hoy no es así. La ropa la venden ya rota, y como no tienen cicatrices se hacen tatuajes, queriendo poner historias en sus pieles que no han sufrido. ¿Cómo se puede sufrir si no gustan de la vida? Es la gran pregunta que me hago, señorita.

La gente que trabaja en las minas es ávida. Y yo también porque es mi negocio y, sobre todo, lo que siempre supe hacer, desde niño. Tal vez ha oído mencionar la palabra *rabdomante,* es el que puede detectar el agua bajo la tierra. Yo sé algo parecido. Hundo las manos en las piedras, toco la tierra. Huelo el manganeso. Me impregno y me froto. Y de pronto lo veo. Algo me dice, «es para allá», y la maquinaria va a buscarlo, ¿imagina el costo de hacer pruebas a ciegas? Hay que estrujar el suelo y quebrarlo por el medio, como a una galleta, y ahí surgen los metales. Hay que sacarlo con dragas y cubetas. Puede tardar días. El oro es el último metal en hacerse sólido y su veta serpentea, no sigue una lógica. Cuando se encuentra hay que saber de dónde viene y para dónde va. Yo sé ver eso.

Gracias a eso sobreviví en Minas Gerais.

Eso es lo que soy: el que sabe adónde va el oro.

—¿Y usted no cree que el oro —le dije— hace que la avidez del hombre sea cada vez mayor? ¿No teme destruirlo todo a causa de esa avidez?

Fabinho acabó su agua mineral con limón y llamó al mesero. Pidió una Coca-Cola con hielo.

—Todo faz parte de lo mismo, que es el divino amor —dijo, bebiendo un trago largo—. No debemos preocuparnos por cosas que a la naturaleza no le preocupan. La Tierra se contrae, se quiebra. Cuando se hicieron los continentes y África se separó de América, la capa del suelo se quebró y las dos partes se fueron alejando. La naturaleza es así y nosotros fazemos parte de ella. ¿Dicen que estamos acabando con ella? No se puede decir. La historia del planeta es la historia de sus rajaduras y boquetes y de sus hoyos infinitos y los choques de sus placas tectónicas. Cuando esto pasó por primera vez, ¿dónde estaba el hombre? Huyendo asustado. El hombre es parte de esa naturaleza y morirá en ella. Hay que comprender la creación. Para construir una iglesia es necesario derribar árboles; también para erigir ciudades, hospitales y escuelas. ¿Hay que dejar de hacerlo? Ahora ese hombre, que antes estaba desnudo, tiene maquinaria y dinamita y puede perforar la superficie unos metros. No es el fin. Una mosca no puede derribar un muro por mover más rápido las alas.

Intervine, lo relancé:

—Pero los mismos científicos que hicieron los aparatos para perforar y hacer fracking lo dicen: hoy la Tierra es frágil y pequeña, estamos a punto de dañarla para siempre.

—Son nada más que palabras —dijo, retirando con la mano el aire que estaba frente a su nariz, como si hubiera un insecto zumbando—, y eso se debe al prestigio del apocalipsis. Si no hablamos del fin del mundo nadie nos escucha. También dijeron que la Tierra giraba alrededor del Sol y condenaron a Galileo y hoy dicen que no hay más vida que la nuestra en el universo, ¿se imagina eso?; o aseguran que Dios no existe porque la ciencia lo hizo obsoleto. ¿Usted les cree? Los científicos son los charlatanes del siglo XXI. Es así, señorita.

—Sin embargo usted utiliza máquinas inventadas por esos científicos —insistí, provocándolo—, y comprende el orden de las capas terrestres por los conocimientos que ellos han divulgado.

Fabinho miró al fondo de la calle y eso me inquietó, ¿se acercaba un nuevo peligro? No era nada.

—Lo que yo sé no proviene de especulaciones leídas —dijo—, sino del conocimiento de estas selvas y la obra de Dios. Lo heredé por haber nacido cerca del suelo, oliendo la leña quemarse en el fogón o la marmita de barro. Los indígenas no han estudiado en Harvard, ni lo necesitan, para saber lo que hay en una planta.

—Es conocimiento acumulado en generaciones, pues el niño indígena no empieza de cero. Igual que nuestra ciencia, se va almacenando. Hay una pedagogía.

—Vale más la cercanía familiar con la Tierra, se lo digo yo. Créame. Você es hábil con las palabras, es su trabajo. Yo las cosas que sé, las sé. Desde lo más profundo. Si no puedo explicarlas mejor no es porque las ideas sean flojas, sino porque mi expresión es limitada.

Asentí con la cabeza, pero pensé: «Este tipo está más loco y es más enredado y simbólico que Fritz. Seguro que se conocen. Son idénticos».

—Estamos viviendo los días que anteceden la venida del Señor —siguió diciendo Fabinho—, esto no lo digo yo, lo dice la Biblia. Por eso es necesario estar en armonía con la naturaleza y la obra del Creador. El que siga tirando su vida al basurero no podrá recibir la gracia. Por eso he creado una iglesia en la selva, señorita, y por eso trabajo aquí. ¿Hay algo en el mundo que esté más cerca de la obra de Dios que la propia selva?

Tenía una gruesa cadena de oro con una medalla que, de pronto, acarició. Era la mano de Jesús con la frase «Estamos curados».

—¿Extraer oro y construir iglesias pentecostales forma parte de la misma idea? —le pregunté.

Hizo una sonrisa, le gustó la pregunta.

—Claro, todo faz parte del divino amor. Ya se lo dije. Se aproxima el fin y es mejor estar cerca de la obra del Señor. Por eso yo fundo iglesias con el oro que saco. No es para mi enriquecimiento personal.

Estuve a punto de ir al grano, pero me contuve.

—¿Tiene alguna relación con la minería colombiana?

Me miró a los ojos, sentí algo punzante en el estómago.

—Trabajé un tiempo en tu país, cerca de la frontera. Pero la gente tenía el corazón estropeado y no me quedé. Hice lo que habría hecho cualquier persona: trabajar y callar. Esa selva está en mi corazón y fue una de las más duras. Los árboles cubren el cielo. La soledad del mundo se hace más intensa, como el parking de un centro comercial abandonado, o un pueblo fantasma del que todos se fueron, o donde la población murió por la peste; un universo sin otra vida que la propia es la idea mais aterradora que uno puede concebir, y es justo ahí donde la figura de Cristo desciende y penetra tu corazón y te lleva de la mano hasta una nave o te hace subir a un dron para humanos y te eleva sobre el mundo, cerca de la única fuente de calor que puede reconfortar el espíritu, que es Él mismo, el que está por llegar. Yo lo espero, ¿usted no?

Me sorprendió con su pregunta. Le dije que no era creyente, que no tuve educación religiosa. Mi espiritualidad iba por otro lado.

—¿Y por qué otro lado se puede ir? —quiso saber.

—El arte, la música, los libros —le respondí, incómoda.

—Ah, claro —dijo recostándose en el sillón—, pero eso también son manifestaciones de Dios, señorita, o sea que al final estamos de acuerdo. Recibe minha bendição. Todo faz parte del divino amor.

Me miró con un gesto alegre y dijo:

—¿Le gustaría conocer el yacimiento donde estoy trabajando ahora?

Acepté.

Dijo que enviaría por mí mañana, a las 6:00. Luego se levantó y, tras hacer una venia cómica, nos despedimos.

Se dio vuelta hacia uno de los meseros e hizo un círculo en el aire con el dedo. Comprendí que quería decir: «Todo para mi cuenta». Bajó a la calle acompañado de dos hombres y caminó hacia el lado derecho del parque. La gente de otras cuatro mesas se apresuró a salir.

Más seguridad.

Domingo

A las 6:11, cuando tomaba mi desayuno, alguien preguntó por mí en la portería. Una joven afro guayanesa no mayor de treinta años, de pelo ensortijado. Dijo llamarse Thérèse Denticat y me acordé de sus mails. Es la secretaria de Fabinho en la empresa Ouro Amazónico. Acabé el café (muy rico), subí a lavarme los dientes y bajé otra vez.

—El doctor Henriquez la espera en la mina —me dijo.

Un Peugeot 4×4 muy elegante y cómodo, con el aire acondicionado apenas perceptible. Una maravilla.

—¿Cuánto tiempo de viaje? —quise saber.

—Cinco horas —dijo Thérèse—. Las primeras tres son por muy buena carretera, podrá descansar y relajarse.

¿Descansar y relajarse? Tan pronto salimos de Cayena, Thérèse agarró una ruta sencilla (nada de autopista ni doble carril) y al minuto aceleró a 160 kilómetros por hora, lo que me puso en un estado insoportable de angustia. Sentí pánico y pensé en la muerte inminente. ¿Por qué íbamos tan rápido? No me atreví a pedir que redujera la velocidad, pero si un perro se atravesaba o si agarraba un hueco —y vi varios— saldríamos volando. Chocaríamos con los árboles de la selva. Cada tanto se veían chasises de autos abandonados.

Palmeras, árboles altísimos, vegetación tupida y, a veces, al acercarnos al océano, manglares. El mismo paisaje que vi al venir de Surinam.

Casi lloro cuando entramos a una carretera más pequeña, en medio de los árboles. ¡Se acababa la maldita velocidad! Hice un trabajo abdominal equivalente a una hora de gimnasio aguantando el miedo. Como si fuera poco, a cada rato la huevona me preguntaba si quería oír algo especial y soltaba el timón buscando un CD en el bolsillo de la puerta. Casi grité.

Ahora que lo escribo me vuelve a doler el estómago.

El camino es impresionante. La fronda de los árboles tapa el cielo. La luz del sol no entra de forma directa y hay una iluminación verdosa, como la de esos bombillos de bajo consumo. El camino se vuelve una trocha y la tierra es color cerámica. Hay plantas prehistóricas. No sé los nombres, parecen helechos o bromelias. Si un dinosaurio saliera detrás, no me sorprendería. De las hojas escurre humedad, como si sudaran; sobre la tierra hay una alfombra de ramas trituradas.

La suspensión del Peugeot es excepcional, cosa que mis riñones agradecen, pues la inefable Thérèse vuelve a hundir la chancla. Al fin llegamos a un cerro y sobre la derecha aparece una torre de madera. Thérèse simplemente pita y los guardias la saludan y le hacen señal de seguir. A la tercera torre surgen unas carpas y un cobertizo de madera con techo de zinc.

Ahí, con botas de caucho y pistola al cinto, me esperaba Fabinho.

—Bienvenida a Ouro Amazónico —dijo—. Lo primero que debo decirle es que, por un protocolo de seguridad, no permitimos hacer fotos. Si necesita alguna para su artículo hay un fondo de imágenes recientes y estándar que nos garantizan protección y máxima seguridad.

Los hombres en las torretas tenían ametralladoras y, según me pareció ver, fusiles de asalto.

—Veo que es un trabajo peligroso —le dije.

—Ya quisiera yo no tener a estos guardias armados, que hacen que esto se vea... No me viene la palabra...

—¿Ilegal?

Me miró con risa.

—Bueno, no... Usted tiene buen humor. Esta empresa es por completo legal, con registro y personería... ¿cómo dicen?, jurídica, eso es. Personería jurídica. Usted lo sabe. Pero al estar en la selva y con guardianes parece un campamento de la guerrilla, eso no podemos cambiarlo. Venga por acá. ¿Gusta visitar un poco?

Fuimos al yacimiento y me quedé sorprendida. La luz era distinta. El sol entraba por el hueco de los árboles derribados. Un aparato parecido a los de la extracción del petróleo clavaba lanzas para romper la corteza y acceder a las capas profundas. Fabinho explicó que esos pilones, con sus cabezas de acero, trituraban quince toneladas de roca cada doce horas y las extraía con tubos de succión a una enorme cubeta, donde se lavaba y aplastaba la piedra. Había más o menos quince gramos de oro en cada tonelada.

—Desde muy niño trabajé en minas subterráneas y ahí comencé a conocer el filón. Buscábamos lo que se conoce como la veta, que técnicamente es una masa inclinada de esquisto cloritoso aurífero, mezclada con cuarzo. Parece incomprensible, ¿no es verdad? El oro está en algo que llamamos *piritas ferruginosas,* impregnado de arsénico. También había otros minerales: cristales blancos en forma de agujas y sulfato de aluminio impuro incrustado en las paredes.

Movió su mano en el aire, como para borrar lo dicho, y agregó:

—Estas palabras, extrañas para usted, son los salmos del minero. Cada ocupación tiene su lenguaje. Yo nací oyéndolas y a través de ellas conocí el mundo. Dios hizo el lenguaje para eso. Un perro o un chimpancé pueden expresar rabia o temor, pero no preguntarse por el sentido de la vida, ¿verdad? Y al no poder hacerlo, no lo piensan. ¿Qué habrá sido primero? Yo soy creacionista, amiga, y por eso acredito a la Biblia cuando dice que lo primero fue el Verbo. Ahí está todo explicado. Mire alrededor, usted no verá más que vegetación y arbustos. ¿Y sabe por qué? Porque no conoce el nombre de cada planta. El indígena, en cambio, sale a la selva y lee. Para usted es sólo paisaje.

Al lado de las ruedas hidráulicas y los barracones surgió un cobertizo que cubría algo parecido a un catafalco. Fuimos a ese lugar. Vi un cuadro con la imagen de Cristo, el tronco de un árbol convertido en cruz y una mano tallada, con brotes vegetales e insectos.

—Esta es nuestra capilla —me dijo—, acá celebramos el culto dos veces al día con los trabajadores.

—¿Incluidos los guardias?

—No, lamentablemente —dijo—. Desde que estamos aquí los bandidos nos han atacado ya cuatro veces. Satanás está con ellos.

—¿Ladrones?

—Sí, aprovechadores del trabalho ajeno.

—¿Qué dice la policía?

—Los gendarmes vienen, hacen el informe, toman los nombres y se van. Nunca pasa nada.

—¿No los protegen?

—En nuestro contrato se dice que es responsabilidad de nossa empresa. Tampoco queremos hacer demasiado ruido, pues estas cosas, usted sabe, mucha gente no las quiere. Si nos convertimos en problema acabarán por cerrarnos y sólo ganarán los bandidos, los que hacen minería ilegal.

Volvimos a un bungalow de madera donde funcionaba una oficina. Me ofreció café. Nos sentamos en sillones de tela.

—Hábleme de su trabajo como pastor.

—Ah, señorita, para mí lo importante es transmitir a muchos la palabra de Jesús. Llegar a la mayor cantidad de almas. Es mi objetivo.

Lo miré a los ojos.

—¿Y por qué?

Se quedó un poco desconcertado.

—¿Por qué? Pues porque... Es lo que está bien, es lo correcto. Es lo que debe hacerse para glorificar la palabra del Señor y su obra en la Tierra.

Se quedó en silencio y, por primera vez, bajó los ojos.

—Eso lo entiendo, pero usted, ¿por qué lo hace? —insistí.

—Porque... Ya se lo dije, amiga, porque es lo correcto...

De afuera entraron ruidos de la selva: aleteos, carreras, ramas chocando entre sí por el viento, anfibios croando desde algún punto. Y por encima de todo un estrepitoso tac: el golpe de los pilones contra el subsuelo y el compás de las ruedas hidráulicas, como el rumor de la marea sobre las piedras.

—Tal vez deba contarle un poco más de la minha vida, señorita. A veces soy teórico y olvido que para las personas el sustento está en la memoria. Si a usted le parece, le pido que me acompañe a hacer un ejercicio de memoria.

Dicho esto cerró los ojos y alzó los brazos durante unos segundos, como invocando a algún espíritu selvático. Algo conmovedor y un poco ridículo. Luego me miró y empezó a hablar.

Lo que transcribo aquí, de nuevo sin arreglos ni cortes, es su narración directa:

Usted debe saber, antes que nada, que soy el típico resentido social. Para qué se lo voy a ocultar. Faz parte de mí. Camino por la calle y veo a la gente, miro cómo la mayoría de las personas se ríen y conversan, van y vienen atareadas. Para ellas la vida es una tostada fresca en la que van poniendo cosas deliciosas encima: mantequilla y luego jamoncito, queso en loncha, *cornichons,* rodajas de tomate. Otros ponen dulce de leche o mermelada para que tenga sabor dulce, y de ahí van mordiendo, ¿capta mi idea?

Mordisquitos, mordisquitos.

Eso le va dando a la vida un sentido y va pasando sabroso, porque el oficio de vivir consiste en sobrellevar con provecho este largo tiempo que nos fue concedido para existir dentro de él. Puede ser triste y amargo, o puede ser dulce. Por eso, los que triunfan, sonríen.

Yo veía a esas personas y sentía tristeza, señorita.

Así fue mi vida durante muchos años.

Tuve dolor en el estómago, un calor parecido al de la úlcera me arruinaba la digestión. La sintomatología del resentimiento. La sonrisa de otros era un puñal en el estómago. ¿Por qué?

A lo largo de mi vida he experimentado el desamor, la humillación, el miedo, la soledad; he sido apartado sin motivo de lugares donde estaba cómodo y era feliz; me he tragado la indiferencia de gente a la que amé; he sentido celos y dolor al ver a otros recibiendo el amor que yo anhelaba, las atenciones de las personas que requería; supliqué mil veces, pero siempre en vano.

Nadie me escuchó.

He tenido la suerte de vivir eso, que es hoy mi gran riqueza. El tiempo es un chorro de agua. Todo lo va curando, todo lo limpia. Las cosas más dolorosas y crueles se hacen tenues. La memoria está ahí para impedir la curación completa. Por eso algunos adictos lo que buscan es escapar de su memoria, un cuchillo afilado que te recuerda: fue así, sentiste esto, estaba y ya no está, perdiste para siempre, amabas algo y se fue, qué feliz eras, por tu culpa, murió, se largó sin decir nada, eras un niño, te humillaron, quieres volver y no se puede, la puerta se cerró, quieres una sonrisa, sólo una, ya no está, se fue para siempre, está enterrada o enterrado, madre, amigo, hermano, padre, estoy solo, tengo miedo.

Fabinho se retiró un par de lágrimas y volvió a levantar su cara hacia el cielo, como si esperara refrescarse con una inexistente llovizna.

Se recompuso y continuó hablando.

Eu grito y grito, ¿dónde estás? Y a veces ese grito es el de alguien que dirige su voz por el socavón de una mina, hacia el centro más oscuro y profundo, ¿lo puede imaginar? *C'est dure*. La única respuesta es el propio eco. Cuando uno grita a la oscuridad, ¿qué respuesta tiene? Ninguna. Cuando uno grita hacia la tierra ligeramente entreabierta, ¿quién responde? Nadie. Cuando uno está en un balneario arrasado por un tsunami y carcomido por la sal, ¿quién lo escucha? ¿El mar lo escucha? ¿El viento lo escucha?

Estamos irremediablemente solos, señorita.

Sólo uno se escucha. Es el silencio tremendo de eso que significa estar solo y no tener respuesta a lo que decimos. Como la soledad de Cristo, que sufrió y fue abandonado por su padre. Es ahí cuando el hombre, ignorante, ya no puede comprender. Es el silencio más grande.

¿Por qué lo hace? Me pregunta usted.

Después de muchos sufrimientos encontré palabras dentro de mí. Estaban desperdigadas, pero aún servían. Hasta no saber esas palabras no pude mirarme. Entendí el sentido. Como un autor descomunal que escribe el libro de la vida de todos los hombres y de todos los animales y de los minerales y del fuego y del agua.

¿Usted imagina escribir la historia del agua?

Yo lo hago.

¿Usted imagina escribir la historia del viento y de los árboles que suenan cuando el viento los mueve?

Yo escribo cada día esa historia.

¿Usted imagina escribir la historia del fuego y de la madera que se transforma en fuego?

¿O escribir la historia de los pájaros, incluso de los que ya murieron?

Yo la escribo.

Toda historia contada es la historia de una caída, porque las vidas alegres nadie las cuenta. Basta con vivirlas.

Por eso mi historia es la historia de mi caída.

Mis padres me vendieron cuando era niño.

Me vendieron a una mina, en Minas Gerais. Yo tenía siete años. Por eso crecí en un mundo de hombres rudos, sin afecto. Mis juegos eran solitarias carreras entre los barracones. Mis juguetes, las herramientas viejas y quebradas de la bodega de aparejos. Para un niño, un juguete no es un capricho, es una necesidad. Yo imaginaba a mi manera, con las manos vacías. Siempre quise saber cuánto les pagaron a mis padres por mí. Cuál fue mi precio. Una vez se lo pregunté al viejo capataz de la mina, pero no lo recordaba. Concluí que no debió ser mucho. Compraron mi intuición para orientarme en las vetas del oro, que es como orientarse en el aire o en el agua.

A los doce años un sacerdote me enseñó a leer y dijo que yo no era huérfano. Que todos éramos hijos de Dios.

Ese es tu padre, me dijo, olvida el resto. Rézale todos los días, ya conoces la oración. Y cada día lo hice, aún hoy lo hago. El otro era un pobre hombre, ignorante y exento de maldad. La vida es así cuando es dura. Hay que comprender y perdonar. Yo tardé mucho en estar listo para el perdón, pero al final creció en mí. Es como el amor: nadie puede obligarnos a amar ni a perdonar. A veces sí y a veces no. Pero es mejor perdonar porque el *no perdón* es el rencor, que perfora el colon y reduce la absorción de la proteína. Lo leí en algún lado, no recuerdo dónde. A mí me gusta mezclar las ciencias con la vida, señorita, discúlpeme.

Sigo.

Veo fotos de las minas en las que trabajé y siento vértigo. Oigo el nombre de Congonhas, donde viví, y me viene una gran turbación; ser adulto es dejar de tener miedo. O tener miedo de otras cosas. Quise pasar desapercibido, no ser el niño al que todos tenían lástima, y decidí inventar otra vida.

Inventé que mis padres habían muerto en una epidemia de gripe española; que habían emigrado a Ouro Preto o a Belo Horizonte y que, cuando fuera grande, vendrían por mí.

Así, entré a pertenecer a otro grupo de niños. Ya no al de los abandonados, sino al de los que «vendrían por ellos». En ese grupo había esperanza y los muchachos eran frágiles. Yo era fuerte. Juntos bebíamos, estupefacíamos. Nos parecía que la vida iba a darnos una segunda oportunidad, ¿lo entiende? Uno vive la idea de recuperar lo perdido, como los tahúres.

Por eso me llené de rabia y con frecuencia salí a la calle a buscar peleas para desahogarme. Siempre encontraba y al final, cuando rompía alguna nariz y me llevaban detenido a la prefeitura, la gente miraba con odio y me llamaba «escoria» o «delincuente». Era verdad, aunque no fuera mi culpa. Nadie decía: «Fue vendido de niño», «creció solo». No podían saberlo. Y recibí golpes muy fuertes. A causa de una pelea perdí el gusto. Es una lástima. Los sabores de la comida los perdí. La comida que tanto amo.

Detengo la narración de Fabinho sólo para documentar que, con su última frase, se soltó un estruendoso aguacero sobre esta selva. No recuerdo haber oído caer lluvia con tanta fuerza en toda mi vida. Tal vez sea así siempre. Las ramas se inclinaban convirtiéndose en acueductos que hacían chorros aún más gruesos y al golpear contra la tierra parecían romperla o perforarla, como los pilones de extracción. Los techos de Eternit o zinc se retuercen. Huele a tierra mojada. Ese increíble aroma se le mete a uno por las fosas nasales con la misma fuerza con la que el agua cae del cielo. Los trabajadores continúan imperturbables, habituados a estas increíbles tempestades.

Una visión vegetal del apocalipsis.

Así crecí, hasta que algo pasó. En toda vida hay un encuentro que es importante, ¿no es cierto? Si lo hubiera sabido me habría sentado a esperar, con tranquilidad, pero al ignorarlo cada día era como una pista de carreras en la que debía imponerme. Una tarde, saliendo del barracón donde los mineros tenían sus catres de descanso, vi a un hombre con vestido de ciudad. Parecía venir de outro mundo. Estaba sentado en la cafetería de la mina y hablaba con los capataces. Yo iba camino de la biblioteca en la que estudiaba por mi cuenta, cuando uno de ellos me señaló con el dedo. Percibí la mirada escrutadora. Un silbido y al fin mi nombre.

«Fabio, ven acá.»

Tenía diecinueve años, llevaba más de doce viviendo ahí.

Tres días después salía en un automóvil hacia Belo Horizonte. El señor era el coronel Wagner Cardoso, empresario de minas, con una explotación en la Amazonía. Requería de alguien como yo y pagó mi salida. Me compró. Yo recibí el equivalente de mil dólares y dijo que me pagaría cada mes.

Fue mi oportunidad, lo acepté. Alguien allá arriba me vio.

En Belo Horizonte subí por primera vez a un avión y volé hasta Brasilia. No conocía el mundo desde arriba. Me pareció que tenía suerte de haber nacido ahí, aunque tampoco supe muy bien por qué. Llegamos a Brasilia, pero no salí del aeropuerto. Esperamos un par de horas y me entretuve mirando un mapa. Hice con el dedo el camino que había hecho volando. En el fondo seguía siendo un niño, una criança. Más tarde salimos en un aparato pequeño, con hélices a los lados, hacia Macapá. Por la ventana vi el río Amazonas. Oscuro, grueso, antiguo. Me intimidó. Aterrizamos y fuimos a dormir a un hotel. El señor Cardoso era amable y pagó una habitación para mí, la cena y el desayuno. Al día siguiente salimos temprano y muy pronto conocí la selva. El pueblo donde íbamos a instalarnos era Água Branca do Amapari. Un sitio bueno.

Con lo que me pagaría, dijo el señor Cardoso, podría alquilar una habitación. O vivir en los barracones de la explotación, si así lo prefería.

Dije que por ahora me quedaba en la mina, mientras conocía el lugar y hacía algunos amigos. A Cardoso le pareció bien.

Así empezó mi vida amazónica, señorita.

De nuevo detengo la narración de F.

Tras el almuerzo en la barraca que servía de comedor y un paseo por una de las trochas hasta un río que me hizo sentir miedo por lo hermoso y lo increíblemente salvaje, se decidió el regreso a Cayena. La lluvia cesó de pronto, pero por más de media hora siguió cayendo agua de los árboles, y la selva se fue despertando del aguacero.

Como una ciudad que se repone de un violento bombardeo.

Fabinho agarró las llaves de una camioneta 4×4 y me invitó a subir. Con nosotros vino Thérèse Denticat. Me alegró que no fuera ella al volante. Dejamos el campamento hacia las cuatro. Hicimos la trocha de camino destapado y sólo al llegar a la carretera principal, Fabinho continuó su narración. Antes de hacerlo me preguntó si la presencia de la señorita Denticat planteaba algún problema. Le dije que no.

En la Amazonía volví a nacer. El sol era distinto. La comida otra. Cuando uno se alimenta de cosas nuevas, el cuerpo cambia. El organismo se renueva. Cada siete años las células mueren y son reemplazadas por otras que conservan el ADN; por eso envejecemos. Siguen los miedos, las paranoias. Y los malestares que se esconden en la memoria. Lo sufrido es fuente de riqueza. Ah, oui. El ser humano está bien hecho, es una máquina perfecta. Mire nuestras manos, capaces de matar a golpes o tocar con sutileza la hierba. Dios es un grandísimo ingeniero corporal, señorita. A veces lo imagino armando la estructura de su mejor producto: el hombre.

¡Qué increíble trabajo!

La mina era a cielo abierto, no como las de Congonhas. Estábamos en la superficie. No hay nada que un minero anhele más que el aire. Aunque a veces, se lo confieso, también viene el deseo de estar en lo profundo de la tierra, que es como estar cerca de un alocado corazón. El viejo reloj del mundo con su tictac, una y otra vez. El deseo de estar sepultado, el regreso al útero. ¿Cree que soy un psicólogo? No, no lo piense ni por un segundo. Pas du tout! Soy una persona que mira vivir, en silencio, y saca sus conclusiones.

Pequeñas, intrascendentes... Sin duda. Pero mías.

Soy un ser humano incompleto, pero esa condición, en lugar de hacer de mí un doliente, me dio fuerzas. Es una contradicción, pero eso soy yo. ¿Sabe qué? Si la contradicción fuera un producto, yo sería el mejor cliente de ese producto. Si fuera una droga, sería el adicto mayor. Mi droga dura es la contradicción. Disculpe, me dejo llevar... Ya se lo dije antes, soy hablador. ¿Lo dije ya?

No lo recuerdo.

Usted y yo nos comprendemos bien.

Pasaron los años y un día me di cuenta de que ya era un hombre. Vivía en una casita pequeña. Los salarios del señor Cardoso fueron creciendo, era un patrón justo y generoso y pude mejorar mi vida. La mina, la casa. Cuando tenía días libres iba a Macapá a mirar el Amazonas. Un hombre que mira un río. Nadie puede mirar un río sin preguntarse por el sentido de las cosas, y fue de ahí que comencé a pensar en Cristo.

Un río no sólo lleva al mar, también a lo más oscuro del universo, y a la idea de un origen. Después de pasar una tarde de sábado en el puerto mirando el devenir de la gente y viendo pasar las embarcaciones, decidí ir por primera vez a una capilla. Entré sigiloso y muy pronto sentí algo extraño. Como si ese lugar esperara por mí, o algo aún más íntimo: como si esa penumbra y ese aire con olor a cirios supieran de mí. A esa hora no había nadie, apenas un joven que hacía aseo, al fondo, con una escoba. Me senté en una de las bancas y miré las figuras en los muros.

Me sentí intimidado, pero a medida que la luz se iba haciendo más escasa, comprendí que era mi lugar.

Mi lugar en el mundo.

Pronto escuché voces. Una muy fuerte decía, «Fabio, niño y ahora hombre, ¿por qué tardaste tanto en venir?». Me acerqué a la parte delantera, de donde parecía provenir la voz. Y escuché: «El tiempo no importa, no respondas. Llegaste y ahora nunca te irás». Sentí toda suerte de cosas diferentes, ah, oui!, cosas que no sabría describir a usted, señorita, porque muy rápidamente estuve convencido de algo: era la voz de mi padre, ese hombre ignorante que me abandonó y al que yo había perdonado. Ese fue mi dolor. Tal vez esas voces estaban al final del camino, esperándome.

Debía ir hacia ellas.

Regresé a Água Branca do Amapari y fui a dormir a las barracas de la mina. Ahora tenía necesidad de estar cerca de la selva. La noche en medio de esos árboles es la gran paz, el gran sosiego. Los animales ya cazaron y se aparearon, hay una inmensa quietud. Es lo que necesitaba: ese silencio que emerge de la tierra. La selva continúa mientras no estamos en ella, todo lo que no vemos respira. ¿Lo comprende? Sólo hay algo comparable y es el fondo de los océanos. Hay vida allá y algo se mueve en este instante, hay un arrullo de corrientes submarinas y un aleteo ciego y unas fauces que se abren para devorar algo. Eso está ocurriendo ahora, señorita, ¿lo puede imaginar?

Donde no estamos, ocurre algo que es misterioso e inquietante.

Esto me lo enseñó la selva.

Ahí encontré la figura de Jesús, la estudié, la amé y, sobre todo, la encarné. No se puede querer al hijo de Dios sin transformarse en él y fue lo que hice. La primera iglesia que construí fue allí mismo, en la explotación. Una mañana de sábado agarré unos materiales y monté un pequeño altar al fondo de los barracones. Cuando el señor Cardoso lo vio, me dijo, qué bien, Fabio, así podremos recogernos un momento y pedir por nuestros pecados.

Muchas gracias, señor, le dije, pero yo no tengo pecados, mi vida acá es ejemplar para Dios. Él sabe que no tengo nada que ocultarle.

Es un modo de hablar, Fabio, me dijo, es una buena idea. Cuando la termines, puedes hacer una charla a los demás sobre tu experiencia con la religión.

Fue así, señorita, que nació el segundo Fabio. El Fabinho que más tarde levantaría seis iglesias al Señor Redentor. Hablar con esos hombres rudos, que parecen tener al diablo en las pupilas o en el iris, fue mi transformación.

Comencé a ser conocido en Água Branca do Amapari y en los caseríos cercanos: Serra do Navio, Cupixi, Pedro Branca; también en las otras explotaciones. La gente venía a escucharme y poco a poco se creó la tradición de una charla el sábado al final de la mañana y otra el domingo. Empecé a leer más, convenía ser más cultivado. La sed del conocimiento viene de afuera, usted lo sabe, y sirve para ganar el ánimo y la voluntad del que oye.

Al año el señor Cardoso estuvo de acuerdo en construir con tablones una capilla. Pidió a la gente una contribución y todos dieron, así que pudimos hacerla. Se convino que celebraríamos matrimonios, fiestas infantiles, bautizos. Por primera vez fui feliz, señorita; abría los ojos en la mañana y recordaba que yo era esa misma persona que otros ansiaban escuchar. Tenía veintitrés años.

Al cabo de dos, más o menos, llegó otra cosa importante: la mujer. Una joven selvática, pero no indígena. Sus padres eran de la costa, habían venido de Río. Probaron suerte con las minas y construyeron una explotación, pero nunca encontraron oro (a veces se esconde, a veces no quiere), así que debieron emplearse. Eran educados y hacían labores administrativas. Se llamaba Clarice y era una joven hermosa, de carácter fuerte. Venía sola a mis charlas, jamás faltaba. Un mediodía, al salir de la capilla, me pidió hablar a solas. Fue sincera, dijo que yo era la única persona en toda la selva que sabía encontrar belleza en las palabras, y quería saber si yo estaría dispuesto a tener una relación de afecto o de amor, así dijo, «de afecto o de amor». La miré sorprendido y le dije, pero claro que sí, eu amo a todos por igual, pero Clarice hizo no con el dedo e insistió, no me refiero a ese amor, no, sino al otro, al que hay entre los hombres y las mulheres, ¿me entiende? Le dije que sí, pero, por alguna extraña razón, sentí que debía dar un paso atrás.

No estoy preparado, Clarice, le dije. Dame un poco de tiempo.

A partir de ese día, al llegar el fin de semana, mi corazón golpeaba como uno de los pilones; quería verla, no quería verla. Siempre estaba ahí. Cuando entraba a la capilla por el portón de atrás, con la Biblia en la mano, la veía en primera fila. Pensaba en Cristo. ¿La amaba? No lo sabía aún. A veces se quedaba al final con alguno de los grupos comunales, pero nunca volvió a hablar de sus sentimientos. Era muy generosa. Traía comida de su casa para todos; una canasta de acarajés, muy ricos; también coxinhas, mmm, deliciosas. Siempre venía a darme una en la mano y yo le decía, Clarice, eres la mejor cocinera de la selva, y sus mejillas se ponían color vermelho, era muy tímida. Sus ojos parecían decirme, te espero, te espero. Pasaron cerca de dos meses. Una tarde de domingo estaba en la quebrada pescando, solo, cuando sentí un ruido. Volteé a mirar y vi que Clarice se acercaba. La dejé llegar y, apenas pude, estiré mis brazos, la acerqué con fuerza y lamí su cara del mismo modo que un animal, sediento de muchos días, lamería de un pozo de agua; dejé mis labios pegados a su cuello, como queriendo extraer algo. Y empezó el amor, señorita. Perdone esta historia extraña que yo mismo, al decirla, vuelvo a vivir. Cristo santo, ¡las palabras!

Clarice se incorporó a mi vida. Empezó a ayudarme en las charlas leyendo algunos textos, tenía una linda voz y lo hacía muy bien. Me llevaba comida al trabajo en la semana, arreglaba mi pequeña casita. Ponía flores. Un día me anunció que viviría conmigo. Así, sin más.

A partir de hoy quiero vivir acá, contigo, me dijo. Si no quieres, dímelo y me iré.

Sí quiero, le dije.

Ayudé a organizar su ropa en los estantes de madera y ladrillo. Le pregunté de qué lado prefería dormir y aumenté el tamaño de la cama con algunas tablas. Trabajé mucho, caí rendido. Al despertar y verla a mi lado comprendí el sentido de la compañía entre las personas. Hay alguien que te mira y se reconoce. Sientes su olor y eso se queda muy adentro, en el espíritu. Uno se dice: ahora soy frágil, dependo de alguien que no soy yo. ¿He cometido un error? No, porque soy feliz.

Pasaron meses, un año.

Fue Clarice la que lo dijo un día: deberíamos abrir nuestra propia explotación. Ya está bien de trabajar enriqueciendo a otros.

Le dije que el señor Cardoso era bueno, que todo se lo debía a él, pero ella insistió: claro que es bueno, pero es *otro*. No es ni tú ni yo. Él tiene sus propios anhelos y los persigue y los logra. ¿Persigue él los tuyos? No, claro que no. Los tuyos son tuyos. Los de él, de él. Pero los tuyos, ahora, son también los míos. Son nuestros. ¿No es así? ¿Por qué no podemos perseguirlos ahora?

Le dije que era un riesgo, no teníamos nada y la selva era extraña y a veces injusta. ¿Qué tal si perdíamos el trabajo y la casa?

No, me dijo, no.

Esta charla la tuvimos en completa oscuridad, muy en la noche, que es cuando las palabras tienen valor, como firmadas por un silencioso notario, y siguió diciendo, no vas a perder, sólo vas a ganar, y ganarás mucho, y yo contigo, los dos ganaremos, es lo que veo cuando cierro los ojos y pienso en el tiempo que nos acecha; acá en la selva estamos rodeados de ojos. Siempre algo te mira. Más en la noche. Sólo vemos ojitos brillar, signos en un mapa. Y ese mirar ansioso de animales ocultos es una espera. Como si dijeran: ¿cuándo vas a ser el dueño de una explotación?, ¿cuándo vas a ser tú el que reúne lo que esconde la tierra?

Dijo que yo conocía el suelo y sabía encontrar oro, y eso era lo más importante. El resto se podía conseguir con esfuerzo. Lo que más valor tiene es saber, y tú tienes eso, me dijo.

Yo la escuchaba tendido en la cama, bajo el toldillo, desnudo sobre una sábana limpia que Clarice cambiaba cada día. A pesar de estar solos, hablábamos en susurros. Hacía calor y las palabras se expandían en el aire. De vez en cuando el ruido de algún manatí entraba por la ventana.

Tú sabes, los dos podemos.

Con esa frase en la cabeza fui a trabajar al día siguiente, y los demás días de la semana. ¿Hablaste con el señor Cardoso? Me preguntaba al volver, y yo decía, no, aún no. Ya encontraré el momento.

Hasta que llegó el día. Fui a la oficina del señor Cardoso, pedí entrar y hablar con él. Me recibió. Le expliqué que quería hacer una familia y abrir una actividad propia, más arriba, adentro en la selva.

¿Hay algo que quieras tener y no tienes acá?, preguntó, comprensivo, pero le confesé que no. No soy yo el que tuvo la idea, fue Clarice. Ella cree que podemos tener suerte. Hay algo de dinero ahorrado y con lo que venda de mis enseres podré comprar una lancha para ir río arriba, en el alto Pará. He pensado explorar la zona del Araquá. Puedo contratar indios. Sé muy bien que a usted le debo la vida, señor Cardoso, no vaya a creer que es ingratitud.

El hombre vino cerca y dijo, te comprendo porque yo no heredé esto. En mi juventud sentí lo mismo y si es así debes irte. Río arriba. Algo encontrarás. Y si no lo logras, puedes volver. No hay rencor. Sólo amistad y ayuda. Te asistiré si tienes problemas. Puedes llevarte algún material viejo. Barretones y martillos y palas. Llévate prestadas algunas canastas. Ve con Dios, amigo.

Me dio la mano, salí de su oficina y volví a la casa. Clarice me miró angustiada al verme llegar temprano.

Hablé con él, ya somos libres, le dije. Se abalanzó sobre mí.

En este punto de la narración llegamos a Cayena. Al entrar a la ciudad me propuso ir a Les Palmistes. Eran más de las seis de la tarde. Comenzaba a oscurecer y me pregunté, ¿por qué estoy haciendo todo esto? Supuse que su historia, en algún momento, debía cruzarse con la de Fritz.

Ya no me parecía desagradable. Eso se fue desvaneciendo a medida que oía el relato de su vida. ¿Será capaz este hombre, sensible y cristiano, de hacer un ataque como el que narró el niño?

Ya veremos.

Fui sólo al territorio de Araquá y estuve buscando, cerca del río y de los riachuelos, de los caños. Playones donde se pudiera hacer una pequeña base para luego, desde ahí, internarse. Toqué la tierra, chupé las piedras que extraje, me unté de barro. Encontré un lugar, lo dejé marcado y regresé por Clarice y los indios. Estuvimos trabajando cinco meses y cuando volví a salir al pueblo llevaba en mi mochila, bien guardados, dos kilos de oro. El señor Cardoso me acompañó a Macapá a abrir una cuenta bancaria.

Celebramos.

Así empezó mi vida de *orpailleur*, de extractor de oro, siguiendo la corriente de los ríos. Era un trabajo diferente al de una gran explotación, mis vetas eran más superficiales y pequeñas. Se agotaban más rápido.

Dos años después fui a instalarme en Manaos y abrí una oficina para hacer expediciones en la zona. Se debía trabajar duro pero yo era joven y tenía fuerzas. Había mucha minería en ese lugar.

Un día conocí a alguien que, como yo, hacía expediciones. Era un muchacho colombiano, se llamaba Arturo. Salimos juntos dos veces y tuvimos éxito. Era buen organizador, sabía manejar a los indios y hablaba bien portugués. Se había escapado de la violencia del país de ustedes, imagínese, al llegar a Manaos tenía dos órdenes de ejecución por parte de la guerrilla. Me lo contó una noche, bebiendo un poco de cachaça en medio de la jungla. Había aprendido a hacer minería de río en el Putumayo, pero tras unos meses las FARC le pidieron parte de las ganancias. No quiso darles plata, grave error. Volvieron y le anunciaron que era la última vez en son de paz. Arturo era un guerrero y les dijo, vengan por ella si quieren, mi trabajo es mi trabajo. Volvieron y le quemaron la cabaña en la que tenía los materiales. Él no estaba, se escapó de milagro. La vio arder de lejos.

Huyó a otra región, cerca de la frontera con Ecuador, y le pasó lo mismo. A los siete meses las FARC llegaron a su campamento. Esta vez ni siquiera esperó a hablar con ellos. Saltó a su lancha y huyó por el río. Así llegó a Brasil. Llevaba tres años en una mina, pero quería abrir su propia explotación. Con las cachaças en el espíritu decidimos hacernos socios. Regresamos al otro día a Manaos y comenzamos a hacer planes. Él tenía una idea buena, aunque no muy legal, de hacer minería en la zona colombiana de Tarapacá, a ciento cincuenta kilómetros de Leticia, sobre los ríos Cotuhé y Putumayo. Conocía bien la región y tenía experiencia; se precisaba poco: una lancha, una draga hidráulica, buenas mangueras y trajes de buzo.

¿Qué más se necesita?, quise saber, y Arturo dijo, al cálculo, unos cuatro buzos. Hay que estar abajo bastante y una sola persona no aguanta más de tres horas. Están los *manguereros,* que manejan la máquina y revisan lo que va saliendo de la manguera. Y ya, ¿no es fácil?

Quise saber qué era lo ilegal. Me explicó que en Colombia, como en Brasil, había que sacar licencia; ¿y por qué no la sacamos?, pregunté, y respondió, es que ahí está el problema, es un resguardo indígena y está prohibido sin el permiso del cabildo, que nunca aceptará. Es lo malo pero también lo bueno, dijo. Por ser resguardo tiene poca vigilancia y es fácil disimularse como lancha de pesca; a los indígenas no les gusta que uno se meta en sus ríos, pero no son violentos.

Y me dijo: yo sé cómo tratarlos.

Le conté a Clarice y ella dijo, está bien, si las ganancias son buenas tal vez valga la pena arriesgarse una vez, a ver qué sale.

Clarice era osada. Yo en cambio no. Crecí con el temor de perder lo poco que tenía. Siempre fui inseguro, pero ella me empujaba, dale, hay que arriesgar para obtener, vale la pena. Le dije que la amaba, sentía su fuerza en mí. Es lo que ella significaba, el mundo y la vida.

Acepté y comenzamos ese extraño negocio. La primera vez que remontamos el río con Arturo y los peones sentí turbación. Nadie hablaba, era tarde y sólo se oía el rumor de la quilla partiendo el agua. Fumábamos, mirábamos las estrellas, y esa inquietante mancha negra que era la jungla a los dos lados del río. La selva hace más intenso lo que uno lleva por dentro y puede ser ambición, cobardía o simplemente temor. ¿Dije «simplemente»? Dios santo, si uno tiene miedo ahí le tiembla hasta el último hueso.

Fue lo que sentí esa noche.

Pero fue bien: detuvimos la lancha y un buzo se lanzó a lo negro de las aguas llevando una manguera atada a la cintura. Al rato hizo dos jalones fuertes y la conectamos a la draga. Se encendió la motobomba. Imaginé que el ruido debía escucharse a cientos de kilómetros, pero no vino nadie. Sacamos piedras y material de sedimento, y ahí empezó a surgir el oro, poco a poco. Arturo tenía razón. Era fácil. Fuimos durante más de un año hasta que pudimos abrir una pequeña oficina en Tabatinga, la parte brasileña de Leticia. ¿Usted conoce? Luego, con el tiempo, nos organizamos mejor y comenzamos a enviar cuadrillas de indios con dragas a otros ríos. Conseguimos mercurio para quemar el oro y sacar más. Una vez una lancha del ejército nos requisó, pero al ver que no teníamos armas siguieron de largo por el río.

Andaban buscando guerrilleros.

Empezó a surgir un problema y es que a Clarice no le gustaba Arturo. Ella presionó para que hiciera acuerdo con él, pero cuando lo conoció dijo que era un hombre oscuro, extraño, malo; que debíamos tener cuidado. Se dedicó a controlar los cuadernos de contabilidad, pues estaba convencida de que tarde o temprano ese colombiano, y disculpe por decir esto, señorita, pero en fin, que nos iba a estafar y traer algún daño. Yo le decía, no seas así, por qué piensas eso. Es una persona silenciosa y retraída, pero buena.

Los negocios prosperaron, pero con el tiempo hubo problemas. Una noche se nos murió un buzo enredado en las algas del río. No pudo salir, fue una tragedia. Tardaron horas en sacarlo. Otra vez volvió el ejército en una lancha y nos quitaron todo. Los indígenas comenzaron a denunciarnos porque la extracción removía el agua y ahuyentaba a los peces. El ACPM y el mercurio ensuciaban el río y ellos cocinaban con su agua, se la tomaban. Que Dios me perdone, ¡Virgen Santa! *Ah, oui.* La vida es dura y uno tiene derecho a sobrevivir, cueste lo que cueste, pero era demasiado.

Los indios tenían razón y lo que establecimos con Arturo fue darles un porcentaje de lo que sacábamos. Esto ponía iracunda a Clarice, que no veía por qué debíamos regalarles nuestro trabajo.

Son sus tierras, cálmate, le decía yo.

Son salvajes y haraganes, decía ella, con la plata que nos quitan no viven mejor ni compran cosas para la comunidad, sino que se la beben y van donde las putas.

Son personas simples, le decía yo, no hables mal de ellos.

Clarice, con los años, se fue convirtiendo en una persona amarga. Yo la amaba, pero cada día parecía ser otra. Estaba obsesionada con el dinero y las cuentas. Una vez se equivocó en una contabilidad y vino a decirme que Arturo estaba robando. Yo estaba en la terraza, fumando un tabaco. Vino colérica, tenía en la mano un revólver.

¿De dónde sacaste eso?, le pregunté.

Cuando descubra que el colombiano nos roba, te juro que lo mato, dijo, agitada por la rabia.

Fuimos a mirar y vimos que era un error. Me pidió disculpas, le dije que no era necesario un revólver, nuestra vida iba bien, ¿para qué inventar fantasmas? Queriendo buscar sosiego recuperé mi pasión por Jesús y construí una iglesia, que uní a la congregación internacional de la Asamblea de Dios. Me tomó varios meses y ella se entusiasmó. Al terminar invitamos a los vecinos. Renové mis charlas de los sábados y los domingos y descubrí, con alegría, que ese mundo estaba intacto. Mi palabra aún funcionaba, les decía cosas a la gente. Me hice pastor pentecostal. Estudié el Nuevo Testamento.

También Arturo venía a escucharme, aunque nunca participó. Se sentaba en una de las últimas bancas y, mientras yo hablaba, pelaba una naranja muy despacio o hacía incisiones con su navaja en un tronco. Como buen solitario, Arturo era metódico. No le gustaba tener una casa, así que vivía en habitaciones arrendadas. Sólo una vez lo visité y le dije, ¿cómo puedes vivir así? Ganas buen dinero, podrías comprar una vivienda, tener una mujer.

Tengo lo que necesito, decía. Y luego silencio.

Con frecuencia venía a comer con nosotros. Yo tenía la esperanza de que si Clarice lo conocía dejaría de mortificarme con sus ideas de robos y estafas. En Navidad y Año Nuevo hacíamos fiesta en la oficina con los indígenas y los balseros y él era muy generoso: daba regalos increíbles a los empleados. Una vez le regaló a Clarice un reloj muy bonito, pero ella dijo: lo compró con la plata que nos roba.

Un día llegué a la casa y encontré a Clarice en la cama, con los ojos llorosos. ¿Qué pasa? Pensé en algo malo, pero me dijo que se sentía feliz.

Estoy embarazada, dijo.

Un enorme calor, como el disparo de una ojiva nuclear, bajó por mi espalda. ¿Iba a tener una criança? La realidad se quebró en mil pedazos, sentí que ese pequeño ser venía para salvarme. Si el pasado contenía sólo tristeza, el futuro era la esperanza. Así lo percibí y yo también me eché a llorar. Estaba en el tercer mes, debía quedar en reposo al menos hasta el quinto, para que no hubiera problemas.

El embarazo cambia a las mujeres, señorita, tal vez usted lo sepa. Y ella empeoró, ah, oui! Todo lo que pasaba cotidianamente podía convertirse en problema. A veces en ira. Yo tenía miedo por el niño que tenía en el vientre, ¿no le hará daño tanta rabia? A veces, en las noches, se sosegaba y yo pegaba mi oreja a su barriga. Quería oír el latido del corazón y a veces creí que lo oía. Otras veces, Clarice lloraba, desvelada, en medio de la noche. ¿Qué te pasa?, le decía yo, y ella apenas miraba en la oscuridad y decía, no lo sé, Fabio, no lo sé, y seguía llorando; fui a hablar con el médico y dijo que no me inquietara, que era normal en una mujer grávida, pero yo sentía que esa inminencia tan feliz no podía ser la causa de tanta angustia, de esa increíble desolación que veía en Clarice; si yo decía algo, ella encontraba el modo de dar vuelta y desahogarse, insultándome con palabras muy feas. Luego se ponía a llorar, me abrazaba y pedía perdón.

Yo le decía que por su estado era normal, tienes el cuerpo inundado de progesterona y estrógenos. Le expliqué: las hormonas afectan tus neurotransmisores, los mensajeros entre las neuronas, y además están los cambios en el cuerpo: te crece la tripa, los senos se van acomodando a la criança, y de nuevo ella decía algo, ¿te parezco fea? Y no había modo de sacarla. Una vez me acusó de andar acostándome con una mujer de la oficina, pero todo estaba en su cabeza. Tenía por dentro a mi hijo. El médico, tras la ecografía, dijo que era un varón.

Por esos días llegó una carta de Macapá con una noticia triste. El señor Cardoso estaba grave, había sufrido un infarto y, por las dificultades del traslado, había quedado en coma. Empecé a llamar cada tercer día al hospital o a su casa. La esposa me decía que podría morir en cualquier momento. Pensé que debía visitarlo. A la cuarta vez que hablé, me decidí. Le debíamos la vida y era mi deber saludarlo antes de morir.

Entonces organicé el viaje. Hay una avioneta que va a Manaos desde Tabatinga, y de ahí otra a Macapá, parando en Belém. Es un viaje largo. Estaría fuera una semana, así que pedí a las monjas Marianas del Socorro que vinieran a acompañar a Clarice. Vinieron dos a quedarse en la casa y me fui tranquilo. Clarice me despidió en el aeródromo. Estaba muy serena, se había relajado y su cuerpo continuaba creciendo. Pidió que le trajera harina y otros ingredientes, pues quería cocinar sus platos. Me entregó un regalo para su hermana y otro para su madre, y convinimos en que las invitaríamos para el nacimiento de la criança. Volé sobre la Amazonía, miré desde arriba el océano vegetal y pensé que mi vida transcurriría ahí para siempre. Era mi hogar. No tenía motivos para volver a Minas Gerais, pero sí a Macapá.

Al llegar fui directamente al hospital. Me recibieron como a un pariente lejano y me alojaron en su casa. Estuve tres días sentado al lado del señor Cardoso, hablándole de mi vida y mis ilusiones. Estaba conectado a varios tubos y respiraba. La enfermera decía que tal vez podía oír, que escuchar ayudaba.

Hablé y hablé.

Le conté de mi explotación, de mi sociedad con Arturo, de Clarice y sus malos genios, del río Putumayo y del Cotuhé, de las barcazas con dragas, del ruido infernal de las motobombas y la oscuridad al fondo de los ríos. La única iluminación es la del oro, le dije, y conté que, poco a poco, había creado una empresa. Teníamos una oficina con varios empleados. Había futuro.

Otro día la madre y la hermana de Clarice vinieron al hospital. Las recibí en una pequeña sala de espera y saludaron a la familia del señor Cardoso. Les entregué los regalos, les mostré fotos. ¿Es un niño?, preguntó la madre. Dije que sí, aún no habíamos pensado un nombre. Trajeron una canasta con encargos para Clarice y para la criança. Nos hicimos un par de fotos y se fueron muy alegres. Anuncié que enviaríamos pasajes para que vinieran a acompañarla al parto y las primeras semanas. Estuvieron muy felices con eso.

La última noche pedí a la señora Cardoso me dejara dormir en el hospital, acompañando a don Wagner. Así se hizo. Dormí al lado de él, o más bien estuve en vela. Le conté mi infancia tal y como se la cuento ahora a usted; esa fue la primera vez, ni siquiera lo había hecho con Clarice. Al amanecer le di un abrazo al señor Cardoso, le besé la frente y salí. Me fui en taxi al aeródromo, ya con ganas de regresar. Los viajes de regreso siempre son más largos porque uno ansía volver, ¿no le parece?

Cuando llegué, mi vida cambió.

Clarice no estaba en el aeródromo, así que fui a la casa y encontré la puerta abierta. No había nadie y las habitaciones estaban desordenadas, con cosas por el suelo, ¿qué pasó aquí? La llamé a gritos, salí al patio, pero nada. Supuse que había salido. Me inquietó ver que en nuestra habitación no estaban sus cosas. Abrí los cajones del armario y estaba vacío. Fui a hablar con los vecinos. Dijeron que no sabían nada, hacía un par de días no la veían.

Tampoco a las monjas. Fui a la comunidad mariana y me dijeron que Clarice les había pedido a sus acompañadoras que regresaran, ¿pasaba algo? El corazón me golpeó en el pecho. ¿Ella misma les dijo que regresaran?

Sí, la señora Clarice nos trajo diciendo que estaba bien, que usted llegaría pronto. Agradeció mucho y dio dinero para la congregación. Es una persona amable.

Corrí a la oficina, que estaba en el segundo piso de un pequeño edificio de cuatro plantas. Pero antes de subir, un vendedor de dulces, Joãozinho, me llamó al lado y me dijo:

Señor Fabio, ¡qué alegría verlo! Tenga cuidado, por amor de Deus, lo están buscando. Vino la policía y sacaron cosas. Los vi bajar con cajas de libros y archiveros. Luego los vecinos me dijeron que habían sellado la oficina, que había guardias vigilando.

No podía comprender lo que pasaba y no supe qué hacer. Llamé a Arturo, pero la señora que le alquilaba dijo que se había ido. ¿Cuándo?, pregunté. Hace un par de días. Todo estaba patas arriba, ¿qué había pasado en mi ausencia? Volví a mi casa, con miedo. ¿Adónde se fue Clarice?, ¿cómo podía comunicarme con ella? Tal vez esté escondida. ¿Cuál será mi delito? Pensé en los ríos de la reserva indígena. Era ilegal, pero no parecía un gran peligro. Quien lo arregló todo fue Arturo. ¿Estaría preso? Llamé a Joaquim, uno de los empleados. Por milagro lo encontré en su casa. Cuando oí su voz sentí alivio y quise saber qué pasaba, pero él dijo que no habláramos por teléfono. Me dio cita en una cafetería a las afueras de Tabatinga, en la carretera, dijo que era peligroso. ¿Cuándo? En una hora, cuanto antes mejor.

Tomé precauciones. Llegué antes y me senté en la mesa más oscura, al fondo de un salón que daba a uno de los brazos del río. Esperé unos quince minutos hasta que lo vi entrar. Le hice señas con la mano. Se sentó a la mesa, estaba asustado. ¿Qué está pasando, Joaquim?

Alguien denunció lo que hacemos en los ríos y vinieron los federais. Se llevaron todo, me pidieron abrir los archivos. Y una cosa, señor. La cuenta de la empresa, ¡no había nada de dinero! ¿Usted lo sacó? Como se fue de viaje pensamos que se había llevado todo.

No, le dije. Estaba de visita en Macapá acompañando a un amigo moribundo. Mi esposa Clarice lo sabía. ¿Y Arturo?

No estaba cuando vino la policía, señor. Parece que se escapó a tiempo.

Tengo que encontrarlo. ¿De mi esposa sabes algo?

No, señor, dijo Joaquim, cada vez más nervioso.

Noté que sobre el labio le brotaban gotas de sudor. Su ojo derecho se cerraba y abría sin control.

De pronto se levantó al baño, y, un segundo después, una docena de policías entraron con sus armas en la mano. Uno de ellos dijo mi nombre completo, agregó que estaba bajo arresto y leyó una lista muy larga de cargos. Me sacaron a la carretera, donde había dos furgones policiales. Al salir vi a Joaquim hablando con uno de los policías.

Lo siento mucho, señor. Tuve que hacerlo, dijo.

Pobre hombre, pensé, él creyó que yo los había traicionado. La cabeza comenzó a darme vueltas. ¿Qué había pasado con mi vida? De repente todo estaba al revés. Supuse que Clarice se habría escondido, tras sacar el dinero de la empresa. Pero ¿por qué no me avisó a Macapá? Era una situación urgente, podía haber mandado un telegrama o llamar a su madre y advertirme. ¿Dónde se había metido Arturo? Habría regresado a Colombia.

Ingresé a la cárcel. Me interrogaron. Supuse que de un momento a otro Clarice vendría con un abogado. Era de suponer que sabría de mi arresto. Pero pasaron los días y no llegó ninguna noticia. Intenté comunicarme con la madre, en Macapá, pero fue imposible. ¿Habría ido para allá? ¿Por qué se había fugado? Clarice no era responsable de lo que hacíamos en la oficina, y estaba embarazada.

A las dos semanas, un joven abogado en prácticas tomó mi caso. Fue mi contacto con el exterior y me hizo algunos favores. Seguía sin noticias, estaba desesperado. Le pedí que fuera a mi casa, que hablara con los vecinos y les contara que me habían detenido, con la esperanza de que ella se pusiera en contacto. ¡Todos habían desaparecido! Usted no se imagina, señorita, lo que era cada segundo del día en esa celda, detenido junto con narcotraficantes de la Familia del Norte, que es la que maneja la droga en las fronteras de los tres países. Gente ruda, grosera, sin ninguna humanidad.

Pasó un mes y pensé en la muerte. Imaginé robar un cuchillo y cortarme las venas, o algo más rápido: un arma. Recordé la pistola de Clarice. Estaba solo y abandonado, con la idea obsesiva de una mujer a la que amaba y que tenía dentro una criança que era mi hijo, ¿puede imaginarlo? Al fin llegó un mensaje a la comunidad de hermanas Marianas. Una de las monjas vino a traérmelo. Una pequeña carta con sello postal de Colombia. La abrí temblando de emoción y de miedo. Eran unas pocas palabras, muy breves, que decían más o menos esto:

«El hijo no es tuyo, Fabio. Escapé con el padre y ahora estamos lejos. No espero que me perdones, sólo que algún día lo comprendas o lo intentes olvidar. Por favor no me busques. Imagina que todo fue un largo sueño. Clarice».

Entré a mi celda y lloré varios días. Pero cuando estaba decidido a suicidarme, la idea vino como un rayo a mi cabeza: ¡Arturo!

Se fue con él. Me engañaron todo el tiempo y cuando Clarice quedó grávida las cosas se precipitaron. Se llevaron el dinero y él me acusó ante la policía. Las pruebas eran detalladas: rutas de extracción, canales de venta, todo. Sólo él y Clarice conocían el negocio. Los continuos robos que ella denunciaba habían sido, tal vez, preparación de la fuga.

¿Y sabe qué, señorita? El odio que sentí en ese momento fue uno de los sentimientos más puros e incontaminados que he tenido en mi vida. Ya no quise suicidarme. Pronto fui sentenciado a siete años de cárcel. La vida que la selva me dio, luego me la quitó. Pero afuera, en ciertas noches particularmente angustiosas, la misma selva parecía responder: espera, ten paciencia. Dormí en cama de esterilla, pobre y sucia. Conviví con personas salvajes. Volví a hundirme en mis dolores y lo único que llegó fue el nombre de Cristo. Esta vez lo increpé. Una noche, aferrado a los barrotes y oyendo cómo en la celda vecina tres hombres violentaban a un muchacho indígena, un expendedor de droga, le dije, Cristo, tú me abandonaste en el momento más difícil, ¿cómo no me indicaste lo que iba a suceder? ¿Por qué pusiste en mi camino a ese hombre?

Silencio, nada más que silencio.

El oro, el verde de la selva, el calor.

Las imágenes de los ríos apacibles que mortifiqué con mis motobombas y mis dragas parecían decirme: es tu culpa, eres un condenado, ahora vas a pagar. Ardía de fiebre. Sudaba. Me arrepentí y asumí mi culpa, esperé. Esos siete años fueron lo peor, pero me los tragué en silencio, observando a la humanidad y aprendiendo de cada gesto salvaje, de cada gruñido. Los animales y los hombres, en cautiverio, se parecen. Yo prefiero a los animales. El animal no necesita de un padre y nosotros sí. Yo no lo tuve. Por eso fui un hombre incompleto, frágil, que camina al borde de un precipicio. El vértigo, la caída. Ícaro desobedeció y cayó, pero para desobedecer es necesario que alguien nos limite y proteja. Alguien que para a la serpiente o al jaguar que nos acecha. Pero los huérfanos estamos solos en la selva. Nuestros únicos padres son los dioses.

Los lejanos dioses...

En ese punto me atreví a interrumpirlo, y le pregunté: esto que me cuenta pasó hace mucho tiempo, ¿ha tenido noticias de ellos? ¿Los ha buscado? Sabía que me lo jugaba todo, pero era imposible no preguntar. Fabinho se quedó mirando a la mesa. Tanto y tan concentrado, que alguien habría podido creer que intentaba mover el cenicero con la mente. En su interior muchas cosas debían estar en combustión. Los recuerdos le erizaban la piel. Se le notaba buscando palabras.

Nunca supe más, nunca. Pero sí pensé en ellos a cada instante. Sobre todo por las fechas en que debía nacer el niño, al que por fortuna no alcanzamos a poner nombre. Después, al salir, regresé a Macapá, pero pronto emigré hacia el norte y comencé una vida nueva aquí en Guayana. Me fue bien y volví a fundar iglesias misioneras en Brasil, pues la única seguridad en mi vida había sido Cristo.

Me entregué a él y me convertí en el más fiel de sus pastores. Cada vez que tenía suerte con el oro, construía una nueva iglesia en la selva donde viví, y por eso hoy muchas personas buenas tienen dónde rezar en Macapá, Araquá, Pedro Branca, Água Branca do Amapari, Cupixi, Serra do Navio. Mis equivalentes de Belén o Nazaret. La selva me dio todo, yo devuelvo a la selva. Hice crecer la Asamblea de Dios en todo el nordeste del país y una vez al mes, más o menos, voy a darle mi palabra a la gente. También viajo a otros países, me reúno con pastores asambleístas. Estoy tomando notas para un libro de iniciación en la fe a través de mi propia vida. Leí mucho para formarme, pero con el tiempo entendí que el único libro que me sigue dando respuestas es el Testamento. Todos los días lo leo y lo subrayo.

No quiero parecerle arrogante, pero creo que soy el mejor pastor pentecostal de toda esta región, ¿y sabe por qué? Porque mi palabra no nació del estudio, sino de la contemplación limpia del mundo. Fue lo que hizo en mí el divino amor. Me golpeó, me transformó. Me dio y me quitó, pero permitió que sobreviviera. Hoy tengo catorce iglesias en toda la región construidas con lo que saco de la tierra. No le pido dinero a la gente que viene a escucharme, no. Otros lo hacen, yo no. Y la gente me quiere cada día más. Si yo quisiera meterme a la política, la gente votaría por mí. Si quisiera podría ser alcalde, gobernador, incluso diputado. Pero no quiero tener poder, sólo el poder que siento cuando algo habla a través de mí y la gente lo escucha y cae de rodillas. Transformar la vida de otros, ese es mi poder. Si yo quisiera podría llegar lejos, pero ya no quiero.

¿Y sabe? Gracias a esto logré perdonarlos.

Le parecerá increíble o inalcanzable, pero los perdoné. Y eso me liberó, recuperé el deseo de vivir. Cambié el odio por algo más tenue: la piedad. Sentí piedad por ellos, imaginé que la culpa debía perseguirlos. Uno puede huir de la justicia, pero no de la culpa. Esta siempre nos alcanza allá donde vamos. Es un ojo que nos mira y vigila, que nos atormenta. La padecí con el daño tremendo que hice a la naturaleza. Hoy me alegro de haberlo pagado a la justicia.

Esta vez fue él quien hizo un nuevo silencio, como sugiriendo que su historia había tocado fin, pero yo aún no había terminado.

¿Tiene relación con otras iglesias pentecostales?, le lancé, por ver su reacción. ¿Alguna de Colombia?

Lo pensó un momento, bebió un sorbo de agua. Sentí que estaba deshecho por las confesiones del día, pero era mi última oportunidad para comprender a fondo esta larga historia.

«Sí, tenemos relación con iglesias hermanas y asociadas a lo largo del continente. También con algunas de Colombia, pero muy superficiales y nunca allá; sólo en congresos y eventos internacionales. Usted comprenderá mis motivos para no visitar su país».

Antes de despedirnos, le pedí que me mostrara una foto de Clarice. Abrió su billetera, buscó entre una serie de tarjetas y ahí la encontró. Me extrañó que aún la llevara consigo. Era una imagen muy vieja y algo descolorida. Se veía a una pareja al lado de un río, en la selva.

Al principio no la reconocí, pero era ella. Egiswanda, la mujer de Fritz. Hubo un silencio, no supe qué decir.

Es muy hermosa, le dije. Lo siento mucho.

Volvió a guardarla en su cartera. Se bebió de un trago el resto de agua mineral y dijo, bueno, señorita, ya conoce usted mi vida, no hay más que desearle buena suerte. Hablar para usted me trajo recuerdos dolorosos, pero qué bueno evocarlos y ver cómo se ordenan de acuerdo a extraños principios. C'est la vie! Usted sabe escuchar porque sabe escribir, no le dije que leí algunos de sus artículos. ¿O sí se lo dije? La felicito. Gusté mucho de ellos. Ahora yo me voy. Gracias por su interés y su escucha. No sé qué haré en el futuro, tal vez siga acá o tal vez no. No tengo nada más que mi amor a Jesús. Mis manos están vacías.

Y agregó, de nuevo mirando hacia arriba, como si rezara: «No soy joven, No soy viejo. He vivido. Es hora de pensar seriamente en la muerte».

Se levantó e hizo de lejos al mesero el gesto de «póngalo en mi cuenta». Bajó a la calle, rodeado por sus guardaespaldas. Cuando estaba a punto de subirse al carro, le pregunté desde la terraza.

—¿Cuál era el apellido de Arturo?

Lo dudó un momento.

—Silva —dijo—, Arturo Silva Amador. Pero le ruego no mencionarlo.

—No se preocupe —dije.

—De nuevo, adiós.

Su automóvil arrancó, seguido por otros dos. Yo salí corriendo al hotel a transcribirlo todo en mi cuaderno. «Así que fue eso», pensé.

Lo imaginé regresando a su casa, solo. Un hombre roto por dentro, quebrado en pedazos disímiles y de desigual valor, como el subsuelo del que extrae el oro.

Ya no había duda: Fabinho organizó el ataque en Tierradentro para vengarse de Arturo (Fritz), quien huyó con su mujer embarazada, robó el dinero de su compañía y lo delató ante la justicia.

Sentí un deseo irrefrenable de estar en Cali y ver a Fritz. El final de esta historia se ramificaba hacia la vida del traidor. ¿Qué dirá? ¿Cuál será su versión? ¿Dónde estará el niño de Clarice? ¿Cómo supo que Fabio lo había encontrado y le preparaba una emboscada?

Al día siguiente, antes de iniciar el largo regreso a Bogotá, le envié un mensaje a Jutsiñamuy que decía: «Ya tengo todo, estoy saliendo hacia allá. Llegaré mañana o pasado. Podemos confirmar la identidad de Mr. F. Por favor investigue a un hombre llamado Arturo Silva Amador, colombiano».

Horas después, al llegar al aeropuerto de Surinam, tenía mensaje de Jutsiñamuy: «Qué bien. La espero. Acá también hay sorpresas».

Parte IV

Animales salvajes

Al llegar a Bogotá, el fiscal fue directamente a su oficina. Eran las seis de la tarde. Una de sus horas favoritas, de las muchas que tenía durante el día en ese despacho oblongo y desordenado que había acabado por ser su hogar. Más que eso: el envoltorio perfecto de su alma. Le gustaba contemplar el costillar de las montañas bajo la última luz y el efecto rosáceo sobre techos y azoteas. Parecían tener vida: como un gigante que respira mientras duerme, sintiéndose inocente. Casas desamparadas por esa orfandad que se apodera de la ciudad poco antes de que llegue la noche.

Se preparó un té verde con agua de la greca y abrió su computador. Se tendió en el sofá, levantó los pies contra el muro y esperó. Siete minutos. Luego abrió el computador. Sonrió al ver, en los mensajes, una comunicación de Wendy.

Informe confidencial #3
Agente: KWK622
Lugar: Cali
Operación: Espíritu Santo
Fecha: La del envío en el correo privado

A. En el presente daré cuenta de ciertas actividades ya sugeridas en anteriores comunicaciones en relación con el esparcimiento nocturno del pastor Fritz y algunas de sus seguidoras, en particular ciertas mujeres que, por haber estado en la drogadicción y otros vicios, debieron ser presa fácil en las prácticas que a continuación detallaré, tal y como me fueron narradas por sus propias protagonistas.

B. Los testimonios fueron obtenidos en socialización nocturna con un grupo de estas mujeres, las cuales, por la ingesta de licor bajo la forma de aguardiente Blanco del Valle sin azúcar, se volvieron locuaces. Para sorpresa de esta informante, a pesar de ser algunas de ellas exdrogadictas, no tuvieron el más mínimo problema en beber aguardiente, y cuando pregunté si esto no ponía en peligro su desintoxicación estuvieron de acuerdo en que una cosa eran las drogas duras, sobre todo el basuco, y otra tomarse un traguito con las amigas por sana diversión, lo que el mismo Jesús habría aprobado, y si no, ahí estaba la historia de esa famosa fiesta en la que transformó el agua en vino, algo que sólo se le habría ocurrido a uno muy parrandero y muy bacán, pues es el sueño de cualquier bebedor. Otra de las muchachas argumentó que como era «sin azúcar» no había problema. Cuando ordenaron la segunda botella en la tienda estadero Estrellita de Oriente, en la calle 38 con Sexta, comenzaron las confesiones.

C. Lo que más impresionó a esta informante fue el tenor sexual y disipado de esas tenidas nocturnas, sobre todo por tratarse del pastor de una iglesia que, aunque evangélica, se le supone la observancia de una serie de comportamientos virtuosos o al menos recatados. Pero, según ellas, es todo lo contrario, pues el pastor, los fines de semana, utiliza un apartamento que tiene muy cerca de la zona de Menga. Allí reúne mujeres, entre las muy adeptas, e invita amigos o conocidos para dedicarse al vicio a lo largo y ancho de la palabra, involucrando a estas mujeres que carecen de voluntad. Los testimonios son un caso típico ya no sólo de acoso, sino de violación por sujeción de la voluntad y aprovechamiento de situación de poder, que ya la institución, llegado el momento, se encargará de considerar a la hora de establecer culpas.

Por lo demás, en ese apartamento suele haber todo tipo de licores y drogas, aunque estas sólo para uso de los varones. Las fiestas consisten en poner música, bailar y hacer juegos que, indefectiblemente, acaban en situaciones explícitas, como la obligación para una mujer de practicarle sexo oral a alguno de los masculinos en pleno salón, delante de los otros, o incluso a varios, pues así son las penitencias del juego, hasta que cada una acaba realizando el acto con alguno de los presentes y a veces con más de uno, según la duración de la fiesta.

D. Una de las jóvenes, devota del pastor y de nombre Cindy Raquel, narró lo siguiente. Desgrabo: «El man me alzó y me llevó a un cuartico que tiene en la parte de atrás y que más que cuartico es como una suite de un hotel lujoso, un desnucadero, ¿me entendés? Ahí el pastor se volvió hombre, o macho, babas en los labios, fondo del ojo verde, pupila fija, seguro por el perico, y un poco a la fuerza me tiró al catre, y digo "un poco" porque de todos modos yo sabía a lo que iba, aunque hubiera preferido menos muñeca inflable, alguna güevonada tipo besito o caricia, pero en fin, el man estaba bien urgido, emparolado línea chimpancé, ¿me copiás?, con la artillería lista y apuntando al enemigo, así que sin más me desembluyinó, me descalzonó y me espatarró en la colcha. Y se vino de frente, yo bien pierniabierta y expectante. Lo vi desabrocharse el pantalón con la mano derecha, la misma de persignarse, y sacar el vergonón, vea, severa pieza, brazo de boxeador valluno, oscurito y venoso, y entonces me separó todavía más las rodillas y yo dije para mis adentros, nos fuimos con el "pollo asado", pero al darme cuenta lo tenía era incrustado en las amígdalas, full sube y baja con la cabeza, agarrándome del pelo un poco brusco, así que quise sacarlo, pero el man me agarró con más y más fuerza; entonces le bajé los dientes para que le doliera, pero el pastorcito me miró echando fuego y me dijo, con su voz cariñosa: abrí un poco más esa puta boca, hijita, y ya no me atreví a seguir la estrategia; al fin se cansó y fue a meterse por la de siempre y pude respirar y lo dejé en el frotis, posición broasted Cali Mío, aunque de pronto me vino un pensamiento como un rayo y me dije, ay, jueputa, que este malparido no se me vaya a venir adentro, justo me acordé que andaba en fecha muy mala para recibir ingresos, coneja en celo, mamita, ¡peligro!, la fábrica está encendida, entonces le hice fuerza y me tensé a ver si el man se la pillaba, pero no, el hombre siguió en lo suyo, luego me dio vuelta y me puso en cuatro, mirando a Pance, y yo me dije, lo ideal sería provocarlo de atrás, ¿a ver?, y le hice con la mano, dirigiéndolo, invitándolo pero sin decir, y el pastorcito, que podrá representar a Dios acá en el estercolero este, pero que a fin de cuentas es un macho culeador como los demás, mordió el anzuelo y, para mi tranquilidad, se metió por el callejoncito, oriental general o por Detroit, como prefirás, con vista a Quibdó y al Pacífico, atardecer del océano, y ahí ya me relajé. Cuando terminó y lo vi levantarse me sentí mal, toda culpable. ¿No será que por esto nos van a castigar allá arriba, pastor?, le pregunté, pero él me miró con una ternura absoluta y dijo: "No te preocupes, Cindy. Cada vez que te bajas los calzones nace un ángel en el cielo"».

E. Consigno también aquí la historia de Yismeny Laura, emigrada a Cali, de Corozal, Sucre: «Uy a mí ese man me llevó al baño y me aplastó contra el lavamanos. Yo tenía una faldita corta, que en esas fiestas es lo mejor, así que el hombre metió la mano, tiró hacia un lado el hilo de la tanga y empezó a darme rejo del bueno, tremendo consomé de verga, ajá, y yo lo veía por el espejo, full retrovisor: se metió una pepa azul y la masticó como si fuera una menta o un Coffee Delight, luego se mandó un pase de perico espolvoreándolo encima de mis nalgas, y yo creo que esa vaina, rodando y escurriendo allá atrás, acabó por metérseme a mí también, porque aparte de recibirle al pastor estuve dando lora y brincando hasta las seis de la mañana con los otros manes, que no eran los de su seguridad, a esos los conozco, sino manes bien, caletos y elegantes, con pinta como de socios». Al respecto quise saber algunos detalles sobre esos «socios», a lo que Yismeny dijo, «casi siempre es personal de otras iglesias, pastores o gente que trabaja para ellos, los de publicidad o los que les llevan las cuentas; también doctores de la gobernación o la alcaldía y hasta de la policía, que les ayudan a resolver problemas, porque a esas iglesias les entra mucho billete y siempre las están vigilando. El pastor sabe que a esa gente le gusta el relajo, ¿y saben qué me pillé?», dijo la informante, cambiando el tono de la voz, como con miedo, «pero esto me tienen que jurar que no lo cuentan, porque si se entera el pastor me manda quebrar, ¿sí?, ¿no van a decir nada? La otra noche estábamos con unos manes importantes y me equivoqué de puerta dizque pa ir al baño y en lugar de eso había un cuarto oscuro con un man delante de unas pantallas donde se veían la sala y los cuartos, y el hombre me dijo, abrite si no querés problemas, piroba, el baño es en la otra puerta, y al yo salir haciéndome la que estaba borracha y periqueada el man cerró con llave, pero me alcancé a pillar lo que hacían ahí, ¿ah? El pastorcito filma a los doctores mientras están de culiandanga con las nenas, ¿qué tal?». Este testimonio de presumible extorsión, sin embargo, no pudo ser precisado, ya que la informante no recordaba ni la actividad ni mucho menos el nombre de las personas que estaban ahí esa noche. Por esto se configura la sospecha de un segundo delito.

F. Las demás historias son muy parecidas y se pueden reducir a esas tres actividades: beber, drogarse y fornicar con personas cuya cercanía o connivencia puede servir a los negocios de la iglesia. Es extraño que por un lado les ayuden a desintoxicarse con la palabra de Cristo, y por otra las inviten (aunque no a todas, sólo a unas pocas elegidas) a esas fiestas. El tercer testimonio tiene un interés adicional, pues cuenta de la relación que el pastor Fritz tiene con una de sus llamadas «sacerdotisas», la señora brasileña Egiswanda Sanders, que todas reconocen ser la pareja estable del pastor, esposa o algo parecido. Quien refiere este testimonio es una mujer afrodescendiente a la que le dicen Piriqueta, de 34, exprostituta, sin problema previo de drogas: «Lo más increíble para mí, la noche que estuve, ¿sí?, fue que hubo algo muy raro y muy morboso, ve, imaginá que estábamos como cuatro nenas preparadas pa lo que fuera y él con sus guardaespaldas, cuando, din-dón, el timbre; pensé que iba a pedirnos silencio, por si era alguien importante, pero qué va, abrió la puerta sin fijarse y yo me azaré porque vi a doña Wanda entrando, y como ya nos habíamos tomado dos cajitas de guaro y yo, a escondidas, me había metido tres pases bien gruesos, estaba bien embalada, ¿me entendés?, y pensé que doña Wanda iba a armar el show y que saldríamos de carrerita por esa escalera p'abajo, pero no, qué sorpresa al verla sentarse en medio de nosotras, cero nervios, servirse una copita de guaro y prepararse un par de rayas, como si estuviera sola con su marido después de un día de trabajo».

En este punto Jutsiñamuy agarró su teléfono y llamó a Laiseca.

364

—Dígame, jefe —contestó el agente especial.

—Quiero pedirle un consejo. Hay nuevas sospechas muy graves basadas en los informes de Wendy, así que voy a pedir un seguimiento al pastor Fritz y vigilancia con detección de la Nueva Jerusalén.

—¿Y cuál es el consejo que me pide, jefe? —quiso saber Laiseca.

—Pues qué opina de eso, so pendejo. ¿O si no para qué le estoy contando?

—Creo que tiene toda la razón, jefe —se apresuró a decir Laiseca—. Ese pastor se ve bien torcido.

—Gracias, agente —dijo el fiscal—, pero es que quiero comentarle algo: en el informe de Wendicita se dice que el hombre hace unas fiesticholas increíbles, que invita a autoridades, gente de la alcaldía, la gobernación y de la propia policía, así que nos toca con cuidado.

Hubo un silencio en la línea.

—Para la detección no hay problema, jefe, esa la pedimos desde allá —dijo Laiseca—; lo que podemos hacer, al menos por ahora, es que Cancino y yo hagamos el seguimiento este fin de semana. Así lo mantenemos en secreto hasta que haya más datos.

—Bueno —dijo Jutsiñamuy—, entonces háganle. Y eso sí, quiero reportes cada hora.

—¿También por la noche? —quiso saber Cancino.

—Hasta las dos de la mañana, y luego desde las seis.

—Entendido, jefe. Cambio y fuera.

Ese sábado, Jutsiñamuy se dedicó a poner al día el correo físico y las cosas que llegaban a su oficina. Tenía dos hileras de paquetes y les dio a todos un trato similar, así fueran sobres publicitarios. Su teoría: lo que uno ve genera intuiciones, preguntas, ideas posibles. Con un abridor de sobres, réplica de una espada toledana, estuvo abriendo y clasificando, pero no encontró absolutamente nada de interés. Lo único bueno fue llegar a la hora del almuerzo con la ilusión de estar haciendo algo útil. Un poco más tarde vio en el televisor de la sala de espera una carrera ciclística. Varios agentes, en corrillo, gritaban con las imágenes del lote puntero. ¿Estaba ahí Nairo Quintana? ¿Por qué no atacaba?

Antes de bajar a almorzar llamó a Wendy.

—Buenos días, jefe, dígame —respondió ella.

—Disculpe que la llame, Wendicita, nunca lo hago cuando hay operaciones encubiertas. ¿Puede hablar?

—Claro, jefe, si no, no le habría contestado, o le habría dicho algo para que entendiera.

—Ay, siquiera, Wendicita, mire, primero que todo quiero felicitarla por sus informes, ya le dije que son muy buenos, y lo segundo contarle que gracias a su información decidimos poner al pastor y a la iglesia bajo vigilancia y detección. Hubo unos crímenes en Cali y queremos ver si hay alguna relación entre todo esto, que es una torta cada vez más grande, y nada que le encontramos la receta.

—Estaré todavía más atenta de las cosas que pasan ahí dentro, jefe —dijo ella.

—Una cosita —dijo el fiscal—. Por ahora sólo hay dos agentes míos en este seguimiento. En su informe dice que a las fiestas del pastor van autoridades, ¿no es cierto? Por eso prefiero no pedirle nada a la policía de allá, por ahora, hasta no saber bien quién es el amigo del hombre en las altas esferas, el que le embolata las investigaciones. ¿Usted cómo se ha sentido?

—Yo bien, jefe. Las mujeres ya me tienen confianza, y como voy a diario todo el mundo me ve sin sospecha.

—Buenísimo, se me cuida y seguimos en contacto.

—Chao jefe, gracias por la llamada.

Salió de su oficina, bajó a la calle y dio una caminata hasta Corferias. Ninguno de los sitios de siempre le pareció sabroso para entrar a almorzar, así que paró un taxi y fue al centro comercial Gran Estación. Le gustaba estar rodeado de familias, parejas, adolescentes en manada y cocacolos en la difícil búsqueda del apareamiento.

Entró a varios almacenes de cosas que no necesitaba y miró vitrinas con atención. Compró una caja de Chiclet's para aclararse el aliento. Una jovencita en body y patines lo invitó a inscribirse en la rifa de un Chevrolet, así que llenó pacientemente una hojita con todos sus datos. Se probó varias monturas en la óptica Lafam. Recordó su viejo sueño de ir al gimnasio al pasar frente a los saldos de Adidas, pero al ver que una camiseta rebajada valía 250.000 pesos siguió de largo. Miró bolígrafos, entró a dos tiendas de computadores y a una de electrodomésticos. ¿Cuánto vale esa lavadora? La miró muy en serio y se hizo dar todas las especificaciones. Luego decidió entrar al supermercado y dar una vuelta. Le gustaba revisar los precios de las cosas. Las cebollas, los brócolis, la leche condensada; vio que el chocorramo estaba en oferta, también la cerveza Póker.

Por fin decidió comerse una hamburguesa. Ni muerto entraría a un McDonald's, así que fue al Corral Gourmet y pidió una «argentina», con chimichurri. En esas estaba cuando el teléfono sonó.

Era Wendy.

—Jefe, rápido, sólo para contarle que el pastor Fritz me acaba de proponer que lo acompañe a una de sus fiestas esta misma noche. Según su asistente debieron improvisar y por eso me llamaron, pues algunas chicas salieron de Cali por el fin de semana.

—Ah, carajo —dijo el fiscal—, pero eso sí decida usted, mijita, porque con esos antecedentes no quiero exponerla a cosas feas.

—Soy agente de la Fiscalía, jefe. No se le olvide. Mujer, pero también agente. Esta noche podría venir alguno de los que buscamos identificar. Le notifico que voy, para que lo sepan los del seguimiento. La cita es acá en la iglesia a las ocho de la noche, y de ahí nos llevan.

—¿Y dónde va a ser la fiesta?

—No es en el sitio de Menga, donde siempre hace sus parrandas, sino en su apartamento privado —dijo Wendy—. Por eso creo que va a ir alguien importante. No sé dónde queda, pero si lo han seguido los nuestros ya deben saber dónde es.

—Claro, claro —dijo Jutsiñamuy—. Bueno, prepárese. Yo les voy a decir que estén pendientes por si pasa algo.

—Estoy entrenada, jefe, no se me asuste. Tampoco es que el pastor sea un peligroso asesino, ¿no?

—Es lo que queremos saber, Wendicita. Ojalá que no.

Colgó con ella y de inmediato le marcó a Laiseca.

—¿Aló? Acá todo tranquilo, jefe. El hombre está encapsulado en su oficina.

—¿Y usted dónde está? —quiso saber el fiscal.

—Lo vigilo desde una estación de servicio que queda por la avenida, un poco más arriba. Tienen una cafetería en el segundo piso con buena visual.

El fiscal le contó lo de la fiesta para esa misma noche. Le dijo que estaba preocupado, que estuvieran pendientes.

—Yo no sabía nada, jefe —dijo Laiseca—, se ve que no lo ha mencionado al teléfono, porque de ser así me lo habrían informado. Pero no se preocupe. Cancino está vigilando desde otro punto, mejor dicho: no hay movimiento que no controlemos. Muy bueno lo de esa parranda, así podremos verlo de cerca.

Jutsiñamuy siguió caminando por el centro comercial, ahora avanzando más rápido para hacer la digestión. Debía dar no menos de mil pasos. Era la consigna para una vida sana. La idea de hacer deporte caminando entre tiendas era muy popular en Estados Unidos, e incluso había un trazado sobre las baldosas con información de distancia y surtidores de agua. Acá no era así, pero hizo el esfuerzo de caminar rápido, lo que era una rareza en medio de la gente.

Estaba preocupado, ¿qué hora era? Pasadas las cuatro de la tarde. A la tercera vuelta completa al centro comercial comprendió que debía hacer algo, pues el ansia lo dominaba. Se le ocurrió ir a los cines, un modo como cualquier otro de matar el tiempo. Compró una boleta para una película noruega diciéndose, qué raro, ¿una película noruega en este lugar? De la confitería se llevó unas palomitas medianas y una Coca-Cola light, más por costumbre, pues acababa de almorzar. Al entrar a la sala se llevó una sorpresa. Era el único espectador. Claro, ¿quién más podría entrar a una película noruega en el centro comercial Gran Estación de Bogotá? Entonces pensó algo: le gustaría vivir en un país en el que mucha gente entrara a ver películas noruegas en los centros comerciales. Se apagaron las luces y se arrellanó en el sillón. Mordió una palomita y le pareció que tenían demasiada mantequilla. Bebió un sorbo de Coca-Cola, le pareció fría y aguada.

Estaba envejeciendo.

Hubo un corto nacional que hablaba de pescadores del Pacífico y el modo en que las lanchas camaroneras extraían del mar a esos sinuosos crustáceos. Luego empezó el film.

Un joven profesor de piano daba clases privadas a dos niñas en un pueblo. Las niñas eran huérfanas de padre. La mamá era una mujer de mediana edad que, mientras el joven daba clase a sus hijas, salía a un bar de carretera a seducir hombres. Jutsiñamuy imaginó que se trataría de un thriller; tal vez la mujer seducía y luego asesinaba a sus parejas, pero no, sólo charlaba con ellos mientras se bebía unas ginebras y luego regresaba a su casa, todo en medio de una inquietante oscuridad. Sin embargo había algo más y era un silencio permanente. Un silencio que al fiscal le pareció «muy noruego». La película no tenía música, o muy poca, así que por momentos era larga y difícil.

Una tarde el joven debe cancelar la clase de música, pues su novia lo abandona por otro (su mejor amigo), y entonces decide buscar un bar para beberse unas cervezas y tratar de olvidarla. Jutsiñamuy imaginó que iría al bar de la madre de sus alumnas y se encontrarían y algo muy bello nacería entre los dos, a pesar de la diferencia de edad, pero no. Llegó a otro bar aún más sórdido y oscuro. Allí no había nadie, sólo un viejo de barba larga y nariz roja al final de la barra. Se bebió tres cervezas esperando que algo sucediera. Como el joven no conocía el lugar, se sentó en la otra esquina, cerca del televisor. Ahí estaba cuando vio a su propio padre entrar de la mano de otro hombre. Luego llegaron más personas, todos hombres, como si se hubiera acabado el horario de trabajo, y en efecto fue lo que sucedió. Espió a su padre y vio que hablaba y se reía, que se acercaba mucho a su compañero de copas. Los demás hacían lo mismo y, de pronto, el joven se dio cuenta de que era un bar gay. Pensó en salir, pero temió que su padre lo viera y se creara una situación incómoda. Tampoco imaginó qué podía estar haciendo su padre en un bar gay, y entonces recordó su vida. Se separó de su madre cuando él era un adolescente y a partir de ahí la relación entre ambos se enfrió. De hecho, no lo veía desde la Navidad pasada, hacía más de tres meses. ¿Fue por eso que el padre abandonó a su madre? ¿Por ser gay? Pidió con timidez otra cerveza, como para darse fuerzas, y al volver a mirar a su padre, después de esa leve distracción, se encontró de frente con sus ojos. Lo había visto. Al fin sonó algo de música en la película, justo cuando el padre comenzaba a acercarse al hijo. En ese preciso instante el fiscal no pudo más y cerró los ojos.

Estaba muy cansado.

Cuando volvió a abrirlos, un joven con uniforme de los cines le decía: «Señor, señor, ya tiene que salir». La película había terminado, las luces de la sala estaban encendidas. ¿Qué habría pasado entre padre e hijo en ese bar gay? Tendría que volver a ver el film noruego para saberlo. Se levantó del sillón con algo de vergüenza y mucho dolor en las vértebras. Dios santo, ¿cuánto tiempo había dormido? Miró la hora en su celular: las siete y media. Pensó que Wendy debía estar saliendo a la cita en la iglesia. Tomó un taxi y regresó a su oficina, listo y alerta para cualquier eventualidad.

Este fue el testimonio de Wendy. Su narración después de los hechos de esa noche de sábado:

Declaración de la agente encubierta KWK622:

Llegué a las ocho menos cinco a la entrada de la Nueva Jerusalén. Por el tipo de fiesta a la que iba me puse una falda corta y medias de malla negras con rotos, algo que en Cali no se ve mucho por el calor, pero todos sabían que yo era de Bogotá. Elegí aposta una pinta dark para protegerme, al menos en un primer momento. Las otras mujeres fueron llegando, todas con minifaldas y tacones exagerados. Piriqueta, Yismeny, Cindy Raquel y otras dos que no conocía, Lorena y Dorotea. Me fumé un cigarrillo con ellas, esperamos que dieran las ocho, pero no llegaron a la hora en punto. Ante eso, la Piriqueta sacó una cajita de aguardiente del Valle que llevaba en el bolso y dijo, vea, nenas, vayámonos entonando que esos manes no vienen, y cada una le pegó un sorbo. Me supo a diablos. Al fin, como a las ocho y media, llegó un Nissan Discovery y nos montaron. Las mujeres ya estaban bien prendidas y se fueron cantando y echando chistes subidos de tono, tanto que al llegar al apartamento, en un edificio bastante lujoso de Juanambú, los conductores nos pidieron estar calladas y no hacer escándalo. Como la camioneta entró directo al garaje y es una zona muy arbolada no alcancé a ver bien dónde estábamos. Subimos en el ascensor hasta el piso catorce y cuando se abrió vi el salón del apartamento y varios hombres en los sofás.

«Llegaron las Marías», dijo uno de ellos, y se levantaron para saludar. Fuimos pasando. Cada una dijo su nombre y les dio la mano a los cuatro invitados.

El pastor Fritz vestía de negro, de los pies a la cabeza. Más que un ministro evangélico parecía un funcionario del gobierno de la India. Al verlo me dio vergüenza mi pinta desfachatada. Supuse que la fiesta iba a ser distinta de las que me habían descrito, lo que me alegró. Seguro iba a venir alguien importante. Fue la misma señora brasileña, doña Egiswanda, la que nos recibió en un salón auxiliar, después de acabar con los saludos. Allí nos dijo que podíamos dejar las carteras y tomar algo. Había un bar y bandejas con cosas de comer típicamente caleñas: marranitas, tajadas, aborrajados, empanadas con guacamole, chicharrón, arroz atollado. Como eran pasadas las nueve me serví un buen plato y un vaso de lulada, que se veía rica. Doña Egiswanda fue muy amable y nos trató como si fuéramos las esposas de los señores que estaban en la sala con el pastor, así que me dio curiosidad, pues no imaginé cómo esa cena tan seria y formal podía convertirse en lo que ellas contaban. Se lo pregunté en voz baja a Cindy Raquel, y ella me dijo, «esperate y lo verás, todas comienzan así».

Hacia la medianoche nos llamaron. Los hombres ya estaban algo alicorados y la señora Egiswanda puso música. Los miré bien y traté de analizarlos. El de más edad se llamaba don Pedro y estaba vestido con una típica pinta caleña: pantalón de lino claro, camisa amarilla y mocasín blanco sin medias; el siguiente en edad, don Samuel, parecía venir directo de la oficina; luego don Horacio, más joven, de unos cuarenta, porte atlético y camisa de rayas azules, y por último Abdón, muy jovencito, con una camisa sin cuello y bluyín. No supe quién era quién ni qué hacían, pero me dediqué a observarlos.

Por lo que pude interpretar, nos llamaron al terminar de conversar. De vez en cuando alguno decía algo. Mencionaron unos lotes en la zona de Menga, cercanos a la iglesia, que el pastor Fritz estaría interesado en comprar. Fue el propio pastor el que me invitó de primero a bailar y salí muy tímida, claro, era el gran gurú y la señora Egiswanda estaba en el salón. Bailamos y me preguntó cómo me sentía, qué cosas pensaba hacer en el futuro, si había encontrado paz en la palabra de Cristo. Respondí con entusiasmo, diciendo que sí, y me atreví a preguntar si las demás personas también eran pastores.

No todos, sólo él, dijo, y señaló al más joven. Es de Barranquilla, vamos a construir allá una sede de la Nueva Jerusalén, por eso está aquí.

Pasó un rato y la fiesta se fue calentando. Tras bailar un poco con los invitados y hacerles preguntas pude establecer que don Samuel era de la sección legal de la alcaldía, un funcionario con buena pinta, que estaba en su oficina el sábado por la tarde; don Horacio, en cambio, era de una entidad bancaria e imaginé que si estaba ahí debía ser por la parte financiera de los proyectos inmobiliarios del pastor. Don Pedro, el de los mocasines blancos, seguía siendo un misterio, aunque parecía de la policía.

En esas estábamos cuando sonó el timbre y la señora Egiswanda abrió. Vimos aparecer a un señor bajito, con pinta de funcionario menor, de corbatica torcida y gruesa.

Al verlo, el pastor y don Pedro caminaron hacia él.

Lo saludaron, pero en lugar de invitarlo a la sala lo llevaron por uno de los pasillos hacia el interior del apartamento. Ahí decidí arriesgarme, pues vi que doña Egiswanda se había ido al salón de mujeres. Dejé a Abdón, el barranquillero joven, diciéndole que tenía que ir al baño, y me fui por el mismo corredor. Había varias puertas y una de ellas era el baño, pero avancé un poco más y vi otra, entreabierta. Ahí estaban, era una oficina. El pastor Fritz estaba hablando. «¿Estamos seguros de que todos lograron salir?», preguntó, y el recién llegado le dijo, «sí, pastor, todos están del otro lado de la frontera, a unos los vamos a recibir en Quito y a otros en Cuenca, hasta que la cosa se calme acá». Ahí intervino el hombre de los mocasines, y dijo, dándole golpecitos al recién llegado: «Te lo dije,

Fritz, que Gustavo era de confianza. Además, nos ayudó a parar la investigación de la policía por lo del Cauca. Ya volvamos a la fiesta que está todo bien». Alcancé a entrar de un salto al baño antes de que salieran, saqué el celular y mandé el primer mensaje pidiendo identificación de esa persona a la que llamaban Gustavo.

Al recibir el mensaje de Wendy, el fiscal alertó a Laiseca, quien, disimulado cerca de la entrada del edificio, ya había registrado y fotografiado la llegada del hombre. Pero la identificación no fue posible ya que vino en una camioneta de vidrio oscuro y se bajó entre un grupo de escoltas. En las fotos no se veía con claridad. Sólo tenían el nombre. Jutsiñamuy le escribió a su infiltrada pidiéndole que intentara identificarlo dentro de la casa.

Sigue la narración de la agente KWK622:

Sentí vibrar el teléfono, salí a la terraza y leí el mensaje del jefe. Había guardaespaldas en los dos costados, lo que haría un poco difícil la cosa, pero me las ingenié para poner el celular contra el ventanal y sacar varias fotos sin que se dieran cuenta. Y las envié. Volví a la fiesta, pero al rato llegó otro mensaje. «No logran ver bien la cara del hombre llamado Gustavo, haz un esfuerzo por identificarlo.»

En la sala las copas de aguardiente rodaban a tutiplén y yo debí tomarme varias, rendidas con agua. En un momento el recién llegado, que sudaba a chorros, se quitó la chaqueta y la colgó en el espaldar de una silla del comedor. Pensé que esa era la oportunidad. Me acerqué despacio, bailando, y al pasar la palpé. Ahí estaba su billetera. Vi solo a Abdón, el pastor barranquillero, y lo usé para acercarme de nuevo a la chaqueta, y en una vuelta logré sacar con dos dedos la billetera y metérmela debajo de la falda.

Acto seguido fui al baño, tomé fotos a una cédula y el pase y los envié, alertando de los guardaespaldas en la terraza.

Cuando regresé a la sala vi una escena que me hizo temblar: justo al otro extremo, en mitad del baile, el de nombre Gustavo se palpaba los bolsillos del pantalón en mitad de un baile, y luego miraba hacia su chaqueta. Fue hacia ella, pero yo estaba más cerca. Fingí tropezar con la silla y hacerla caer, de modo que la chaqueta rodó al suelo y justo ahí logré deslizar la billetera. El hombrecito llegó un segundo después y me dio la mano, «¿se pegó duro, reinita?». Me ayudó a pararme y recogió sus cosas. Puso la billetera en su bolsillo y fue a servirse otro whisky (para los hombres había whisky).

Un rato después llegó el mensaje de la jefatura diciéndome que debía informar el número de guardaespaldas y la ubicación.

Y salir de la casa de inmediato.

Al recibir las fotos de Wendy con la cédula que el hombre portaba, Jutsiñamuy la envió a la oficina técnica y en pocos minutos quedó plenamente identificado. El documento, que obviamente era falso, decía «Alfredo Varela Hernández», natural de Tuluá, pero pudo ser identificado como Gustavo alias «el Paraguas» Manrique, bugueño, exparamilitar y exteniente del ejército, con dos viejas órdenes de captura por falsos positivos.

Jutsiñamuy llamó de inmediato a Laiseca.

—Hay que sacar a Wendicita de ahí —dijo el fiscal—, el tipo que llegó es un paraco con orden de captura hace siete años. Se llama Gustavo el Paraguas Manrique. ¿Qué tal los amiguitos del pastor?

—Bueno, jefe, toda esa gente es muy apegada a Cristo, ¿o es que Carlos Castaño era musulmán? No señor.

—A ver, Laiseca —dijo el fiscal—, deme su opinión: ¿pido refuerzos y hacemos la vaina, o esperamos a mañana?

—El problema que le veo ahora, jefe, es que eso debe estar repleto de escoltas y se nos podría ir a una balacera ni la verraca, quién sabe con qué resultados. Pero si lo dejamos para mañana se nos vuelan. Si el hombre lleva siete años prófugo debe saber moverse. No sé, estoy indeciso.

Dejaron pasar unos segundos en silencio.

—Esperemos a que se tomen unos tragos —dijo Laiseca— y los agarramos cuando estén con los pantalones abajo. O les entramos cuando estén de salida.

—Eso sí, después de que salga Wendicita —dijo Jutsiñamuy—. Se me ocurre esto: lo previsible es que alguien la lleve a la casa, pues no creo que le pidan un Uber, por simple seguridad. Entonces lo agarramos y nos devolvemos al edificio en ese carro. Un caballo de Troya pero en camioneta 4×4 de vidrios polarizados.

—Esa sería la mejor, jefe —dijo Laiseca—. ¿Legalmente estamos cubiertos?

—Cubiertos y recubiertos —dijo el fiscal—. Ya le preparo todo y pido la orden de allanamiento. Sólo por Gustavo el Paraguas ya valdría la pena. Si además podemos confiscar al pastorcito, pues carambola, ¿me explico?

—Usted es un Napoleón, jefe.

—Sin lambonerías, carajo —sentenció el fiscal—. ¡A trabajar!

Jutsiñamuy llamó a uno de los colegas de la Fiscalía de Cali, lo puso en antecedentes y le explicó la situación, así como el mapa humano del apartamento. Le dijo que había funcionarios de la alcaldía y tal vez de la policía. Por eso se debía hacer un operativo muy cuidadoso. Sólo agentes de extrema confianza.

Media hora después, el fiscal de Cali volvió a llamarlo.

—Ya le tengo armado el baile —dijo—, una docena de hombres recontraseguros y profesionales. Conseguimos los planos del edificio. ¿Le metemos helicóptero?

—Esa gente es dura, tienen buen armamento. Ninguna precaución sobra —dijo Jutsiñamuy.

Sigue la narración de la agente especial KWK622:

Los hombres empezaban a estar muy prendidos. La primera pareja que se manifestó fue el pastor barranquillero, Abdón, con la Piriqueta. Bailaron amacizados, luego cogieron un par de vasos de aguardiente, una bolsita de perico y se fueron con disimulo por uno de los corredores. Entonces pensé, ¿qué hago? Reviví mis entrenamientos y elegí la técnica del desmayo.

Antes borré la información reciente del teléfono.

La cosa no tiene gran misterio ni ciencia. Consiste en hacer algo excéntrico a vista de todos y desvanecerse. Fue lo que hice. Me tomé un vaso de aguardiente, que en realidad era menos de un cuarto porque le había echado agua debajo, y me puse a bailar con don Pedro. A mitad de canción recosté mi cabeza en su hombro y resbalé hasta el suelo, cuidando de no golpear nada con la cabeza.

A partir de ahí todo fue fácil. Sentí que me llamaban, alguien se arrodilló a mi lado; me alzaron y me llevaron a una habitación; ahí abrí los ojos y dije que me sentía mal, un terrible dolor de cabeza y ganas de vomitar. «¿Quieres que te lleven a la casa?», preguntó la señora Egiswanda, y yo dije que sí. «No tienes costumbre de esto, pobrecita», dijo.

Se levantó y llamó a dos choferes.

No volví a pasar por el salón, salí por la puerta de la cocina a un ascensor de servicio. Me montaron en una camioneta, les di mi dirección y nos fuimos. Unas cuadras más allá dos camperos nos detuvieron. Eran los agentes de la Fiscalía.

Siete agentes regresaron al edificio de Juanambú en la misma camioneta. Gracias a eso pudieron entrar al parking sin tener que identificarse. Ni el portero ni los tres guardaespaldas del lobby sospecharon nada y los hicieron seguir.

El caballo troyano de Jutsiñamuy estaba adentro.

Dos de los agentes fueron hasta el ascensor; los demás identificaron las cámaras y las evitaron dando un rodeo entre los carros. Subieron todos al tiempo y bajaron un piso antes, en el trece. Subieron al catorce por la escalera con todas las precauciones. Hubo cierta tensión, pero los guardaespaldas del corredor habían bebido y estaban lentos.

Los desarmaron sin darles oportunidad ni de levantar un arma.

Luego entraron.

La música retumbaba y había una penumbra de discoteca, así que pudieron organizarse en los costados del salón antes de que alguien reparara en ellos. Los guardaespaldas de la terraza dormitaban y fueron neutralizados. A una orden, los agentes encendieron las luces y pararon la música. Nadie opuso resistencia, más bien hubo risas y alguna cara lívida. Gustavo el Paraguas alzó las manos y miró a su alrededor, pero al ver que su gente estaba esposada movió las manos pidiendo calma. Los guardaespaldas del lobby huyeron, tal vez por intuición, y el resto de los agentes entró al edificio.

Allí estaban Laiseca y Cancino.

Llamaron a Jutsiñamuy.

—Acá desde el apartamento del hombre, jefe —dijo Laiseca.

—¿Todo el mundo en la jaula? —quiso saber Jutsiñamuy.

—Estoy contando y faltan dos —dijo Laiseca—, y a los que no veo es a los anfitriones, el pastor y la brasileña.

Fueron a revisar los corredores, subieron a la azotea, bajaron piso por piso hasta los parqueaderos. El portero, que estaba con un agente, no vio a nadie en las pantallas de seguridad.

¿Por dónde salieron?

No podían evacuar cada apartamento del edificio. Retrocedieron la grabación de las cámaras y sólo se vieron a sí mismos entrando.

Buscaron y buscaron. Ni rastro de ellos. El pastor Fritz y Egiswanda habían desaparecido.

De haber sido detenidos, el pastor Fritz y Egiswanda habrían estado en la Fiscalía a lo sumo un par de días. Les habría bastado con demostrar que no conocían los antecedentes de Gustavo el Paraguas y habrían quedado libres. Igual les sucedería a los demás. La fuga era un modo de autoinculparse, lo que justificó la acción posterior. Suerte distinta tuvieron las muchachas, que fueron liberadas tan pronto se les hizo la ficha policial.

La orden de búsqueda de los prófugos se extendió a la policía. El domingo, a las 6:00, veinticuatro agentes allanaron la sede de la iglesia Nueva Jerusalén y pusieron bajo secuestro hasta el último cuaderno de notas. Para el fiscal, de lo que se trataba era de clarificar y demostrar el nexo entre Gustavo el Paraguas y el pastor Fritz. Por el testimonio de Wendy se podría colegir que Gustavo era un jefe secreto de seguridad del pastor, probablemente quien dirigió su defensa en el combate del río Ullucos.

Ansiaba tener noticias de su amiga Julieta para confirmarlo desde el sector brasileño. Lo pensaba con cierta zozobra, pues a pesar de haber avanzado tanto en la investigación, la mayor parte seguía siendo sólo una hipótesis. Un castillo de naipes.

El lunes, Jutsiñamuy llegó a las 6:05 a su oficina.

Estaba impaciente. Sabía que a esa hora tan temprana era difícil tener algún tipo de novedad que pudiera apuntalar los hechos del fin de semana. Iba por el corredor a servirse un café de la greca cuando sintió que su celular temblaba en el bolsillo.

Un mensaje de Julieta, ¡justo lo que esperaba!

«Ya tengo todo, estoy saliendo hacia allá. Llegaré mañana o pasado. Podemos confirmar la identidad de Mr. F. Por favor investigue a un hombre llamado Arturo Silva Amador, colombiano.»

Se emocionó, pero no consideró seguro revelar nada por esa vía. Se contentó con responder: «Qué bien. La espero. Acá también hay sorpresas».

De inmediato llamó a la oficina técnica.

—¿Ya llegó Guillermina? —le preguntó a la secretaria de área que, probablemente, venía del turno de la noche.

—Claro que sí, fiscal, ya se la paso.

Hubo un silencio.

—¿Aló, buenos días?

Jutsiñamuy reconoció la voz y le dijo:

—Estimada, usted y yo debemos ser los únicos que estamos trabajando a esta hora, al pie del cañón.

—Ay, jefe —dijo su exsecretaria—, es que para arreglar todos los bollos de este país hay que comenzar tempranito. ¿Para qué soy buena?

—Le tengo un nombre, copie: Arturo Silva Amador.

—¿Algo en especial?

—Todo, desde el primer tetero.

—Cuente con eso, jefe. Ya me pongo a buscar.

Colgó preguntándose por qué diablos Guillermina había dejado de ser su secretaria. Pero lo sabía: una promoción profesional. Si alguna vez llegaba a fiscal general la llamaría a su despacho.

Eran apenas las 6:27 y pensó que tal vez debiera ir a Cali. Allá harían los primeros interrogatorios a Gustavo el Paraguas y de acuerdo a eso lo traerían a Bogotá en la tarde. Puede incluso que al mediodía.

Su teléfono volvió a sonar. Era Laiseca.

—Buenos días, jefe. Le tengo una buena noticia.

—Ay, carajo, cuente a ver...

—¿Se acuerda de Beilys David, el muchacho afro del Jamundí Inn?

—Pero claro, inolvidable —dijo Jutsiñamuy.

—Me llamó hace un rato a decir que tenía información para la venta. Y aquí estoy con él, porque en diez minutos comienza el turno. Tiene en la mano una página del periódico *El País* con las fotos de los muertos de las cafeterías, ¿y sabe qué dice? Los reconoció a todos. Eran de los que venían con el brasileño.

—Ah, muy bien. Dígale que no va a poder trabajar hoy. Ya salgo para Cali. Téngamelo ahí quieto que quiero hablar con él.

—Bueno, jefe —dijo Laiseca, dubitativo—, pero recuerde que yo hice un acuerdo y le di mi palabra de que no le iba a pasar nada.

—Explíquele que se tiene que quedar con usted por orden mía.

Jutsiñamuy oyó una vaga conversación.

—Ya, jefe. Sin problemas. Voy con él a recogerlo al aeropuerto.

—Bien hecho, lo primero es la ley —dijo Jutsiñamuy—. Dígale que lo felicito por hacer lo correcto.

—Qué va, jefe, lo que hizo fue pedirme más plata. Este joven es tremendo.

A las 8:45 el fiscal aterrizó en el Bonilla Aragón, en un vuelo de Avianca que, cosa rara, no tuvo ni retraso ni sobreventa. Laiseca y Cancino lo esperaban con el testigo.

—¿Usted está seguro de que los vio? —le preguntó Jutsiñamuy al joven Beilys, ya en el carro.

—Vea, doctor, uno cambia cuando le pegan un tiro en la nuca —dijo Beilys—, pero tampoco tanto... A esos manes los vi en el Jamundí Inn y me acuerdo de ellos. Estuvieron con el brasileño y el otro, el que me mostró su socio... El que apareció en la carretera.

—¿Óscar Luis Pedraza o Nadio Becerra? —precisó Cancino.

—No, yo no le sé el nombre —dijo Beilys—, el de la otra vez. El man que era el jefe.

Cancino volvió a sacar las fotos. Beilys señaló a Óscar Luis Pedraza.

—Este fue el que los trajo. Los llevé a los bungalows y hubo un chasco porque una de las reservas quedó mal hecha y dio un cuarto con cama doble, por error; los manes se hicieron chistes, se vacilaron, ¿me entiende? El jefe les dijo, bueno, pues les va tocar en la misma cama, vean a ver cuál se pone la piyama rosada... Los manes se mamaron gallo un rato y hubo que volver a recepción y conseguirles un cuarto con camas separadas, que no hay muchos porque allá van sobre todo parejas.

El tráfico hacia la ciudad era denso, lleno de camiones. Pasaron la fábrica de cerveza Póker, la de dulces Colombina. El motel Rey del Mundo.

Jutsiñamuy, mirando con intensidad al joven Beilys, le dijo:

—Venga le explico algo, mijo: el brasileño que usted conoció es un pastor cristiano que vino a su hotel a organizar un atentado contra otro pastor de acá. Por eso hay todos esos muertos. Pero el colombiano se salvó del atentado y ahora está al contragolpe, quebrando uno por uno a los enemigos que sobrevivieron de ese ataque. A los muertos de ese día los está soltando de a poquitos, porque él mismo se los llevó.

El muchacho lo miró con miedo. Detrás de su gorra de béisbol y su actitud de rey de la calle asomó un niño asustado. El fiscal continuó:

—Por eso necesito que usted, jovencito patriota y valeroso, que ama su país, nos declare de forma oficial todo esto que me acaba de decir. Colombia le estará agradecida.

El muchacho recuperó su aplomo y dijo:

—¿Y como cuánto pagan por eso?

El fiscal lo miró con ojos de fuego.

—No se paga nada, carajo. Cobrarle a la justicia por contar la verdad es un delito. Vea a ver de qué lado quiere estar, ¿de la patria o del crimen?

El muchacho miró al fiscal, sin amedrentarse.

—Yo prefiero estar del lado de los que recibieron un milloncito por decir la verdad, ¿me copia, doctor?

El fiscal miró a Laiseca, quien se alzó de hombros. Era ilegal, no podía hacerse.

—Eso es imposible, muchacho. ¿Así le paga a su país? —lo reprendió el fiscal.

El joven le sostuvo la mirada y dijo:

—Mi cucha fue sirvienta toda la vida y hoy no tiene pensión. De mis siete hermanos, dos murieron trabajando de sicarios y la mayor es puta desde los quince y hoy está en tratamiento psiquiátrico por drogas. No le debo nada al país, que yo sepa.

Jutsiñamuy miró a Laiseca y le dijo, bueno, está bien, vamos a darle una colaboración humanitaria a este bandido, que por lo visto tampoco es culpa de él.

Pero aún era temprano. Quería hablar con Julieta antes de construir el caso con todas las fichas. La información sobre Fabinho sería la confirmación.

Llegaron a la Fiscalía y Jutsiñamuy pidió hablar con Gustavo el Paraguas, detenido en una de las celdas de seguridad. Tras una serie de trámites lo llevaron a uno de los cubículos utilizados para interrogatorios.

Al verlo, Jutsiñamuy reconoció signos de esa delincuencia que emerge en las clases medias, relacionada con la administración del Estado o el ejército. Gente con un gran descontento y malestar histórico.

Se presentó.

El hombre lo miró de arriba abajo y dijo que no abriría la boca sin su abogado.

—Es normal, pero voy a hacerle unas preguntas. Usted verá si me responde.

Dio muestras de disgusto.

—Le doy mi palabra de que nadie nos está escuchando ni grabando —dijo Jutsiñamuy—, y no le escondo que su situación es bastante complicada. A mí lo que me interesa, más allá de las cosas que usted tenga con la justicia, es su relación con el pastor Fritz Almayer. Ya tenemos evidencia de que le brindó seguridad.

Al fondo, desde muy lejos, se oyó el golpe de una excavadora. El Paraguas miró al fiscal frunciendo el ceño, pero no dijo nada.

—Eso es lo que verdaderamente me importa —continuó diciendo—. ¿Sí sabe que el pastor y su amiga brasileña desaparecieron? No me pregunte cómo, pero, a pesar de que el operativo se hizo en su propia casa, el hombre se nos voló. ¡Cómo le parece! Y lo peor es que no tenía por qué. Contra él no hay ninguna evidencia. Tan raro, ¿no?

Gustavo el Paraguas se estrujó los ojos con los dedos, como quitándose el sueño.

—A mí eso no me parece tan raro —dijo, con voz cansada—, ese hombre está protegido por Dios. Así, cualquiera.

—Pero si usted trabaja para él —dijo Jutsiñamuy—, ¿no le parece injusto que a usted no lo proteja?

Se alzó de hombros.

—Dios sabe cómo hace sus cosas.

—Pues en este caso a usted le tocó el papel de Barrabás, pero sin ser perdonado.

—Eso todavía no lo sabemos —dijo el Paraguas.

—En toda historia hay uno que se salva y otro al que condenan. La gracia es que le toque a uno el lado bueno de la reja.

—¿Y cuál es el bueno? —preguntó el Paraguas.

—Pues el de afuera, obvio. Cuál va a ser.

—¿Me está haciendo una propuesta? —quiso saber el Paraguas.

—Le estoy preguntando por su relación con el pastor Fritz, pero déjeme que yo se la diga: usted es su agencia clandestina de seguridad. Con su red de exsoldados lo salvó de un ataque hace un par de semanas en Tierradentro, en la carretera que llega a San Andrés de Pisimbalá, en el puente sobre el río Ullucos. Ese ataque fue brutal, pero usted le puso la cara y lo sacó vivo en un helicóptero. Luego recogieron las huellas del combate, incluidos los cadáveres. Y la cosa no paró ahí. Usted averiguó quiénes fueron los sobrevivientes de ese ataque y los hizo matar uno a uno, el mismo día y a la misma hora, porque así se lo pidió su inestimable amigo el pastor Fritz. ¿Y por qué le pidió eso? Porque con ese golpe los enemigos se replegarían asustados ante su temible capacidad de fuego y por mucho tiempo no volverían a intentar nada. Usted lo hizo, y ahora sus hombres, los que hicieron las «ejecuciones», ya están perdidos, difuminados por ahí, ¿me equivoco?

Gustavo el Paraguas se mantuvo rígido, pero su labio superior emitió ciertos temblores.

—Y fíjese —siguió diciendo Jutsiñamuy—, usted tiene ahora un chorizo largo de acusaciones, más estas nuevas que le van a caer y que son bien graves, eso quiere decir, así por lo bajo, unos treinta años de cárcel, digamos veinte con las reducciones por buena conducta, pero viendo que usted tiene sesenta y dos, pues equivale a un retiro definitivo, mientras que el pastorcito y su brasileña deben estar ya quién sabe en qué playa, gozándosela juntos, asoleándose en tanga y con un tequila sunrise en la mano, esperando que pase el temporal para volver sin que nada los perturbe. Si ustedes eran tan cercanos, no hay duda de que el pastor vendrá a visitarlo a la cárcel y le traerá pandebono y salpicón. Pero después él se irá a su casa, a su cama calientica con la brasileña y las otras nenas de las que dispone, mientras que usted, del lado interior de la reja, tendrá que vérselas con la vida carcelaria que ya conoce, claro. Qué vida tan injusta, ¿no le parece?

Otra vez se oyó un estrépito lejano, como si un camión hubiera descargado una tonelada de piedras. Gustavo el Paraguas miró al fiscal a los ojos.

—¿De verdad no tienen nada contra él? —dijo.

—Nada, como le digo —confirmó Jutsiñamuy—. Si lo agarráramos ahora sólo tendría que justificar su fuga y por qué estaba usted en su casa, pero con un buen abogado eso se explica fácil. Imagínese, con las ganas que tenemos de echarle el guante. Porque el hombre es un bandido. Quién sabe si no organizó él mismo el chivatazo que nos dieron para arrestarlo a usted.

—Y si yo le cuento de él, ¿gano algo?

—Pues claro —dijo el fiscal—. Si comprobamos que él fue el autor intelectual de los asesinatos de las cafeterías de Cali, pues eso le resta a usted, que pasaría a ser nada más que «ejecutor». Y para usted sería un «principio de oportunidad», le convendría.

—Nunca he dicho que haya sido yo.

—Lo sé —dijo Jutsiñamuy—, pero se va a demostrar en el juicio. Aquí entre nos, ya tenemos todo. Lo que nos falta es saber el porqué. Y el porqué es el pastor. Ahora, si usted quiere encubrirlo, lo admiro.

Gustavo el Paraguas titubeó un poco y dijo:

—Y si eventualmente yo dijera algo, ¿cuánto beneficio obtengo?

—Ah, eso sí es cosa que se negocia entre sus abogados y nosotros, no se lo puedo decir aquí porque lo que estamos hablando, como le dije al principio, es entre usted y yo. Nadie está grabando ni hay consecuencias. Si nos cuenta la verdad, le aseguro que saldrá aventajado.

—¿Me lo jura? —preguntó el Paraguas—. ¿Me está diciendo que quedo libre si denuncio al pastor?

—Tampoco exagere, hombre, no estoy diciendo que quede libre —aclaró Jutsiñamuy—. Pero si denuncia al pastor a usted le conviene y a nosotros también. No puedo asegurarle el valor de los premios, pero sí le digo que le conviene. Piénselo.

El fiscal se levantó de la silla metálica y Gustavo el Paraguas lo miró con sorpresa.

—¿Ya se va? —dijo el Paraguas.

—Ya le dije lo que tenía que decirle.

—Voy a hablar con mi abogado para que negocie con ustedes, porque el pastor sí está involucrado. Él me contrató. Yo lo saqué vivo de la carretera de Tierradentro. Lo de los crímenes de las cafeterías, como usted dice, fue orden suya, yo sólo hice los contactos.

El fiscal Jutsiñamuy se agarró el nudo de la corbata y lo palpó. Luego le dijo:

—Eso ya lo sabíamos, lo que importa es que usted lo diga. Es lo único que puede negociar, nada más. Le deseo suerte.

Salieron a la calle. Hacía calor. Laiseca le dijo al fiscal:

—¿Y ahora?

Jutsiñamuy, con el cuello erguido como una jirafa, respondió.

—Ahora vamos a esperar a que este tipo se acabe de quebrar, pero lo importante ya lo sabemos. ¿Alguna novedad del pastorcito?

—Nada por ahora, jefe —dijo Laiseca—. Se evaporó.

—Búsquelo también por este nombre, a ver, tome nota: Arturo Silva Amador. Ya le encargué antecedentes a Guillermina y debe estar por llamarme.

Tres horas después estaba de nuevo en Bogotá. Oyó unos golpecitos en la puerta y reconoció el estilo de su antigua secretaria.

—Adelante, Guillermina.

La mujer entró con un fólder en la mano.

—Le tengo varias cosas —dijo atareada, casi sin mirarlo—, y empiezo por el principio: imagínese que nació en Florencia, Caquetá, el 30 de diciembre de 1965...

—Qué fecha más rara para nacer —dijo Jutsiñamuy, dándole un sorbo a su té.

—Se ceduló en Florencia y vino a Bogotá como sacerdote en la orden de los esculapios, en 1984. Estuvo poco. Al año siguiente aparece como estudiante con los carmelitas descalzos en la Javeriana. Luego se matriculó en agronomía en la Universidad Nacional, pero no se graduó. También hizo cursos de filosofía y antropología. Después volvió al Caquetá, porque en 1992 aparece una solicitud para ser profesor en una escuela pública, que no obtuvo. Trabajó en un colegio privado, siempre en Florencia, como auxiliar académico. Es lo que dice la inscripción. Estuvo involucrado en la creación de un sindicato de profesores en el Caquetá. En recortes de prensa aparece como vocal y tesorero. Acá le tengo copias. Luego, en 1998, denunció haber sido amenazado por las FARC. De esa época hay registro de sus dos únicas salidas del país. Y luego, jefe, la gran sorpresa. Aparece muerto el 9 de noviembre de 2002. Acá está su certificado de defunción del hospital departamental de Florencia. Y ojo a esto: dice que el cuerpo fue impactado por seis balas calibre 9 milímetros, en la cabeza y el tórax, y una en la nuca, previsiblemente un tiro de gracia; señala que tenía signos de tortura tales como quemaduras de cigarrillos, cuatro dedos cortados, los dos ojos reventados por arma blanca y nueve dientes extraídos y quebrados; en la laringe encontraron sus testículos y pene, que habían sido seccionados; el informe forense agrega que presentaba siete mordeduras profundas de «jergón», una de las serpientes más venenosas de la Amazonía, en el cuello, las mejillas y las piernas; ese veneno, por sí solo, le habría producido la muerte. Y un último detalle: su cuerpo fue encontrado en tres bolsas, desmembrado. Una cosa horripilante. Está enterrado en el cementerio local.

—Caramba —dijo Jutsiñamuy—, qué carnicería en un solo hombre. ¿Y no se supo quién le hizo eso?

—No hay denuncia ni investigación abierta.

Guillermina abrió otra carpeta y dijo:

—Pero jefe, lo interesante es que el otro señor que me pidió investigar hace unos días, el pastor Fritz Almayer, también nació el 30 de diciembre de 1965. Fue la fecha que declaró la primera vez que la pidió en la Registraduría Auxiliar de Florencia, el 18 de enero de 1984, pero es raro porque no existe nada hasta el 2003, más o menos, cuando se inscribe como pastor de una iglesia llamada Nueva Nazaret, precisamente allá, en Florencia. ¿No le parece extraño que en tanto tiempo no haya dejado huella? Como si hubiera estado en un congelador. Es lo único que hay. Pedí una verificación de los documentos, pero siendo tan viejos es muy lento.

El fiscal dejó la taza, ya vacía, sobre su mesa.

—Bueno, pues lo que me está sugiriendo es que Arturo Silva Amador y Fritz Almayer son la misma persona, ¿no? Tiene bastante lógica. La vida de Arturo Silva, con su paso por las órdenes sacerdotales, filosofía y antropología, sirvió para construir un discurso religioso, que es lo que hoy él les ofrece a sus fieles. Y la descripción de su horrenda muerte queda como ejercicio literario.

«Será eso lo que viene a decirme Julieta, que debe llegar mañana», pensó Jutsiñamuy, pero no se lo dijo a su fiel Guillermina.

—Es lo que yo creo, jefe.

Desde el aeropuerto de Ciudad de Panamá, última escala antes de llegar a Colombia, Julieta le escribió al fiscal Jutsiñamuy.

«En dos horas estoy en El Dorado.»

Y Jutsiñamuy le respondió: «La espero en el aeropuerto. Me urge hablar con usted».

El fiscal la esperó a la salida del avión y fueron a una sala de la policía. Les sirvieron dos cafés y hablaron. Julieta le contó, in extenso, lo que había descubierto hablando con Fabinho Henriquez. Luego Jutsiñamuy le hizo un detallado informe del operativo contra el pastor Fritz, su huida y lo que habían logrado saber sobre el combate del río Ullucos. Por último, le dijo:

—Verificamos también a Arturo Silva Amador —dijo el fiscal—, y corrobora lo que usted averiguó allá. Es el mismo pastorcito.

—Bueno —dijo Julieta—, con esto ya tenemos toda la historia, ¿no? No sé si para usted sea fácil perseguirlos y detenerlos. Para mí, la información está completa.

—Con la declaración de Gustavo el Paraguas —dijo el fiscal—, podremos establecer la acusación contra el pastor Fritz, pero como le dije, dependerá de las negociaciones que haga con su abogado para obtener beneficios, o sea que pasará un tiempo. En cuanto a Fabinho Henriquez, se podrá pedir una orden de arresto internacional a Francia para que la transmitan a Cayena. La declaración del joven Beilys David, del Jamundí Inn, reconociéndolo como cerebro del ataque, será clave. Con eso podríamos explicar esos muertos.

—Demasiados, como siempre —dijo Julieta.

—Este país nos tiene mal acostumbrados —dijo el fiscal—. Y otra cosa, ¿Johanita resolvió lo de la mamá del niño?

—Tengo que verla ahora. Me dijo que tenía novedades.

—Esa muchacha es una joya —dijo Jutsiñamuy—, ni se imagina la suerte que tiene de trabajar con ella.

—Lo sé, fiscal. Ya tengo que irme. Una cosa: ¿va a hacer una rueda de prensa sobre el caso?

—Puede que la haga —dijo el fiscal—, pero no completa. Habrá que informar de los asesinados de Cali. Diremos que fue un ajuste de cuentas, porque en realidad fue eso: una extensión del combate de Ullucos, o sea un ajuste de cuentas. Más adelante, cuando agarremos al pastorcito, podremos contar el resto. Por ahora la historia es sólo suya, como pactamos al principio.

—Gracias por cumplir, fiscal —le dijo Julieta—. Hablar con usted me llena de ánimo.

—Y eso que a mí me gustaría hablar de otras cosas, pero no, este país no lo deja a uno, con esas vainas tan horribles que pasan. Siempre lo bueno hay que dejarlo para después.

—Aquí nos tocó —dijo ella—, qué se le va a hacer.

El sol detrás de las nubes

Julieta llegó poco después a su oficina en un taxi del aeropuerto. Johana estaba en su computador, trabajando, y Franklin navegaba por internet en la tablet. Se saludaron. De inmediato Julieta notó que algo andaba mal y que Johana estaba deshecha. Tal vez habría dormido poco, pero su aspecto no auguraba nada bueno.

¿Qué pasaba?

Johana fue a hablar pero no pudo, estaba a punto de llorar.

—¿Qué pasó? —preguntó Julieta, sosteniéndola de los hombros.

—Mientras usted estaba de viaje, jefa, me llamaron... —se contuvo otra vez—. Mi hermano Carlos Duván, ¿se acuerda de él? Era líder social en Buenaventura, en el barrio El Cristal. Llevaba un año allá, trabajando con desplazados...

—¿Y qué le pasó? —dijo Julieta, ya angustiada.

—Se lo llevaron unos tipos en moto... Hace cuatro días. Me llamó la esposa a contarme. Tienen un niño de tres años...

Volvió a llorar. Franklin, desde el computador, pareció sentirlo y las miró, pero de inmediato regresó la vista a la pantalla.

—¿Y no han llamado a pedir algo?, ¿no es un secuestro? —preguntó Julieta.

—No, nada. Es que allá a los que fueron de las FARC se los están llevando.

—Ay, Dios. Cuánto lo siento. Habrá que esperar, Johanita. ¿Habló con el fiscal?

—No he querido, me da miedo que se sepa, y si todavía está vivo, ahora sí le pase algo. Aunque hay poca esperanza. Cuatro días... Lo habrán matado.

Julieta le dio un abrazo.

—Espere yo llamo al fiscal y le digo que nos ayude, lo vi hace un rato en el aeropuerto.

Marcó a su celular y le explicó a Jutsiñamuy lo que había pasado, dándole todos los datos: Carlos Duván Triviño, treinta y cuatro años, barrio El Cristal de Buenaventura, hace cuatro días, líder social.

—¿Líder social? —exclamó Jutsiñamuy—, ay, juemíchica, a esos se los están bajando como guanábanas del árbol. Con perdón. Y lo peor es que por esa zona no hay mucha esperanza, pero esto no se lo diga. Voy a ver qué averiguo.

—Gracias, fiscal. Usted se imagina la importancia de esto.

—Claro, cuente conmigo y me saluda a Johanita. Qué vaina.

Colgó y le dio un abrazo.

—Nos va a ayudar —dijo Julieta—, ojalá pueda hacer algo.

—Gracias, jefa. Es muy difícil... Haber entregado las armas para esto.

Julieta saludó a Franklin, calentó un café y le ofreció un trago a Johana. Por fin se lo aceptó.

El niño las miraba de vez en cuando, evitando encontrarse con sus ojos.

—¿Él sabe? —preguntó Julieta.

—No —dijo Johana—, prefiero no mezclarle más cosas. Ahora ambos estamos a la espera.

Se tomaron otra taza de café. Al fin Johana se sintió un poco mejor.

—¿Y hay novedades del niño?

—Después de varias pistas —dijo Johana—, estoy esperando respuesta de una antigua fariana que se fue a vivir a Estados Unidos, a Houston.

Julieta comenzó a sacar las cosas del maletín y a organizarlas en su escritorio. El niño la miró con timidez, le hizo una sonrisa y volvió a concentrarse en la pantalla. ¿Qué veía? ¿Qué ves?

—Fotos —dijo el niño.

—¿De alguien en especial? —preguntó Julieta.

—No señora, de una ciudad.

—¿Cuál, si puede saberse?

—Houston —dijo el niño, sonrojándose.

Se volvió hacia Johana.

—Bueno, pero cuéntame cómo fue todo.

—Al final, después de mucho trajinar —dijo Johana—, logré dar con la famosa Berta Noriega, la compañera que trabaja en el Congreso, con el partido. Me tocó ir a hablar con ella personalmente, y cuando le dije del niño y le mostré esa vieja foto de La Macarena me ayudó con su archivo de excombatientes. Encontró a una Clara que se fue a Houston hace dos años, con el nombre de Clara Martínez Neira, pero sin más información. No sabemos si es de San Juan del Sumapaz. Como eso tiene una serie de protocolos de seguridad, me pidió que le dejara los datos y un par de fotos del muchacho. Dijo que ella haría la vuelta y que esperara, pues la excombatiente debía responder y autorizarla a darnos la información. Usted se imagina, jefa, con lo que está pasando aquí todos andan bien paranoicos. Entonces tomamos unas fotos muy artísticas, a ver si responde, y estamos esperando, ¿no es cierto, Franklin? Si no es esta, pues será otra. Hasta que la encontremos.

Julieta se sirvió un café triple y comenzó a contarle a Johana las novedades de su viaje. El niño no sacó un segundo la cabeza de la pantalla.

—¿Cómo se ha sentido él? —preguntó Julieta, en voz baja.

—Bien, es un pelao muy chévere, juicioso y pilo. Hemos estado acompañándonos mucho.

Franklin se asomó y las miró. Sus ojos tan negros expresaban algo indefinido que podría ser esperanza o resignación.

—La vamos a encontrar, sólo hay que darle tiempo a esto para que madure —dijo Johana.

Cuando Julieta acabó de ordenar sus cosas y vio la hora, se sorprendió: eran casi las nueve de la noche y aún no había llamado a sus hijos. Agarró el celular y marcó, golpeando fuerte las teclas.

—Hola, pásame a Jerónimo, por favor. Acabo de llegar a Bogotá.

—¡Quihubo! —dijo su ex, sorprendido—, gracias por saludar, me alegra que te haya ido tan bien en tu viaje.

—No jodas, Joaquín. Estoy cansada. Pásame a Jerónimo.

—No ha llegado, está en cine con unos amigos.

—¡¿En cine?! Pero carajo, si mañana tiene colegio.

—Apenas llegue le digo que llamaste a saludarnos.

—Pásame a Samuel.

—Espera, a lo mejor ya está dormido... ¡Sammy, tu mamá al teléfono!

Un silencio largo.

—Está dormido, Juli, ¿quieres que lo despierte?

—No, déjalo que duerma. Hablamos mañana.

El resto de la semana pasó sin novedades: Julieta transcribiendo las notas de sus cuadernos, Johana expectante por el tema de su hermano, del que seguía sin noticias, y el niño frente a la pantalla del computador.

Poco después de volver le escribió a Zamarripa: «Ya tengo todo, Daniel. Confirmé la historia desde Guayana. Hay material para una crónica larga y como la querías: iglesias evangélicas, pastores, crímenes, minería ilegal, celos, bala. Estoy escribiendo. Dame una fecha de entrega».

Zamarripa: «Suena buenísimo. Escribe con calma y me mandas a fin de mes. La leo y programamos».

Mientras Julieta estuvo ausente, Johana se comunicó con el sacerdote Francisco, de la iglesia de San Andrés de Pisimbalá; le contó que habían encontrado al niño sano y salvo y que estaba con ellas en Bogotá. Muy pronto volvería al pueblo. Le pidió que se lo transmitiera a los abuelos.

Una de esas tardes Johana llamó a Jutsiñamuy a preguntar por Carlos Duván. Le dijo que se había abierto un dossier por desaparición y secuestro, y que estaba pendiente.

—Ay, fiscal, yo creo que lo mataron —dijo ella—. Será uno más.

—Usted sabe cómo es de difícil esa zona, mi niña —dijo él—, con el clan Úsuga y otros paracos metidos por ahí. Se me arruga el corazón al pensar que es su hermano, pero no hay que tirar la toalla hasta que no se sepa qué fue lo que pasó. Puede que hayan venido por él de la guerrilla, ¿no? En fin, hasta que no se encuentre el cuerpo no podemos decir que está muerto.

—Ese es el problema, fiscal. No se va a saber nada y así nos quedaremos, pero le agradezco su ayuda.

—Hay que tener fe, Johanita.

—Lo intento, fiscal, pero es que yo ya no creo en nada.

Luego, apesadumbrados, se despidieron.

Tres días después, las mujeres continuaban a la espera. Hasta que...

Debían ser pasadas las diez de la noche. De pronto Julieta sintió vibrar su teléfono y vio un extraño y anónimo mensaje: «Debo hablarle. Por favor confíe en mí».

¿Quién era? Su pregunta fue retórica, pues desde que lo leyó supo que era del pastor Fritz, o Arturo Silva, ¿cómo debía llamarlo ahora? Pensó que a lo largo de la vida uno es varias personas, a veces contradictorias. Ella también lo había experimentado. Miró la pantalla del celular y su corazón comenzó a golpear.

«Dígame, amigo.»

«Por favor vaya caminando hasta la bomba de la 67 con Séptima.»

«¿Ahora mismo?»

«Sí.»

Julieta agarró su cartera y le dijo a Johana:

—Voy a salir a encontrarme con el pastor, me acaba de enviar un mensaje.

—¿¡Con el pastor Fritz!?

Johana la miró, entre curiosa y angustiada.

—Sí, con él, pero no te preocupes.

—¿Le aviso al fiscal?

Julieta lo pensó un segundo.

—No —dijo—, no. Por ahora no. Ni una palabra.

—Tenga cuidado, jefa.

—Necesito el final de esta historia, y él lo tiene. Tú no hagas nada.

—Pero si usted no vuelve o no se comunica dentro de una hora, le aviso al fiscal.

—Está bien, hagamos así —dijo Julieta.

Salió.

Las calles de Bogotá, siempre frías y solitarias a esa hora.

El aire es húmedo y hay la sensación de que algo muy grave e irreparable está a punto de ocurrir. Julieta caminó hacia la carrera Séptima. El pasto de los antejardines estaba mojado por alguna llovizna reciente. Sintió vértigo, como si fuera a un encuentro clandestino con algún viejo amante. Había un vago temblor erótico, y mucho miedo. ¿Cuántas veces la realidad nos regresa a la adolescencia? La edad de los anhelos. La sala de máquinas de la vida.

Cruzó la carrera Quinta, ¿por qué estaba todo tan solo?

De repente, una Suburban negra se detuvo a su lado. Una puerta se abrió.

—Suba, Julieta, soy yo.

Ahí estaba él, el pastor Fritz o Arturo Silva. El hombre inteligente y seductor, el niño abandonado en la banca de un parque, el aventurero enamorado que traicionó a su socio, el asesino que hizo matar a sus enemigos a sangre fría. ¿Con cuál de ellos estaba por tener una charla? ¿Cuál dijo «soy yo»? El pastor estaba en el asiento de atrás. Un anónimo chofer iba al volante. Vio sus ojos cavernosos y profundos. Vestía de negro, como para una de sus charlas. Y un agradable perfume a pino.

—¿Adónde, señor? —preguntó el chofer.

—Retroceda por la Circunvalar hasta la 58.

Julieta no se atrevió a hacerle preguntas. Sólo esperó a que él hablara, pero Fritz se mantuvo en silencio. Por fin se estacionaron al frente de una casa de Chapinero. Al fondo, en diagonal, se veía un parque.

El pastor le indicó por la ventana.

—Esa fue la casa a la que mi padre entró. Ahí desapareció.

Era una construcción de ladrillo oscuro y techos de teja.

—¿Alguna vez supo qué pasó? —dijo Julieta.

—La hipótesis es que venía a una reunión clandestina —dijo—, pues era miembro del Partido Comunista. La policía los había detectado, así que tan pronto entró lo arrestaron y luego desapareció. Lo habrán torturado y ejecutado mientras él pensaba que había dejado solo a su hijo. Qué sufrimiento. En algún lugar estarán sus huesos. Siempre imagino que su cuerpo fue maltratado de la manera más inhumana, cortado en varias partes, entregado a los perros.

—Y a las serpientes —dijo Julieta.

Fritz la miró con curiosidad.

—Usted escenificó esos fantasmas en su propia muerte, es decir, en la de Arturo Silva Amador.

El pastor hizo un gesto de sorpresa.

—Veo que es buena investigando y que me conoce un poco más que otros.

—Tengo ciertos recursos —dijo Julieta.

—No he dejado de buscar a mi padre un solo día de mi vida —dijo Fritz—. Aún hoy, cuarenta años después, sigo siendo ese niño que espera en la banca del parque. Esperar y esperar al padre, es lo que llamo el «complejo de Telémaco». Hace unos años compré esta casa del frente y cuando vengo a Bogotá me paso horas en la ventana, imaginando que esa puerta se abre y lo veo salir. ¿Sabe? Me dejó un sánduche y una manzana. Pienso todos los días en eso. Un sencillo sánduche de pollo y una manzana. Buscar a Cristo es pretender alivio a los dolores, pero sobre todo encontrar al padre perdido. Por ser este un país de huérfanos es que tanta gente cae de rodillas en los altares, en las sacristías y en los templos. Todos anhelando un padre. Si usted no es capaz de comprender eso, mi querida Julieta, no tiene ni idea del país en que vive.

—Cada uno tiene su escala de dolor —dijo ella—. La mía es diferente. ¿Y su madre? ¿También murió?

—Murió cuando yo nací —dijo—, en el parto.

Hubo un incómodo silencio.

—¿Y qué va a hacer ahora? —preguntó Julieta.

—Egiswanda me espera en un lugar seguro, no es la primera vez que tenemos que huir.

Al decir esto, el pastor dio orden al chofer de arrancar.

—¿Hacia dónde? —preguntó el conductor.

—Hacia el norte, por la Circunvalar.

Julieta lo miró sin saber qué hacer. Quería seguir ahí, estar un rato más con ese misterioso hombre. Se acordó de Johana, ¿había pasado ya una hora?

—Disculpe, Fritz. Debo enviarle una señal a mi colaboradora. Confíe en mí.

Sacó su celular y envió un mensaje. «No hagas nada, todo está bien.» Fritz la dejó hacer.

La Suburban avanzó en plena noche por la Circunvalar hasta la calle 94, luego tomó la carrera Séptima y fue hasta Usaquén. Ahí se detuvo un momento, pero la voz del pastor dijo al chofer:

—Adelante, no pare. Vaya hacia la autopista.

El auto continuó por la 127 dejando atrás el barrio Bella Suiza. Las calles parecían aún más solitarias que esa Suburban sonámbula que pisaba charcos y dejaba atrás avenidas y carreras. En la Autopista Norte, cerca del puente del Común, el chofer volvió a detenerse.

—No pare, haga un giro y regrese hacia el centro —dijo la voz.

Vista desde el oscuro cielo bogotano, las evoluciones de esa camioneta formaron extraños signos, pero nadie estaba ahí para comprenderlos.

Volvieron hasta el monumento a Los Héroes, subieron por la avenida Chile hasta la Séptima y al llegar a la calle 26 tomaron la ruta del aeropuerto.

—No pare, adelante —insistió la voz.

El auto regresó hacia el norte por la carrera 30 y subió a la Séptima por la 94. Luego subió a la carrera Quinta. Por fin las voces volvieron.

—¿Puedo llevarla a su casa? —preguntó Fritz—. Ya es tarde.

—Claro que puede, no va a pasar nada.

Llegaron frente a su edificio.

—¿Qué debo hacer para volver a verlo? —preguntó Julieta.

—No haga nada, amiga. Sólo espere aquí. Cuando tenga la certeza de quién soy, realmente, la llamaré para contarle.

Sintió lástima, quiso ayudarlo. Él lo notó.

—No se preocupe por mí —dijo Fritz—, yo pertenezco a otro mundo en el que estas cosas ya no producen dolor. Usted quédese en el suyo. Algún día la buscaré. Soy de los que escapan, tal vez para estar solo y poder gritar. Al cielo o al universo, con la esperanza de obtener algún día una respuesta. Ahora debo irme.

Julieta bajó de la Suburban. Antes de ir hacia las escalinatas de entrada, se acercó a su ventana y le dijo:

—Estuve con Fabio en Guayana, me contó su historia.

El pastor Fritz no pareció sorprenderse. Tal vez lo había intuido, o pensó que era un encuentro inevitable.

—¿Qué pasó con el hijo de Clarice? —preguntó Julieta.

—Nació muerto —dijo el pastor—. Lo enterramos a orillas del río Putumayo.

Luego, Fritz agregó:

—¿Cómo está Fabio?

—Bien —dijo Julieta—, es un próspero empresario, pero está muy solo.

—Ha intentado matarme ya tres veces —dijo Fritz—, pero le aseguro que lo extraño. Es el único amigo verdadero que tuve.

—Tal vez sean la misma persona —dijo Julieta—. Por eso Clarice... —prefirió no acabar la frase, pero le dijo—: Váyase. Tiene por delante un largo viaje y ya casi va a amanecer.

El pastor miró hacia el cielo, denso y oscuro.

—No creo que amanezca por ahora. Hoy la noche tendrá que ser larga.

Se abrazaron.

Luego la Suburban volvió a perderse en esa nada neblinosa y lóbrega que rodea las montañas.

Epílogo

Unos días después, Julieta encontró en *El Espectador* una noticia sobre los asesinados en las cafeterías de Cali. Gustavo el Paraguas era acusado de ser el ejecutor o «autor material» y se hacían cábalas sobre el autor intelectual de los crímenes. El artículo no mencionaba el nombre de Fritz Almayer, tampoco el de Fabio Henriquez.

Decidió llamar al fiscal Jutsiñamuy.

—Estimada amiga —dijo él—, qué placer oírla.

—Acabo de ver su rueda de prensa en los periódicos.

—Sí —dijo Jutsiñamuy—. La negociación con los abogados del Paraguas ya está hecha, pero estamos averiguando unas últimas cosas antes de informar el paquete completo.

Julieta sintió remordimiento al no contarle su encuentro con el pastor, pero había dado su palabra.

—Estaré pendiente, fiscal. ¿Y del hermano de Johana?

—Nada, y lo peor, aquí entre nos, es que creo que eso se va a quedar así. ¿Cuántos líderes sociales van muertos o desaparecidos este año? ¡Más de doscientos! De todas maneras sigo pendiente.

No bien colgó la llamada cuando oyó un grito de Johana, desde el otro lado de la oficina.

—Hay noticias, jefa.

La señora Berta, administrativa del partido de las FARC en el Congreso, acababa de llamar para decirle que había recibido respuesta de la compañera de Houston. Por motivos de seguridad no estaba autorizada a darle esa información por teléfono. Johana preguntó si podían ir a su oficina ese mismo día y la mujer respondió que sí.

De hecho, dijo, «es muy importante que vengan hoy».
Decidieron ir ambas, con el niño.

Johana no había estado nunca en las oficinas del Congreso de la República, en el Capitolio Nacional, y se impresionó del gentío y la algarabía de los corredores. Berta Noriega bajó a recibirlas al control de seguridad y les ayudó con el complicado trámite de entrada. Franklin, de suéter azul y camisa blanca, parecía tocar con los ojos cada cosa que miraba.

—¿Este es el muchacho? ¡Tan churro! Hola, joven —le dijo Berta Noriega.

Franklin le hizo una sonrisa muy leve.

—Vengan a la oficina, bizcochos, tengo que mostrarles algo.

Fueron hasta el fondo de un corredor, luego unas escaleras y otro corredor más. Entraron a una oficina doble en la que había muchas personas trabajando. Berta los invitó a pasar a su cubículo y cerró la puerta.

—Como les dije, envié toda la información que me dieron y las fotos del niño la semana pasada, y miren. Aquí está la respuesta.

Volteó la pantalla del computador.

Leyeron:

«Mi nombre es Clara Martínez Neira. Fui combatiente del Frente Manuel Cepeda de las FARC. Tuve un hijo hace catorce años que nació en un campamento en la zona del Puracé y que entregamos a sus abuelos por las necesidades de la lucha armada. Nunca supe el lugar adonde fue a parar. El padre era el que tenía esa información, pero fue dado de baja en combate y por eso no supe dónde buscarlo. Usted dice que el nombre del padre era Justino Vanegas, pero, como bien sabe, los nombres reales estaban prohibidos, y por eso yo nunca lo supe. Cuando llegó la paz busqué al niño, pero no fue posible reconstruir el camino, así que comencé una nueva vida. Ahora vivo en Houston hace un año y medio. Estoy casada y tengo una hija. Creo que el niño de la foto puede ser mi hijo. Quisiera verlo. Llego mañana a Bogotá a las 16:30 en vuelo American Airlines proveniente de Miami. Adjunto foto reciente. Puede informarles a las personas que lo tienen, para facilitar el encuentro. Espero también información sobre el alojamiento seguro del que me habló.

Atentamente. CMN».

Al otro día, los tres fueron a esperarla a El Dorado.

Antes de salir, Julieta eligió una pinta elegante en el armario de su hijo menor para vestir al niño. Que estuviera bien presentado para conocer a la mamá.

Y ahí estaban, expectantes, en la puerta de salidas internacionales, viendo pasar muchedumbres anónimas en el ritual del saludo, las lágrimas, las bienvenidas.

De repente, a lo lejos, vieron a una mujer que se acercaba temerosa a las puertas automáticas. Empujaba una maleta pequeña.

Johana creyó reconocerla y dijo: «Puede ser esa de allá».

Julieta la miró de lejos. Era joven, se conservaba bien. Estaba vestida con sencillez, de tenis y bluyín. Aún le faltaban varios metros para salir. Franklin se agarró del tubo que separa el espacio de los que esperan, impaciente.

—¿Esa es? —preguntó parpadeando muy rápido, como un batir de alas. Un tic que recién se le manifestaba.

—Sí —le dijo Johana—. Es ella.

Al decir esto Johana se quitó una lágrima con un dedo y pensó que al menos la historia del niño sí tendría un final. No como la suya y la de su hermano, hasta ahora una herida abierta.

El niño bajó la cabeza, volvió a subirla. Movió una pierna hacia un lado y hacia el otro. El mal de san Vito.

—¿Estás contento? —le preguntó Julieta.

—Tengo miedo —contestó.

El niño se agarró con fuerza del tubo. Parecía querer saltar. Julieta le puso una mano en el hombro. Le vio los ojos, parecían dos lunas.

—Cálmate —le dijo—, todavía no te ha visto.

A través del vidrio la vieron acercarse a las puertas automáticas, pero estas se abrieron un poco antes, pues delante salía un grupo.

En ese instante Franklin dio un salto hacia atrás y corrió entre la multitud hacia la salida del aeropuerto.

—¡Franklin! —gritó Johana.

Julieta no supo si correr tras él o esperar.

La mujer, al oír el nombre de su hijo, levantó la cara por encima de la gente y miró hacia adelante; tal vez alcanzó a verlo por un segundo, ágil y fuerte. Pero debió ver sólo su silueta de espaldas, a lo lejos, abriéndose paso entre la multitud. Apenas una sombra que salía estrepitosamente del salón de llegadas y escapaba corriendo en dirección a la avenida.

Índice

Este libro se terminó
de imprimir en
Móstoles, Madrid,
en el mes de
octubre de 2019

Descubre tu próxima lectura

Si quieres formar parte de nuestra comunidad,
regístrate en **libros.megustaleer.club**
y recibirás recomendaciones personalizadas

Penguin
Random House
Grupo Editorial

 megustaleer